LE TYRAN ÉTERNEL

Il a libéré la Côte-d'Ivoire du colonisateur. Il a été le révolutionnaire, le Père fondateur, le Président à vie. Il a régné pendant quarante ans, jusqu'à sa mort. C'est Houphouët-Boigny, et c'est le narrateur du livre. Du ciel, il contemple et commente sans relâche son village natal, Yamoussoukro, dont il a fait la capitale de son pays et où il a bâti la plus grande basilique du monde, une réplique de Saint-Pierre de Rome ! Et pas question qu'on ternisse son épopée.

Mais sur terre, Sylvanus complote contre la mémoire du vieux chef : écrivain turbulent, il se moque de la cathédrale. Un jour, il découvre l'existence d'un albinos mystérieux, un Nègre blanc, le bouc émissaire que jadis on sacrifiait dans le lac des crocodiles. Qui est cet albinos fascinant et caché ?

Dans un parc animalier, une poignée d'Africains et de Blancs – parmi lesquels Thérèse et Assioussou, les amants sans mesure – défendent avec les moyens les plus extrêmes leur royaume sauvage contre les manigances du tourisme industriel. Eux aussi vont se passionner pour l'Albinos : le retour de l'exclu, du sans-peau, de l'écorché, de l'innommable, c'est celui d'une vérité maudite qui vient bouleverser l'ordre et la légende du tyran éternel.

Patrick Grainville est né en 1947 à Villers (Normandie). Agrégé de lettres, il enseigne dans un lycée de la banlieue parisienne. En 1976, il a obtenu le prix Goncourt pour Les Flamboyants. Le Tyran éternel *est son quinzième roman.*

Rien ne m'échappe depuis que ma conscience s'est déployée partout… J'ai vu leur petit car émerger de la forêt. C'est là que tout a commencé. La malédiction. Devant leur bande s'ouvrait la muraille des frondaisons. La lumière s'écarquillait autour du car et faisait étinceler sa carlingue vétuste. Alors, Boris, le Français qu'ils trimballaient avec eux, a vu surgir l'énorme chose. Je jouissais de sa surprise. Chaque visiteur saisi par la majesté de mon chef-d'œuvre déclenche dans ma chair un spasme de plaisir. C'était le tour du Blanc, de Boris. Il a vu d'abord le dôme géant, son mamelon bleuté : Notre-Dame de la Paix naissait au sein des luxuriances. La Basilique du Bélier. Le Bélier, c'est moi. Boigny en baoulé.

Les passagers du car étaient tous écrivains, tous libertaires, tous libertins, tous fantasques, tous vicieux. Des rebelles. Je n'ai jamais aimé les écrivains. J'en ai maté plus d'un. Je n'ai jamais apprécié Senghor, mon collègue sénégalais. Son grec, son latin, ses auteurs qu'il vous sortait à tout bout de champ. Sa prétention. Ses petits rires malins. Je ne suis pas un lettré. Je suis le planteur primordial, le chef de village, le libérateur, le révolutionnaire, le Président éternel. Je n'écris pas, je forge, je construis, j'incarne, je brasse le destin de ma terre. Même mort, oui, j'agis, je résiste, je suis l'âme de la Côte-d'Ivoire.

Les écrivains avaient coutume de vadrouiller une fois par mois à travers le pays pour se lire leurs œuvres à voix haute, pour jacasser, s'acoquiner, rigoler, boire et débattre, bonimenter tous azimuts, chahuter, critiquer surtout, médire de moi, de mon histoire, brouiller la vérité, ternir mon épopée. Me souiller. Conchier Houphouët-Boigny et sa capitale : Yamoussoukro.

Il y avait Ahmadou K., le plus fameux d'entre eux, que j'ai fait arrêter en 1963, à l'époque du Grand Complot suivi du Grand Dialogue, puis du Grand Pardon de 1971. Je n'ai jamais rien fait de petit. Ainsi j'ai jeté jadis dans les prisons de mon palais plus d'un intellectuel séditieux ! Dans le car, il y avait aussi Bernard D., le doyen, le Vieux qu'un temps j'ai amadoué en le nommant ministre. Rusé, j'ai toujours su apprivoiser l'ennemi. Dans l'espoir que ma clémence le domestique à vie. D'abord foncer, rugir, casser la conjuration. Puis ma grâce, les délices de mon pardon.

Le car comptait encore Tanella, la présidente des écrivains du pays, Mariama et sa fille Sokhna, hautes et charnelles. C'est ce qui me manque le plus depuis que je suis devenu un esprit : l'opulence et la pulpe des corps. Leur arôme et leur musc.

Pour revenir aux écrivains, je voyais parmi eux le pire du troupeau : l'extravagant, l'ébouriffé, l'insane Sylvanus Adé qui n'a cessé de me brocarder dans des romans où il déguise à peine mon portrait. Enfin, la jolie poétesse Assamala, en bermuda moulant. Alors oui ! Voilà la poésie vive ! Celle de Senghor m'a toujours paru trop imprégnée par l'Occident. Savante. Rue d'Ulm. Lui, il vieillit en France. Je le vois, mon rival de toujours. Il tremble, recru. Moi, je n'ai jamais déserté ma patrie. Je m'étire dans le ciel de Yamoussoukro, mon village natal dont j'ai fait la capitale. Par décret. Un beau jour. Comme ça. Mon village érigé en cité sublime. Puis j'ai élevé ma Cathédrale. Que reste-t-il de Louis XIV sinon Versailles. Des pharaons sinon les pyramides.

Donc Boris, le Blanc, béait devant le bol sacré du dôme qui se haussait, s'épanouissait à cent vingt mètres du sol.

Ma coupole lévitait, dilatée sous le soleil, comme gonflée à l'hélium dans l'amoncellement du vert. La coupole de Saint-Pierre de Rome est nettement plus petite. C'est moi qui l'ai décidé. J'ai copié Rome mais en plus grand. Boris lorgnait l'himalayen téton tandis que ses confrères restaient fermés à l'envoûtement. Ils réprouvaient « l'enflure » comme ils disaient. Son prix exorbitant qui attestait le narcissisme du tyran, un passé de fastueuses exactions. Oui, je les entendais… Ma basilique n'a pas coûté plus cher que l'opéra Bastille de François Mitterrand, le prix d'un bombardier… Ce qui est permis à l'ex-colonisateur nous serait donc interdit ? Sylvanus se mit à débiter des jugements intempestifs :

– C'est un simulacre de Saint-Pierre de Rome. Rien d'africain là-dedans, un objet de synthèse. C'est trop neuf, trop nu, trop lisse !

On m'a infligé mille fois cette antienne ! Leur car s'arrêta. Ils regardèrent le péristyle dont la couronne s'élargissait, s'épanouissait sur ses soixante colonnes doriques et ioniques et ses dômes secondaires pour embrasser le parvis géant.

Mariama s'étonna de voir si peu de monde autour de la cathédrale :

– Il n'y a pas un chien.

– On se croirait à Tchernobyl ! renchérit Sylvanus.

Mais ma capitale n'a guère plus de dix ans. Il faut lui donner le temps de se développer, de s'enfler, de grouiller. Peu à peu les foules s'habitueront à ma cathédrale sainte. Elle sera bientôt leur havre, leur arche. Ils pulluleront sous sa coupole comme dans la mosquée de Bouaké. J'ai d'ailleurs dressé ma basilique chrétienne pour faire pièce à la vague musulmane qui envahit l'Afrique. J'ai dit : stop ! J'ai levé mon bras. J'ai tendu la croix. J'ai érigé ma forteresse mariale. Le Sud de la Côte-d'Ivoire restera à l'abri du Coran. Je suis une espèce de Saint-Louis, un croisé du troisième millénaire proche.

Deux bonnes sœurs distribuèrent des tickets aux mécréants. Elles voulurent entamer un petit couplet de présentation militante que Sylvanus interrompit ainsi : « Motus, mes colombes. Pas de prospectus. On sait regarder ! » Les nonnes se turent, frappées de stupeur devant le boubou fleuri, les boucles blanches, effervescentes, la trogne bachique de Sylvanus.

La bande traversa l'esplanade de trente mille mètres carrés. Sylvanus trouva bon de saisir ses copains par la main pour les protéger, les empêcher de s'égarer. Ses farces insistantes ne sont pas du meilleur goût. Sylvanus force toujours le trait. C'est une sorte de mutin, de trublion burlesque. Parfois il m'arrache un rire. Je l'avoue. Mais très vite son comique dégénère.

Ils se sont retrouvés dans l'allée centrale, au milieu des sept mille chaises de kolibé pourpre et massif. Mariama préféra s'asseoir tout de suite sur l'une d'elles. Sylvanus continua l'exploration avec les autres. Il se retournait tout le temps vers Mariama noyée au loin dans l'océan des chaises vides et lui adressait des signes d'adieu, de détresse. Ahmadou K. et Boris marchaient autour des colonnes à la recherche des quatre ascenseurs que j'y ai fait installer. Puis ils inspectèrent les prie-Dieu, ils savaient que les circuits de la climatisation étaient nichés à l'intérieur. Ma cathédrale est une prouesse qui porte à leur sommet les dernières innovations techniques. C'est une basilique de pointe, un exemple, un test pour bien des constructions futures. On ne l'a pas assez souligné ! Ils ont renversé la tête et contemplé l'immense verrière de mille six cents mètres carrés qui perce le plafond de la coupole en son centre dans un flot de jour.

Puis ils se sont arrêtés devant le baldaquin de laiton, la réplique de celui du Bernin. Pas de commentaires. Ils se sont regroupés devant le vitrail qui me mettait en scène, moi, à genoux face au Christ entrant dans Yamoussoukro. Antoine Césario, l'ingénieur qui avait supervisé les travaux, se tenait respectueusement en arrière, ainsi que Pierre Fakhoury, l'architecte, et les différents maîtres verriers, peintres, sculpteurs. Cette scène exemplaire et pieuse réunissait les démiurges. Sylvanus bien sûr ricana en se vrillant le front :

– Voilà le cacique et les complices, l'aréopage criminel au complet !

J'enregistrais. J'étais bien obligé. Tout se mire dans ma pensée, les mots, même les cogitations privées des uns et des autres. J'encaisse. J'absorbe tout. Personne ne fait l'unanimité. Les pires ragots m'ont toujours pris pour cible. C'est la rançon de la puissance. Je n'ai pas bâti cette basilique pour une poignée d'écrivains pervers mais pour le peuple sincère et profond. Et il viendra à ma cathédrale ! Je le sais. Je le sens. Les grandes multitudes mystiques des temps futurs. Yamoussoukro sera la nouvelle Rome. Depuis belle lurette l'Europe est entrée en décadence, en anarchie. Les attentats vont se multiplier. L'Italie se disloque. Bientôt le Vatican sera assiégé par la pègre et par la barbarie. Il n'offrira plus d'abri sûr à la papauté. J'ai donc flanqué ma cathédrale d'appartements spacieux et luxueux pour le Saint-Père. Il peut venir quand il veut. Dès qu'il sera réfugié dans mes murs, on mesurera l'intelligence de mon dessein, ma capacité de prescience. Toute la chrétienté convergera vers Yamoussoukro, mon village natal où, enfant, avant ma conversion, j'assistais encore à des sacrifices. Le pape sera chez moi, dans ma maison. Je le verrai se coucher, se lever, prêcher, donner sa grande bénédiction pascale au-dessus de ma cocoteraie, de mon lac et de ses crocodiles sacrés. Alors on comprendra que le pôle de l'univers a basculé. Sa colonne nouvelle, c'est Houphouët, c'est le Boigny. C'est le Bélier, c'est Bibi. Mes cornes portent l'avenir de l'Afrique et de la chrétienté. Tel est le sens de ma basilique. Nul caprice, nulle fantaisie sénile là-dedans. Mais mon analyse et ma volonté. Les écrivains n'ont aucun sens de l'Histoire. Ils se gourent à tout coup.

Ils forgent des fictions marginales. Ils affabulent. Et l'Histoire leur passe sous le nez. Ils rient de ma cathédrale. Ils sont aveugles. Moi, tout au long de ma vie, j'ai prouvé mon efficacité, mon endurance. J'ai survécu à tout, colonisation, indépendance, épidémie marxiste, crise du capitalisme, austérité, révoltes de toutes sortes, tentatives de sécession. J'ai fait réprimer dans le sang à l'aide de soldats français le putsch des Bétés de Gagnoa. Le leader rebelle, Jean-Christophe Gnagbé, a été bastonné nu puis exécuté. Je n'ai pas fait de quartier. Colère ou clémence au cas par cas. Je suis le Sage de Yamoussoukro. Mais aussi le Sang. Ainsi j'ai tenu jusqu'au bout... à bout portant. Personne n'a réussi à me renverser. Alors encore moins une poignée d'écrivains et d'intellectuels. Ils ont tous échoué à me nuire. Ils n'ont jamais eu prise sur le pays. Ils devraient réfléchir à cela. Le moteur de l'Histoire, c'est Boigny. Leurs vues sont trop abstraites, paradoxales. La réalité obéit à des ressorts concrets. Il s'agit d'être le plus fort par tous les moyens. « Si tu ressembles à une biche, on te tire dessus ! » C'est un proverbe baoulé. J'ai gouverné à coups de proverbes, de sagesse rustique et d'habiles reculades tactiques. « Avant de cogner des cornes, le bélier recule. » Eh oui ! Je pourrais citer ces sentences à l'infini, j'y ai puisé ma science, mes ruses, un dosage subtil de cruauté et de compromis. J'ai adoré gouverner, diviser, régner. J'ai adoré la vie, ma longue vie. J'adore Yamoussoukro. Mes cornes de bélier, chaque matin, se lèvent avec le soleil pour chauffer le corps de ma cathédrale.

Tout à coup, je les vis s'exciter, tourniquer, s'exclamer :

– Et l'or ? Où est son or ?

Ce fut Tanella qui lança la question la première. Tous la reprirent en chœur :

– Et son or, où l'a-t-il fourré ? L'or de l'origine, l'or des Akans, des Baoulés, des épopées ? L'or de son règne, l'or des banques !

Ils y venaient... Ils y venaient... Tout à coup fascinés par ma mythologie de l'or. Tout Akan vénère l'or, puissance et vie. Incorruptibilité. Depuis le tabouret d'or de la reine Abla Pokou notre ancêtre, la route du Baoulé est un chemin d'or. Oui, j'ai de l'or. J'ai répandu de l'or partout dans ma cathédrale, dans mon palais, dans les tombeaux de mon caveau familial. Enfantins, les voilà subjugués par l'or.

Ahmadou K. suggéra que j'avais peut-être planqué une pépite colossale dans la boule dorée de la lanterne sur laquelle était plantée la croix, à la cime de ma basilique, à cent cinquante-sept mètres du sol ! Il plaisantait mais l'image lui caressait les méninges. Les écrivains cherchent l'or. Ils se veulent alchimistes et orfèvres. Mais cela reste une métaphore. Moi, dès ma jeunesse, j'ai recueilli de l'or au Mali, de l'or palpable et brillant, puis dans tous les villages, dans les mines. J'ai accumulé des lingots. Les quarante sarcophages de la famille sont couverts d'or. Celui de ma sœur chérie, Mamie Adjoua, est un mausolée d'or ciselé. Ma sœur bien-aimée. L'idole de ma mémoire. Adjoua, Adjoua ! Ma joie. Je suis le Bélier d'or. Le Précieux Poinçon. Et ma basilique, ils ne savent pas à quel point je l'ai secrètement poinçonnée.

Les voilà sortis sur le parvis. Sylvanus s'élança soudain, étendit les bras, pivota, aperçut un escadron des Légions de la Vierge venu visiter la cathédrale et s'écria :

– Dieu est absent ! Il n'a jamais foutu les pieds dans cette grande coquille vide. Barrez-vous, mes colombes ! Dieu a fui. Il a dû se réfugier tout droit dans la mosquée. C'est sûr ! Dieu s'est taillé à la mosquée ! La cathédrale est sans Dieu ! Dieu est parti !

Les Légions de la Vierge s'arrêtèrent, frappées de stupeur. Certaines jeunes filles continrent des rires devant la gueule orgiaque de Sylvanus dont les bras valsaient, dont le boubou gigotait, virevoltait et tire-bouchonnait. Toute la colonne se resserra. Aucune fille n'osa plus avancer. Malgré ma colère contre Sylvanus, je ne pouvais m'empêcher d'admirer la beauté des légionnaires. Les unes derrière les autres, contiguës, agglutinées, embouteillées dans la lumière. Grandes, souples, virginales et musculeuses. Leur bataillon oscillait, s'empêtrait. Cette hésitation suspendait les corps, révélait leur incarnation magnifique. Les reins se creusaient, les fesses bombaient sous les jupes bleu marine, les mamelons enflaient les corsages immaculés. Elles étaient là, sur le parvis ouvert. Le soleil dardait sur elles, les mitraillait sans merci. Un grand soleil carnivore sur la moire des bras, des cous. C'était l'enchantement, la vie explosait. Sa profusion. Déjà certains désirs devaient poindre dans leurs cerveaux d'adolescentes, des images irrépressibles. Le péché les aimantait. Toute leur vie, là, immobilisée et comme grossie à la loupe, multipliée. Des filles, de belles filles, un long cortège de filles sinueuses, élancées, nubiles. Tandis que l'odieux Sylvanus galopait comme un bouc autour d'elles, humait leur foisonnement, les lorgnait, les faisait pouffer de rire. Elles étaient si jeunes. Elles ne mesuraient pas la gravité du blasphème. Les cabrioles du bonhomme barbu et bouclé les divertissaient du train-train des prières. Certaines pourtant reculaient de dégoût.

... Des souvenirs m'assaillent. Il y a de cela plus de trente ans. Je venais de fonder avec l'archevêque de Bouaké les Légions de la Vierge, une élite de jeunes filles vouées à Marie. J'accordai une audience à la troupe sacrée. C'est alors que m'est apparue une fille géante et nubile. J'ai trouvé un biais pour m'occuper d'elle, la suivre dans ses études, aider sa famille. Et j'ai pu la rencontrer en privé. Ma Grande Légionnaire peul. Pour moi tout seul. Elle s'abandonna à ma voracité. Elle m'accorda toutes les grâces. Une à une. Elle me combla de dons, de délices obscènes. Depuis, j'ai toujours chouchouté, cajolé les Légions de la Vierge. Quand le pape est venu consacrer ma cathédrale en septembre 1990, ce sont elles qui l'ont accueilli à l'aéroport. Les mêmes Légions ont accompagné ma dépouille à la cathédrale, le jour de mes funérailles. Me submerge un torrent de lyrisme, un poème, oui ! oui ! pour chanter ce beau fleuve femelle. Ce fourmillement de filles. J'aurais aimé atterrir sur le parvis, les scruter une à une, les trousser oui, les palper, les serrer contre moi, m'enfouir dans cette cohorte charnue, passer de l'une à l'autre et me gorger de vie. J'ai toujours aimé la femme, avidement. Ah Kady, Thérèse, Bintou, l'ultime !... Ma jeune amante morte.

La colonne s'ébranla de nouveau, contourna Sylvanus priapique et médusé. Les corps se séparaient, chaque fille ondulait, la croupe et les reins roulaient, chaque corps distinct, bien coupé, individuel. La caravane serpentait, entrait dans ma cathédrale. Les corsages blancs s'éteignaient un à un. Les corps étaient engloutis. A l'intérieur, chaque fille tressaillait, la peau ponctuée de voluptueux frissons. Leur chair frileuse oui, un peu contractée, grumeleuse... comme dans le vice, oui... Moi aussi, je profane et je suis sacrilège ! Mais je suis un grand chef baoulé. Mon christianisme a toujours fait alliance avec mon paganisme, un fond de spiritualité africaine qui n'a jamais banni la chair, la polygamie, le mythe, le sacrifice, le sexe.

Du tertre qui cernait la cathédrale, les écrivains dominaient à présent ma ville souveraine. Les quatre lacs qui bordent deux à deux le boulevard central : Mamie Adjoua. Ce grand fleuve médian et macadamisé porte le nom de ma sœur défunte, de ma grande chérie morte. La cité dans son essence même n'est que l'union de nos deux corps jumelés. Au nord-ouest où nous sommes : le Palais du Président, la Basilique du Président. Un peu plus au sud, la mosquée au centre du quartier populaire, les gares, le marché grouillant. A l'est, les grandes écoles : l'Institut national supérieur des travaux publics et l'Institut supérieur des études techniques, l'École d'agriculture, les grands lycées. Leur équipement ultramoderne. Tout au sud, la Maison du Parti, l'Hôtel Président, la Fondation Président. Façades de marbre et grandes esplanades d'accès. Beaucoup de Présidents, et alors ? Tout être aspire à se répandre, à devenir monde. Qui dit le contraire triche et ment. Tout être est un Narcisse et un tyran, rêve d'omnipotence, de territoire, oui, d'un royaume. Moi, j'assume. La ville, c'est mon corps, les lacs mon sang, la cathédrale mon cœur et mon chef. Les plans de Yamoussoukro reproduisent la forme exacte du Bélier. Les écrivains contemplaient ce Bélier. Sylvanus raillait, j'étais habitué. Je l'écoutais presque avec indulgence. La mort m'a mûri, elle m'oblige à écouter, à réfléchir toutes les voix. Je suis le grand miroir. Presque impartial parfois. Sylvanus s'exclama :

– Regardez, toutes les autoroutes qui filent droit vers la forêt, butent et stoppent net. C'est malin. Sans voitures, sans issue ! C'est du délire. A part le quartier de la mosquée, le reste de la cité se déploie dans le vide !

Sylvanus a tort de se moquer de mes autoroutes vides. Elles attendent. Un jour, elles se relieront à toutes les grandes capitales d'Afrique : Monrovia, Freetown, Kumassi, Niamey, Bamako, Ouagadougou, Lomé… Lagos, Yaoundé, Kinshasa. Yamoussoukro rayonnera à travers tout le continent. Mes grandes autoroutes ne sont vides que pour mieux recevoir l'avenir. Sylvanus prétend à la poésie, à l'enthousiasme prophétique mais il en manque cruellement à mon propos. Moi, je vois Yamoussoukro, qui compte tout de même cent mille habitants, vivre, croître, proliférer, se couvrir d'immeubles et de tours, de banques, carrefour bruissant de tous les échanges, de toutes les foules, de toutes les langues. A la fois New York, Tokyo, Paris, Rome… Ma cathédrale veille d'avance sur ce foisonnement planétaire. Et cette ville justement existe et ne se développe que parce qu'elle n'est pas un héritage du colonialisme comme Abidjan. Sous le tissu effervescent, tentaculaire de la future mégapole, mon village s'enracine. C'est une souche profonde qui vit, verdit, c'est le tronc d'un immense faisceau de branches, de feuilles et de lianes. Je suis né là, tout a commencé là. Un jour, en rêve, en 1930, j'ai vu mon village changé en cité de verre, en capitale éblouissante. Car je suis un prophète et n'ai fait qu'accomplir ce primordial présage. Voilà pourquoi cette ville est authentique et vraiment viable. Puisqu'elle a vécu dans mon imagination. Puisqu'elle est mon plus ancien désir. Sylvanus, l'Africain, devrait comprendre cela. Lui aussi, il entretient des liens profonds avec son village natal. Son histoire est irriguée par la mémoire de son village. Lui aussi, il y revient comme à son être même. Je ne fais que réaliser le rêve de tout homme. Devenir le chef de son village cosmique. Conduire l'épopée de sa tribu. Tout le reste est décadence, artifice, idéologie mensongère, truchement, dépossession, perte, deuil et déni. Un arbre ne quitte jamais son centre mais s'épanouit en cercles concentriques autour de lui-même. C'est l'expansion épique et bienheureuse des êtres et des choses.

Ils se sont retrouvés devant le lac sacré, le lac des crocodiles. C'est au bord de mon palais. J'ai toujours entretenu une relation ardente avec mes crocodiles. Je suis le Bélier solaire mais j'ai partie liée avec les sauriens des eaux primordiales. Au clair de lune, j'allais voir mes crocodiles. Dans la lueur laiteuse, ils dormaient, regroupés sur l'île. Ils ouvraient la gueule, plongeaient, glissaient, ressortaient. Ils grouillaient fluides et magnétiques dans la soie des eaux blanchies. J'ai toujours été excité par le grouillement. La gueule béante d'un crocodile me fascine, c'est la matrice du monde comme l'ouverture de l'origine et du chaos. Le prépuce des enfants circoncis est bouffé par un esprit crocodile. Oui, j'aime leur gueule, leur mâchoire, leurs dents surtout. Ce bataillon de grands harpons clairs. Le crocodile attend, il est patient, il est sournois. Immergé, il sinue doucement vers sa proie. Discrète ondulation des eaux. L'ourlet de la mort. Pendant toute la durée de mon règne j'ai nourri des centaines de crocodiles. Là, juste à la limite de l'enceinte du palais, c'est comme le commencement du monde. Niagamé a la haute main sur le lac, son administration, le décompte des bêtes, leur alimentation, leurs naissances et leurs décès. C'est le chef du bestiaire sacré. Un Malien, Cissé Lewa, a la charge d'apporter chaque jour des quartiers de bœuf aux animaux. Mais j'ai fait remplir le lac de poissons qui se reproduisent et assurent une grande part de la nourriture. La véritable reine des crocodiles, au sommet de la hiérarchie, celle qui prend les grandes décisions, c'est Mamie Faitai, ma sœur survivante. Au-dessus de Cissé Lewa, de Niagamé, de l'intendant de ma résidence, du commandant militaire, Mamie Faitai veille sur mes crocodiles fétiches. Il faut la sensibilité d'une femme, son intuition pour comprendre le lac sacré, posséder l'amour des eaux matricielles.

Les écrivains regardaient le lac. Et ce n'était pas de la littérature ! Les longues gueules plates des sauriens s'allongeaient, figées comme des fossiles immémoriaux, puis s'animaient, se tournaient lentement vers la piétaille écrivassière. Sylvanus en restait coi. Tanella, Mariama, Sokhna, Assamala serraient leurs fesses frissonnantes. Une sueur d'inquiétude perlait entre leurs seins. Mes crocodiles auraient croqué volontiers leurs cuisses d'or. Oui, toutes mes forces sont ramassées dans le lac, mes forces noires, mes beaux anneaux de violence aquatique et nocturne. Les écrivains devenaient graves. Ils raillaient ma cathédrale, mais maintenant les crocodiles leur en bouchaient un coin. Toutes les légendes de leur terre leur remontaient dans la cervelle. Cissé Lewa débarqua avec la viande. Les bêtes sortirent de tous côtés, des trémoussements avides, des reptations partout. Vifs, les sauriens se faufilaient, se multipliaient. Ils habillaient et embrouillaient la berge d'un réseau monstrueux de squames. Cissé leur balança la pâture. Ils se jetèrent dessus. Leurs cous se convulsaient, se bousculaient, leurs gueules se redressaient, agitaient la barbaque, l'engloutissaient… Ils attendirent de nouveau. La viande tomba. Ils se ruèrent les uns sur les autres, ils se volèrent les morceaux de bœuf. Toute la puissance musculaire et carnivore de l'eau jaillissait, s'exhibait et luttait en brusques torsions, saccades, accélérations, éclaboussures de rage. Une bête se cabra, sa queue battit, elle avala le tronc d'un zébu.

Sylvanus questionna Cissé Lewa :

– On a dit qu'à la mort du Président la plupart des crocodiles avaient crevé. Morts de faim, abandonnés ou tout bonnement massacrés ?

– Non, répliqua Cissé, tous les crocodiles ont survécu ! Cinq cents crocodiles dans le lac. En pleine forme. Bien au contraire, depuis la mort du Président, ils semblent plus féconds et se repeuplent avec plus de rapidité encore. L'esprit du Président anime les crocodiles sacrés.

– Ça vit combien de temps ? demanda Boris.

– Quatre-vingts, cent ans, comme notre Président. On ne peut savoir l'âge qu'à la mort du crocodile. Chaque année, la bête avale une pierre, c'est en comptant les cailloux qu'on connaît la durée exacte de sa vie !

Les écrivains poussèrent une exclamation de surprise quand le molosse sortit soudain des eaux. Un monstre gondolé de squames, robuste, bossué et crevassé, au garrot large, à la gueule géante, la queue interminable.

– C'est le grand mâle ! déclara Cissé avec fierté. Le doyen, le Vieux. Il bouffe les jeunes mâles concurrents pour garder le maximum de femelles. C'est un sage. Efficace et sans pitié. Son nom est Capitaine Diallo.

Le nom produisit un maximum d'effet sur l'escadron lettré. Ces gens-là sont plus sensibles aux noms qu'aux choses. Ahmadou K. et Boris répétèrent en écho :

– Capitaine Diallo, Capitaine Diallo !

Le nom s'incrusta dans leur crâne, irradia comme un diamant. Cissé Lewa régala Diallo de son régime spécial. Il lui jeta six beaux poulets dodus que Diallo enfourna avec délectation. J'ai toujours éprouvé une vénération pour Capitaine Diallo, sa longévité, sa ténacité, sa dominance tyrannique. C'est lui le seigneur du lac. C'est mon frère, c'est mon double, c'est ma moitié des abysses. Quand je regarde Capitaine Diallo, je sais qu'il me prolonge, me déploie tout au long de son corps vorace. Sa fringale, c'est la mienne. Les écrivains sentaient cela. Ils ne quittaient pas des yeux la Bête. Hypnotisés par sa carrure, sa fastueuse mâchoire de torture. On eût dit que Diallo avait compris qu'il fallait épater ces badauds plumitifs. Car il grimpa sur un rocher, se cambra et redressa sa proue de massacre. Son ventre couvrit le roc et fit corps avec le granit. Sa longue queue sinua jusqu'au sol. Alors, Diallo fut saisi d'une sorte de spasme de triomphe, il bondit soudain, lança la tête vers le ciel, sa gueule s'ouvrit, un rayon de soleil fit éclater toute la nacre immaculée des crocs, c'était un éblouissant gouffre, un écrin de carnage. L'œil des écrivains s'abîma dans la gueule, l'infinie goule du Vieux.

Cela leur a servi de leçon ! Yamoussoukro n'est pas cette ville artificielle que mes lubies auraient produite. Ils l'ont compris soudain. Mon village cosmique est né des eaux primordiales. Le dos d'un crocodile énorme porte toute l'ossature de la cité. Mes cornes de bélier élèvent ces buildings vers le soleil. Le corps et la croix de la basilique couronnent cette montagne de pierre. Quand un crocodile meurt, on prévient Mamie Faitai. Elle est belle, elle est noble. Elle porte un long boubou blanc. Ma vénérable sœur descend vers le lac. On lui montre la dépouille. Elle se tait. Elle prie. Le crocodile est enveloppé dans un linceul pur. On l'emporte au cœur de ma résidence où il est enterré dans le cimetière sacré.

Voilà. Je suis l'homme des grands sarcophages. Mes morts familiers sont tous enfouis sous ma chapelle privée.

De Joseph, mon fidèle serviteur, à Mamie Adjoua ma sœur bien-aimée, sans oublier mon frère unique, ma mère… mon oncle. Je veille sur le cercle des sarcophages non loin du cercle des eaux.

Sous mon palais se trame encore un vaste réseau de souterrains. J'y ai interrogé et fait torturer mes ennemis. En 1963, je ne me suis pas contenté d'enfermer, à Yamoussoukro, des intellectuels, des écrivains, mais j'y ai séquestré des ministres, des traîtres du Parti, après leur avoir tendu un guet-apens génial. Je les ai convoqués chez moi et je les ai coffrés ! Certains ont succombé dans mes geôles. Comme Ernest Boka, le président de la Cour suprême : officiellement, il s'est suicidé !… Tous dans mon village surnaturel, dans mon giron bien chaud, mes morts et mes mutins. Là, dans mes pierres. Jugulés dans mes galeries, mes trappes, mes souricières. Veillés par mon commandant militaire. Parfois, un Français ! C'est cela Yamoussoukro dont on se moque ! C'est encore l'énorme prison d'Assabou, une forteresse rectangulaire et toute neuve, dans la forêt, avec mirador et projecteur, régie par trois Français, toujours à l'époque des grands complots. Nul bluff chez Houphouët ! Ma Cathédrale fut précédée de mon cachot de choc ! J'ai toujours construit à Yamoussoukro et jamais du toc ! C'est lourd, c'est grand, chez moi. Cent ans de présence absolue. Là je règne sur mon socle, je rayonne. Mon palais de Cocody au cœur d'Abidjan n'a pas la même valeur pour moi. C'est à Yamoussoukro que je m'épanouis dans la plénitude de mes racines, de mes clans, de ma famille, de ma mémoire, de moi-même. Avec vue imprenable sur mes crocodiles et la cathédrale. Monstres et Madone. Et moi, le chef, le berger pharamineux.

Les écrivains se remplissaient peu à peu de sensations, de prémonitions nouvelles et remuantes. J'entendais leurs cogitations. Le lac leur avait porté le coup décisif. Un pullulement de têtes, de museaux, d'échines affleurait à la surface des eaux. De gros pains de crocos contigus, écorces échelonnées, enchevêtrées. Ils émergeaient comme des langues de terre tourmentées, des cordillères hérissées de caroncules et d'ergots. Les artistes étaient sonnés devant l'armada du Vieux, cette géographie, ce cosmos de sauriens. Là-bas, la haute cathédrale claire s'éployait dans le soleil. La Vierge. Ma Madone, ma sœur, Mamie Adjoua dans ses marbres et ses ors. Ici le marécage sombre, grand soulèvement de fange. Toutes les vases du chaos s'étaient muées en cinq cents gueules braquées hors de l'eau.

Et Capitaine Diallo descendit du roc, rejoignit lentement le peuple des femelles. Tout à coup, un jeune mâle sembla vouloir s'interposer. Diallo s'arrêta, médita. Tous ces rivaux novices qu'il avait déjà détruits ! Le jeune mâle était coriace. Diallo le jaugea. L'adversaire s'avança, amorça de loin une parade belliqueuse, tout gorgé de colère et de prétention. Diallo savait que le jour de sa destitution n'était pas encore venu. Il le sentait dans sa chair, dans sa vivacité sacrée. Il était tout huilé, tout irrigué de vie saignante. Il fermait doucement les yeux, submergé par le crépitement de sa violence. Le jeune mâle se méprit, s'enhardit. Diallo s'était endormi. Diallo dormait. Il baignait dans le lac des commencements. Dans la laitance des constellations. Il était doux de céder à cette torpeur profonde, toute la tiédeur du monde. Au moment où l'autre se jetait sur lui, Diallo d'un ressort se détendit, déchaîné, gueule catapultée sur l'ennemi. Le Vieux avait senti toute l'énergie du lac exploser en lui, frapper telle une cognée sur le crâne du rival. Il le prit à la gorge, l'étouffa dans une furieuse galvanisation des muscles, une sorte d'ivresse tétanisée qui le courrouçait. L'autre se débattit, tenta de se dégager, lança de grands coups de queue. Mais Diallo serrait le cou. Il avait tout son temps à présent. Il se calmait. Il s'apaisait. Il était calé sur ses pattes, sur le socle orgueilleux de sa domination. L'autre se démenait de tous côtés, soubresautait, se tortillait, élastique s'écarquillait, tentant de fuir, fouettant l'air de sa queue. Mais Diallo ne bougeait pas. Ancré, vissé, serein sur le rocher de sa force. Dressé, arboré. Il tenait le cou du mâle. Il l'étouffait avec science, s'abreuvait de cette agonie. Tout le sang du jeune mâle passait en lui. Une rivière d'énergie. Diallo le diamantin rayonnait dans la magnificence du meurtre. Il était le lac sacré. Il était la loi du lac. Son Président le regardait. Les écrivains pétrifiés. Les belles filles effarées, saisies de nausée. Les crocs de Diallo avaient troué la gorge de sa victime. Il se dégagea d'une secousse et se rua avec une colère accrue pour retourner le jeune mâle, exhiber son ventre plus clair. Et là, dans la blondeur plus grasse, Diallo engouffra sa gueule jusqu'aux entrailles. Il rutilait, il râlait dans le sang de sa proie.

Les écrivains avaient voulu voir. Ils étaient servis. Ils se trissèrent, se rabattirent sur la pizzeria de Thérèse Augustini où leur déjeuner avait été réservé.

Continue de veiller sur moi, Diallo, de préserver l'ordre du monde, la préséance ! Surveille-les tous. Ils bavardent. Ils écrivent. Ils forgent des mensonges plus beaux que mes légendes. Je compte sur toi, Diallo. Le lac est ton grand œil prédateur. Capitaine, j'ai besoin de toi.

J'aime Thérèse Augustini, une grande fille rousse turbulente, fraîche, mamelue, énormément cuissée, pleine de jactance. Bourrée de tonus. Cette vitalité submerge son mari qui a vingt ans de plus qu'elle. Écrasé, il se rencogne dans les cuisines et l'intendance. Il rampe tandis que Thérèse assouvit son unique passion : les animaux de la réserve d'Abokouamekro. Elle organise des visites dans un quatre-quatre que Djé Djé, le génial mécanicien, ajuste et répare. Ainsi la machine est-elle capable d'affronter toutes les pistes par tous les temps sur ses pneus puissants, derrière ses doubles pare-chocs, son capot protubérant. Au volant, Thérèse Augustini jubile et fonce vers l'Arche de Noé.

En accueillant l'élite intellectuelle du pays elle ne peut réfréner une petite moue dubitative. Thérèse Augustini se méfie de la culture. Car elle soulève des questions anormales, débusque des secrets empoisonnés. La nature suffit à Thérèse. Ce pays d'Abokouamekro, son vaste royaume de collines escarpées, de plaines, de lacs et de rivières. Donc, elle affiche un sourire mesuré en installant les artistes autour d'une grande table devant une mosaïque de pizzas tartelées, gluantes, vermillonnées de sauce tomate et bombardées de grosses olives noiraudes comme des crottes.

Le grand Ahmadou K. s'est carré entre Mariama et sa fille Sokhna. Il se taille la part du lion. La fille est la réplique de sa mère en plus délicate. Mariama longue, lente, pleine, majestueuse, onctueuse… Sokhna plus fine. Un lasso de fille. Neuve. Visage lisse. Étonnée. De longues cuisses juvéniles et miroitantes qui me rappellent celles de ma Légionnaire, jadis, leur modelé ferme. Les cuisses de Bintou aussi, plus fragiles, ma belle captive au secret de mon palais.

Boris, l'étranger, s'est assis auprès d'Assamala, très vive, très enjouée, malicieuse, tortillant sur sa chaise son derrière musclé. Sylvanus, Bernard D., Tanella papotent et mordent dans leurs pizzas barbouillées de vomi rouge et de coulures d'anchois. Cela me soulève le cœur. En dehors des repas officiels, je n'ai jamais prisé que la cuisine baoulé, le couscous de manioc, l'attiéké, le foutou, les ignames, la sauce graine et les piments. Baoulé je suis. Baoulé des origines. Nourri des seuls ingrédients de ma terre. L'infecte bariolure d'une pizza illustre à mes yeux la trahison et la dépravation, comme le Coca-Cola et le reste.

Boris parle de Capitaine Diallo, le vieux mâle dominant. Il revient là-dessus, appâté par la bête, mijotant déjà quelque affabulation de son cru. Ils nous pillent des sujets qu'ils ne trouvent plus chez eux, dans leur pays tout affadi, raplati, fourbu. Boris s'enflamme, c'est un exalté de première. De la race de Sylvanus, un lyrique volubile et postillonnant.

Alors Thérèse Augustini se mêle à la conversation et déclare, pour épater le Français :

– Il y a eu jadis des sacrifices secrets aux crocos ! On le dit !

Ahmadou K. s'exclame :

– Oh ! ces histoires de sacrifices !

Thérèse insiste :

– C'est Boigny lui-même qui l'a toujours raconté. Il assistait dans son enfance à des sacrifices humains. Devenu Président, pour les impressionner, il montrait à ses visiteurs l'arbre du sacrifice dans son jardin de Yamoussoukro. Les témoignages abondent là-dessus.

Boris, perplexe, se tourne vers Tanella, la présidente des écrivains, qui n'hésite pas à engager son autorité :

– Houphouët-Boigny a été chef coutumier dès l'âge de cinq ans et ce n'est qu'à l'âge de onze ans, après sa conversion au christianisme, qu'il affirme avoir donné l'ordre d'arrêter les meurtres sacrés. Mais dans les années soixante, tout le monde a entendu la rumeur de sacrifices commis au moment des élections pour remporter la victoire.

– On aurait sacrifié qui ? demande Boris.

– Des enfants albinos, répond Tanella.

– Pourquoi des albinos ?

– Parce qu'ils sont réputés maudits, oui, blanchâtres, grisâtres comme des zombies, des revenants. Des Nègres blancs, des Nègres roses, des Nègres neigeux. Des monstres, si tu veux. Incomplets, inachevés, sans derme définitif. Alors, certains parents les refilaient aux sorciers, direction le lac des crocodiles. Le crocodile, c'est la bête des eaux, de la lune, de la nuit et de la confusion. L'albinos est lunaire et chaotique. Il était donc jeté au fond du lac, ses ténèbres primordiales, pour apaiser les esprits et obtenir grâces et bienfaits. Hélas, toute société a tendance à inventer ainsi un bouc émissaire sur lequel elle projette ses hantises, ses effrois et ses pulsions mauvaises. Chaque cité produit son exclu et son Christ… Et puis le sacrifice est inscrit dans l'épopée des Baoulés. Dès l'origine, au XVIIIe siècle, la reine Abla Pokou, fuyant à la tête de son peuple devant ses ennemis, finit par consentir à sacrifier son enfant, son fils chéri, pour pouvoir franchir la rivière Comoé. L'ennemi se rapproche. Le fleuve en crue est un obstacle infranchissable. La reine consulte les esprits et sacrifie son fils. Le peuple entier s'écrie : « Baouli ! Baouli ! » Ce qui signifie en langue baoulé : « L'enfant est mort ! L'enfant est mort ! » Un arbre gigantesque pousse alors sur la rive et s'abat au travers du fleuve. Le peuple baoulé peut passer et ainsi se sauver. Voilà la source des sacrifices : ce meurtre primordial du fils aîné, unique et sacré qui donna son nom à tous les Baoulés, frères de cet enfant mort.

La petite Sokhna s'est cabrée de stupeur, les mamelons bandés. La peur du sacrifice contracte ses fesses exquises. J'aime la peur. La peur m'a toujours excité, répandue dans la chair qui s'ouvre et palpite, lâche ses sueurs et ne contrôle plus rien. Je les écoute épiloguer sur mes rituels. Ils peuvent affirmer ce qu'ils veulent. Je tiens à cette part de ténèbres. Mon mythe s'en nourrit. J'y ai largement contribué. Je me souviens du président Giscard d'Estaing estomaqué, le jour où, dans l'enceinte de mon palais, je lui ai montré l'arbre de l'enfance, l'arbre des sacrifices. A ma mort, il a tout déballé dans un article du *Figaro* pour donner des frissons !

– Il y a toujours des faits bizarres, déclare Thérèse Augustini. Avant les funérailles du Vieux, un type a voulu à tout prix saluer sa dépouille dans le palais. Déjouant la surveillance des gardes, il a tenté de traverser le lac à la nage. Bien sûr, les crocodiles l'ont chopé et bouffé illico. C'est la version officielle. N'empêche que cela pourrait ressembler à une sorte de sacrifice fait au Vieux. Le Vieux Boigny et le Vieux Diallo.

Et Thérèse Augustini, plantée sur ses larges cuisses, se bombe, impérieuse, bras nus, énormes bras de chair nue, constellée de taches de rousseur, ensoleillée de grains de beauté. Tandis que son mari aux cheveux rares et blanchis file vers les cuisines, péteux. C'est le moment qu'elle choisit pour asséner son dernier coup :

– En tout cas, un albinos est bien vivant, lui ! Un grand albinos furtif et caché. Je l'ai surpris, une nuit, dans les phares de mon quatre-quatre. Piégé au beau milieu de la piste. Là, effaré, jambes écartées. J'ai vu ses cheveux de neige, sa belle gueule de fantôme. Puis il a bondi dans la forêt. Alors j'en ai parlé autour de moi et, peu à peu, j'ai recueilli certains bruits, oui, cet écho d'un grand albinos qui se cache… qui a peur… Car si on ne sacrifie plus les albinos aujourd'hui, une autre menace de mort pèserait sur lui, liée à un secret radical.

Sylvanus est frappé par la nouvelle. Il semble plonger au plus profond de lui-même et déclare d'une voix vibrante :

– Cet albinos me trouble, ce fuyard unique…

Tout le monde tressaille.

– Oui, il m'attire… cet exilé mystérieux, cet orphelin, ce paria, cet enfant sacrifié. Il m'émeut, il m'étreint. J'ai toujours trouvé absurde le tabou de l'albinos. Mais je m'aperçois que j'ai plus ou moins fermé l'oreille à ces rumeurs criminelles. Puis, là, tout à coup, moi aussi je le vois dans la lumière des phares. C'est très fort. Un éclair dans la nuit. Je le sens, cet albinos pourrait être le grand secret, la clé de Yamoussoukro. Voilà !

Ici, on connaît les outrances de Sylvanus. S'égosiller, pérorer, s'esclaffer, prophétiser, partir en croisade, prendre des airs de poète voyant, c'est sa nature. Mais il parvient tout de même à surprendre ses compagnons. Boris, le Blanc, est immédiatement contaminé par ses incantations.

– Cet albinos est beau…

Voilà ce qu'il sort dans un ravissement idiot. Thérèse Augustini savoure les effets de sa révélation. Elle a quand même tourné la tête de ces écrivaillons. Ils ne pensent plus qu'à l'Albinos. L'Albinos les harponne, les hypnotise. L'errant, l'unique, celui que Capitaine Diallo n'a jamais englouti.

– Je retrouverai l'Albinos ! Je veux le voir, le toucher, lui parler, connaître son passé, sa mère, son père, sa lignée, sa destinée. L'Albinos, c'est notre tristesse, notre mélancolie, tous nos échecs. Il est le prince inversé de Yamoussoukro. Son dauphin innommable. Et je vais le nommer ! Ou je ne suis plus poète.

Ça y est ! Ça y est ! Sylvanus s'exalte, fouette ses chimères et se saoule de mots. On ne l'arrêtera plus. C'est peu après que lui et Boris décident de rester à Yamoussoukro. Thérèse Augustini leur propose aussitôt un petit séjour dans la réserve d'Abokouamekro. Elle prend en main les artistes ! Quelque chose l'électrise dans la boulimie de Sylvanus, l'intempérance de Boris. Moi, je n'aime pas ça, je me méfie, je suis contre le séjour des deux cinglés dans mon fief. Ils vont profiter de l'Albinos pour questionner, fouiner partout, réveiller les souvenirs enfouis. Je réprouve. La cathédrale a été érigée pour contenir certains relents de la mémoire, les légendes obscures, les tentations, les attractions monstrueuses. J'ai bâti ma grande basilique solaire pour comprimer ce marécage, cette sarabande de souvenirs sombres. On ne peut plus se représenter ces temps-là. Yamoussoukro était mon village. J'en étais le chef. J'avais cinq ans, oui. J'étais un enfant. Je découvrais l'espace et le temps, les rites, les mythes et les légendes, les clés de mon peuple. Je respirais l'odeur de mes sœurs. Je vivais dans l'amour d'Adjoua et de Faitai, de ma mère, de mes tantes, dans la sagesse de mon oncle maternel. Il y avait le lac des crocodiles. Son origine violente et profonde. Capitaine Diallo est né en même temps que moi. Ma basilique sainte et claire est bâtie sur ce diamant noir. Leur Albinos n'est rien à côté de la Madone et de Diallo. Toutefois, je crois l'avoir repéré moi aussi. Par hasard. Il a tout juste effleuré mon regard. J'ai éprouvé un léger dégoût. Je n'aime pas les albinos. C'est la tradition. Il faut la perversité de Sylvanus et de Boris pour s'enticher du mal-aimé blafard. En tout cas, ils se trompent. Ils font fausse route. Certes, une grande cité s'élève toujours sur un tabou et une énigme. Mais il ne saurait s'agir de l'Albinos, de ce dérisoire secret. Nous, les Baoulés, nous sommes friands de devinettes, de proverbes codés, de charades sacrées. Par exemple, lorsque j'ai fait construire la basilique, on peut imaginer aisément que je ne suis pas resté inerte et que je n'ai pas hésité à marquer de mon empreinte cette architecture unique au monde. Donc, au cœur de la muraille de béton et de latérite rose, au sein de cette pâte tellurique et chaude, dans la direction du levant, grâce à la complicité d'un maçon qui a fait serment de garder le secret, j'ai fourré un poids, un poids d'or, un poids pour peser l'or. L'un de ces fameux poids akans, ces bijoux zoomorphes qui illustrent un proverbe sacré. Voilà ce que j'ai fait. J'ai tatoué la Vierge de mon sceau. Je l'ai pénétrée, ensemencée de ma corne de bélier, de mon Verbe. Je n'ai pu m'en empêcher. Je ne pouvais laisser la Basilique m'échapper. Il fallait qu'elle m'appartienne en propre, qu'elle se rattache à mon histoire, à ma mémoire profonde, à mon village immémorial. Le poids représente un Bélier solaire. Mon signe. Et le proverbe est le suivant : « Mes cornes de bélier portent la mère du monde. » Voilà un beau secret de Yamoussoukro. Peut-être le sublime secret. Mais l'Albinos, foutaises ! Trop informe, trop hybride, trop avorté. La vérité de ma ville ne sera jamais ce destin brumeux, ce miasme, ce fantôme mal tué. Tout à coup, j'exècre l'Albinos, je le redoute. Il m'inquiète. Il erre. J'aurais dû le repérer et le faire enfermer dans la geôle la plus reculée de mon palais. Lui, le mort vivant, macérant dans la nuit, gémissant sous la terre, écrasé sous le clair sabot du Bélier. Sylvanus et Boris auraient débarrassé le plancher. L'Albinos est une fausse note dans ce grand édifice de ma vie et de la beauté. C'est le défaut, la faille dans laquelle ils vont s'engouffrer. Toujours aimantés par la tare, la souillure. Un écrivain est toujours négatif. Leur boulot : nier, nuire, renier, rogner. Me ruiner. Ils ont débusqué cet improbable paria pour le monter en épingle et me pourfendre. Se méfier. Espérer que Sylvanus et ses éclats, que la présence et les palabres du Blanc finiront par susciter l'émoi de ma police qui leur intimera poliment l'ordre de déguerpir.

Les amis se sont séparés. Rendez-vous le mois prochain pour une nouvelle réunion, cette fois dans la réserve d'Abokouamekro. Boris regarde s'éloigner Mariama et Sokhna, leurs deux croupes jumelles. Mère et fille en écho. Même danse, résonances profondes et roulis des reins. Dans leur beau cul rythmé on dirait qu'elles moulinent tout l'amour du monde ! Leur prose est douce et tendre comme leur chair, les métaphores y pullulent comme des fruits. La littérature me barbe. Mais les mots de Mariama et de Sokhna prolongent leur corps. Ils sortent d'elles et se gonflent, tout imprégnés de leurs sucs, sensuels, murs de désir. Ce sont des mangues d'amour.

Thérèse Augustini a sorti son quatre-quatre tarabiscoté. Le mécanicien Djé Djé a opéré, hier, un dernier contrôle. Dans son garage, il recueille toutes les épaves, les rebuts de la casse. Il rafistole les pièces, il soude, il branche, il croise, il imbrique et combine toutes ses ferrailles, bougies, accus, calandres. Il invente et fabrique des monstres mécaniques. Il rêve à une bagnole ineffable. Une sorte de tank cuirassé à l'épreuve des pires pluies, de l'harmattan torride, du sable rouge. Une voiture amphibie et prodigieuse que Thérèse Augustini piloterait à travers le pays. Sorte d'armure superlative moulée à la corpulence de l'amazone, adaptée à son avidité d'espace, de conquête. Tel est le songe du mécanicien Djé Djé. Il a déjà réalisé le super quatre-quatre. Il vise plus haut. La rousse attend son char.

Elle emporte sur la piste Sylvanus et Boris, bringuebalés, enivrés de mauvais rosé, échevelés, congestionnés, deux geysers verbeux qui s'excitent mutuellement, appellent l'Albinos de leurs vœux. Il faut ce cadavre ambulant pour gaver leurs cerveaux charognards. Deux hyènes prolixes.

Thérèse ne vit vraiment que lorsqu'elle lance son quatre-quatre sur la piste d'Abokouamekro. Loin du mari ranci, elle s'épanouit. Sa chair fleurit. De sa bouche jaillit un long monologue. Elle parle à sa voiture, à ses pneus, au moteur, à la boîte de vitesses, à Djé Djé absent mais qu'elle invoque tant elle l'identifie à son quatre-quatre amélioré, bardé de gadgets. Boris et Sylvanus soudain se sont tus pour entendre le discours de Thérèse. Dès la sortie du macadam, elle s'échauffe. Dès les zigzags de latérite. Son vaste cul valse, encaisse tous les cahots, décolle : « Ah ! la vache ! Djé Djé, tu aurais peut-être dû moins gonfler le pneu gauche… peut-être… à moins que. Ah ! la garce ! La garce ! Celle-là m'a surprise, c'est une vraie salope ! Elle m'a baisée, merde ! »

Sylvanus et Boris échangent un coup d'œil éberlué. Ils scrutent la piste. Au bout d'un moment, ils pigent ! Thérèse parle aux ornières. Elle les connaît par cœur, toutes, les tordues, les impromptues, les vicieuses. Un patchwork de redents, d'accrocs, de nids-de-poule qu'elle affronte courbée sur le volant, vigilante et vorace. Belliqueuse !

Des rangées de rôniers décapités bordent la latérite. Des types ont déjà recueilli la sève dont on tire le vin de palme : le bangui. Le paysage paraît charcuté, démoli par des obus. La bagnole traverse un campement. Sylvanus explique à Boris qu'il s'agit d'un îlot de cases éphémères. Les paysans incendient alentour une portion de forêt. Ils sèment dans la cendre ignames, manioc et petit mil que la saison des pluies portera rapidement à maturité. Mais la multiplication des brûlis ruine le couvert végétal. Le terrain dénudé, exposé aux orages, se ravine, perd son humus, se transforme en une cuirasse de latérite stérile. A la sortie d'un patelin, une gamine surgit et, au passage de la voiture, se retourne brutalement, bascule, lève son boubou, baisse sa culotte et exhibe son jeune cul noir et rond. Thérèse fonce vers une case plantée au bord du chemin, appelle. Une femme nonchalante émerge. « Ta gamine a remis ça ! Chaque fois que je passe, matin et soir, elle me montre son cul. C'est une manie. Elle est maboule. Il faut lui foutre une bonne claque ! »

La mère écoute, l'œil vague, s'en fiche, marmonne, rentre dans la case. Le quatre-quatre redémarre. Boris et Sylvanus ont le fou rire. Thérèse hausse les épaules : « Il ne faut tout de même pas l'encourager à ça. Tu parles d'un bonjour ! Son cul écarquillé, caramel et tout nu, bande de vicieux, va ! »

Tout à coup, la voilà qui se gratte d'une main en contrôlant le volant de l'autre. Sylvanus et Boris ont vu l'attaque des moustiques sur les beaux bras saumonés, les cuisses larges et laiteuses de Thérèse. En vrille cinq ou six gros moustiques assoiffés de sang. Aussitôt Thérèse ferme la vitre, sort une bombe, pulvérise un nuage pestilentiel qui asphyxie les passagers. Sylvanus et Boris éternuent de concert. Thérèse administre des claques aux moustiques, les traque, les écrase sur le pare-brise ou sur ses cuisses. Le sang gicle : « Ah ! les fumiers ! Ah ! les fumiers ! Ils m'adorent. C'est toujours moi qui prends. Ils me pilonnent. Ils me percent. Ils me pompent. Une vraie curée. Mais pas un n'en réchappe ! Jamais ! » Au bout d'un moment, elle rouvre les vitres. Sylvanus et Boris inhalent une grande bouffée d'air. Thérèse escamote une ornière profonde, la bagnole bondit, retombe : « Celle-là, je l'ai eue ! Je l'ai eue ! » Puis elle se jette sur un nouveau sujet, un gros souci qui la tarabuste depuis des mois, une menace sur le paradis d'Abokouamekro : « Des promoteurs convoitent la réserve ! Des affairistes qui méprisent les animaux. Des cupides. Ils veulent bâtir un hôtel sur l'île du lac Irigou, faire circuler une dizaine de Land-Rover. Et moi, l'artisanat, dehors, out ! Mes petites visites à dimension humaine, finies, foutues ! Voilà leur plan, avec des complicités d'Abidjan, un ministre ripoux. Avec leurs safaris-photos ils vont dévaster Abokouamekro. Vous, les écrivains, si vous étiez vraiment utiles, vous devriez défendre la réserve d'Abokouamekro contre la horde des spéculateurs ! »

Sylvanus est d'accord sur le principe. Pour l'instant, il se contente de donner des assurances vagues. Il ne connaît pas encore assez bien Thérèse et sa cause pour s'engager vraiment.

La voilà maintenant qui choisit une cassette qu'elle glisse dans le lecteur. Des sérénades et des valses de Venise qu'elle accompagne en chantant à tue-tête. D'un coup, elle oublie ses affres. La grande nature l'enveloppe et la berce.

Montagneuse et touffue. Le quatre-quatre caracole et grince, rugit, fait des crochets entre les arbres géants dans leur fourreau d'épiphytes et de lianes. Elle franchit des mares, éclaboussée, souillée de fange rouge. Thérèse aime ainsi entrer dans l'intimité de la terre, foncer dans la couenne du paysage, comme elle dit. A l'intérieur du véhicule, une odeur forte d'insecticide persiste dont les volutes se mêlent aux envolées des valses. « Au fond, je suis une grande romantique ! » s'exclame Thérèse. Son bras entier appuyé sur le bord de la vitre est harponné par le soleil, rougi, poché, tartelé, cloqué, harcelé par un nouveau raid de moustiques. Elle saisit la bombe et asperge directement la chair en agrippant le volant de l'autre main. Dans les saccades du terrain, elle nomme les arbres, les oiseaux, les perspectives, les escarpements, elle annonce la rivière Kan dans la forêt et plus loin la plaine de Katiola. Elle célèbre le monde. Soudain, elle pointe le doigt sur la piste :

– Hier soir, juste à cet endroit, j'ai vu le python !

Boris et Sylvanus s'émerveillent :

– Le python, un python ?

– Ah, oui ! un maousse, interminable. Il a traversé tranquillement devant la bagnole. Je me suis arrêtée, les phares braqués. Je l'ai vu tout entier, la longue colonne d'anneaux, des bracelets gros comme ça, argentés, tachés de noir. C'est le python. Il a défilé, paisible. Ça vous assomme une gazelle d'un coup de boule, l'étouffe et l'avale lentement. C'est très musclé. Très fort. C'est la nature.

Thérèse s'emballe :

– La nature, toute la nature, la nature en masse, tous ses anneaux têtus ! Ça vous en bouche un coin, les écrivains. Ça vous gêne aux entournures. Il n'y a rien à redire, rien à retoucher. Pas de choix. Abokouamekro, c'est géant, c'est cosmique ! Les orages soufflent tout, les pluies submergent la plaine, les torrents noient les cases, emportent les bêtes, les mioches. L'harmattan couche les herbes, les jaunit, les raidit, les casse et croustille. Le vent fout le feu à la paille, tout crame. L'excès, pas de transition. C'est sans nuances. Sans automne ni printemps. Un tohu-bohu de collines outrancières et enlianées dans lequel, moi, Thérèse, je suis à l'aise. Parce que je ne critique pas. J'épouse ! Je suis devenue un morceau de tout ça, un bloc de forêt, de lac, de mont, de matière. Voilà ! Malgré ma peau trop rose, toute ma chair de rousse. Je me rue dans le fouillis et la fournaise. En chantant ! Parfois toute seule. Oui ! Je sors de la bagnole. Je marche le long de la piste et j'exulte. La nuit surtout, au milieu du tapage des crapauds et des grenouilles. Sous la lune, j'ose ! Je chante. Le python peut venir, les fourmis magnans, tout ce que vous voulez. Je suis jouasse, inviolable. Indicible… L'Afrique, c'est moi, Sylvanus !

Sylvanus en rit. Elle est culottée, Thérèse ! Il regarde son cou gras. Par amitié, il lui pinçote un pli replet. Elle se trémousse. Pousse le son de la cassette, reprend la ritournelle. Le quatre-quatre arrive dans une clairière au bord du lac Irigou. Elle s'arrête devant une grande maison en bois recouverte de tôle ondulée. C'est la demeure de Cecil, l'Afrikaner, le directeur de la réserve. Il vit avec Akissi, une métisse. Le couple sort sous la véranda, deux jeunes filles suivent, les nièces de Cecil, Joan et July, en vacances à Abokouamekro. Cecil n'est pas rigolo. Un taciturne acide. Il est responsable de l'Arche de Noé, pétri de doutes et de craintes, d'augures sombres. Il passe son temps à compter les bêtes, à totaliser les portées et les parturitions, les décès, les maladies et les disparitions. Obsédé par les épidémies, les inondations, les braconniers, guettant dans ses jumelles les troupeaux et les chasseurs criminels. Il embrasse Thérèse. Bise sèche, sans bouche, du coin de la joue, coup de pommette. Il serre la main de Sylvanus et de Boris, l'air grave, le front barré d'une ride profonde. Il a retrouvé ce matin la carcasse d'un grand kob. Le crâne était percé d'une balle. « Encore ces salauds ! » Les deux gardes patrouillaient ailleurs dans le secteur des éléphants. Thérèse déclare qu'Assioussou et Yoro font de leur mieux mais qu'ils ne peuvent pas être partout à la fois. Cecil tremble surtout pour les trois éléphants. Il ne s'est jamais remis du traumatisme que lui a causé quatre ans plus tôt la mort d'un grand mâle mitraillé par les braconniers. On avait retrouvé le corps émondé de ses défenses, deux fosses sanglantes. Les quartiers de viande avaient été prélevés dans la masse de chair crevassée au petit bonheur. Le bout de la trompe avait été tranché et enterré dans un lieu secret, pour respecter une coutume ancestrale. La lointaine ressemblance de l'orifice ovale vrillé de nerfs avec une vulve de femme commandait au chasseur de le couper et de l'enfouir dans la terre, afin d'exorciser le mauvais sort. Au moment du meurtre, Cecil venait de s'installer dans la réserve, la tête pleine de projets. Et le cadavre immense, gluant, pioché et castré avait brisé d'un coup toutes ses chimères. Depuis, il est tenaillé par la peur. Sans cesse il surveille les éléphants, presse les gardes de les suivre, de déjouer les ruses des braconniers. Cecil ressasse un autre regret. Il n'y a pas de fauve dans la réserve d'Abokouamekro. Nul lion, nul prédateur de poids. Trop d'antilopes et de gazelles. Trois rhinocéros, des hippopotames, des phacochères, des hyènes, mais la faune est écouillée de ses carnassiers de prestige. Seul un léopard disparaît et réapparaît de loin en loin. Un léopard qui peut-être n'existe que dans l'imagination des villageois. Quand Cecil demande aux autorités concernées de réacclimater les fauves, le ministre lui répond : « Cecil, le pays a d'autres priorités que les lions ! »

Cependant un gros projet coûteux va être réalisé. Il s'agit de faire venir du Botswana où les troupeaux sont en surnombre quatre nouveaux éléphants. Cecil a trouvé différents sponsors à Abidjan et en Afrique du Sud. Il a engagé ses propres économies. Les bêtes doivent arriver par cargo d'ici le mois prochain, ce qui relance dans des éclairs d'espoir les obsessions et les angoisses du directeur de la réserve.

Akissi, sa compagne, a dix ans de moins que lui, une petite mulâtresse alerte et stérile. Tout le monde connaît l'obstacle, la descendance barrée. Cette faille renforce la mélancolie de Cecil. Akissi, elle, n'y pense plus. Elle a reporté son affection sur ses deux nièces, Joan et July, deux adolescentes de seize et dix-sept ans, l'une blonde, l'autre brune, toutes deux hardies, avec lesquelles elle chahute et rit à longueur de jour. Cecil, lui, parcourt monts et vallées, les jumelles au cou. Il remplit ses carnets d'observations techniques, de chiffres qu'il introduit le soir dans son ordinateur. Souvent manquent un guib tacheté, une antilope cheval, deux faons ou trois cynocéphales. Cecil refait ses calculs, navré, torturé par les doutes. La nuit, le même cauchemar le hante. Il retrouve dans la savane ses trois éléphants, la trompe tranchée. Ils sont vivants et paraissent le fixer des yeux en exprimant un reproche monstrueux. Ou ce sont Joan et July violées, engrossées par les braconniers. Elles ricanent, de front, diaboliques, allègres, le teint vermeil, exhibant un magnifique ventre d'ébène qui leur arrive jusqu'au menton.

Soudain une expression réjouie s'est emparée du visage de Thérèse :

– On va voir Milady et Charlie !

Sylvanus, Boris et Akissi embarquent dans le quatre-quatre de Thérèse. Cecil, de son côté, emmène ses deux nièces et Tetiali, qui lui sert de pisteur, de garde du corps, de factotum. Les deux voitures longent le lac ponctué de sa grosse île touffue aux arbres criblés de cormorans noirs. Ils stoppent sur la berge orientale. Tetiali, Cecil et Thérèse collés à leurs jumelles scrutent lentement les eaux.

– Ils sont là-bas ! s'exclame Tetiali.

Sylvanus et Boris ignorent encore l'identité de Milady et de Charlie, leurs hôtes font durer le suspense en échangeant de petits rires de complicité. Alors, Tetiali pousse en anglais une série d'appels :

– *Come ! Come ! Come ! Come !*

Il reprend son souffle, accélère sa kyrielle en accentuant les gutturales et en fermant spasmodiquement les nasales. Cela donne des saccades de « Kom ! Kom ! Kom ! » qui retentissent de façon insolite et ubuesque dans le silence du lac. Sylvanus et Boris ont beau lorgner l'horizon, ils ne voient rien venir. Et l'autre lâche sans trêve ses appels hachés, musclés, avides. « Kom ! Kom ! Kom ! » Thérèse et Cecil aperçoivent enfin Milady et Charlie. Boris se penche vers Akissi pour lui demander la clé de l'énigme. Elle le regarde et lui rit au nez. Boris aime ce rire étincelant et frais. Il contemple avec insistance les traits, puis le corps svelte d'Akissi. Elle s'en rend compte et lui coule un sourire malicieux puis secret. Alors elle le dévisage avec une attention grave. Elle est curieuse de l'homme. Elle aime les hommes dans toute leur variété, leurs détails singuliers. Elle lorgne le torse, la bouche. Écoute la modulation des paroles. Devine et savoure. Elle ne peut supporter la mélancolie de Cecil qu'en s'accordant des aventures furtives. Déjà elle appâte Boris, il mord au bel hameçon de chair. Sylvanus, lui, est subjugué par Joan et July. Il sautille dans son boubou fleuri, tout taraudé de lubricité. Il déploie son luxuriant bagou et se fout de Milady et de Charlie. Il enchante les nièces, deux coquines claires, tandis que Tetiali produit son intarissable « Kom ! Kom ! Kom ! » qui ricoche sur le lac.

Boris et Sylvanus n'ont élucidé le mystère que lorsqu'ils aperçoivent à trente mètres de la rive le froissement de l'eau autour de deux bosses brunes précédées de grosses cloques. Les hippopotames glissent rapidement vers eux. Thérèse, impatiente, émoustillée, s'avance. Elle se dandine, elle exécute une espèce de danse, ses bourrelets tressaillent de plaisir. Charlie sort le premier entre les herbes vertes, c'est un bébé énorme, enrobé dans sa graisse miroitante et gluante, tout pommelé de rose sous le cou et le ventre. Milady surgit à son tour, la mère, une femelle mastoc. Thérèse pousse de petits cris. Elle a peur. Elle est ravie.

Elle désire s'approcher plus près, voudrait les toucher. Les deux bêtes la connaissent, trottinent vers elle. Surtout le bébé auquel elle lance des yaourts qu'il ingurgite d'un coup. Thérèse se penche vers la gueule béante et fourre son leste cadeau. Elle recule. Le colossal marmot en redemande. Thérèse se tient dans un sentier qui escalade un talus verdoyant. Tout à coup Charlie et Milady bondissent d'un même élan et se mettent à la courser. Elle se sauve. C'est son jeu favori. Être poursuivie par les monstres ! Son cul replet, ses cuisses dodues, ses nichons débordants valsent de droite et de gauche. Tout son corps boudiné halète, éructe des cris, des glapissements de terreur et de jubilation. Les hippopotames se pressent, luisants et dilatés, concupiscents eux aussi. Le trio grimpe la pente à toute allure, dans un gigotement de bedaines et de croupes. Enfin Thérèse époumonée ralentit, titube, tombe à genoux en poussant un grand cri orgiaque. Elle voit Charlie et Milady foncer sur elle. Ils vont la dévorer. Elle écarquille les yeux, galvanisée de jouissance panique. Énorme, braquée, béante. Milady s'arrête net, Charlie de son mufle pousse et chahute Thérèse, il réclame de nouveaux yaourts. Thérèse se tord de rire. Elle offre son ventre aux naseaux. Charlie farfouille du côté des mamelles. Thérèse se retourne, se renverse. Elle sent sur ses reins la grosse bête, son souffle, son chuintement caverneux. Elle inhale l'odeur, le remugle de vase, de musc, elle tend sa main, elle tâte le derme épais, visqueux, merdeux. Elle écarte brusquement le bras :

– Ah ! c'est dégueulasse ! T'es dégueulasse, Charlie ! Tu pues Charlie ! Tire-toi, tu me dégoûtes Charlie. Gros sale ! Gros porc !

C'est la noce de Thérèse, sa bacchanale avec Charlie. Les hippopotames sont ses totems. Elle les aime lourds, crasseux, gommeux, rosâtres, en tonneaux croupionnants, gonflés comme des ballons géants, zeppelins caoutchouteux… Elle voudrait s'immerger dans leur masse moulée, musclée, dans leur lard élastique, dans leur grognement d'amour.

Sylvanus souffle à Joan et à July :

– C'est vraiment une vicieuse, une salope délicieuse, cette Thérèse avec ses bêtes.

Et Sylvanus houspille les nièces, se risque à des gestes folâtres, taquine les cous. Elles s'esquivent en riant. Les yeux de Sylvanus dardent et brillent. Il se jetterait volontiers sur la brune et la blonde, les agacerait, les mordillerait, se roulerait avec elles dans la pente herbue au milieu des hippopotames, des rires, des viandes, des beuglements de Thérèse.

Akissi et Boris échangent des œillades plus lentes. Seul Cecil ne participe pas à la fête. Méditatif et sourcilleux. Bloqué de tristesse. Rongé. Il inspecte le lac, cherche le mâle, le grand mâle. Ernest ? Où est Ernest ? « Vois-tu Ernest, Tetiali ? » Les jumelles de Tetiali voyage sur le lac, s'arrête. Il remet ça : « Kom ! Kom ! Kom ! »

Thérèse revient souillée par les herbes, maculée de boue rouge, les mains couvertes d'une sorte de gangue, de morve épaisse et brunâtre. Éclaboussée, constellée, bienheureuse. Elle regarde les monts Soïena, le lac Irigou que survole un aigle pêcheur d'un long déploiement d'ailes. Elle s'assoit sur la rive. Une grande flamme douce palpite dans son regard.

Au retour dans la maison, Sylvanus interroge brusquement Cecil sur l'Albinos.

– Avez-vous jamais entendu parler de l'Albinos ?

Cecil hausse les épaules. Ces histoires d'albinos sont pour lui des extravagances. Il pense au coup de téléphone qu'il doit donner au Botswana pour s'enquérir des éléphants, de leur âge, de leur poids, de leur sexe, de leur état de santé. Le ministre d'Abidjan lui a donné toutes les garanties sur la compagnie qui affrète le cargo. Mais Cecil redoute les combines, les pots-de-vin.

Sylvanus revient à la charge. Il sonde Akissi et Tetiali, prenant Thérèse à témoin :

– Thérèse a vu l'Albinos, un soir, bloqué dans le faisceau de ses phares. Elle l'a vu !

Akissi éclate de rire. Elle en profite pour appuyer son épaule contre celle de Boris. Puis elle s'exclame :

– Mais qu'est-ce qu'il nous veut avec son Albinos ? Il a commis un crime, cet Albinos ?

Et elle pouffe de plus belle en secouant ses seins pointus. Boris louche sur ce charivari de chair. Les dents sont dures, blanches, éclatantes. Elles révèlent tout le tonus d'Akissi, sa vitalité coriace et tranchante. Boris scrute cette nacre rieuse dans le beau visage ambré. Il est séduit par le long cou, son attache câline, la moirure des cheveux lissés sur le crâne. La peau du dos, son ensellure souple. Entre la frange du tee-shirt et la ceinture du bermuda il surprend l'incurvation brutale et musclée des reins. Ce creusement le fascine, embusqué d'un coup entre les tendons ressortis et plus clairs. Il voudrait toucher, sentir cette rigole brillante, qu'Akissi se cambre, bande ses forces. Et être là, l'avoir sous la main.

Sylvanus fixe Tetiali des yeux, maintenant.

– L'Albinos, Tetiali... Toi qui parcours la réserve dans tous les sens à longueur de journée, tu as bien entendu parler de quelque chose...

Tetiali hausse mollement les épaules, comme Cecil qui vient de se lever pour aller téléphoner. Soudain, l'atmosphère est plus libre. Tetiali se détend. Sylvanus séducteur renouvelle sa prière. Alors, Tetiali se met à parler lentement.

– Peut-être... Peut-être... qu'on a vu l'Albinos à Abokouamekro, mais il y a des mois... Les gardes et moi, on l'a vu de loin, du haut d'une colline. Il était sans armes, solitaire. On a compris qu'il ne s'agissait pas d'un braconnier. Dans nos jumelles, la chevelure blanche a surgi. La peau du visage grisâtre et rose. On a su que c'était un albinos. On a pris la Jeep pour l'expulser. Il n'avait rien à faire ici. Mais quand nous sommes arrivés, il avait déguerpi. On ne l'a pas retrouvé. Ces hommes-là ont des pouvoirs. Ils sont intouchables mais ils possèdent des manigances. Alors il s'est volatilisé.

– Mais dans la ville, Tetiali, dans la ville, on a bien dû parler de temps en temps de l'Albinos.

– Des rumeurs, des rumeurs, des bavardages contradictoires sur un secret enfoui et dangereux, des apparitions, des disparitions…

– Quel âge a environ l'homme que vous avez repéré dans vos jumelles ?

– C'est difficile à dire étant donné la blancheur des cheveux, des sourcils, les yeux pâles, la peau desquamée. Peut-être qu'il avait une trentaine d'années. Il nous a paru grand et souple.

– Et dans la ville, on n'a jamais cherché à savoir qui était la mère de l'Albinos ? Et le père ? Qui pourrait me donner des renseignements sur la famille ? Une piste, hein Tetiali, grand Tetiali d'Abokouamekro. Grand pisteur. Grand œil, grand gardien clairvoyant des animaux rares et beaux. Hein, Tetiali !

Sylvanus, mi-facétieux mi-lyrique, enveloppe Tetiali de son regard intense. Il devient l'enchanteur. Il fait tout un poème du garde. L'autre rit, amusé mais flatté. Il sait qu'il a affaire à l'un des écrivains les plus connus du pays.

– Hein, Tetiali… le chasseur de braconniers ! Grand chasseur de légende. Tetiali, fils de chasseur, homme de force, de pouvoir. Tetiali, grand lutteur solaire qui terrasse un à un les braconniers, les bouchers de l'aurore. Mon Tetiali, parle-moi, parle au poète Sylvanus. Un chasseur et un poète, c'est le souverain couple… Parle-nous…

Tetiali se pâme, caressé par la louange :

– Il faudrait peut-être aller voir du côté du marché, autour de la mosquée… voir du côté des garagistes, des mécaniciens nombreux à Yamoussoukro et qui voient passer beaucoup de monde et qui trouvent beaucoup de traces, de signes, à l'intérieur des automobiles…

– Vous n'allez pas embêter Djé Djé ! lance Thérèse. Laissez mon Djé Djé me construire son formidable char ! Hein, les amis ! Foutez-lui la paix avec votre Albinos fantôme, hein !

Sylvanus est décidé. Il séduira Djé Djé. Il l'enrobera de sa faconde, il l'embobelinera. Et il tirera de l'ombre l'Albinos par petits bouts. Il le ramènera à la surface, il le reconstituera morceau par morceau. Et un jour il le rencontrera, le verra, lui parlera. L'Albinos cessera d'être un revenant.

– J'aime l'Albinos ! Je l'aime, dit Sylvanus d'une voix émue, seul au monde… Méprisé. Promis au sacrifice, à la gueule immonde des sauriens. J'aime l'orphelin rose… ce paria surnaturel. Ce Noir inversé, retourné. Cette face inouïe et bannie de nous-mêmes. Il a vécu caché, traqué. Trente ans de fuite, d'errance. Partout et nulle part. Je vénère l'Albinos. Le Noir tout blanc. Le domino de Yamoussoukro !

Akissi ne rit plus. Elle écoute les incantations de Sylvanus. Elle voudrait que le Vieux lui invente un poème de cette trempe, sur elle, sur son être. Sylvanus a une voix admirable, profonde et sonore. Il fait rayonner l'Albinos. Il l'habille d'une aura argentée. Il l'érige comme un prince, comme un mage détrôné. Tous, ils commencent d'aimer, d'admirer l'Albinos par le seul ascendant du verbe de Sylvanus.

Voilà pourquoi je me suis toujours méfié des écrivains, de leur langue ensorcelée. Langue du chatoiement démoniaque. Verbe de la duperie. Ramage du diable. Moi, je n'ai jamais été éloquent. Jamais. Même un peu bègue, un peu bloqué du bagou. C'est après ma mort, quand j'ai rejoint le ciel de Yamoussoukro, que l'inspiration m'a envahi, que j'ai su célébrer ma vie et ma ville. La mort a délié ma langue. Maintenant, je suis le verbe de ma ville sainte. Je hais Sylvanus. Il pose trop de questions. Toutefois, je dois avouer que je ne suis pas insensible à ses mots. Le drame, avec les écrivains, c'est que leur talent n'est jamais au service de la vraie cause. Entichés d'exception, de marginalité, toujours ! Aller chercher cet Albinos ! C'est tout ce qu'il a trouvé dans Yamoussoukro. Il y avait ma Cathédrale, mon Palais, ma Fondation, ma Maison du Parti, mon Hôtel Président, Thérèse ma femme, la grande Thérèse, pas celle d'Abokouamekro, il y avait Mamie Faitai ma sœur survivante, Mamie Adjoua ma sœur défunte dans son tombeau d'or. Il y avait les forêts, la terre, les lacs, les fleuves, mes crocodiles, mon Diallo. Il avait de quoi faire ! J'avais mis le paquet ! Eh bien, lui, il furète, il fouine, il enquête. Ça c'est mal ! C'est le Mal. Il déterre l'Albinos. Ce zombie blanc comme un asticot. Où va la littérature ? Senghor malgré tous ses détours n'aurait jamais célébré l'Albinos ! L'avant-garde, c'est l'Albinos ! C'est du joli ! J'ai élevé ma cathédrale sur les anciennes ténèbres. Mais Sylvanus vient remuer le caca. Placer le caca dans un écrin, c'est l'art d'aujourd'hui !

… Thérèse salue son monde et s'éclipse… Impatiente. Je la comprends. Je sais où elle court. C'est l'heure. Peu de temps après, c'est au tour de Joan et de July de se trisser. L'air de rien. En catimini, elles filent, elles montent dans la Jeep que Cecil leur laisse conduire. Peu à peu, il leur a concédé de plus en plus de liberté. En théorie, elles n'ont pas le droit de quitter la voiture ni la piste. Mais elles n'en font qu'à leur tête. Elles savent où elles vont, les coquines. Elles s'y précipitent…

J'aime le théâtre de l'étreinte. Sous le fromager qui commande l'entrée de la plaine de Katiola. Non loin de la termitière géante. Thérèse arrête d'abord la voiture devant la cheminée haute de sept mètres, rouge, gondolée, cannelée, pétrie de boue comme du magma. Il y a un trou dans le flanc du tumulus. Le groin d'un phacochère goulu l'a creusé. Parfois, il vient bouffer les termites, on en compte des millions autour du roi et de la reine dans leur chambre sacrée. Thérèse est fascinée par l'empreinte de la bête dans ce donjon de pourpre.

Joan et July se sont postées au sommet d'une petite colline boisée à trois cents mètres. Elles vont contempler la scène dans leurs jumelles. Subjuguées. Dans l'éventail de leurs passions, il y a le python, voir le python. Elles n'y sont pas encore parvenues. Elles se rabattent sur l'iguane qui vit auprès du grand kolibé, le long de la rivière Kan. Elles l'épient. Elles s'approchent de lui, le houspillent. Elles voudraient qu'il les poursuive pour rire. On leur a ordonné de se tenir à distance des éléphants, des rhinocéros, des buffles. Mais elles ne sont vraiment attirées que par les sauriens, les reptiles, les lézards, les grands serpents constricteurs. Et puis, le soir : le spectacle d'amour.

Thérèse arrête sa voiture au pied du fromager. Assioussou, le garde de la réserve, arrive à son tour. Alors commence la danse de Thérèse et Assioussou. Ils se contemplent. Ils s'approchent, ils reculent. Ils tournoient. Ils jonglent. Tout à coup, Thérèse paraît légère, elle voltige, elle rejoint Assioussou, le grand garde guéré. Elle l'enlace. Elle colle son ventre contre celui de son amant. Elle s'écarte pour mieux le regarder, le scruter. Elle rit, elle éclate d'un long rire de gorge. Assioussou reste muet, concentré. Incliné sur Thérèse. Elle l'aime ainsi, tendu et secret. Puis elle se détache de lui. Elle marche autour du fromager. Ses yeux remontent le long du fût gigantesque flanqué de contreforts, d'ailerons lisses et majestueux. Elle perd son regard dans le feuillage innombrable. Elle rit, elle est ravie. L'énorme disque solaire est posé sur l'horizon de la savane de Katiola. Thérèse s'adosse contre le tronc. Assioussou se dresse à quelques mètres d'elle sans bouger. Il attend. Thérèse enlève sa robe lentement. Elle regarde Assioussou, elle glousse tendrement. Elle hésite. Elle ôte son soutien-gorge. Ses mamelons se gonflent, immaculés et rosis du bout. Elle s'appuie davantage contre le tronc, paresseuse et languide. Elle lève encore les yeux vers les masses d'émeraude qui remuent dans les accrocs du ciel rouge. Elle voit des lueurs, des météores, des caillots de ténèbres, elle entend des bruissements. Elle regarde Assioussou immobile. Elle ôte sa culotte. Elle montre sa grande toison rousse. Elle arbore le panache de sa rousseur. Assioussou est fasciné par cette fourrure de soleil. Le feu de Thérèse. Son fulgurant blason. Il attend. Lentement il va vers sa voiture et ramène une ample couverture qu'il dépose dans l'ombre du fromager.

Joan et July sont crispées derrière leurs jumelles.

– Ça m'excite, ça m'excite, je n'arrive pas à m'habituer, dit July.

– Moi aussi, moi aussi, ma petite July.

– Tais-toi, tais-toi… Comment elle fait cette Thérèse, elle est grosse, elle devrait être moche. Mais la garce, c'est plus fort que tout, elle est belle !

Joan renchérit :

– Mais oui, elle resplendit, comment elle fait pour triompher comme ça. On ne sera jamais aussi belles que Thérèse…

C'est au tour du grand Guéré. Assioussou s'est calé contre le tronc du fromager. Thérèse se tient devant lui. Il déboutonne sa chemise kaki, il dégage son torse triangulé, noir et boulu de muscles. Il ouvre sa ceinture, fait tomber son pantalon. Les chevilles sont garrottées par le rouleau froissé du froc. C'est alors que Thérèse fonce sur lui et lui lèche les flancs, les seins, les côtes. Elle recule, le regarde.

– Tu es beau, Assioussou. Tu es magnifique. Tu me fais peur. Tu es Dieu.

Assioussou sourit doucement. C'est cette douceur d'Assioussou, cette grande douceur qui fait fondre Thérèse.

– Tu vas me tuer de douceur, Assioussou !

Et Thérèse n'en peut plus, pousse une espèce de cri d'enthousiasme, de chant jubilatoire, la voilà qui fait le tour du fromager. Elle se poste à cinq mètres d'Assioussou et le regarde encore.

– Ça y est… elle va le faire ! souffle Joan, écarlate.

– Tais-toi… Tais-toi…

Thérèse avance lentement vers son grand Guéré, le guerrier. Elle baisse le slip de son amant. Elle le dévoile et ressasse sa litanie.

– Tu es beau, tu es souverain. Tu es plus beau que Dieu.

Alors elle recule encore. Assioussou reste adossé au fromager. En bas, il y a les bourrelets du pantalon qui l'entravent et puis, plus haut, le tire-bouchon blanc du slip.

– Il a mis le slip blanc aujourd'hui. C'est le plus pur, hein Joan !…

– Moi, j'aime le noir, le tout petit tout noir. Ah tais-toi ! Tais-toi ! Tu me déconcentres…

Thérèse exhibe le brasier de ses poils. Sa main retrousse le pelage, le hérisse dans son foisonnement.

Joan et July assistent au lever, au grand lever d'Assioussou.

– Ça y est, il décolle.

Assioussou, dans un gémissement de douceur, a murmuré :

– Thérèse, ça y est, je m'enorgueillis.

L'expression grise Thérèse. C'est une trouvaille spontanée de son grand Guéré. L'orgueil d'Assioussou est à son faîte.

– T'es plein d'orgueil, mon Assioussou, t'es orgueilleux !

Thérèse allonge le bras, les doigts et caresse la fierté d'Assioussou. Puis elle lui prend la main et voilà qu'ils tournent autour du fromager. En duo. La cérémonie de l'orgueil d'Assioussou. Ensemble ils font face au soleil dilaté qui rougit la plaine de Katiola et ensanglante le tronc du fromager. Assioussou darde vers l'astre et Thérèse fait saillir le pinceau d'or de son pubis.

Ils vont se coucher sur la couverture orangée. Tout commence, tout n'en finit pas de commencer, de se métamorphoser, de renaître. C'est une succession d'épiphanies.

… Moi, le Bélier, le Boigny, j'ai désiré. J'ai aimé. J'ai étreint. J'ai eu tout ce que j'ai voulu. Toutes les races, les plus belles femmes. Mais jamais je n'ai connu l'embrasement de Thérèse et Assioussou. C'est grandiose, c'est surhumain. Toujours je suis envieux. Je suis jaloux. Puis je suis pris, happé, je ne sais plus ce que je vois. Avec Joan et July, je sombre dans l'épopée de l'étreinte.

Thérèse rose, blanche, ocellée, zébrée de veines bleues, de fleuves vert-violet, de méandres sinueux, tressée de bourrelets, ornée, crénelée de cellulite, Thérèse fleuronnée est le plus grand, le plus beau des Rubens… Senghor en visite officielle avec moi à Dresde m'a montré le tableau représentant Hélène Fourment en Bethsabée. Senghor se plaisait à identifier des œuvres dont j'ignorais tout. Il m'humiliait comme d'habitude. Il faisait le savant. Mais là, devant Hélène Fourment rousse et nue, j'ai été ébloui, devant cet incarnat irradié, ce grand soleil charnel. Depuis, j'ai acheté des tableaux de maître que j'ai accumulés dans mon palais. J'entends encore la voix de Senghor commenter le corps d'Hélène. Sa voix nasillarde et prétentieuse. Je reprends tout de même ses mots, ce sont les bons. Cette fois, je salue le verbe de mon rival. Thérèse, c'est un Rubens ! C'est Hélène Fourment dont le nom fait pâte, levain et fourmille. Thérèse est un fourmillement. Elle est la sœur de l'opulent magma de la termitière. Et Assioussou est le phacochère merveilleux qui s'enfoncera dans le ventre de cette montagne féconde… Ils se frôlent, ils se frottent, ils se figent. Soudain, c'est trop, ils se desserrent. Main dans la main, côte à côte, ils restent couchés sur le dos, écartelés dans l'ombre de l'arbre. Ils poussent leurs cris, leurs chants de joie. Je n'ai jamais vu ça, entendu ça. Ils se rapprochent, se pelotonnent. Ils se touchent, ils s'explorent, voluptueusement se branlent et s'embrassent et se fourrent des langues et se nouent et se lèchent et salivent, sirotent leur bave. Ils rient. Ils bêlent, ils se trémoussent. Ils grognent. Et Thérèse a hissé toute sa chair sur le ventre d'Assioussou. Elle s'est assise, royale, sur la verge du Guéré ! Elle lève les bras, prend sa nuque dans ses paumes, se renverse dans l'épanchement rouge du soleil dont les rayons giclent et divergent de part et d'autre du fromager. Thérèse gonfle sa voile. Elle tangue sur la mer. Elle est le vaisseau du soleil. Puis elle chaloupe, elle tressaute, cahote, écume… Elle actionne le membre d'Assioussou. Elle geint, elle chuinte, elle gémit, elle rigole, elle pleurniche, elle en pète. Assioussou lui dit :

– Pète, pète, ma Thérèse. Pète, ma reine. Tu es mon canon d'allégresse.

Joan et July n'entendent rien des pets de lubricité. Si elles savaient ! Mais moi, j'entends ce clairon de haute félicité… J'aime les amantes péteuses. Ma Légionnaire péta le jour où elle jouit pour la première fois.

Thérèse accélère, affole toute sa chair, ventre et croupe, mamelons saisis de frénésie. Elle gueule. Elle attrape ses seins, elle les pelote, les dresse, les broie, les lâche. Elle se vrille de droite et de gauche. Elle se laisse choir sur les bosselures du torse d'Assioussou, son bouclier de tendons noirs. Elle lui mord les lèvres, elle suce les ourlets nervurés, les mange, les broute. Et elle dit :

– Tire la langue, tire-la toute grande.

Et elle prend dans ses doigts la langue d'Assioussou, elle veut sentir la feuille, la fibre souple et gluante, musculeuse. Elle l'enfourne, elle la mêle à sa langue. Elle mélange les deux anguilles gourmandes, papilles, filet, salive. Tandis que ses reins vont et viennent, que sa croupe se cambre et s'élargit, offerte au vent du soir, à l'immense tiédeur qui s'épand sur la plaine de Katiola, sur la toison des antilopes et des gazelles.

C'est lui maintenant qui a pris le dessus. Il culbute Thérèse, la met à genoux et lui s'agenouille à son tour, érigé, orgueilleux derrière sa monture dont il flatte les flancs, dont il mesure les fastueuses rondeurs. Il lorgne. Il savoure par avance. Elle tourne la tête de côté vers lui, béate. Elle inflige à son corps une belle torsion de chair. Le Guéré admire les flux, les remous de ses reins, de ses muscles, de sa graisse, de sa force. Alors il se met à crier de joie. C'est leur manière. C'est un couple crieur. Des cris d'exultation, de louange à la terre, à mon royaume. Et il entre à fond dans Thérèse. Il enfonce son orgueil dans la gloire de Thérèse. Elle beugle, elle brame. Elle oscille. Elle se cabre. Il ramone la magnifique lionne. Il bascule sur elle. Il la mord. Elle couine, elle crie, elle gueule. Il se redresse. Il pince les deux fesses, les deux roues phosphorescentes telle une opale énorme. Il les secoue, il les écarte. Il voit le bel anus brun. Il le tâte. Il le fouille de ses doigts. Il en hume l'exquise puanteur. Alors il cogne, le doux Assioussou. Il est violent soudain. Son beau cul noir et coriace se serre et s'assène sur la croupe immaculée.

– Ce qu'il a un beau cul… quel beau cul il a… répètent Joan et July.

De côté, on ne voit que l'orbe noir de muscles accolé au globe laiteux. Deux roues soudées, vissées. Ils ahanent. Ils ondulent. Et Assioussou sort, offre son orgueil au soleil finissant dont ne surnage qu'un hémisphère de sang. Thérèse émet une sorte d'aboi, se retourne et s'allonge, s'écarquille afin de voir la lance d'Assioussou dans la lumière vermeille. Et le guerrier Guéré se jette sur Thérèse et s'empale en son centre. Elle hurle. On dirait qu'elle s'évase, que son corps élargi la nimbe de grands bracelets, de grands faisceaux de chair, d'armoiries flamboyantes et tendres dans lesquelles Assioussou se rue, plonge, nage, brasse et laboure, en hoquetant, en hurlant lui aussi… dans le gouffre de Thérèse. Ce sont des amants hurleurs. Je n'ai jamais vu ça. Je n'ai jamais entendu ça. Moi le Bélier Boigny. Moi le Bel aux cornes lancéolées à l'aurore. Ils m'écrasent de leurs fastes. Ils me transcendent. Ils portent l'opulence et la joie du monde à leur comble. Ils font que je m'oublie, que je m'absorbe en eux. Alors elle lui chante :

– Bite d'or… Bite d'or…

Et lui :

– Cul d'amour ! Cul d'amour…

Et ils répètent ce cantique inlassablement. Ils se célèbrent. Soudain, Assioussou se retire, s'écarte, sa tête plonge vers le ventre de Thérèse. Alors il la regarde là. Sidéré, il scrute le cuivre de la crinière. Il adore les lèvres, la vulve et les volutes, le sexe de Thérèse. Il l'ouvre avec ses doigts. Il y colle bouche et langue. Il baise, il lape, il suce tendrement le bouton. Il le lisse comme un joyau, l'enduit et le fait finement tressaillir sur son tendon. Thérèse rutile et remonte son pied rose qui branle la verge d'Assioussou tandis que la belle bouche de son amant mange son buisson fendu. Et puis ils se retournent, ils roulent et rient sur leur paillasse cramoisie de soleil. Ils se lèvent d'un coup, se pourchassent. Elle se plaque contre l'arbre et il la bourre. Il lui saisit les cheveux, les tiraille, les déploie. Il l'auréole de rousseur luxuriante. Elle prend dans sa main la grappe de ses couilles. Elle sent tout leur volume d'amour. Ils s'écroulent au pied de l'arbre écarlate. Haletante, acculée, elle le reçoit. Son crâne bat doucement l'écorce du fromager. Sa joue caresse de côté les squames du tronc. Et lui chante :

– Mon amour, tu es mon amour… Tu es ma géante rousse… Mon Assioussoute !

Et elle :

– Tu m'as assioussoutée ! Bite d'or, je suis ton cul d'amour d'or.

Les voilà changés en monceau d'or vivant, en termitière de pépites et de chair. Soulevés, creusés, sanglés de muscles noirs et clairs, échines et membres torsadés, ligamentés, tout chamarrés, tout harnachés de leurs peaux, de leurs pulpes d'or rouge, tout moirés d'un fleuve de sueurs. Gluants et magmatiques. Laves. Un volcan de bonheur. Avec des jets, des joies, des crachements, des tourbillons, des bouillonnements, des spasmes, des cris de ventres. Des claironnements ventraux.

Assioussou s'est figé au-dessus de Thérèse. Il ouvre la bouche. On dirait qu'une hache s'est plantée dans son dos et qu'il se voit mourir. Thérèse râle et nage dans les feux et les flux, nappée, damassée de pourpre de soleil. Et Assioussou lui dit :

– Je vais perdre mon orgueil.

Et elle gémit :

– Va, va ! Lâche ton orgueil. Je veux tout. Arrose-moi, irrigue-moi, submerge-moi de l'orgueil d'Assioussou.

Alors il se contracte, se cabre, regarde la frange mince du soleil sombre. Il sent en lui toute la beauté du monde. Il a la vision de l'immensité, du grand tout. Ça se déploie, ça déferle de toutes parts en paroxysme sublime. Il ne crie plus. Il pousse un gémissement comme un pleur d'extase. Un suprême ravissement le crible, le hérisse de banderilles d'or. Toutes les flammes du monde convergent et se ruent dans son membre guéré. L'œil s'écarquille, comme frappé par la mort. Il secoue la tête, il se rebelle, il rugit, il lâche :

– Je te donne tout mon orgueil ! Amour, prends l'orgueil d'Assioussou.

Et Thérèse s'est élargie encore, toute répandue dans le monde, dans l'immense. Sa chair inonde la plaine de Katiola. Elle se déverse, elle est aveugle. Elle entend au loin, dans les ténèbres, la somptueuse parole sainte d'Assioussou. Elle coule, elle se démembre. Elle a perdu la conscience de son corps, de sa chair et de son unité. Elle se disperse, évanouie dans une mer de sombre lumière. Un grand vase rouge et cosmique… sans bords, sans rives. Elle est ce vase d'or émerveillé. Elle ne l'entend pas crier. Elle a coulé, elle a fondu dans son cri. Elle est morte et pâmée dans l'amour d'Assioussou.

Ils ne bougent plus. L'un sur l'autre, l'un dans l'autre. Le couchant moule leur chair jointe et leur dresse un mausolée de chaudes ténèbres.

Joan et July pleurent silencieusement. Et moi le Bélier, moi je reste muet. Yamoussoukro n'est plus qu'un grand sanglot de sérénité.

Quand elle ne couchait pas chez Cecil et Akissi, Thérèse aimait revenir, la nuit, seule dans sa voiture. La piste chahutait dans ses phares, piquait et bondissait, se disloquait, Thérèse s'arrêtait. Elle écoutait le silence criblé d'appels de crapauds et de grenouilles, stridulations, râles et grelots sur tous les tons. Elle sortait de la Jeep, elle marchait le long de la piste. Le ciel étincelait comme le torse d'Assioussou étoilé de sueur. Thérèse s'adossait contre un tronc. Elle s'étirait, elle s'ébrouait, elle parlait aux ténèbres, elle leur disait son amour. Elle n'était pas pressée de rentrer chez elle. Elle n'avait pas peur. Elle était poreuse à l'univers. La nuit la remplissait, l'air plus doux, plus pur. Elle entendait glisser des bêtes dans les taillis. Elle se relevait. Elle avançait encore. Elle avait presque envie de quitter la piste, de partir au hasard dans la forêt. Sans angoisse. Pour se fondre dans la luxuriance douce et noire.

Cette nuit-là, elle le vit. Il apparut. Lentement il traversa. Lui. Le Python. Thérèse le désirait, n'osait pas se le dire. C'était lui. Le géant. Ses anneaux, au lieu de serpenter, le propulsaient presque tout droit, comme une chenille énorme, une colonne de bracelets argentés sous la lune. Elle s'approcha. Un python n'attaque pas l'homme. Surtout une femme adulte de la corpulence de Thérèse. Il barrait toute la piste. Il était calme. Il était patient. Massif et luisant. Sa tête plate dardait doucement. Elle aurait voulu le toucher, le prendre, grimper dessus, le chevaucher, s'envoler sur ce python stellaire, musculeux et gonflé entre ses cuisses marbrées par la semence d'Assioussou. Il passa, le colossal reptile qui étouffait les faons, les engloutissait, les digérait longuement. Rares étaient ceux qui voyaient le python. Cecil enrageait de ne jamais tomber dessus. Thérèse, elle, avait le don, le sens de cette bête, de sa puissance muette. Thérèse était seule sur la terre. Un sentiment de royauté la submergeait. Elle était immense. Elle était la nuit. La poitrine d'Assioussou se greffait à la sienne comme une cuirasse brillante. Le python venait pour elle, traversait pour sa reine. Elle lui parla, elle le nomma :

– Mon énorme, mon tout, monstre chéri, mon amant constricteur, mon étrangleur. Mon désir. Mon grand pénis, dis !

Ça la faisait rire et frémir doucement dans la nuit :

– Ah, dis donc ! C'est toi mon salaud, tu m'attendais, l'air de rien. Tu voulais me saluer… Hein ! Sacré voyou… Beau dégueulasse… Regarde comme tu es lourd, long, gras, plein, bourré de chair. Ah, dis donc ! Gros ver ! Tu pèses. Là. Te voilà comme ça… pour moi, pour ta Thérèse, pour t'exhiber devant elle. Pavaner dis. Défiler oui ! Il n'y a qu'à moi que tu aimes te montrer ainsi tout nu, tout coruscant. Les petites garces Joan et July, elles ont beau te chercher, elles en sont pour leurs frais. Mais moi, il suffit que je m'arrête, que j'écoute le grand silence et tu apparais. Mon sortilège géant… A demain, mon chéri, à demain, mon seigneur. A demain, Sultan… Hein ! Je passerai et tu seras là, au bord du chemin, pour ta Thérèse, pour ta chérie, pour ta cocotte… Bisous ! Bisous ! Au revoir, mon biquet… Salutas !

Et Thérèse repartit en sens inverse, rejoignit sa bagnole. Elle conduisit ainsi pendant une heure. Libre et vaste. Elle adorait conduire. Maîtriser les lacis de latérite nerveuse. Éclairer loin la route. Percer la nuit. Pénétrer la forêt. Joyeuse, épique comme une cohorte en marche. Amazone à minuit. Alors, au paroxysme de son exaltation, elle renouvela son serment de défendre le parc d'Abokouamekro contre les spéculateurs, les promoteurs de tourisme grégaire et international.

Boris n'était pas encore au lit. Il avait laissé sa porte entrebâillée pour créer un courant d'air. Il entendit un pas dans le couloir. Il regarda, Akissi passa. Elle était nue. Complètement nue. Une serviette à la main. Elle se dirigeait vers la salle de bains. Elle glissa un œil dans l'embrasure étroite. Il était sûr qu'elle avait vu qu'il la regardait. Ce fut rapide et poignant. Akissi aux mamelons dardés, aux cuisses longues et sombres. L'échine, les reins, la croupe. Toute la souplesse de ses jambes nues. En un éclair. Elle passe devant lui. Là, toute. Entièrement nue. Ses poils. Son sexe nu. Et tout à coup, un nouveau bruit. C'était lui maintenant, Cecil en slip, le taciturne marchait vers les toilettes. Il revint le premier et disparut dans sa chambre. Boris attendit Akissi. Il voulut la voir. Mesurer, savourer sa vision. Il ouvrit la porte carrément. Il osa. Il afficha son désir de la voir. Légère, elle approcha. Au moment de passer, elle s'arrêta, se retourna vers lui, sourit, mit son doigt devant sa bouche pour lui commander le secret. Elle s'appuya sur une hanche. Galbée, exquise. Ses tétons relevés. Les pompons de son pubis métis. Elle eut un rire facétieux, silencieux. Hardie et muette. Elle se montrait à lui. Ses yeux lui disaient : regarde… regarde… tant que tu veux, tout ce que tu désires. Tout à coup, elle pivota d'une leste torsion, en joignant les mains sur sa poitrine. Un entrechat filou, délicat. Pour qu'il lorgne le fruit de ses fesses brunes. Elle lui fit face à nouveau, lui signifia de ne pas avancer dans le couloir. Elle pouffa, elle cacha son visage dans ses mains. Provocante, elle tendit ses mamelons et leurs pointes mûres, se cambra. Ses yeux brillaient. Elle lui tira la langue, longuement, secrètement. Elle fut grave soudain et sa main se posa doucement sur son pubis. Sans caresser. Les doigts dessus. Tout bas, dans un imperceptible chuchotement, elle lui souffla : « Tu es beau… Boris, je sais que tu bandes… » Elle noua d'un geste véloce sa serviette mouillée sur ses reins et s'éclipsa vers l'autre, le renfrogné. Le mari de mélancolie.

Sylvanus était resté sur le balcon. Les yeux noyés dans le clair de lune. Son disque immaculé dans la fourche d'un tulipier géant. Des calaos noir et blanc, après avoir jacassé, voleté en tous sens, s'étaient tus dans l'arbre noir. Muets, ils dormaient. Alors Sylvanus parla à l'Albinos :

– Je te découvrirai, je te retrouverai. C'est ma mission maintenant. Ma soif. Un jour, tu seras devant moi, comme ça, inondé de lune. Constellé, immaculé. Toi le pur. Toi le malheur. Toi le pauvre. Mon très pauvre. Mon très seul. Tout le mal qu'ils t'ont fait. Je te prendrai dans mes bras. Je te serrerai contre moi. Je te nourrirai de ma force, de mon souffle. Je sais que tu es l'interdit et le secret de cette monstrueuse cité. Je dénouerai ton énigme. Je t'éluciderai. Je remonterai aux sources. Yamoussoukro se dévoilera devant moi. Je te nommerai. Tu seras identifié. Tu sortiras de ta tanière. Je te conduirai auprès de ta mère. Je te montrerai à la foule. Je dirai : le voici, l'humilié. Le banni. Celui que vous avez chassé, supplicié. Le voici, je le tiens par la main. J'avance avec lui. Le frêle, le fragile, le flagellé. C'est mon frère, c'est moi. C'est nous. Nous marchons vers la basilique. Nous allons sous le baldaquin. Là, je te bénirai, je te consacrerai comme un sauveur. M'entends-tu, bel Albinos de la douleur ? Toi le blanc, toi le rose, toi le gris, toi le Sans-Peau, toi le nu, toi l'écorché, tes yeux d'aveugle. Je te recouvrirai de ma peau. Je t'habillerai de mes mots innombrables. Je te promènerai partout dans Yamoussoukro sous mon chatoyant langage. Ils te reconnaîtront. Ils t'accueilleront. Ils te feront liesse. Ils t'aimeront, toi le fils, l'enfant tué. Nous irons en grand cortège au bord du lac sacré. Nous appelleront Capitaine Diallo. Le vieux saurien squameux approchera sa gueule de roche immémoriale. Il te toisera. Il te convoitera. Il sera éperdu de convoitise. Sans haine, tu contempleras le monstre des eaux noires secoué de fringale et de frénésie. Diallo se cabrera de rage et de douleur. Et il reculera. Il s'engloutira loin dans le lac ténébreux. Et nous continuerons notre marche triomphale. Avec Thérèse, avec Ahmadou K., avec Mariama, avec Sokhna, avec Tanella, avec Bernard D… Nous t'offrirons au monde entier. Toi revenu. Toi reconnu. Toi replacé au centre de la cité. En son cœur. Là, dans la poitrine de Yamoussoukro. Sous le sein de la ville. Mon mal-aimé.

Je me lève, moi, le porte-soleil. Et je chasse la lune et son crâne pâle. Mes cornes s'érigent haut pour brandir l'astre de flammes. Car je suis le Bélier, une toison touffue et ardente. Pas du toc ! J'embrasse Yamoussoukro de mon aurore vitale… Je dissous tous les fantômes, toutes les chimères nocturnes, les monstres, les larves, les lémures et les sorciers mangeurs d'âme. L'Albinos crevé par mon dard de lumière se recroqueville dans son trou comme un rat. C'est moi le souverain du jour. Le rayonnement. Le Juste. L'éclat. Grande lumière du monde. Me voici, moi Boigny. Chaque matin je suis gonflé à bloc. Bouffi de clarté et de magnificence. Bélier bandé, braqué sur ma ville. Je l'épelle, je la nomme. Je la dénombre. Je déploie chaque fleuron de sa beauté. Je caresse chacun de ses reliefs. Je respire l'arôme de tous ses orifices. Puis je prononce le nom de Notre-Dame. La Basilique, c'est mon corps. La coupole, c'est ma tête. La croix, mes deux cornes. N'est-ce pas que je suis en forme ! Je dis le nom de Diallo. Je te salue, Diallo, grand cosmophore et carnivore sans merci. Lac béant. Lac dentu. Mon janissaire féroce, salut ! Je nomme chacun de mes crocodiles. J'aligne les cinq cents noms de mes dévorateurs chéris. Je salue ma mère, Kimou N'Dri Kan, mon père, N'Doli Houphouët, mon oncle, mes sœurs, ma vaste progéniture. Tous mes bâtards et mes troupeaux, mes terres. Je récapitule… Puis je te salue, Kady, l'épouse de mon premier mariage. Et toi, Thérèse, l'épouse du second, l'épouse de toute ma vie, ma veuve. Je n'oublie rien. Je ne cache rien. J'assume la totalité de ma destinée face au soleil. Thérèse, tu étais promise à mon fils Guillaume, tu étais sa fiancée. Et je t'ai volée à lui. Il m'a maudit. Je le sais, je le dis. Je te salue, mon fils. Et toi, Bintou ma chérie. Mon délice dernier. Tu étais la nièce du grand écrivain, du maître, du sage malien Hampaté Ba. Je vous vénère tous les deux. Tu es morte dans mon palais. Ils ont raconté que tu étais devenue ma prisonnière, que tu avais tenté de te sauver, que je t'ai tuée pour t'en empêcher et que j'ai accrédité ensuite la thèse du suicide. Je salue toutes ces versions. Elles sont les facettes de ma vérité multipliée. Je salue toutes mes maîtresses, Ralou Miloyannis, Affiba, Fatou… Et toi ma belle Légionnaire de la Vierge… l'une des premières, la plus vaillante, la musculeuse, et toi la Togolaise, la plus élégante de toutes, et vous mes Françaises blondes, mes rousses, mes filles. Jadis on a soupçonné Jo Attia, le fameux parrain français, de vous acheminer vers nos lits somptueux ! Mon collègue Bongo du Gabon vient d'être accusé d'avoir exploité lui aussi un réseau parisien de prostitution. Les émirs font encore mieux. Alors ! Gloire à la chair, tous azimuts !

Je nomme les forêts, les fleuves, les savanes et toutes leurs bêtes. Toutes les plumes, tous les poils, toutes les écailles à la ronde. Et le pubis des belles et le pénis de mes fils. Je n'oublie pas un moustique, pas une amibe. Car je suis Boigny le Bel. Mamie Faitai raconte comment elle me conduisit enfant au bord de l'océan. Alors un monstre surgit du ventre des eaux. Un dragon balèze, hérissé de langues et de dards flamboyants. J'avance. Je regarde la Bête dans les yeux. Elle rapetisse illico et se jette dans mes bras comme un chaton. Tel quel ! C'est une de mes innombrables légendes, car, outre l'énergie du feu, je possède la puissance de l'eau. A ma naissance, j'ai reçu le nom de Dia qui signifie en baoulé le génie de l'eau. Car je suis baoulé. Baoulé Ier. Le Baoulé sans bornes, de la tribu akoué du grand peuple akan. Je suis la tête, le têtu. Je suis le chef, l'or chevelu. Je suis le Bélier, sa coiffe. Mes cornes cognent la muraille des ténèbres, mes cornes d'abondance. La constellation du Bélier cornu, c'est Boigny. Même la nuit je resplendis.

Je suis le Rouge. Je suis l'Or. Je suis la Colère. Je suis le Coït cosmogonique. Je suis le diadème de l'ensoleillé. Je ne suis pas de la merde. Même si le sobriquet qui me fut attribué dès ma naissance, en même temps que le nom de Dia, c'est Houphouët, qui veut dire ordure, tas d'ordures. Cette dérision me protège. Mais la matière excrémentielle est elle aussi pleine de pouvoir. Merde et merveille dorée. C'est moi. Car je suis le Poids, le Pesant d'or. L'Akan suprême, c'est bibi baoulé. Je suis le majuscule nanan. Oui, baptisé Nanan ! Tonton le Titan !

Le tabouret sacré, c'est moi, c'est tout comme. Le Précieux Siège des Akans originels. Mon vieux trône de chef coutumier est orné de crânes. Je suis le Pilier, le Trésor. Je chauffe, je monte dans le ciel, j'irradie et m'extasie. Car je suis le Feu, la Force, la Foudre, le Foutre.

Je suis le proverbe sacré : « Mes cornes de bélier portent la mère du monde. »

Mon nombril, c'est la terre. J'ai bâti mon pays. Je suis l'architecte et le maçon. Je suis le Fondateur. Je suis la truelle. Je suis l'Histoire, la pelle et l'épopée. Je suis le Fermier. Je ne suis pas rien. Moi, le planteur primordial. Moi Cacao Ier. Le Grand Cacaoyer. Le cours du café, je l'ai incarné. Je suis le Colossal Café. J'ai fondé la Coupe nationale du progrès pour couronner les producteurs de café les plus zélés. L'État a toujours acheté les produits des planteurs pour les vendre au meilleur prix. Les médisants m'ont soupçonné d'avoir empoché les bénéfices dans une formidable caisse noire. Un jour, j'ai offert à l'État mes plantations familiales. Mais l'État, forcément, c'est moi ! On me retrouve au départ et à l'arrivée ! Je suis le cycle et le circuit forcé. Je suis le chef avant d'être un chef d'État. Le chef baoulé ne démissionne jamais, ne partage pas. C'est une lune sans quartier, pleine et compacte. Un soleil sans sommeil. Nommer mon successeur, c'eût été introniser mon meurtrier. On sait cela depuis Shakespeare. Je n'ai pas eu besoin de lire Shakespeare pour le comprendre. Je me suis entouré de conseillers et de chefs de cabinet français moins dangereux que des rivaux d'ici, prompts à vouloir ma peau. Je n'ai fait qu'inventer de faux complots pour terrasser ceux qui me faisaient de l'ombre. Mon coup le plus farfelu fut la conspiration du Chat noir. En 1959, j'ai accusé mon Vice-Premier ministre, Jean-Baptiste Mockey, de sorcellerie contre ma personne. J'ai affirmé qu'il avait fait enterrer par un marabout une tête de chat noir avec une photo de moi enfouie dans les boyaux de la bête ! Pour me rendre impuissant et pour me tuer.

Oui, c'est vrai, moi Nanan, j'ai préféré m'appuyer sur des Français zélés et cupides et sur une garde rapprochée d'Akoués de ma tribu. Mais attention ! Jadis, j'ai commencé par faire la nique aux Français. J'ai créé le premier syndicat contre les colons. J'ai dressé mon Parti contre les envahisseurs tricolores. J'ai armé le peuple. J'ai aboli le travail forcé. Je suis Zola, Hugo, Toussaint et Samory. Napoléon aussi et Louis XIV et Tchaka. Zoulou, je suis Zorro. Jeanne d'Arc c'est moi, et Spartacus. Je crois que je n'oublie personne. Le grand Trublion, l'emprisonné, le Meneur c'est moi. Je suis l'Homère de la Comoé. J'ai mené mon peuple vers la mer de la liberté. C'est beau. On dirait du Senghor. Je suis Senghor. J'ai écrit tous ses poèmes. Ceux de Césaire idem. Au comble de l'ivresse, j'ai même un moment l'illusion que Sylvanus n'est qu'un avatar de ma multiplicité !

Je fus communiste par tactique. Je fus député. Grand messager d'Afrique. Grand Marabout de chez nous. Ténor et Tyran. Je suis le premier tracteur. Je suis le Levier et le Levain et le Lièvre brûlant. Yamoussoukro est une hase sous mes couilles d'Odyssée. Je suis l'Iliade et l'Odyssée.

Je fus le Président à vie. Pâtre et guide, sceptre et sorcier. Je suis la Source. Je suis le Sortilège. Chef de village à cinq ans. Animiste et sacrificateur, puis chrétien à onze ans. Au Mali, j'ai consulté tous les sages du Coran. J'ai tâté du maraboutage. J'ai fait flèche de tout bois. J'ai rameuté le panthéon entier. Car on ne sait jamais… Mais je sais. Je suis celui qui sait. Je suis né coiffé. Car je suis le Bélier. Je suis le Phare et le Pharamineux. Je suis partout chez moi. Je suis Moi-Le-Monde. Je suis Moi-Moi. Moi-Moi Ier. Moi-Moi dernier. L'Alpha et l'Oméga. La Parousie et le Point final.

A présent je rayonne au zénith de mon village cosmique. Mes cornes de soleil fécondent ma tribu de fleuves, de lacs, de forêts, de gazelles, de femmes, de cathédrales et de palais de marbre. Car j'étends sur le corps de la Vierge ma Verge de feu.

Hélas, il m'a fallu déchanter. D'un coup, la rumeur a jailli, a noirci ma cathédrale solaire comme un crachat de pieuvre. *Ivoir/Soir* a colporté la calomnie : « Hier matin, un romancier connu pour ses frasques et ses outrances est sorti de Notre-Dame de la Paix de Yamoussoukro en criant : "Dieu est parti ! Dieu est parti ! Dieu a vidé les lieux." Des légionnaires de la Vierge qui entraient à ce moment-là dans la basilique ont été blessées au plus vif dans leur foi juvénile par ces clameurs du blasphème. Un peu plus tard, deux ou trois d'entre elles auraient senti leur ferveur vaciller devant le grand autel comme si elles avaient été contaminées par la diabolique jactance. La plus jeune tout à coup s'est évanouie, frappée par les échos sacrilèges qui retentissaient encore sous les voûtes de la cathédrale. "Dieu est parti ! Dieu a foutu le camp, Dieu a déguerpi !" Ce sont ces mots mêmes qu'elle a répétés, l'après-midi, à ses parents. Choqués, ceux-ci ont avisé les autorités religieuses. Mais la rumeur s'est répandue aux alentours du marché et de la mosquée. Car Dieu, révélait la jeune fille, se serait réfugié dans la mosquée ! Le Christ lui-même et la Madone… Voilà l'obsession qui intoxiquait désormais la tête de la pauvre gamine… Il ne fut plus question que de cela à travers les quartiers de Yamoussoukro. Le déguerpissement de Dieu. Avec armes et bagages. La cathédrale n'était peut-être plus recommandable. Hantée par le dégoisement maléfique. Les hypothèses les plus folles ont pullulé. L'hérésie s'est élargie jusqu'au soir. Selon le témoignage d'un médecin appelé sur les lieux, la moitié des légionnaires auraient été prises de brusques nausées pendant la nuit, de vomissements et de convulsions et autres trémoussements incoercibles, règles intempestives et surabondantes. Le poison du cri grossissait, aggravait son œuvre... et pour tout dire il prolifère depuis dans Yamoussoukro. »

Réunis sur la véranda, ils venaient de lire le journal. Sylvanus pavoisait.

– Plus je sème le bordel dans Yamoussoukrote, mieux c'est !

– Tu es quand même un peu imprudent, lui fit remarquer Boris.

– Qu'est-ce qu'ils peuvent oser faire à un vieux comme moi ! C'est fini, ils m'ont emprisonné jadis. Ils ne peuvent plus recommencer. Je suis immunisé, et ils se couvriraient de ridicule.

Cecil était descendu faire un tour du côté du lac Irigou. Seul. On le voyait arpenter la rive. Armé de ses jumelles, il suivait maintenant le grand vol plané de l'aigle au camail blanc. Puis il répéta ses aller et retour monotones.

– Il va me donner le tournis, dit Akissi dans un gloussement.

Elle portait un short en jean retroussé haut sur les joues des fesses et une chemise écossaise aux deux pans noués au-dessus du nombril. Du bas-ventre montait une cicatrice étroite et boursouflée d'un pigment plus noir et brillant. Elle buvait son thé glacé auprès de Boris qui goûtait une ou deux gorgées dans la même tasse qu'elle. Elle agitait au bout de son pied une sandalette légère qui tombait, qu'elle ramassait, pourchassait sur le plancher. Puis de son orteil nu elle chatouilla les chevilles de Boris.

Joan et July étaient parties dans la Jeep du côté de la rivière Kan. Elles voulaient prendre des photos de l'iguane.

Une bagnole déboula soudain devant la maison. Deux types se présentèrent :

– Radio Treichville. On a réussi à vous retrouver ! C'est pour une interview, une explication… à propos de Dieu qui s'est trissé.

Sylvanus s'ennuyait déjà un peu. Il sauta sur l'occasion.

– Vous pouvez y aller ! Je répondrai clairement sur le trissement de Dieu.

Les deux ne se firent pas prier et déclenchèrent leur magnéto.

– N'avez-vous pas exagéré, voulu choquer comme d'habitude ?

– Écoutez, déclara Sylvanus, renversé dans son fauteuil d'osier, vêtu d'un frais boubou bleu. J'affirme que Dieu est absent de Notre-Dame de la Paix. C'est tout. N'oubliez pas que je suis romancier, donc poète, que j'ai une certaine intuition du sens et du sacré. Sans me vanter, je sens les choses… Sous la coupole de Notre-Dame, je n'ai rien senti. Néant ! Cette cathédrale n'a pas de sens. On en ressort bredouille ! Le Verbe y reste mort et muet. Le marbre l'a pétrifié. C'est un tombeau, c'est la pyramide d'Houphouët. C'est son mausolée mégalo et narcissique. Mais de Dieu, nulles nouvelles. Volatilisé ! D'ailleurs, le pape, le jour de son inauguration, ne s'y est pas trompé. Qu'a-t-il dit ? Relisez la presse. Il a dit que le vrai temple de Dieu était le cœur de l'homme. Manière à peine voilée de désavouer le sanctuaire pharaonique et paranoïaque dressé par Boigny à sa propre gloire. Le pape ! Quand vous réfléchissez bien… dès qu'il est sorti de la cathédrale, il a connu une aggravation de son état de santé. La cathédrale lui a porté le coup fatal !

Les journalistes allaient se récrier devant une pareille exagération. Mais Sylvanus les coupa pour aller au bout de son élucubration.

– Le pape va de mal en pis depuis qu'il a été lui-même témoin de l'effroyable absence de Dieu sous les voûtes de Notre-Dame du Vide. Ça l'a sonné le Saint-Père. Il boite, chancelle, se traîne, épaulé par ses prêtres et ses gardes du corps. Il ne s'est pas remis du colifichet d'Houphouët. Une mise en scène qui n'a fait que mettre à nu le Grand Carapatement de Dieu. Houphouët, dans cette affaire de cathédrale, a erré d'un bout à l'autre. Il a climatisé les lieux. On ne climatise pas l'ardeur religieuse ! Dieu n'est pas climatisable. C'est évident, non ? Il a installé des ascenseurs dans les piliers. On ne monte pas vers Dieu en ascenseur ! J'en passe et des meilleures. Cette basilique est fausse. Elle est un Faux ! Un contresens obscène sur Dieu. Elle a été bâtie exactement à côté de Dieu. Dommage ! Dommage ! On a mal visé. On a désaxé le divin.

Akissi s'esclaffa car Sylvanus joignait le geste à la parole. On aurait cru qu'il mimait Houphouët, tentait d'attraper Dieu avec un verre comme il l'eût fait d'une mouche. Il restait le bras levé, tenant le verre imaginaire, substitut de la basilique. Il le précipitait d'un coup. Mais c'était raté. Dieu avait lestement pris la poudre d'escampette. Alors Sylvanus ponctua magnifiquement le message :

– On n'attrape pas Dieu comme les mouches !

Cela ressemblait à un proverbe baoulé et plut aux journalistes qui reprirent en chœur la formule :

– On n'attrape pas Dieu comme les mouches.

Cette phrase rebondit dans les cervelles de tous les chrétiens d'Abidjan et de Yamoussoukro. Elle causa autant de dégâts que le terrible « Dieu s'est trissé ».

– Alors, à votre avis, où il est parti, le maître de la Création ?

– Je crois qu'il a préféré la mosquée à la basilique, cet iceberg opaque et prétentieux !

Alors un long palabre se noua entre Sylvanus et les journalistes qui finirent par le convaincre de venir sur le parvis de la mosquée, ce vendredi, jour de la grande prière, vérifier la divine migration.

Boris tenta de l'en dissuader :

– Sylvanus ! Sylvanus ! Ne va pas te fourrer dans ce guêpier !

Sylvanus se redressa de tout son haut dans l'azur de son boubou et le nimbe de ses boucles fourmillantes et immaculées.

– J'ai le droit d'aller voir où Dieu est passé !

Trois heures après, Sylvanus et Radio Treichville débarquaient dans le quartier central de Yamoussoukro. Il y avait un grand concours de foule autour de la mosquée. Sylvanus s'arrêta, se haussa sur les pieds, huma l'air :

– Vous sentez ce que je sens ? ! Hein ! Autour des fins minarets nervurés et ciselés.

Les deux journalistes reniflaient, dubitatifs.

– J'affirme que l'odeur de Dieu ici règne en maître ! C'est une aura, un magnétisme dont les ondes nous frappent par vagues continues. Un maelström ! On baigne dans la présence de Dieu. On est submergé. Il est bien là. Ici. Partout. Il rayonne. Il vibre. Je le sens. Je le sais. Grâce à mes antennes de poète. C'est un séisme divin de magnitude 10 ! Une authentique transe.

La grande prière commençait sur le parvis, dans la cour et à l'intérieur de la mosquée. Les hommes s'agenouillaient en rang d'oignons, la face contre terre, se redressaient, recommençaient. C'était une vaste étendue, un moutonnement de dos ronds et clairs. On aurait pu galoper sur cette surface continue et doucement bosselée.

– Ce grand aplatissement témoigne assez de la toute-puissance et de la toute-présence divines. On ne peut pas s'aplatir davantage et multiplier ainsi l'aplatissement mystique pour des prunes ! Ainsi se reconnaissent-ils tous comme les moutons du même berger central, omnipotent !

Puis le prêche de l'imam commença. Et ce fut un prêche tout particulier qui récoltait discrètement les avantages des événements récents. L'imam parlait de la présence de Dieu.

– Dieu est présent. Dieu est là. Dieu est en nous. Il veille sur nous ! s'exclamait l'imam dans un micro qui répercutait son sermon en échos solennels. Dieu n'est pas n'importe où ! Dieu n'est pas partout ! Dieu n'est jamais égaré. Dieu déserte les lieux de fourvoiement, les lieux d'artifice, les lieux de tapage, les lieux mercenaires. Dieu aime la paix des lieux authentiques et profonds. Dieu fuit le spectacle, la pompe, le luxe, la corruption. Tout cela insulte le regard de Dieu. Jamais peut-être la présence de Dieu ne s'est fait sentir avec autant d'intensité qu'aujourd'hui dans cette mosquée à l'instant de la grande prière. Toute l'épaisseur vivante de Dieu parmi nous est palpable.

– Il a raison l'imam ! Dieu pèse, Dieu est épais. Je sens là plusieurs bonnes et belles épaisseurs de Dieu. Le quartier en est tout sédimenté. Un formidable gisement mystique s'est carré sur l'esplanade de la mosquée. Je ne voudrais pas pousser trop loin l'expérience et aller jeter un œil dans la basilique d'Houphouët. Mais la différence serait alarmante. J'imagine d'ici le silence, le creux sous la quincaille du baldaquin bidon. La cathédrale sonne creux ! Tout le filon de Dieu y a été épuisé d'un coup. Plus une pépite, pas la moindre étincelle de Sa Présence. Houphouët a gaspillé, dilapidé Dieu comme le reste. Il a voulu l'acheter avec les milliards qu'il nous a pillés. On n'achète pas Dieu avec un compte en Suisse. Voilà sans doute le péché majuscule au sommet d'une montagne d'erreurs.

Les phrases de Sylvanus transmises par la radio circulaient, rebondissaient à Abidjan, dans les quartiers populaires et marchands de Treichville, à travers le dédale d'échoppes, de cabanons, de baraques de tôle ondulée, sous les claies, au milieu des étals chargés d'attiéké, de foutou, d'ignames, de mangues, de beignets de toutes sortes, toutes couleurs, de piments, de noix de cola, parmi les poissons, les capitaines, les mérus flapis, tavelés par la chaleur, et les lambeaux de zébus noirs de mouches, dans le pullulement chatoyant des boubous et des mouchoirs de tête. La parole de Sylvanus se nichait dans l'oreille des Peuls du Niger, des Mossis, des Haoussas, des Togolais, des Sénégalais, des Maliens, des Ghanéens, des Libanais, des Gouros, des Yorubas, des Doulas, des Baoulés, des Agnis, des Bambaras : tous vendeurs de poisson séché, de bijoux, de tissus, de cassettes, de pommades, de gris-gris, de Coca-Cola, de tubercules, de pâte fermentée dans d'innombrables bassines rouges et bleues de toutes tailles, partout. Il y avait les coiffeurs, les couturières, les repasseuses, les cireurs. Des matrones assises de front caquetaient avec leurs gosses accrochés à leurs seins distendus et fripés. Elles hélaient le client, le harcelaient de leurs blagues, de leurs rires, de leurs criailleries et de leurs algarades. Rodomontades et ramages se mêlaient dans la poussière rousse du marché, le grouillement, le rutilement des pagnes, une constellation de couleurs vives, rose cru ou carmin, flavescentes, ocre et solaires, bleu roi, la mosaïque des drapés, des motifs tissés, croisés en arabesques – orbes, étoiles, palmes – selon les ethnies, les clans, dans le cliquètement des bracelets, l'effervescence des longs bras minces et noirs, des mains qui s'activaient partout, tripotaient, voltigeaient, s'agitaient, se dressaient soudain vers le ciel pour lâcher des exclamations de stupeur ou de colère... se frappaient, se maudissaient, se pourchassaient, se joignaient, se cajolaient, cabriolaient, papillonnaient... Tout un ballet de mains serpentines fourrageant dans les monceaux de fruits, d'étoffes, de broderies, de verroterie. Dans le cancan luxuriant et le chahut doré. Partout les petits transistors de Treichville distillaient les prophéties de Sylvanus sur Dieu déguerpi, son Grand Carapatement. Et la nouvelle se répandait dans toute la lagune, à Cocody, sur le Plateau, partout.

Mais moi, Boigny, je dis que Dieu n'est pas carapaté, qu'il n'a jamais déserté ma basilique sainte, qu'il est bien là, intense et tout entier sous ma coupole. Je lui ai bâti le plus formidable bastion contre l'expansion musulmane, contre les hérésies, les sectes, les Évangiles trafiqués, les impostures, les faux prophètes, les gourous. J'ai dressé ce rempart contre la barbarie et les messages délétères. Ce n'est pas l'heure du Grand Carapatement de Dieu mais celui du Grand Bavassement. Celui de Sylvanus. De son déblatérage incontinent. Il faudra le museler, lui verrouiller la gueule. J'attends l'intervention des politiques, l'action de la police. La bacchanale de sa bavasserie n'a que trop duré. Il faut lui faire ravaler son toupet et sa calomnie. De mon temps, il aurait déjà été fourré dans un cachot de mon palais. Illico, je lui aurais infligé le supplice fameux de la pâte de piment de Bouaké. J'en ai usé contre certains comploteurs. On fouette le traître, on ouvre ses plaies qu'on frotte de piment ! On l'amène sous l'arbre des sacrifices pour le terroriser ! Oui, je lui aurais coupé la chique ! Et j'aurais jeté sa langue à Diallo. Je t'en prie, vieux crocodile sacré, je t'en supplie, cimente, bétonne et vitrifie cette gueule de Jocrisse, sa langue bariolée, intarissable. Tranche-la. Bouffe-la. Chie-la. Et cette merde, qu'on la jette au plus profond d'un silo. Et ce silo, qu'on le bouche, qu'on le blinde de couches multiples comme on le fait pour les déchets radioactifs, pour plus de mille ans ! Car le verbe de Sylvanus est radioactif !

Il était grand temps. L'épiscopat a réagi. L'évêque de Bouaké vient de décider pour dimanche une grand-messe solennelle contre l'abjecte rumeur du déguerpissement…

Une messe qui mobilisera toute la chrétienté du pays. On va voir ce qu'on va voir. Sylvanus, ce cul de hyène, en restera coi ! Sa croisade n'aura été qu'un pet foireux.

Voilà le jour du grand rassemblement et du désenvoûtement. Déjà les leurres de Sylvanus sont battus en brèche. Abidjan, Bouaké, Yamoussoukro et Grand-Bassam sont venus témoigner de la présence de Dieu. On a d'abord bourré la cathédrale avec l'armée, les fonctionnaires, les cadres du Parti, les députés, les légionnaires de la Vierge. Tous sapés, pomponnés, médaillés, embijoutés, robes fastueuses, boubous de cérémonie. Belles adolescentes en corsage amidonné et jupe plissée bleu marine sur la bosse des reins, socquettes blanches, mollets dorés, musclés. On a vidé les garnisons et les Grandes Écoles. Puis on a rameuté dans les cours, dans les cases, les pavillons et les villas. On a fait le plein. Les dix-huit mille places sont occupées. On ne voit plus un centimètre de kolibé violet. Les orgues tonnent. Les ors flambent. Les vitraux déversent mille feux follets qui irisent l'assemblée recueillie, font resplendir les soies et les satins. Les chœurs entonnent un Magnificat triomphant. Ma cathédrale est saturée d'encens, d'étoles, d'aubes et de surplis étincelants. Dieu y est décuplé, centuplé. C'est la substance même du prêche de l'évêque de Bouaké. Le décuplement de Dieu en ce jour de contre-offensive contre la rumeur. La grande armée chrétienne s'est levée, s'est avancée, concentrée dans le rayonnement de Dieu. Dans sa présence…

– Dieu est là, mes frères. C'est une pluie féconde. Il pleut véritablement Dieu sur vous. Écoutez ce crépitement.

Des petits garçons levaient la tête, s'attendant à une averse.

– Dieu est là ! reprit l'évêque. C'est un feu fécondant. Ce feu véritablement vous chauffe et vous éclaire, mes frères. Recevez le faisceau de cette grande torche lumineuse et vivifiante.

Certaines grandes légionnaires de la Vierge déjà bercées par les orgues et les chœurs, enivrées par l'encens et l'odeur des lys, sentaient poindre dans leurs entrailles ce pinceau de feu, ce pincement divin.

– Dieu est là ! Dieu est là ! s'excitait l'évêque. C'est un berger, un bouvier, un bélier pénétrant et puissant. Laissez-vous prendre et conduire par lui.

Une grande brebis légionnaire nubile et moirée de sueur pressentait la caresse flamboyante de la corne sacrée sous les plis de sa jupe.

– Dieu est là ! Dieu est là ! C'est un débordement de sens. Dieu déborde ! Il déborde véritablement sur vous, en vous.

La Légionnaire s'entrouvrit, accueillit ce raz de marée ardent, puisque l'évêque le demandait.

... Je suis fier. Je suis heureux. Je suis justifié. Ma cathédrale fonctionne enfin. Elle tourne, elle chauffe, carbure à plein régime. Elle bout. Elle est bondée. On y produit Dieu comme nulle part ailleurs. Elle n'est plus qu'un volumineux bouillonnement d'hymnes, de prières, de ferveur à haute température.

Le moment de l'eucharistie est arrivé. L'évêque de Bouaké devant l'autel lève solennellement le précieux calice. Dix-huit mille nuques s'inclinent mais sursautent brusquement et se redressent interloquées. Un fracas métallique a retenti. Merde ! Le con a lâché le ciboire ! Les hosties se sont répandues par terre. L'évêque chancelle, adossé contre l'autel ; les clercs accourent pour le soutenir. Un silence de mort remplit la basilique... L'évêque s'ébroue, fait effort sur lui-même, bafouille, se ressaisit enfin et annonce qu'il vient d'être victime d'un étourdissement...

– La fatigue, mes frères ! Le surmenage sans doute ! Car je ne suis qu'un vieil homme fatigué.

Cette explication, au lieu de rassurer l'assistance, la glace de stupeur. Comme si l'évêque avait avoué lui-même qu'il était fatigué de Dieu. Comme si la basilique et ses marbres, ses orgues, ses splendeurs fatiguaient Dieu. On appréhende soudain le Grand Fatiguement de Dieu. Un nouveau ciboire est apporté. La cérémonie reprend. Mais le cœur n'y est plus. Le rituel vire maintenant à la comédie, au simulacre. Les fidèles se composent un visage dévot mais leur esprit galope ailleurs, hanté par les ricochets du ciboire, ses échos de métal diabolique et creux. Les hosties par terre sont devenues des pastilles impies ramassées à la va-vite comme des billes par une débandade de petits clercs pris de fou rire.

Alors, partout se ramifient le parasite et la lèpre. Le long des stalles, des bancs, des chaises de kolibé, sous les ors et les marbres et les fresques, un mal terrible vient de naître. Il court. Il croît, se gonfle dans le silence de la basilique. Son germe nocif fermente. C'est l'ennemi capital qui sape toute civilisation, toute culture, toute société. Des empires ont succombé sous ses assauts. Moi, Boigny, j'ai beau fermer les yeux, lutter, refuser, reculer. Je ne veux pas voir ça. J'ouvre à demi les yeux. Je les referme. J'attends. Je les ouvre de nouveau. Hélas ! Je vois le serpent, je vois sa tête dressée, froide et triangulée. Je vois son dard. J'entends son sarcasme, son effrayante dérision. Le monstre porte un nom : c'est le Doute.

Le Doute s'est immiscé dans les âmes et sous les voûtes de ma cathédrale. Le ver est dans le fruit. Le Doute lézarde mon splendide édifice. Tous ils doutent. Les officiers, les ministres, les fonctionnaires, les cadres du Parti, pourtant payés pour croire, les légionnaires de la Vierge, la bourgeoisie, le peuple, tous envahis, terrassés par le Doute.

Ma messe a avorté. C'est Trafalgar. C'est la déroute. Sur l'autel de Notre-Dame de la Paix, le Doute a remplacé Dieu.

Le lendemain, la presse ne fera qu'une furtive allusion au naufrage. « Pendant la grande cérémonie de Yamoussoukro, l'évêque de Bouaké a été pris d'un vertige passager dû à son âge vénérable. » Mais on ne parle plus que de ça… du signe, des hosties dispersées, de cette eucharistie ratée, comme si le corps même de Dieu – Ceci est mon corps, ceci est mon sang – s'était révulsé, avait voulu décamper. Sylvanus apprend la nouvelle par un livreur qui vient apporter des bouteilles d'eau minérale.

– L'évêque s'est trouvé acculé contre l'autel. Il a failli se casser la gueule. Et toutes les hosties ont dégobillé partout par terre !

Sylvanus s'époumone de rire :

– Leur cathédrale tourne au cirque. Une bouffonnerie. Ils feraient mieux de la fermer, voire de la déconstruire… s'ils veulent éviter que cela empire.

– Déconstruire la cathédrale ! s'exclame le livreur effaré.

– La déconstruire pierre à pierre, effacer du pays cet emblème d'un gaspillage odieux et destituer Yamoussoukro de son rôle de capitale. Et redonner le titre à Abidjan, c'est ainsi qu'on rétablit le bon ordre, la justice et l'harmonie, et que l'histoire retrouve son cours et son sens.

Trois jours après, Sylvanus était convoqué chez le ministre de la Culture.

– Je t'avais prévenu ! lui dit Boris.

– Je n'ai plus peur des ministres et de la police. Je suis trop vieux. Je suis le Vieux. Ils n'oseront pas toucher à Tonton Sylvanus. Je suis traduit dans plusieurs langues.

Aussitôt Boris téléphone à Bernard D., à Ahmadou K., pour qu'ils plaident auprès du ministre la cause de leur ami.

Sylvanus en simple boubou fleuri, pieds nus dans ses sandales, fut reçu dans le bureau du ministre. Ce dernier se leva et vint accueillir l'écrivain avec un sourire grave. C'était un petit homme sec. Il avait le visage boucané des fumeurs et une sorte de laideur lucide.

– Tonton, il y a un problème… un gros problème. Cette histoire du décampement de Dieu est exécrable. Elle décourage le peuple. Elle le précipite dans les bras de l'islam, voire des sectes. Elle le renvoie aux pratiques animistes et au maraboutage. Je ne comprends pas qu'un écrivain du peuple, qu'un romancier et un poète épiques de ta trempe se laisse aller à cette désolante campagne de dénigrement de la basilique et, par là, de Dieu !… Ce n'est pas le rôle d'un poète. Un poète est essentiellement un jongleur et un joaillier. Il taille avec les mots des diamants inconnus.

Sylvanus fut décontenancé un moment par cette belle définition du poète. On l'avait prévenu. Le ministre n'était pas un fantoche, mais un fin lettré. Il avait même été un opposant sous le règne d'Houphouët. Il se ressaisit :

– Le poète n'est pas qu'un orfèvre, un bijoutier pour dames ! C'est un lutteur social. Il s'implique dans des combats précis.

– Nous n'allons pas disserter comme des étudiants. Allons, Tonton ! Un peu d'à-propos. La basilique est là. On ne va pas la démolir ! Le christianisme est un contrepoids nécessaire à l'avancée de l'islam partout en Afrique. Cette cathédrale est un barrage contre les intégrismes et les fanatismes. Alors, proclamer que Dieu a foutu le camp est une erreur politique immense. Et littérairement, c'est une idée usée. Un pastiche démodé de Voltaire.

Sylvanus n'aime pas qu'on le traite d'imitateur. Il se tait.

– Bien sûr que je ne vais pas te faire arrêter. Ça aussi, c'est tout à fait démodé. Mais j'aimerais que tu fasses un effort, un effort de création, d'invention justement, un effort de littérature. Nous avons besoin de vrais grands écrivains modernes. Cette bataille contre la basilique est un combat du XVIIIe siècle. En outre, ce n'est pas une bataille africaine. C'est de l'importation. Une mauvaise copie. Un faux.

– Tu parles de la cathédrale ? ironisa Sylvanus.

– Je parle de l'athéisme, de ces couplets ringards contre l'Église.

– Yamoussoukro rassemble tous les symboles d'une politique ruineuse. C'est l'exemple même de la mégalomanie qu'il faut fuir.

– Il faut laisser Yamoussoukro évoluer tout doucement… dans un sens ou dans un autre. Sans en rajouter. Attendre que le souvenir de Boigny recule… s'émousse un peu… Alors, les choses retrouveront leur vraie mesure. Mais tu aimes la démesure ! C'est cela qui te rapproche d'Houphouët. Un peu de modestie donc ! De vraie humilité. Il y a d'autres duels que d'affronter le Vieux et sa légende. Elle n'intéresse d'ailleurs plus grand monde, entre nous… ta croisade est donquichottesque. C'est comme si tu voulais qu'on reparle de lui. En lançant la polémique, tu le ressuscites, tu le fortifies. Le Bélier reprend du poil de la bête !

– En fait, souffla Sylvanus après une hésitation, mon obsession la plus profonde n'est pas la basilique…

– Ah ! Tu vois, tu vois ! On y vient, Sylvanus ! Mais quelle est ta préoccupation ?

– Tu ne comprendrais pas…

– Je comprendrai les perplexités d'un poète…

– Mon souci, c'est l'Albinos !

– L'Albinos, quel Albinos ? lança le ministre, abasourdi.

– Un Albinos qui erre seul et maudit dans Yamoussoukro.

– Voilà un beau sujet pour toi, Sylvanus. Je reconnais là ton imaginaire onirique et singulier.

– Oui… mais ce n'est pas de la littérature. Il faut que je retrouve l'Albinos !

– Ah ! retrouve-le, cet Albinos admirable. Je t'y invite avec chaleur. Amène-le-moi. Nous dînerons ensemble.

– Il se pourrait bien qu'avec mon Albinos je touille pas mal de pestilences, de scandales enfouis, d'horreurs cachées, refoulées, oubliées. Yamoussoukro doit regarder ses fantômes.

– Tu ne vas pas recommencer, Sylvanus… ou quoique… Tout dépend du caca que tu découvriras. Sois prudent !… Tu me laisses la basilique et je t'accorde l'Albinos, d'accord ?

– Et si les deux étaient liés !

– Holà ! Déjà tu affabules. Tu es notre grand affabulateur national. Tout dépend de la nature du lien que tu établis… Pour le moment, dans l'urgence, Sylvanus, je te fais une prière, n'annonce plus partout l'absence de Dieu. Ne te fais pas le messager de la mort de Dieu. C'est un décès terrible qui ne sera pas compensé par un boom économique… Tu vas entraîner dans la tombe un peuple que tu aimes. Laisse Dieu tranquille. Il existe depuis que le monde est monde même s'il ne l'a pas créé. Il tient le coup. Ne va pas te mêler de tuer Dieu ! Car tu veux tuer Dieu ! Si ! Si ! C'est un projet paranoïaque. Jamais Boigny n'aurait osé ce coup-là. C'est te dire ! Allez, j'ai un rendez-vous. Mais tu sais, j'ai très envie de te relire. J'aime surtout ton grand roman épique et poétique sur la Comoé. Je dois prendre l'avion pour l'Europe. Eh bien, je l'emmène ! J'emporte avec moi ta belle rivière mythique et le flot de tes phrases, Sylvanus, tes phrases si inventives, si somptueuses. Tu es notre grand lyrique africain. Notre monde manque si cruellement de lyrisme. De vrai lyrisme. J'entends, le tien ! Grâce à toi, je vais refaire le plein de métaphores vivantes ! De sang, Sylvanus ! De force ! De beau sang rouge étincelant ! Tes mots sont mes rubis, Sylvanus, des myriades de rubis !

Et le ministre costumé reconduisit doucement à la porte le boubou fleuri.

« Il m'a tout entortillé, le singe ! Il m'a complètement embobeliné avec ses giclées de sang et de rubis », se répétait Sylvanus en longeant la lagune dont le courant charriait de grandes brassées de jacinthes, des îles entières de feuilles et de fleurs sous un ciel noir et ventru.

C'est vrai. Je n'ai jamais aimé l'actuel ministre de la Culture. Il s'est toujours opposé plus ou moins ouvertement à ma politique. Il fait partie d'un gouvernement de réconciliation nationale dont nous avons le secret et qui mitonne de nouveaux coups fourrés. Mais aujourd'hui, chapeau ! Il a été supérieur, le ministre, il l'a roulé dans la farine, Sylvanus, il l'a emmailloté dans la louange et laminé sous une argumentation imparable. Oui, qu'il coure après l'Albinos et qu'il lâche ma basilique. On lui laisse l'Albinos, qu'il aille le repêcher où il veut, avec les arômes et les remugles assortis. Mais bas les pattes sur ma basilique, sur moi, sur mes pierres, sur ma chair.

Ils sont tous en train de bavarder au bord du lac Irigou en regardant les cormorans noirs juchés partout sur les branches de la rive. Les hippopotames Milady et Charlie entrent en scène. Toute la bande gesticule et rigole quand Charlie culbute Thérèse de ses naseaux énormes. Thérèse constellée de boue, roulée dans l'herbe. Elle les rejoint hilare, s'assoit à même le sol, étire jambes et cuisses en contemplant avec béatitude le lac et les collines. Alors son obsession la reprend :

– Jamais je ne laisserai leur trust s'emparer de ça, de tout ça ! De moi, de mon corps ! De nous ! C'est trop beau. Je sais que leur projet progresse. J'ai une antenne au ministère. Des pots-de-vin auraient été versés. Et le contrat serait fin prêt. Abokouamekro défiguré par leur fric et leurs tour-opérateurs. Quand je téléphone en haut lieu, on noie le poisson, on me ment. Je leur ai confirmé que les quatre éléphants du Botswana sont prêts à prendre la mer et que c'est vous, Cecil, qui avez conçu ce transfert et trouvé les sponsors. C'est la preuve que nous sommes en mesure de développer la réserve sans la dénaturer pour autant. Mais ils éludent, temporisent et espèrent nous mettre devant le fait accompli. Nous résisterons, nous nous rebifferons jusqu'au bout !

Assioussou acquiesce. Cecil se tait, tout rembruni de rage. Si une société s'installe, on le virera pour nommer un administrateur complaisant. Il sait qu'il dépend de l'arbitraire d'un pouvoir qu'il ne peut guère affronter et qui le déposera à son gré. Sylvanus regrette de ne pas avoir parlé au ministre de la Culture de la menace qui pèse sur ses amis :

– J'aurais dû profiter de l'entretien pour défendre votre cause, je n'ai parlé que de l'affaire de la basilique et de l'Albinos. Je n'ai pas pensé à Abokouamekro. C'est trop con ! Je n'ai pas eu le temps. La prochaine fois, je ne rate pas l'occasion. J'enfonce le clou. Il m'écoutera. Il peut comprendre cela. C'est un malin, mais il peut sentir la beauté de ce combat.

Sylvanus alors se retourne vers Boris, l'air résolu :

– Surtout Boris, il va falloir mobiliser nos copains écrivains sur cette affaire, les rameuter au grand complet, Ahmadou K., Bernard D., Mariama, Assamala, Tanella... qu'ils écrivent des articles, des textes, qu'ils parlent à la radio et défendent ce paradis terrestre contre la racaille cupide, toujours la même clique qui pille et bousille.

Tetiali apparaît tout à coup dans la Jeep. Il s'écrie :

– Les légionnaires arrivent ! Les légionnaires arrivent !...

Sylvanus imagine une cohorte de belles légionnaires de la Vierge venues marcher, s'entraîner dans la forêt... des kyrielles de pucelles zélées, sportives, apostoliques. Il en rit, le vieux faune.

– Sur des kilomètres ! s'exclame Tetiali.

Sylvanus s'étonne un peu mais pense qu'il s'agit d'un grand rassemblement régional, voire national, de toutes les servantes de la Madone... fleuve intarissable de longues belles filles bien carrossées, cuissées, guerrières de Dieu, que des glorieuses ! Il écarquille les yeux. Une providence...

– Peut-être quatre, cinq kilomètres de légionnaires !

Sylvanus épaté croit voir toutes les légionnaires d'Afrique converger sur Abokouamekro. Des Peuls immenses et claires, des Sénégalaises athlétiques et majestueuses, des luronnes du Burkina Faso, des princesses du Mali aux mamelons d'assaut, des Camerounaises nubiles, des Gabonaises roulées, soyeuses, des Guinéennes ciselées, des Ghanéennes bien dessalées, un paradis de cambrures hardies. Il entend déjà le chuintement, le roulis, le ramdam de cette armée dorée.

– Elles ont visité un village, bouffé un chien qui était attaché à un piquet, douze poules, deux cochons coincés dans leur porcherie et nettoyé tous les rats !

Sylvanus fronce le sourcil… De qui se moque-t-on ?

– Des milliards de fourmis… des milliards ! continue Tetiali.

Boris demande des explications à Cecil qui éclaire ce mystère :

– Ce sont des fourmis légionnaires, des migratrices, on les appelle aussi des visiteuses… des magnans ! Des fourmis carnivores. Il n'y a rien de très extraordinaire sinon l'importance de la colonie. Il arrive qu'elles attaquent une ou deux cases et boulottent les petits animaux domestiques. Mais il suffit de s'écarter de leur route et elles ne vous sautent pas dessus !

Thérèse s'exclame :

– On va voir ça ! Il faut les voir passer…

Tout le monde embarque dans les deux Jeep. Tetiali les conduit dans un long ruban de forêt-galerie qui longe le Kan. Les tangaras, les calaos et les rolliers bleu vif sifflent et jacassent dans les arborescences encordelées de lianes et de fougères. Une cuvette se creuse entre deux petites bosses plus dégarnies. De leur sommet, on peut tout observer avec des jumelles. C'est leur chemin. Elles vont déboucher à l'extrémité du ravin. La tête de leurs légions surgit bientôt comme un lobe noir et grouillant, avec les éclaireuses et les soldats à l'avant, plus gros, plus robustes, déployés en éventail, puis les ouvrières, une douzaine de front, les ribambelles suivent, flanquées par d'autres soldats vigilants, braquant à la moindre alerte leurs puissantes mandibules. Et dans cette multitude, les nourrices trimballent les larves, guident et protègent la reine jusqu'au prochain bivouac. Toutes sortes d'insectes fuient devant la horde : blattes, sauterelles, mouches, coléoptères que les oiseaux rameutés gobent.

– Ah, dis donc ! Ah, dis donc ! souffle Thérèse serrée contre Assioussou.

Joan et July se penchent en avant bouche bée. Sylvanus est frappé de mutisme. Akissi en oublie de taquiner, de chicoter Boris. Tous regardent du côté de l'invasion. Un long serpent vibrionnant qui n'en finit pas de s'allonger. Des vagues, des bouillons de fourmis. Dans les jumelles, on voit leurs cannelures agiles, elles déboulent, tressautent, gigotent, d'un noir cuivré de soleil, des amas convulsifs, des spasmes qui frétillent. Soudain, elles s'agglutinent sur la charogne d'un phacochère. L'essaim se forme, foisonne par grappes, par trombes, par nébuleuses. Les mandibules mordent la chair corrompue. La bête pullule, miroite, effervescente, se désintègre par petits bouts…

– Ah ! J'aime ça ! J'aime ça ! s'exclame Thérèse… Le grouillement, le fourmillement. C'est la beauté pour moi. Ça m'excite, c'est physique. C'est fort. Fouiller là-dedans, plonger là-dedans ! Bordel ! Que c'est beau. La vie fourmille, la grande vitalité vive !

– Ma chère, mieux vaut vous dispenser d'y glisser le doigt ! lui lance Cecil avec un regard caustique.

Quand le phacochère est torché, récuré jusqu'à l'os, on voit fondre la masse des fourmis qui reprennent la route. Et ça coule, ça sinue, palpite, crépite, écume… des risées, des razzias d'insectes véloces et gloutons. Les fourmis escaladent un tertre et on les contemple sur une centaines de mètres qui s'activent, filochent, pustulantes, à haute pression, comme du sang précipité dans une artère, des caillots turbulents, oui, comme un incoercible jaillissement. Leurs remous débondés tressaillent et moucheronnent, des myriades, un milliard de fourmis.

– Ah, dis donc ! Ah, dis donc ! C'est monstrueux, ça n'a pas de fin, murmure Thérèse collée au flanc d'Assioussou, c'est notre amour fécond, mon beau, c'est indomptable. C'est nos désirs lâchés !

Et Joan et July s'éberluent, un peu effrayées, un peu crispées tout de même. Toutes ces bestioles surexcitées… Akissi a glissé lestement son bras autour de la taille de Boris pendant que Cecil dressé en proue s'absorbe dans le spectacle de la horde.

Ils remontent dans les Jeep, suivent la colonie en prenant un sentier à mi-pente du talus. Parfois la voiture ne passe pas, elle descend, elle contourne, elle grimpe de nouveau, cahote et renâcle mais finit toujours par retrouver le flux rutilant, le torrent tracassé d'insectes, d'animalcules. Des petites carcasses, des dépouilles les arrêtent un instant, les coagulent. Elles emmaillotent leur proie d'un brasillement tenace, puis la résorbent, la liquident. C'est reparti, toute l'artillerie stimulée par les phéromones que propagent les larves avant de se changer en nymphes. Par salves longues, soudain, elles s'engouffrent dans une fracture du terrain. Et on mesure au fond de la cuve toute l'épaisseur, toute la puissance vermiculée de leurs cohues avides. C'est une lave, une poussière volcanique. Tout un feu d'escarbilles. Le cratère vomit l'interminable ruée.

Les bataillons de légionnaires inondent la terre. La grande armée des magnans fulminants. C'est le chaos en marche.

Ils sont tous rentrés à la maison. Ils déjeunent sur la véranda. Cecil expédie son repas, prend sa Jeep.

– Je vais voir les éléphants. Hector a poussé un barrissement bizarre, déclare-t-il d'un air sombre.

Boris rejoint Akissi dans la cuisine tandis que les autres dégustent leur café. Akissi l'attire contre elle :

– C'est vrai, Thérèse a raison, toutes ces fourmis, ça grouille, ça excite !

Elle défait les bretelles de son débardeur, elle libère ses mamelons mûrs aux cabochons durs et violets. Elle ouvre le jean de Boris et le saisit à travers le slip. Elle lui fourre dans la bouche une langue vorace et douce. Elle l'assaille par petits coups de reins, pressions du ventre. Mais Thérèse et Assioussou ont quitté la table. Ils s'approchent dans un fracas d'exclamations. Aussitôt Boris ferme son jean et Akissi remet son débardeur.

Sylvanus est resté sur la terrasse avec Joan et July. Il les questionne :

– Vous avez bien un petit ami dans le coin ? Non ? A votre âge, ça commence à turlupiner... On ne les voit jamais vos copains ! Hein... Thérèse, elle, a son Assioussou. Son grand Guéré la comble. Hein, c'est quelque chose !... Des géants... Vertigineux tous les deux... Mais vous, les filles, belles comme vous êtes, finaudes... C'est qui votre amoureux ? Racontez-moi. Je vais vous dire ce que j'en pense, vous conseiller peut-être.

Elles rient, se taisent, évasives et mignonnes. Elles se lèvent de concert, débarrassent les tasses. Il leur claque les cuisses au passage. Elles s'écartent et se sauvent dans la maison.

Le soir, Sylvanus et Boris téléphonent à Ahmadou K., puis à Tanella, à Bernard D. Ils leur expliquent la menace qui pèse sur la réserve, les manœuvres du Trust qui veut bétonner l'île et virer Cecil et Thérèse, les seuls protecteurs, les vrais amants, les fous d'Abokouamekro.

– Des frères, d'authentiques frangins pleins de ferveur ! s'écrie Sylvanus.

Pour frapper leur imagination, il décrit à ses amis l'épopée des fourmis magnans. Ahmadou K. lui lance soudain :

– Et l'Albinos ? Tu as déjà oublié ta révélation, ton grand amour ?

– Jamais ! Jamais ! Je commence sérieusement mon enquête demain. Mais sauvegarder les collines d'Abokouamekro et retrouver l'Albinos, c'est le même combat. Je le sens. Il y a des liens puissants entre toutes mes passions. Toujours, c'est de l'Afrique qu'il s'agit. Et l'Albinos, eh bien, je prouverai que c'est notre visage encore, le plus provocant, le plus bouleversant, voilà !

C'est décidé, les collègues écrivains arrivent le week-end prochain pour visiter le fameux paradis et préparer une riposte adéquate.

Sylvanus a commencé son enquête au marché de Yamoussoukro. Il flâne. Il papote. Il tâte les fruits, croque une mangue, s'attire les sympathies, suscite tout un sillage de curiosité et de rires de crécelle. Il affriande son public. Il posera des questions ensuite. Il aime se fourrer dans l'épaisseur des couleurs, des corps, des boubous. Partout l'arceau des hanches, le remuement des croupes. Il entre dans le creuset des femmes, dans leur mélange. C'est un ventre fourmillant, tentaculaire. C'est pétri dans le volume de la chair, une grande joie multiple et changeante. Il en est tout écarquillé de narines et de concupiscence. Et tout à coup, sur une place, dans un carcan de vieilles boutiques et de casemates, il la voit. Elle porte un gros bidon de fer-blanc et offre aux passants des gobelets d'eau. C'est une marchande d'eau. Il s'approche d'elle, veut boire. Elle bascule le bidon et remplit son verre. Il la regarde. Haute, mince, élégante, nattée, dans une robe jaune comme une flamme. Il paie. Il lui demande son nom. Elle sourit et lui répond : Ada. Le voilà fou d'Ada, oui fada. Lui le très vieux, le chenu, avec sa vieille face bosselée, couturée, fanée. Il darde sur elle des yeux de gosse goulu. Il lui pose mille questions sur son âge, sa famille, la ville. Il la submerge. Il risque tout. Il lui avoue qu'il est l'homme qui a poussé le cri fatidique à la sortie de la cathédrale, oui celui qui a proclamé que Dieu était absent, tout déguerpi. Il faut frapper fort, la harponner au vif. Mais au lieu de paraître effrayée elle étincelle du regard. Il ne lui fait pas peur, l'échevelé, avec sa grosse frimousse joviale, fripée de rides, farcie de mimiques. Il avale de nouveau un verre d'eau. Elle se penche. Il voit le bras nu, l'aisselle et la sueur, les petits poils et les perles d'odeur. Il l'accompagne dans le lacis de bicoques, au milieu des épluchures, des puanteurs, des glaviots et des marmots nus, des chiens maigres et las. Et il lui souffle :

– Voilà… petite, petite… je cherche quelqu'un… quelqu'un que j'aime. Un albinos. As-tu jamais entendu cancaner sur lui ?

– Un albinos ?

Elle le toise, surprise…

– Oui, un bel albinos solitaire. Il est traqué et misérable. Je ne sais pas où il se terre. Je veux le voir…

Elle réfléchit. Elle a entendu parler comme tout le monde de ces types maudits. Ces histoires de crocodiles et d'enfants sacrifiés.

– Voilà ! Voilà !… Tu y es, ma chérie, tes jolis pieds bien dans le plat, tes adorables petons. Alors, raconte ! Raconte à Tonton.

– J'ai entendu parler d'amour…

– D'amour ! D'amour ! Vas-y… ô vas-y !

– Oui, les albinos naissent d'un amour monstrueux.

– Dis !… Tu es sûre que tu n'inventes pas… hein ? ! Pour me faire plaisir, pour me complaire parce que tu sens que l'amour et moi c'est tout un, c'est la même pâte pétillante et ardente. Hein ! Tu veux me faire croustiller !

– Non… Mais un albinos ne peut naître que d'un désir terrifiant.

Il la contemple quand elle évoque cet amour innommable. Toute redressée, sagace et précise. Elle est là, bien allumée par l'énormité de l'amour, longue, élancée, fine… une grosse bouche dans un visage délicat, émacié, aux jolies petites pommettes hautes et saillantes. Belle comme une fée du Sahel.

– Conduis-moi chez Djé Djé…

Le couple arrive dans le garage du mécanicien dont Tetiali avait prononcé le nom. Sur les murs et par terre, sur des chaises, partout, sont étalés des plans et des croquis, des dessins, des chiffres, des mesures. Djé Djé entre deux réparations poursuit la conception du monstre, du char, du carrosse de Thérèse. Sa bagnole amphibie et cuirassée. L'armure motorisée de la reine d'Abokouamekro.

Ada connaît bien Djé Djé. Cela se sent. Elle est à l'aise. Elle est chez elle. Sylvanus le découvre. Elle a besoin d'amitié vraie, familière. Djé Djé ne doit pas la scruter tout le temps et la déshabiller des yeux, absorbé par ses pièces, ses engrenages, ses bielles et ses bougies, les plaques de tôle qu'il découpe et qu'il soude. Voilà ce qui séduit Ada. Djé Djé lui fout la paix. Elle peut rester là, dans le garage, autant qu'elle veut. Elle parle à Djé Djé de ses petites affaires. Il lui répond une fois sur deux. Sa tête émerge de dessous une carrosserie, toute constellée de cambouis. Mais Sylvanus ne peut changer de nature. Lui, il mate, il couve du regard. Il colle sa pupille noire, il espionne mille petits coins nus et charmants, mille reliefs satinés. Alors Sylvanus parle de Thérèse au garagiste. Ils se sont rencontrés à Abokouamekro. Ils sont devenus copains. Djé Djé veut bien lui faire une fleur, une faveur rare. Il l'entraîne vers un hangar. Il déverrouille la porte. Et lui montre l'embryon de la machine, du char… Il y a la moitié du châssis, le train avant, un morceau de moteur, des tuyaux emberlificotés, coriaces, des courroies, des barres de chrome, des arcs d'acier, deux roues énormes. Mais surtout, il y a le siège, une sorte de fauteuil rococo et royal, de velours pourpre, un vrai trône aux montants dorés pour le cul de Thérèse. C'est le clou du carrosse.

Djé Djé, entre ses réparations, agence ces éléments disparates. Il combine, multiplie les ébauches. Il ne se presse pas. Il médite longuement son chef-d'œuvre pour Thérèse. Ada qui les a suivis semble bien connaître la chambre du char. Elle s'assoit sur une tôle étincelante et courbe. Elle s'épanouit dans sa robe flamme devant le démiurge Djé Djé. Puis elle se lève et leur sert deux verres d'eau.

– Elle a décidément bon goût ton eau, ma mignonne ! la complimente Sylvanus.

– C'est l'eau d'un puits secret. Je suis la seule à l'avoir repéré.

– Toi et ton puits mystérieux… roucoule Sylvanus.

Ada change de sujet :

– Voilà, Djé Djé, c'est un romancier célèbre, un artiste d'Abidjan. Il cherche un albinos, un type condamné à se planquer, à errer. Il cherche ce fantôme. Alors on lui a dit que tu aurais peut-être un petit renseignement, un tuyau, qui sait ?

Djé Djé se concentre :

– Les albinos n'ont pas bonne presse. Ils portent poisse. C'est comme des morts vivants.

Sylvanus proteste :

– On a tort ! On a tort ! L'Albinos en fait est une bénédiction. Si je le retrouve, toutes les grâces tomberont sur ton garage, Djé Djé, sur ton char et sur Yamoussoukro. As-tu jamais entendu parler de cet homme ?

– Des bribes par-ci par-là… des hypothèses, des rogatons…

– Pas plus ? Tu n'as rien de plus consistant, Djé Djé, de plus nourrissant…

– Des petites miettes… de la limaille. Pas bézef, pas bézef ! Il y a les mangeurs d'âme peut-être. J'en connais un très versé dans ces affaires de revenants et de tabous.

– Un sorcier ?

– Officiellement, c'est une sorte de marabout, mais la rumeur laisse entendre qu'il a basculé dans la sorcellerie. Il s'appelle Dighaouri et vient réparer sa bagnole chez moi. Tu traverses le marché. A la sortie, il y a la mosquée, tu prends à gauche, tu vois la grande maison de pisé rose à la porte bleue. Tu frappes. Tu dis : « C'est de la part de Djé

Djé, fils de Djé Djé, petit-fils de Djé Djé, l'ancêtre qui tua d'un coup de lance l'antique lion des savanes de Katiola. »

– Je dis tout ça…

– Oui, c'est la formule, c'est ainsi que je lui envoie des gens.

Sylvanus sort dans la rue avec Ada :

– Djé Djé, c'est ton fiancé ?

– Mais non… pas du tout, c'est un copain.

– Moi, le carrosse, c'est pour toi que je le fabriquerais… tout niellé, fastueux, festonné, panaché d'or !

Mais Sylvanus n'ose pas cajoler Ada, l'enlacer pour rire. Ça la refroidirait, il le sait, il le sent.

– Ada… Ada, je t'adore, voilà ! C'est la foudre qui me poigne, ça me fulgure entre les côtes, ça me pourfend les entrailles. Je sais que je suis moche et vioque. Mais je suis vif. J'ai l'âme vive. Je suis vert vif et feuillu, Ada, comme un manguier, en fait ! Mais je m'arrête… Je me tais. Je vais te faire fuir… Je me contenterai de te regarder, de te voir. Je me rincerai l'œil, c'est tout. Tu m'abreuves, Ada… de ta grâce.

Les voilà devant la bâtisse de pisé rose. Ada sourit :

– Je te quitte. Je reviendrai. Je passerai au marché souvent.

Sylvanus frappe à la porte bleue :

– Je viens de la part de Djé Djé, fils de Djé Djé, petit-fils de Djé Djé, l'ancêtre qui tua d'un coup de lance l'antique lion des savanes de Katiola.

Une femme entrouvre la porte en boubou beige, l'air bourru :

– Tu viens pourquoi ?

– Pour consultation.

– Entre et attends ton tour…

Vingt minutes après, la femme introduit Sylvanus dans le sanctuaire de Dighaouri. C'est un petit homme sec et magnétique, aux gestes solennels. Il est vêtu de rouge sombre.

– Que désires-tu ?

– Voilà, c'est à propos d'un albinos que je veux retrouver. Je sais qu'un homme de pouvoir comme toi ne peut ignorer où il crèche.

– Tu veux tuer le dernier albinos de Yamoussoukro ?

– Non ! Non ! Je veux le voir, l'aimer, fraterniser, voilà ! Dénouer l'énigme.

– Un secret est un secret. Il a besoin de sommeil et de paix. Il ne faut pas soulever la pierre sous laquelle il dort dans son trou. Laisse-le roupiller sous son rocher.

– Mais moi, je veux le soulever tout doucement, juste jeter un œil discret…

– Alors il te faudra recourir à de grands sacrifices.

– Lesquels en gros ?

– Tu peux tuer cinq zébus pour commencer. Des bêtes grasses jeunes et saines. Leur sang doit largement pisser du garrot, t'éclabousser partout.

– Mais où veux-tu que je dégote cinq zébus ! Je suis romancier. C'est moi Sylvanus Adé. Peut-être que tu connais…

– Je connais ta mauvaise presse. Tu pérores partout la mort de Dieu. Bon, si tu ne peux pas zigouiller les zébus, prends un fusil, va dans la réserve d'Abokouamekro et abats leur éléphant mâle après deux jours de jeûne et un mois de continence sexuelle. Ça devrait suffire et satisfaire les esprits.

– Mais je ne peux pas tuer l'un des derniers éléphants de Yamoussoukro ! De plus, la réserve est dirigée par Cecil. C'est impossible, c'est mon ami ! Je ne peux pas toucher à un poil de sa faune. Un poète comme moi ne consentira jamais à sacrifier un pachyderme aussi noble et rare. N'y aurait-il pas un biais plus adapté à ma nature ? Par exemple, si j'écrivais un roman magnifique de bout en bout et que je le livrais aux flammes sans le publier, sans garder de double, de brouillon, ce serait pour moi un sacrifice énorme.

– Le rituel ne prévoit pas le sacrifice de la paperasse et des bouquins. Il faut des êtres vivants en chair et en os. Pas des baratins. Je ne t'apprends rien en te révélant, à toutes fins utiles, que, pour obtenir une efficacité absolue et sûre, un sacrifice humain est conseillé. Bon ! Bon ! Je ne dis pas qu'il faille y recourir. Mais c'est pour te faire mesurer l'échelle de tes chances, les degrés d'efficacité. En dessous, je vois le grand mâle d'Abokouamekro, puis les zébus peut-être. Tu fais bien gicler largement le sang de la carotide sur ta carcasse.

– Quelques poulets, un coq ne me laisseraient aucune chance ?

– Aucune. Ce serait pire. L'inverse. Pour l'Albinos, surtout pas de coq. Bannis le coq de ta pensée. Efface-le. Le coq chante à l'aurore. Il est solaire. C'est contre-indiqué pour l'Albinos qui est lunaire.

– Mais l'Albinos, sais-tu où il crèche ? Le vois-tu ?

– Je le vois quand je le vois, mais c'est ma vision... Si tu sacrifies adéquatement, bien dans les formes, avec apprêt, alors cela deviendra ta vision et tu seras satisfait. L'Albinos t'apparaîtra. C'est le dernier. Il est seul sur la terre. Il fuit depuis trente années. Il a peur. Il est le malheur même. Il tremble. Il grelotte. Il se recroqueville. Je le vois. A présent je le vois. Je le vois tout entier. Il est terré. Il vivote. Il survit. Il est grand. Il est maigre. Il est blafard. Sa peau est transparente. Elle ne le protège de rien. Notre peau nous enveloppe de douceur et de bonté. C'est notre mère. C'est le prolongement de son ventre même. L'Albinos est nu. Il est offert. Le moindre soleil l'écorche, l'étripe, le vrille. Il est cru. Il crie...

– Tu ne peux pas me décrire un peu le lieu où tu le vois ?

– Je le vois... Je ne vois que lui. Sacrifie et tu verras le Sans-Peau.

Sylvanus paya la consultation et sortit. Il ne pouvait se résoudre à sacrifier qui que ce soit. Il retourna chez Djé Djé.

– Je ne vois que la secte « Croissez et Multipliez »... ou les putes du Grand Hôtel Président. Je te conseille la secte d'abord. Il me semble maintenant, mais je ne suis sûr de rien, qu'un jour Papa Nouveau, le prophète de la secte, a fait allusion à une histoire d'Albinos. Ça le concernait lui ou un membre de son Église. Je ne sais plus… Un jour que je réparais sa voiture. Il connaît beaucoup de gens. Il reçoit beaucoup de confidences. Autrement, il y a les putains de l'Hôtel Président qui en entendent de toutes sortes elles aussi…

Sylvanus les vit détaler tôt le matin. Joan et July. Elles sautèrent dans la Jeep et filèrent. Pétaradantes. Deux guêpes folles. Elles faisaient leur virée favorite vers la rivière Kan, le gué de l'Ourebi et le grand tourbillon. Elles venaient voir l'iguane dans la fourche de l'arbre. Elles descendirent de la bagnole, s'approchèrent. Elles étaient sûres de leur fait. Elle était là, la grosse bête molle et verdâtre, avec sa gueule lente de saurien, de reptile sans venin… L'idiot, le gros idiot et son goitre. « Tss, tss ! » Elles l'attisaient, elles l'excitaient. Il restait collé à sa branche et les regardait sous les deux coquilles des paupières. Elles placèrent de la nourriture au pied de l'arbre, des œufs dont il raffolait. Elles reculèrent et attendirent. Et lui, comme d'habitude, finit par quitter son perchoir et vint bouffer la pâture en ballottant son sac gulaire. Joan et July en rigolaient tout bas… Il rappliqua, trottina, ventripotent et squameux avec sa langue, son frétillement. Vorace. Il regardait, tout alerté. Elles le connaissaient, le saligaud. Il allait bientôt rôder le long des berges. Elles l'avaient vu gober des œufs de héron ou de grèbe. Un voleur d'œufs.

Elles gagnèrent le grand tourbillon. Sa cataracte entre deux blocs, deux grosses nuques de granit, son fracas, ses remous. Elles restèrent là, elles se planquèrent. Elles l'attendaient. Pas l'iguane, l'homme. C'était l'heure de son bain. Elles, on leur interdisait de nager dans la rivière Kan, à cause des parasites, des vers qui s'embusquent sous la peau. Mais lui, le géant guéré, ne craignait rien, vacciné, à l'épreuve des microbes innombrables. Bientôt sa Jeep brinquebala. Elles reconnurent le raffut saccadé. Il bondit… seul… sans son comparse Yoro, l'autre garde. Il se dénuda, descendit vers l'eau. Joan et July n'en perdaient pas une bouchée. Le torse, les cuisses, le cul, la queue. Tout l'Assioussou pour elles. Noir de muscles. C'était bien plus obsédant que l'iguane. Dès qu'il eut plongé, son corps moiré exécuta de longues brasses. Il rit, il éclata de rire dans le bonheur de l'eau. Il faisait le dauphin, la loutre. Piquait, rejaillissait, replongeait, s'éclaboussait. Il rit encore. Elles adoraient ça. La verge, hors de l'eau comme un poisson, coulait, ressortait, s'agitait.

– Un crocodile va la lui bouffer ! chuchotaient les deux voyouses.

Il faisait la planche. Il gémissait de douceur sur une nappe plus calme à l'écart des bouillons, du boucan écumant. Son corps s'évanouit sous les basses lianes, sous les dentelles plus tendres, les palmes… Plus d'Assioussou. Il rêvait. Il dormait. Il dérivait loin des yeux.

– Ce qu'il est doux ! Ce qu'il est doux ! répétaient les deux filles. C'est une grande idole douce qui dort sur l'eau, dans la douceur des rives, leur clapot délicat…

Il y avait une plage un peu plus loin. Elles s'y rendirent avant lui, toujours nichées dans le feuillage. Car c'est là qu'il débouchait, glissait dans le courant, remuant à peine les jambes, les pieds. Il se laissait faire et flotter jusqu'à ce que la vague le dépose sur le sable. Et cela se déroulait suavement. Dans la mouvance des plis, des miroitements. L'eau le pilotait, l'aiguillait sans le brusquer et le couchait doucement sur le sable mouillé.

Le grand Assioussou nu et trempé. Parfois elles se demandaient s'il ne les avait pas aperçues, repérées depuis toujours. Son offrande serait un jeu, un délice partagé avec les deux jeunes filles. Quand il rit de nouveau, plus secrètement, sans grands éclats, comme s'il était de connivence avec quelqu'un. Alors, sa main s'allongea vers son ventre et son sexe. Assioussou se caressa doucement, banda au bord de l'eau. Tranquille dans un chatoiement d'ombre et de soleil. Il allait rarement jusqu'au bout. Il se contentait de la dresser, de sentir l'ardente colonne de sa beauté. Il réservait sa semence pour Thérèse. Il devait penser à elle. Car il se branlait très doucement. Puis il ne se toucha plus. Elle tint toute seule. Droite dans un rayon de soleil. Elle volait. Lui, la nuque renversée, à moitié pâmé d'aise. Dans son doux ravissement.

Il attendit que ça retombe très lentement, que la verge se pose. Il rêvassait. Puis plongea une nouvelle fois, remonta à contre-courant, rejoignit plus haut la berge. Sa voiture démarra.

L'épisode laissait toujours Joan et July un peu sonnées. Divisées aussi sur la question. Elles parlaient beaucoup des hommes, de leur tige. Elles aimaient la regarder. En même temps, elles la redoutaient. Elles contemplaient la chair vivante d'Assioussou avec plus de curiosité que de désir. Elles l'interrogeaient... Jouiraient-elles jamais de cette lance chaude ? Ce qu'elles aimaient chez Assioussou, c'était justement sa vertigineuse douceur. Sa façon de ne rien précipiter, de laisser venir et monter sa cheminée en l'effleurant de ses longs doigts comme d'un archet. Elles avaient vu sur des cassettes porno des mecs se masser avec hâte, grimaçants, congestionnés, simiesques. Elles avaient ressenti une certaine répugnance devant ces étrangers. Mais Assioussou, lui, s'alanguissait, féminin et gigantesque, dans sa mare de lumière et le roucoulement des eaux. Alors, elles chuchotaient : « Il va jouer du violon. »

Maintenant elles voudraient bien découvrir le python. C'était l'objet de leur quête quotidienne. Au moins le surprendre une fois. Contempler le monstre. Le savoir là. Une antilope cheval remua les branches et vint boire puis deux guerbis tachetés sautillèrent, dansèrent dans une nuée lumineuse.

Le petit car qui avait amené quelques semaines plus tôt Boris et Sylvanus à Yamoussoukro s'arrêta devant la véranda. Ce furent de longues embrassades avec Ahmadou K., Bernard D., Mariama, sa fille Sokhna, Tanella, Assamala. Sylvanus étreignait tendrement les jeunes femmes et les faisait glousser par des farces et des chatouilles.

Puis, flanqué de Cecil, de Thérèse, d'Assioussou et d'Akissi, il exposa une nouvelle fois les faits à ses amis. Il fallait sauver Abokouamekro. Après avoir bu des rafraîchissements, sans perdre de temps, toute la bande embarqua dans les Jeep en route pour les collines et la plaine de Katiola. Il fallait montrer le royaume aux écrivains. Thérèse se méfiait un peu des intellectuels, sans illusions sur leur pouvoir. Ils s'enflammaient dans leurs phrases mais avaient peu d'impact sur l'événement rugueux. Mais cette fois, se savoir encadrée par l'élite du pays la fortifiait. Bernard D. surtout lui plaisait, avec ses cheveux blancs et son boubou majestueux. Son visage révélait un mélange de ruse et de sérénité. Elle savait qu'il avait été ministre de la Culture de son pays et qu'il en conservait influence et prestige. Moins volubile et provocateur que Sylvanus, elle le sentait costaud, coriace. Ahmadou K. lui en imposait aussi par sa grande taille, sa discrétion, sa réputation internationale. On le disait nobélisable. Ça l'épatait malgré son ignorance de ce genre de prouesses. Mariama déployait sa quarantaine lente et profonde. Les lignes de son visage offraient leur harmonie royale. Toute sa chair ruisselait, rayonnait dans un ensoleillement de plénitude. Sa fille Sokhna, plus acérée, plus mince, écrivait des poèmes à dix-huit ans. Assamala, pommettes saillantes, le museau fin, le corps en fouet, exhibait ses cuisses dures dans un bermuda noir. Thérèse vit Assioussou allonger son regard vers les trois femmes. Sa prunelle glissait, paressait sur leurs fesses rondes. Une flèche de jalousie transperça Thérèse. Puis l'œil d'Assioussou s'échappa soudain pour revenir sur le visage de son amante. Il lui sourit. Elle s'approcha de lui, l'enlaça en lui serrant tendrement la hanche de ses mains blanches.

Ils visitèrent le chamboulement des collines, leur pêle-mêle que Sylvanus trouvait dionysiaque ! Ils virent le fleuve, ses ruades, ses remous, ses épanchements lascifs. Sa clameur, sa fanfare nettoyèrent leurs oreilles encore toutes polluées des klaxons citadins. Puis s'ouvrirent les perspectives infinies de la plaine de Katiola, cette course dans la savane libre jusqu'aux crêtes des monts Soïena. Les termitières, leurs grumeaux gigantesques, leurs forteresses cabossées et cramoisies. Ils virent les hippopotames, les éléphants et les rhinocéros, toutes sortes d'antilopes. Mais le clou, ce fut la colonne noire des magnans qui avaient repris leur marche, carnassiers et prompts à la razzia. Sylvanus raconta le bivouac, le nid tentaculaire et monstrueux.

Les preuves de la splendeur avaient été prodiguées. C'était cette luxuriance qu'il fallait arracher au couperet des promoteurs et du tourisme de masse.

Ils se rassemblèrent autour d'une table, sur la véranda, et entreprirent d'écrire un article pour *Ivoir/Soir*. Ils cosigneraient leur déclaration de guerre. Ils se disputèrent sur le vocabulaire, les tournures politiques ou poétiques. Bernard D. voulait un exposé positif, une dialectique claire. Sylvanus proposait des métaphores qui frapperaient l'imagination. Ahmadou K. corrigeait ce double excès en dosant la substance et la forme, en les concentrant dans des expressions inventives et denses. Boris y allait d'un adjectif insolite qui donnait une secousse à la phrase. Akissi, assise à côté de lui, dissimulait mal sa préférence… Sokhna les avait devinés, elle contemplait leur connivence et leur fièvre cachée. Puis elle regardait Cecil, préoccupé, noué. Thérèse relisait les paragraphes avec une sorte de courroux critique. Elle tenait la dragée haute aux artistes. Il ressortait de leur prose qu'il fallait brider le vandalisme des capitaux lâchés tous azimuts au seul profit des trusts étrangers. L'opération montée contre la réserve d'Abokouamekro à cet égard était exemplaire. Elle illustrait une politique de désappropriation du pays que l'on défigurait, bradait par morceaux entiers. Il y avait là une aire de paix et d'authenticité qui serait saccagée par les hôtels, la valse des Land-Rover et des badauds friqués... Cecil et Akissi étaient des administrateurs modèles par leur vigilance, leur passion et leur prudence. Ils respectaient l'équilibre des lieux, les approvisionnaient peu à peu en animaux. Les nouveaux éléphants allaient arriver... C'était un travail lent, conscient, qui devait continuer de se développer. L'intervention d'une grande compagnie de tourisme détraquerait ce tissu délicat. On n'était pas au Kenya. Il fallait à tout prix éviter de casser les justes proportions d'Abokouamekro. Son lac devait rester intact, ses îlots et son fleuve à l'abri du béton, du tapage et du toc des hôtels internationaux. Pas d'exotisme mais la nature vierge.

Les écrivains cosignèrent leur profession de foi. Un déjeuner eut lieu à l'ombre du tulipier du Gabon. A l'issue du repas, chacun sortit quelques pages de son cru, manuscrit en cours, roman récemment publié. On se mit à en lire des passages, comme cela avait toujours été l'usage à l'intérieur du groupe. Sylvanus lisait de préférence les textes de Mariama, d'Assamala, de Sokhna avec des intonations marquées, des enjolivements, des arabesques sonores que Bernard D. réprouvait, reprenant le même extrait d'une façon sobre et secrète. Mariama ne savait à quelle lecture allait sa prédilection. L'échevelée ou la discrète. Cette dernière la touchait, la remuait davantage. La belle voix grave de Bernard donnait au moindre mot une résonance, une énergie intérieures. Comme un sous-entendu de beauté clandestine. Tandis que Sylvanus flamboyait dans l'hyperbole et l'épopée...

– C'est comme deux manières différentes de baiser ! lança Sylvanus. Chacun son truc !

– Selon les jours… dit Thérèse. L'une n'exclut pas l'autre.

Akissi se taisait, ne voulait rien trahir. Boris la regardait en douce. Et ses yeux lui promettaient des frénésies et des échauffourées, puis des moments presque immobiles, muets et quasi dévots de douceur vicieuse.

– On le fait avec de l'âme ou sans… souffla Sokhna, la jeune fille.

– Dieu ! Elle le fait ! Elle le fait ! s'émerveilla Sylvanus… Elle le fait avec son âme douce… son âme voilée, son âme sacrée…

– Oui, parfois, c'est sacré… chuchota Mariama. On devient des dieux.

– Ah non ! Les dieux, c'est l'ouragan, la foudre, l'effarement. Pas des jeunes filles romantiques !

– Mais l'effarement peut-être intérieur… sans manifestations violentes… C'est cela le vrai sortilège. C'est le plus fort.

– Arrête, Mariama ! Arrête ! Ton sortilège me trouble, je devine ce que tu dis. Je ne suis pas si bestial ! D'ailleurs, je deviens vieux. De plus en plus, je vais me rallier à ta méthode tout intérieure, en tapinois, à ta prière qui implose en secret.

– Ah ! Il a le dernier mot ! reconnut Ahmadou K. Il a trouvé l'expression juste.

L'après-midi ils retournèrent se promener le long de la rivière Kan puis se couchèrent sur une petite plage, au bord d'une nappe tranquille.

– L'eau rêve… murmura Sokhna.

– Moi je bande, ma belle, car l'eau est tendre et nue.

– Il recommence ! Il en fait toujours trop, lança Tanella en riant.

– Mes petites sœurs, je bande ! Je bande ! Tout doucement dans l'eau neuve. C'est limpide ! C'est que je suis amoureux d'Ada, la marchande d'eau.

– Ça, c'est inédit ! s'exclama Bernard D. Et poétique ! Mais n'oublie pas ton devoir, la mission qui te lie à l'Albinos. Ne va pas troquer l'Albinos contre Ada, ton petit tendron.

– Je ne sacrifie rien ! J'assume tout : Ada, l'Albinos et Abokouamekro. Trois fois A. Il me faut ces trois A.

Akissi en short avançait dans l'eau. Son mollet se mouillait. Ses cuisses encore sèches étaient revêtues d'un réseau de squames comme du sel. Bientôt des éclaboussures les maculèrent de taches plus brillantes et plus brunes. C'étaient de grosses pastilles de chair rénovée, plus vivantes. Boris les convoitait. Il aurait voulu que le bain gagne le corps tout entier et fasse resplendir son argile rousse et nue. Thérèse avait basculé dans les bras d'Assioussou. Elle s'y lovait, s'y prélassait et perdait son regard dans le chatoiement des feuilles et de l'eau. Assioussou se pencha vers son oreille et lui confia qu'à l'aurore il se baignait nu justement dans cette grande mare d'eau douce à l'écart du courant.

Thérèse le gourmanda :

– Mais tu ne me l'as jamais dit !

– Parce que tu aurais voulu te baigner avec moi. Et ta peau blanche aurait chopé des saloperies. Ça se loge sous le derme et l'infecte. C'est très dangereux. Il faut être immunisé comme moi.

– N'empêche qu'un beau matin je viendrai te mirer tout seul et tout nu dans ton bain. Je veux voir ça. Cachée. Te voir, te découvrir comme une autre le ferait. En vraie vicieuse avide. Voilà !

Trois jours après, l'article parut dans *Ivoir/Soir*. Thérèse pleine d'espoir le lisait quand un coup de téléphone retentit. Un peu plus tard, toute chamboulée, elle rejoignit Cecil et Akissi. On venait de lui annoncer la visite imminente des repreneurs du parc ! Un fonctionnaire d'Abidjan piloterait le futur patron ! Un Belge !

– Un Belge ! répétait Thérèse toute retournée, délavée de désolation. C'est un Belge, un redoutable ! Un spécialiste, il paraît. A la tête d'une vraie chaîne. Ils vont nous foutre tous au chômage, moi et mon Assioussou. Et vous deux, du balai ! Et Djé Djé, mon carrosse, et le python, et mes hippopotames, et les quatre éléphants du Botswana ! Ils veulent nous destituer et nous découronner de toute la beauté. Ah, les salauds ! Ils vont se pointer d'ici une heure. On est pris à la gorge. Ils ont lu l'article et précipité leur manœuvre. J'ai téléphoné tout de suite au ministre du Tourisme. Je n'ai eu que son chef de cabinet. J'ai senti qu'il s'en foutait. Ah, je redoute le pire ! On va mourir ! Voilà !

Assioussou qui revenait de son bain et d'une tournée dans la réserve fut brusquement cueilli et accablé par la nouvelle. Puis un éclair traversa son regard.

– On ne va pas se laisser ratatiner !

La voiture s'arrêta devant la véranda. Un grand Belge en sortit, corpulent, lunetté, casquetté, flanqué du fonctionnaire, un pion qui sautillait comme un héron en serrant dans sa main une mallette noire.

Cecil leur offrit à boire sur la véranda. Le Belge était économe de paroles. Il inspectait tout. Il notait. Il avait un mince sourire. L'acolyte parlait beaucoup. Très vite, le patron a voulu voir le lac. Il a mesuré l'étendue d'eau. Le sbire a écrit deux ou trois choses sur un calepin extrait de sa mallette noire. Le Belge a étendu le bras en direction de l'île touffue, luxuriante.

– L'hôtel sera construit là, la double piscine, un pont enjambera cette partie du lac. Un joli pont de lianes typique.

Cecil fit une observation :

– Il y a un problème tout de même. La saison des pluies est très brutale. Des orages torrentiels. Le lac double de volume. L'hôtel sera inondé.

– Non ! Non ! On va surélever l'île, bétonner des fondations. L'eau ne passera pas !

– Il y a un risque, intervint Thérèse, un gros risque. C'est le microclimat d'Abokouamekro, vraiment des trombes fulgurantes. La rivière Kan se gonfle de remous redoutables et le maelström déboule dans le lac en quelques minutes. Sans prévenir.

– J'ai travaillé longtemps au Zaïre dans des conditions comparables, répliqua le Belge. Pour réguler le Kan, on creusera des canaux de déversement en cas de trop-plein. De toute façon, nos affaires se développent surtout en saison sèche.

– La saison sèche est brève ici, prévint Thérèse. On est à l'équateur ou quasi. C'est une toute petite saison sèche avec des pluies toujours possibles. Il y a chaque matin un gros brouillard installé sur le lac et le phénomène peut se prolonger toute la journée… Un peu gênant pour les touristes peut-être. Le taux d'humidité, l'étuve, l'étoupe !

– C'est le brouillard des tropiques, normal !

Cecil, Thérèse et Assioussou échangèrent des regards énervés. Le Belge ne voulait rien entendre. Un têtu. Une brute. Il décida de visiter la réserve. Cecil choisit la piste la plus mauvaise. Une calamité d'ornières profondes, de bosses, de bourbiers, de piqués, de crevasses. Thérèse se remit à espérer. Car le Belge sursautait, retombait lourdement sur son siège. Et le pion se taisait, désappointé. Puis Cecil, après avoir glissé un clin d'œil à Assioussou, bloqua soudain la bagnole :

– Merde ! Les revoilà ! Elles sont partout. Hier, elles étaient de l'autre côté du Kan, une vraie plaie !

Le Belge ne bougea pas de son siège :

– Des magnans, oui, je les vois…

– Il y en a plein ! lança Assioussou, c'en est bourré. Ils attaquent les termitières qui pullulent. Ils bouffent tous les termites quand ils n'envahissent pas les cases. Les villages sont assaillis sans cesse. Ce terrain plaît aux magnans. La colonne que vous voyez s'étend sur des kilomètres. Une menace constante.

– C'est des magnans, bon, dit le Belge, on connaît bien l'espèce. On l'étudie. Ses mœurs peuvent intéresser le public. C'est plutôt un avantage. On ne se préoccupe pas assez des insectes. On oriente les visites sur les félins, les pachydermes, les animaux spectaculaires. Mais reste tout un travail d'information à faire sur les insectes. Les gens peuvent témoigner d'une véritable passion pour les coléoptères, les papillons, les fourmis, les termites… Ce n'est pas un problème.

– Des milliards, des milliards de magnans ! fit remarquer Thérèse. Ils cernent le parc. Ils le traversent, ils le quadrillent, ils le torpillent, ils passent de l'autre côté des monts puis reviennent de plus belle. C'est vraiment leur terrain, leur théâtre de prédilection… Quand les inondations éclatent, ils se réfugient sur ce qui reste de terres émergées. Et on ne peut plus s'en débarrasser. C'est une promiscuité grouillante. Un fléau.

– C'est l'Afrique ! C'est l'Afrique outrancière et splendide. L'Afrique qu'on aime, dit le Belge. Pas vrai ?

– L'Afrique qu'on adore ! renchérit le pion.

Cecil, Thérèse et Assioussou se sentaient découragés. Alors Thérèse frappa un dernier coup.

– Pour tout vous dire, pour parler franco, la réserve d'Abokouamekro est un écosystème fragile, chaotique, imprévisible. Trop de collines, de contrastes tarabiscotés. On ne peut pas développer ici un parc moderne à grande échelle. C'est impossible. Car voilà… voilà ! Un gros gros obstacle… On n'osait pas vous en parler pour des raisons que je vais expliquer…

– Vous allez inventer quoi encore ? lança le Belge avec une ironie provocante.

Thérèse lui jeta un regard amer :

– Je n'invente rien puisque je parle des braconniers. Des bandes solides, organisées, coriaces et combatives dispersées dans les villages, contrôlées par des sociétés secrètes vraiment singulières, vraiment propres à la région. Ils font des ponctions régulières sur le gibier. Ils ont amoché un éléphant, il y a deux ans. Nos rhinocéros sont espionnés, suivis, convoités…

– Une réserve comme celle que je vais promouvoir sera dotée de commandos de surveillance armés. Le ministère me donnera tous les pouvoirs. Une répression mortelle ! Alors je vous jure que vos braconniers se le tiendront pour dit !

– Oui, mais c'est là que tout se complique. Si vos commandos tuent un braconnier, alors, outre que de telles exécutions sont inhumaines, elles exaspèrent les sociétés secrètes, leurs ramifications dans les ethnies. C'est la poudrière. La révolte. Les expéditions punitives et les assassinats. Ce ne sont pas des rigolos par ici. Vous allez plonger la région dans un engrenage de violences vertigineuses.

– Bon, d'accord, j'ai compris : Abokouamekro, c'est l'enfer ! Je dirais même que l'enfer c'est du sirop à côté d'Abokouamekro. Si je récapitule : le Déluge, l'invasion des magnans, les braconniers tueurs qui sévissent à tire-larigot. Mais pourquoi donc tenez-vous tant à conserver cet îlot d'apocalypse et d'hystérie, pourquoi donc ? Vous auriez tout intérêt à nous refiler ce cadeau empoisonné !

– Parce qu'on vit là depuis vingt ans, qu'on est attachés. Que c'est un attachement masochiste et pervers. Voilà ! Mais croyez que nous n'avons en rien exagéré. Surtout en ce qui concerne les braconniers. Une organisation guerrière redoutable, infiltrée par une société de sorciers qui bénéficie d'un réseau de protecteurs politiques. Voilà le tableau complet. Ce n'est pas du roman. Ce sont les faits, têtus, costauds, rebelles.

– Moi, je suis plus têtu que les faits. Je me suis occupé de réserves dans toute l'Afrique. Je ne vois pas pourquoi Abokouamekro serait l'exception intraitable !

Depuis un moment, Assioussou et Cecil s'étaient retranchés dans un silence farouche. Thérèse les sentait braqués, bouleversés. Un grand assaut de mélancolie mortifère. Il ne fallait pas les mettre à bout. Le Belge fut imprudent. Il se moqua encore :

– Nous ne sommes pas des artisans, nous ! Pas des hippies ! On va mettre le paquet ! Aligner tous nos moyens, avaler les obstacles l'un après l'autre. J'aime autant vous dire que les magnans, c'est nous !

Il se retourna vers le sous-fifre :

– Hein, qu'on est des magnans organisés militairement !

Le pion renchérit :

– On est des magnans cent pour cent.

Cecil avertit Thérèse et Assioussou en leur lançant un regard de détresse, de fureur suicidaire. Il fonça droit dans une crevasse. La bagnole bondit, bascula, se renversa. Cecil avait choisi le côté où se tenaient le Belge et sa brebis.

Les deux types estourbis mirent un bon moment à se dégager. Alors, le Belge qui boitait et dont le bras saignait poussa un hurlement de rage :

– C'est fini la comédie ! Fini ! J'en ai assez de votre bande de connards archaïques ! Assez ! Vous l'avez fait exprès. Vous êtes des cinglés dangereux, des mythomanes et des paranoïaques ! Je vais vous dénoncer à la police ! Et vous faire virer ! Virer !

Il était debout, le Belge, dépenaillé, tout maculé de latérite et constellé de bobos sanglants. Le pion, chemise déchirée, la bouclait, d'instinct. Il sentait que la situation était encore plus grave et plus lourde que ne l'imaginait le Belge, aveuglé par la colère. Le pion avait vu les regards de Cecil et d'Assioussou. Des regards mornes. Quasiment minéraux. Sans reflets, sans vie. Ce fut rapide. Les deux hommes saisirent le Belge au collet et l'assommèrent d'une grêle de coups de poing puis, dans le tourbillon, ils attrapèrent le pion qui cherchait à s'enfuir et le cognèrent. Alors Cecil se transforma en bête. Il se mit à hurler, à pleurer de fureur, à vider toutes ses rancœurs, à défouler toutes ses angoisses. Il lançait en avant ses poings tétanisés et matraquait le grand Belge et le pion. Assioussou, happé par l'ouragan, y allait de sa volée de ramponneaux musclés. Et Thérèse elle-même, toute rouge, saisie de furie, allongeait de formidables coups de pied au Belge.

Les deux hommes terrassés ne bougeaient plus. Les trois assaillants titubaient, époumonés.

– Maintenant il vaudrait mieux crever nous aussi ! gémit Assioussou.

– Jamais ! Jamais ! coupa Cecil qui n'avait pas encore émergé de sa folie.

– On les a esquintés… Merde, on les a totalement éteints ! bégayait Thérèse.

Alors Cecil prit les opérations en main. Il continuait sur sa lancée. Le remords n'aurait aucune prise sur lui. Vingt ans qu'il subissait. C'était le grand retournement. Cecil agissait. Leader soudain. Leader d'un bloc.

– Il n'y a qu'à les foutre sous les pieds d'Hector, du grand mâle. On les emmène, on provoque Hector, et voilà ! Le maquillage sera parfait.

Mais il fallait redresser la Jeep. Thérèse était forte. Cecil balèze. Assioussou un géant. Tous les trois placèrent des cales, des pierres, des branches, des leviers sous le flanc de la bagnole. Et ils réussirent à la soulever à grands ahans. On voyait les biceps de Thérèse se gonfler. Les cuisses d'Assioussou se contracter. La gorge de Cecil se dilater. La bagnole vibrait, oscillait. Tous trois grognaient, criaient, se voussaient, se cabraient. Et soudain la Jeep retomba sur ses roues. Il n'y avait plus qu'à charger les deux salauds inanimés. Le moteur n'avait subi aucun dommage. Cecil démarra. Il descendit droit dans la plaine de Katiola. Les trois passagers se taisaient. Ils ne pouvaient plus réfléchir ni reculer. Ils faisaient corps avec la piste, avec la terre, avec Abokouamekro. Assioussou repéra les amas de crottin des éléphants. Il tendit le doigt. Cecil s'approcha. On entendit le barrissement d'Hector. Et l'on vit auprès de lui les masses de deux autres éléphants. Cecil déposa sur le sol les deux loques.

Il écarta la voiture. Il demanda à Thérèse de rester à l'intérieur. Il fit signe à Assioussou. Tous les deux entreprirent de marcher sur les éléphants jusqu'à la provocation. Ils marchaient de front, toujours crispés, tendus, transportés par une sorte de colère jubilante. Ils parlaient aux éléphants. Ils les aimaient. Leur amour d'Abokouamekro les submergeait. Ils n'éprouvaient aucune peur mais un sentiment de force aveugle et de triomphe désespéré. Quand ils dépassèrent un certain seuil, Hector lança sa trompe, amorça un court galop, s'arrêta. C'était la semonce. Cecil et Assioussou se regardèrent, comme convulsés d'une sourde frénésie. Ils marchèrent en se donnant la main. Ils virent Hector, splendide, agiter sa tête, écarquiller ses oreilles et s'ébranler d'un coup, tout haussé, immense.

Thérèse, dans la Jeep, aurait voulu fermer les yeux, prier. Elle ne pouvait le faire. Elle voyait la charge d'Hector, l'ouragan d'Hector, la fresque de sa colère géante. Et le galop des deux hommes qui fuyaient en direction des deux dépouilles. Quand ils passèrent dessus ils les frappèrent du pied, les retournèrent avec vélocité. Le Belge puait une odeur d'eau de toilette. C'était bon pour Hector. Ça aiguillonnerait sa violence. L'éléphant fonçait. Cecil et Assioussou accélérèrent. L'éléphant buta sur le grand Belge qui faisait saillie. Les défenses accrochèrent le bonhomme, le soulevèrent, le lancèrent. Puis ce fut le tour du pion de voltiger dans les airs. Alors Hector piétina les corps. Résolu, acharné. Il les broya sous ses pieds colossaux.

Thérèse, Cecil et Assioussou attendirent un long moment. Hector était reparti, la trompe levée dans un nuage de poussière et un barrissement. Il avait cavalé soudain vers les acacias de la plaine de Katiola et disparu.

Assioussou s'approcha des corps :

– Ils sont complètement ratatinés.

– On a notre alibi, décréta Cecil. Il n'y a plus qu'à prévenir la police.

La Jeep reprit la route. Thérèse s'exclama :

– On a tué, merde, c'est terrible ! On s'est rués d'un coup, l'effet de meute. Le crime nous lie, nous soude, mon Assioussou.

Puis elle prit la main de Cecil pour qu'il ne se sente plus seul. Les hommes se taisaient. Mais Thérèse parlait, vidait son cœur :

– Ils nous ont poussés… poussés à bout. C'est monté d'un coup. Ils ont outrepassé les limites. Ils voulaient tuer le paradis. Nous chasser ! Nous chasser, Assioussou, nous chasser, nous ! D'Abokouamekro.

– C'était impossible, dit Assioussou.

– Impossible, impossible ! renchérit Thérèse. Ils ignoraient que c'était absolument impossible. On a tout essayé, les orages de fin du monde, les milliards de magnans cannibales. Ils n'ont rien voulu entendre. Ils nous ont bravés, brocardés…

– On ne les a pas tués, observa Assioussou. Ils sont venus se tuer sur notre détresse… Hector a fait le reste. Hector s'est déployé et on a vu sa trompe levée, son formidable corps. On a risqué la mort. On n'a pas été lâches. On a accepté de mourir aussi.

– C'est vrai ! C'est vrai ! Mon Assioussou, on ne peut rien nous reprocher. Il n'y a rien à redire. C'est la loi, c'est la loi… On était les plus faibles, on était des riens du tout. Ils nous chiaient copieusement dessus. Et on est devenus les plus forts, par un élan surhumain. Ce fut notre métamorphose.

Moi Houphouët, quand même, je n'aurais jamais cru cela de Thérèse, de Cecil et d'Assioussou. Je réprouve mais ils m'épatent. Je crois malgré tout que leur conception de la réserve est artisanale et archaïque. La réserve ne saurait être leur possession jalouse. Mais j'hésite désormais. Je vacille. Je suis estomaqué. Ils sont allés jusque-là, jusqu'au bout. Ils ont défendu la beauté jusqu'au sacrifice. Thérèse, Cecil et Assioussou. Les voilà unis par le sang. Ils ont sacrifié. Ils ont triomphé. Ça me remue, ça me rameute. Je voudrais les condamner de s'être approprié ainsi la réserve. Mais je sens qu'ils ont grandi Abokouamekro. J'ai senti cet agrandissement magnifique quand, main dans la main, Assioussou et Cecil ont marché sur l'éléphant. Ils se purifiaient de leur rage meurtrière. Ils se lavaient de leur crime. Ils devenaient des seigneurs et des anges. Ils volaient. Ils jubilaient. Ils dansaient vers la mort. Alors, dans mon cœur, j'ai cédé. Je leur ai offert le paradis d'Abokouamekro.

La police enquêta, constata le boulot précis d'Hector. Cecil expliquait :

– Ils ont été imprudents. Ils ont voulu descendre de voiture. Hector est arrivé par-derrière.

– Il les a bien ratatinés, bien moulinés, confirma le chef.

Les collaborateurs du Belge s'étonnèrent au téléphone qu'un tel spécialiste des parcs animaliers ait commis pareille imprudence.

– On avait un peu bu, dit Cecil, il suait et il a remis de l'eau de toilette. Abokouamekro offre un microclimat extrême et contrasté. Un charivari de collines qui dégringolent dans la plaine de Katiola. Le mâle n'était pas visible. Il n'a pas aimé l'odeur. Il a déboulé des collines. On ne l'attendait pas là. Il avait été signalé le matin sur la rive du lac Irigou. C'est un concours de circonstances imprévisibles. Abokouamekro est imprévisible. C'est comme ça tout le temps.

Les flics prirent à leur tour la communication.

– Oui, nous avons constaté la charpie. Le grand mâle les a complètement écrabouillés. Là, on ne peut pas discuter. C'est un constat indiscutable. Ils ont été pilés.

Tard dans la nuit, Akissi, Thérèse, Cecil et Assioussou sont restés sur la véranda. De sa chambre, Sylvanus les regardait. Il pensait à la mort du Belge et du pion. L'idée de sacrifice s'imposait dans sa tête. Il avait beau la désavouer, c'était plus fort que lui, c'était comme si les deux victimes participaient d'un sacrifice mystérieux et propitiatoire. Car Sylvanus sentait quelque chose entre ses amis, oui, quelque chose de puissant, de ténébreux, de silencieux. Hector avait tué. Ce meurtre n'était pas sans lien avec leur connivence. Sylvanus pressentait une vérité, un nouveau secret. Il lui sembla soudain qu'il venait d'accomplir un grand pas vers l'Albinos. Les calaos se cabraient dans le grand tulipier du Gabon. On voyait le ménisque luminescent du lac. Les étoiles grouillaient et l'on entendit le cri du daman. Le python traversait son chemin rouge. Sylvanus, à l'attention de ses amis, chuchota alors dans la nuit :

– J'aime Ada et puis je vous aime, vous mes frères. Je vous aime immensément.

Akissi, Cecil, Thérèse et Assioussou levèrent les yeux et virent dans l'embrasure l'ombre penchée de Sylvanus qui murmurait encore :

– Je vous aime…

Je l'avoue, moi aussi. Moi aussi, j'aime cette grande nuit d'amour et de meurtre. Capitaine Diallo quitte l'île et plonge. Il commence ses chasses nocturnes. Ma cathédrale étincelle dans la pleine lune. C'est une ondée de neige. Là-bas, le long de la piste du Grand Koudou, les magnans ont constitué une fourmilière géante et éphémère. Ils l'ont logée sous la racine fourchue d'un fromager. Ils procèdent sans maçonnerie, ils n'élèvent aucun cône de terre ou de débris. Leurs corps accrochés par les mandibules construisent un pont entre les deux bras de la fourche. Des millions de fourmis s'agglutinent à cru en une colossale crinière, un astre de particules vives, condensées autour des œufs, des larves et de la reine, l'aînée, la grande ancêtre qui vit vingt, vingt-cinq ans, c'est-à-dire quatre fois plus qu'une ouvrière profane. Elles lèchent, elles sucent, elles cajolent la reine et recueillent des dizaines de milliers d'œufs. Ce bivouac forme une planète noire qui se dilate et bouillonne dans la phosphorescence lunaire…

J'adore ta nuit, Yamoussoukro. J'encense et je célèbre ton grand mystère chaotique et la fulmination de tes songes. Mamie, Mamie Adjoua, je ne sais pourquoi en cet instant je pense à toi, ma sœur chérie. Je voudrais que tu sortes de ton tombeau d'or. Je voudrais te tenir par la main et marcher avec toi vers Hector dans la plaine de Katiola.

Sylvanus, Ahmadou et Bernard D. ont obtenu un rendez-vous avec le ministre du Tourisme. Il a lu le papier d'*Ivoir/Soir* et l'a trouvé intéressant. Le rusé susurre : « Très très intéressant, émouvant serait le mot juste ! Un bel article tout en prose puissante et pathétique. » Le texte colle d'ailleurs avec un nouveau concept à la mode : « L'Ivoirité. » Mais les négociations sont très avancées avec la société, les contrats quasiment cosignés. Il promet toutefois d'accorder un sursis, un temps de réflexion. A cause des circonstances tragiques, de la mort des deux malheureux… Il faut peut-être réviser le projet. Peut-être…

– Abokouamekro, c'est pas du gâteau ! fait observer Sylvanus. La nature se venge !

– Elle n'y va pas par quatre chemins ! renchérit le ministre. Elle ne fait pas de politique, elle…

– C'est peut-être la seule vraie politique… réplique Sylvanus.

– Ça dépend sur qui on fonce, Sylvanus !… Tu as la mémoire courte. En 1963, on t'a foncé dessus et tu t'es retrouvé en prison avec tes collègues de la subversion !

Le drame exerce sur Joan et July un magnétisme immédiat. Elles se sentent à la fois graves et secrètement excitées quand elles démarrent dans la Jeep pour leurs explorations matinales. Au bord du Kan, sans trop y croire, elles attendent Assioussou. Son bain et sa caresse dorée. Mais le garde, au lendemain de l'accident, trahit une grande anxiété. Thérèse et lui passent leur temps au téléphone.

Dans la mélancolie ouverte par l'absence d'Assioussou, leur désir de débusquer le python connaît une sorte d'exaspération lyrique.

– Il faut que l'on se décarcasse, qu'on cherche vraiment et partout et plus loin que d'habitude ! s'exclame Joan.

Elles longent le Kan, remontent son cours jusqu'à un petit affluent qui s'enfonce dans la forêt. Elles hésitent, échangent un regard bref et décident de suivre cette nouvelle rivière plus fine, plus secrète. Une volonté les habite. L'envie de marcher longtemps, de découvrir, d'user des énergies et des sueurs. Elles trimballent leurs jumelles, leurs sacs, l'émetteur radio qui les relie à Cecil, leur petit attirail habituel pour capturer les insectes rares, coléoptères ou papillons, un alibi afin de rassurer leur oncle et leur tante. En fait, c'est le python qu'elles désirent. Celui dont parle Thérèse, qu'elle contemple la nuit pour elle seule, sous les étoiles, après l'étreinte avec son grand Guéré.

Elles s'arrêtent pour boire. Elles mangent des fruits et des petites galettes de mil préparées par Akissi. Puis elles reprennent leur route. Elles s'écartent de plus en plus de leur itinéraire habituel. Elles sont happées plus haut, plus loin. A un moment, elles sentent qu'elles franchissent un seuil, que c'est interdit, que Cecil réprouverait, qu'Assioussou condamnerait, le blâme d'Assioussou administré solennellement.

– Il ne faut jamais quitter les sentiers battus, les filles. C'est promis, juré !

Elles poursuivent dans la beauté du blâme. L'affluent sinue à travers un paysage accidenté de rochers, de lourds granits agglomérés. Un chaos. July aime le mot, le répète. Il y a le grand tourbillon, le gué de l'Ourebi, la piste du Grand Koudou. Elles viennent maintenant de découvrir un chaos sans nom. Des oiseaux s'envolent qu'elles ne connaissent pas, aux coloris rouge et blanc. Des trous, des voûtes, des passages se fraient dans la masse de granit. Elles escaladent les bosselures, se faufilent dans les galeries.

Elles sont loin de tout, des autres. Elles tressaillent de jouissance. L'inconnu les entoure. Elles foulent une nature vierge. C'est la faute d'Assioussou, de l'absence de sa verge douce et dressée. Elles abordent une grande table de roche lisse qu'elles explorent lentement. Une fissure ouvre la pierre, une sorte de cheminée. Avec mille précautions, elles l'auscultent, la sondent. Puis dégringolent à l'intérieur et débouchent dans une grotte. C'est le silence. Et puis, là, devant elles, à leurs pieds, dans une tache de lumière : l'amas des cendres et le bois en attente, des restes de boisson. Plus loin, une natte, un plaid, un tas de guenilles, des ustensiles de pêche, un piolet, des fruits en vrac. C'est une cache, un repaire. Joan et July ont peur. Elles pensent tout de suite aux braconniers. A leur planque. Elles remontent le long de la cheminée et vont s'abriter dans les taillis.

– Tu crois que c'est la base des braconniers ? demande Joan.

– Peut-être… Mais il y a si peu de matériel ! Et puis les braconniers dirigent leurs raids vers la savane de Katiola, sur un sol carrossable. On est bien loin de la plaine. Le chaos ne serait pas une base très pratique.

– Alors ?

– Alors… je ne sais pas… Mais ce n'est pas une bande qui campe dans la grotte. Il n'y a pas assez d'objets.

Elles ont envie de se trisser. Mais le désir contraire d'attendre, de surprendre, est plus fort que tout. Elles se replient dans un recoin plus caché, entre deux grosses racines d'arbre, sous les fougères. Avec leurs jumelles, en se haussant, elles balaient la surface de la table rocheuse. Elles veillent. Elles n'ont plus peur. Elles entendent les bruits de la forêt, les cris d'oiseaux qui se chamaillent, les chuintements, tous les bruissements souples et fluides, les bonds, les claquements de l'eau sur les rochers, la soie dans les goulets. On approche de dix heures du matin. Et brusquement, dans le soleil, au sommet de la table nue, il apparaît. C'est un homme gris et rosâtre. Il a les cheveux blancs, bouclés, et des yeux pâles. Il porte un vieux short et une loque sur la poitrine. Elles se passent de jumelles. Il tient au bout du bras une gerbe de poissons. Il regarde autour de lui lentement, plusieurs fois. Il attend, suspendu... Écoute... C'est un homme-cendres, grand et maigre. Elles s'étonnent de sa couleur. Il écoute, immobile. Soudain il se glisse, comme happé par la cheminée. La table est nue dans la lumière.

Elles se taisent, puis :

– C'est lui, c'est incroyable ! lance Joan.

– C'est l'Albinos...

– L'Albinos de Sylvanus... renchérit Joan.

– C'est mieux que le python.

– C'est le pot aux roses.

– Oui, s'extasie July, que la formule excite. On a découvert le pot aux roses !

Maintenant, elles savent cela, elles sont seules à le savoir : l'Albinos existe bel et bien. Planqué dans le chaos, loin en avant du Kan et de son affluent mince. L'homme gris dont la peau est tachetée de rose par endroits sur les cuisses, oui desquamée... Lui, le furtif.

Elles restent un long moment médusées. Puis repartent en se courbant davantage sous le couvert. Elles sont pleines de leur vision. Sur la plaque de granit, le vagabond, sa glissade dans la cheminée...

– Il faut se taire ! commande July.

– Bien la boucler, confirme Joan. Réfléchir aussi à ce qu'on va faire.

– Est-ce qu'on va revenir ? Courir le risque d'être surprises ?... Tu te rappelles, Joan, du cri de Sylvanus ?... Hein !

– Oui : « J'aime l'Albinos ! » Comme il a lancé ça avec ferveur, dans un grand souffle, un appel, une mélancolie. Eh bien, moi, je ressens la même chose, moi aussi, j'aime l'Albinos. Je l'ai aimé tout de suite.

– Moi, c'est pareil. A le voir tout seul, là, dans la lumière. Il a un beau visage. Est-ce que tu l'as remarqué ?

– Oui, répondit Joan, un beau visage bien modelé, bien ciselé, un peu osseux mais fin. J'aime ses cheveux de neige.

– C'est sa peau qui me fait un peu peur, avoue July.

– Qui te dégoûte ?

– Non, qui m'effraie peut-être…

– Sa peau vulnérable… à vif… toute déchirée. Il est plus nu que nous-mêmes.

– On le connaît ! s'exclame July. Personne ne sait ! C'est magnifique. On en sait plus qu'Assioussou, que Cecil, que Thérèse. Notre savoir est immense.

Moi aussi, je le vois. Je le sais. Elles m'ont conduit droit sur le monstre, le rescapé… l'oublié. Les deux voyouses. Il fallait qu'elles me mènent jusqu'à l'autre, ce blafard, ce paria. Dans la lumière, érigé, blême. Maintenant, je ne puis l'ignorer. Ne manquerait plus que Sylvanus découvre à son tour le pot aux roses. Ah ! le vacarme qu'il ferait. Proclamant la sainte nouvelle, l'apparition, l'épiphanie du spectre. Qu'elles se taisent, les petites garces ! Qu'elles contemplent à satiété la splendeur d'Assioussou, qu'elles taquinent l'iguane, qu'elles dénichent enfin le python, mais qu'elles ne reviennent jamais là, sur la grande table nue… qu'elles le laissent, qu'elles se contentent d'y penser. Qu'elles se gardent de revenir… pour en savoir plus, le connaître. Il faut redouter l'Albinos, c'est dans nos traditions. Il porte peste. Il porte mort. Il revient des morts. Il n'a jamais quitté la mort. Il n'a jamais opéré le partage.

Il est un entre-deux détestable. Il a avorté son identité, sa destinée. C'est un sans-lieu, un désaxé sordide. Son errance est un enfer. Il ne faut ni le toucher ni le voir. Mais fuir loin de ses yeux bleuâtres. Il ne fallait surtout pas le dégoter, le déterrer. Lui, le gris, le blanchâtre. Lui le rose. Le sans-couleur. L'hybride, le moisi. Ni raviver cette plaie dans la lumière. Yamoussoukro n'a nul besoin de cette gale. Ah ! Elles auraient dû se contenter du triomphe d'Assioussou, de contempler cela, toujours. En gloire. Mais elles ont franchi la frontière. C'était plus fort qu'elles. C'était leur frénésie de filles, de petites pestes venimeuses et capricieuses. Quand elles ont vu le vol de la verge d'Assioussou, sa lévitation ardente, ça les a allumées comme une lave. Ça les a déréglées, ça les a fouettées, débordées. Elles sont devenues folles, effrénées et coureuses des bois. Alors elles sont tombées sur lui, le larvaire. Le Sans-Peau. L'ordre régnait. L'harmonie. Ma Basilique et Capitaine Diallo. Lune et Soleil. L'équilibre. L'histoire. Ma capitale. Mon épopée sans faille et mes tombeaux d'or. Mais ces curieuses, ces deux Blanches étrangères et vicieuses l'ont exhumé, debout devant moi, l'ignoble fantôme. Cette guenille d'homme, ce gargouillis. Le défaut de ma cuirasse, de ma légende. Son spectre salit mon royaume et ma lumière. Sa moisissure est sur moi.

Boris est au lit, la fenêtre grande ouverte sur le tumulte des calaos. Il est nu, humecté de sueur. Il se sent moelleux, dilué à l'orée d'un néant heureux. Il a entendu partir Cecil et Assioussou. Il sait que Sylvanus est resté sur la véranda en train de lire le journal. Il l'entend toussoter. Dans le couloir, Akissi est passée. Il a perçu le bond de ses jambes souples. Puis elle est revenue à la charge, un peu plus tard. Elle a tapoté à la porte.

– Il est mort !

Et lui n'a pas répondu, exprès, comme ça, pour jouer, au fond de son anéantissement. Muet de bonheur… mort oui… Alors le jeu a continué. Akissi revient.

– Il est mort peut-être depuis plusieurs heures… peut-être depuis hier minuit. Je sens comme une odeur d'homme, de chair un peu mûre… de viande.

Lui. Motus. Elle rit. Elle sautille dans le couloir. Puis disparaît un bon moment. Morte elle aussi. Tous les deux dissous, résorbés dans la matinée douce et corrompue.

Elle rapplique. Elle voit tout de suite que la porte est entrebâillée, finement, délicatement. Juste un pertuis long et clair. Akissi ne sait plus ce qu'elle doit faire, ouvrir davantage, se montrer. Attendre. Parler. Faire comme si elle n'avait rien vu. Elle souffle tout doucement :

– Tiens !… Il y a un fantôme… Eh, le fantôme ! Tsss ! Tsss !

Lui sourd… Tout à coup, elle voit sa main comme un serpent rusé qui s'immisce dans l'ouverture de la porte. Elle sourit. Elle regarde la main. Elle s'approche, s'incline, tire la langue et lèche la main. Il doit être bien surpris, s'attendait à tout sauf à ça. Les doigts se délient, saisissent la langue et la caressent. La langue répond, sensible, elle ondule autour du doigt câlin... Akissi n'ose pas prendre une nouvelle initiative. Ne rien brusquer. Ne pas ouvrir grande la porte pour étreindre Boris tout entier. Ils se taisent tous les deux. Soudain, au lieu du doigt, elle voit sa bouche, la frange du front, son nez et surtout sa langue à lui, tendue, affûtée. Il remue l'organe souple et nu. Akissi, plaquée de profil contre la porte, avance son visage et pose la pointe frétillante de sa langue sur celle de Boris. Leurs deux corps séparés encore par la porte exercent des pressions qu'ils se renvoient et équilibrent comme des félins.

– Le fantôme veut voir le cul brun d'Akissi. Seul, le cul !

Elle se tait, chasse jupe et slip, se met à quatre pattes et se retourne pour glisser à reculons la croupe dans l'ouverture de la porte. Elle ne sait plus ce qu'elle attend, devine, désire... la langue toujours, le doigt, la verge de Boris.

– C'est l'animal le plus parfait de la réserve d'Abokouamekro !...

Voilà la main d'abord, agile et gourmande. Elle se promène partout, palpe et pelote. Puis la langue vicieuse en plein dans le mille. A quatre pattes, elle recule davantage. Sans regarder elle allonge sa main en arrière. Boris a vu, a compris. Très vite la main d'Akissi enserre la verge dure.

– Belle bite pour un spectre ! susurre Akissi.

Alors elle n'en peut plus, elle se retourne, se redresse et se jette sur sa bouche, l'embrasse farouchement et Boris lui fourre sa langue dans le même assaut glouton. C'est elle qui le pilote vers le lit où il bascule le premier. Elle retombe dessus. Elle lui écarte les cuisses avec ses genoux. Elle se tient à quatre pattes appuyée sur les avant-bras. Son corps s'effondre doucement sur Boris, le ventre s'avance, se couche contre la queue, s'ajuste, cale bien la motte sur le membre. Elle se met doucement à le branler avec son clitoris et sa vulve allant et venant le long de la tige. En manœuvrant ainsi, elle fait une petite grimace concrète où l'effort de soutenir son corps sur ses avant-bras et de garder une pose exacte se mêle à une mimique de volupté, comme si elle allait grogner. Elle a un petit grognement muet. Et le lime de la racine au gland, lèvres du sexe bien dépliées sur le frein de la verge. Le mouvement de ses reins souple et cadencé. Elle appuie, elle relâche, elle presse de nouveau, voyage. Il sent qu'elle allume lentement son clitoris au cierge. Il le voit à sa grimace plus rouée, plus profonde, plus savante. Ses petites dents de nacre brillent. L'ourlet des lèvres se relève et se crispe. Un petit rire se dessine sur la bouche entrouverte. Un rire silencieux, malicieux. Un rire de désir. Parfois le rire sort du silence, émet une série de petits souffles hachés. Et elle ponce et polit, pile et pétrit la bite avec le pain nervuré de sa motte. Tout à coup, quand la barre lui semble à point, d'un mouvement leste, elle se redresse, la saisit, la tient bien droite, l'escamote d'un coup par en dessous et s'assoit sur la pointe. Cela avec grâce et vélocité. Une sorte de zèle, de tour de passe-passe sidérant. Magicienne, elle s'est assise sur le membre bandé. Et continue la course bien à califourchon, vaillante, sans rechigner à la besogne. S'enfonçant, se relevant... bien musclée, cuissée, cambrée. Jarrets tendus. Ventre dur. Elle se détache ainsi dans le regard de Boris, carrée dans la lumière. Tout entière ramassée, concentrée, décalquée par son rut. Contour précis, braqué. Posture de femme qui pisse ou chie. Archaïque et crue. Incroyablement noire et nue. Brillante, cernée par ses muscles. Il lui tripote les seins. Et elle monte et descend. Se fourgue comme une grande. Toute seule. Adulte et fière. Cavalière Akissi. Chevauchant l'homme blanc. Parfois, elle change très légèrement d'angle, s'appuie sur un genou, se décale. Quand la bite dévie elle la rajuste avec la même autorité adroite qu'elle a mise à se planter. C'est sa chose. Elle en dispose. Et Boris voit tout, regarde Akissi sans se lasser. La verve d'Akissi, son aventure et sa voltige. Et puis elle le fixe des yeux. Un coup brusque et profond sur la verge de Boris. Tout le ventre en avant, les seins lancés, les fesses dures de plaisir. Elle lui arrache son jet. Juste quand elle l'a décidé. C'est le boulot d'Akissi. Boris a voulu faire le mort et le malin. Mais elle a retourné et conduit cette péripétie vive de bout en bout...

Ils ont entendu la Jeep de Cecil... Akissi a enfilé sa robe et elle est descendue illico dans le salon. Boris est resté dans la chambre. Sylvanus fume sur la véranda. Cecil voit Akissi dans une grande lueur, une sorte de faisceau nimbé qui tombe de la fenêtre. Il s'arrête, suspendu par l'apparition. C'est comme s'il voyait Akissi vraiment, découvrait la secrète Akissi pour la première fois. C'est ce mélange d'ombre et de clarté, cette lumineuse pénombre. Quelque chose d'Akissi transparaît qui frappe Cecil et le poigne. Cette chair ombreuse, insaisissable... Il s'approche. Il regarde la robe légère. Il plonge dans une odeur de sueur. Il voit un pli brillant, humide, à la base du cou. Et le visage lui sourit. Un sourire un peu fixe, un peu forcé peut-être, appliqué comme un masque. Le joli masque d'Akissi. Il n'ose la toucher. Il a peur de dévoiler par ce geste concret une vérité monstrueuse. Cela lui jaillirait à la figure dans l'effluve du corps humecté de sueur. Il sent cette présence tapie, prête à bondir, à le gifler, à l'éclabousser. Il serait recouvert d'un coup par l'évidence obscène. Toute la bête là, sur lui. Béante, saillante, gonflée d'un relent violent. Il est lâche. Il veut rester lâche. Il recule dans son effroi. Alors, elle prend l'initiative et lui lance :

– Je vais chercher un verre... Il fait chaud. Tu as le visage couvert de poussière.

Et lui :

– Non ! Non ! Je n'ai pas soif. Je boirai plus tard.

Il tourne les talons et va se réfugier sur la véranda où Sylvanus somnole, la tête renversée, l'air de rien.

Akissi dans la cuisine, à toute vitesse, passe un torchon sous le robinet, le trempe et se le plaque dans le cou, sous les bras, sous la robe… le raccroche… attend, au cas où Cecil reviendrait. En quelques gestes, elle rajuste sa robe… Mais Cecil maintenant marche vers le lac Irigou. L'ombre d'Akissi se lève dans son cerveau. Il la voit. Là-bas, au fond, dans une aura diffuse. Immobile et profonde. Le visage flotte et sourit. Le visage mensonger. Et la chair irradie… Akissi n'est plus qu'une émanation de chair, un message d'odeurs. Une douleur qui envahit tout le corps de Cecil et le creuse. Et dans la caverne de ce corps vidé par l'angoisse, l'ombre réapparaît, muette et charnelle, composée de tous ses atomes sombres d'odeur, de sueur. Et tout à coup, cela jaillit, le cingle, le déchire. Il voit ce qu'il avait cru ne pas voir. Il revoit l'angle pubien de la robe, oui, froissé, taché. Il y avait une tache humide… tandis qu'elle souriait, qu'elle maintenait son sourire agrafé. La lueur du soleil avait glissé sur le centre de la robe où s'exhibait ce chaos, cette fripure de l'étoffe maculée.

Sylvanus a perçu un changement mystérieux dans l'attitude de Joan et de July. Cette excitation masquée. Ce ralentissement tactique comme si elles avaient peur de trahir une quelconque précipitation. Mais on devine un ajustement concerté. Sylvanus subodore une histoire d'amour. Il y a Thérèse et Assioussou, il y a Boris et Akissi. Il y a la beauté d'Ada la marchande d'eau. L'amour déferle. De temps à autre, Joan baisse sa garde et arbore son visage délicat au sommet de son corps robuste. July incline sa tête plus garçonnière sur son buste mince. Les deux filles se sourient en douce. Sylvanus jouit de cette contradiction subtile entre la brune solide et féminine et la blonde menue, mais plus mec. Il nage au cœur d'un tourbillon de nuances voluptueuses. Il en éprouve les modulations les plus fines. Joan et July n'ont plus tout à fait leur attitude habituelle. Elles ne peuvent pas faire autrement. Sylvanus a observé ce rayonnement, cet enchantement en filigrane. Il les épie, il les contemple, à l'affût. Il veut en savoir plus. Sans les brusquer ni les effaroucher. Elles bavardent dans les coulisses, retranchées dans leur chambre. Conciliabules hachés de silences, d'exclamations étouffées, de questions. Elles guettent, sur le qui-vive. Adolescentes sur la brèche. Brèche d'or ! Un grand feu les perce et les éclaire. La flamme chatoie dans leurs yeux. Sylvanus convoite cette joie qui ne dit ni sa cause ni son nom. Il songe au bavardage frais d'Ada, cette eau profonde qu'elle va chercher dans un puits de brousse. Elles cachent toutes quelque chose. Elles couvent toutes une crise délicieuse. Il faut doucement souffler sur leurs braises et débusquer le foyer de vérité brûlante.

Oui, Joan et July vivent un mélange d'allégresse et de crainte. Elles voudraient retourner dans le chaos rocheux où se planque l'Albinos. Dans son repaire. Réussir ça. La niche. La forme de son corps dans la poussière. Le tas de cendres chaudes. Mais elles n'osent pas. Elles ont peur d'éveiller ses soupçons. Il déménagerait, fuirait. Peut-être a-t-il repéré un indice, la trace d'un pas qui n'est pas le sien. L'arôme d'une présence étrangère. Comment le voir et l'amadouer sans qu'il s'échappe. Lui qu'on a depuis toujours méprisé, banni. Mais deux jeunes filles, deux Blanches indifférentes aux croyances et aux passions de sa terre pourraient justement réduire ses appréhensions. Voilà ce qu'elles pensent et murmurent. Tout doucement, trouver le geste qui le rassurerait. Lui apparaître sans qu'il se sauve. Joan et July ne parlent plus que de cela et s'en régalent à satiété. Elles atermoient, car la révélation reste intacte, elle garde toute sa puissance d'impact. Si elles commettent une gaffe, il disparaîtra et elles seront dépossédées de leur bonheur. Elles attendent, elles espèrent. Elles caressent leur grand fantôme en rêve. Ce spectre, ce sauvage et cet écorché pâle qui a survécu au carnage. « Le Sans-Peau », dit Sylvanus. Et elles tressaillent d'angoisse et d'un désir confus quand elles répètent : « Le Sans-Peau, le Sans-Peau. » L'expression déclenche tout un tumulte d'émois. Ça les excite oui… Sans-Peau. Sans-Peau. Dans des effrois, cela aiguise comme un plaisir interdit. Lui, le plus nu des hommes. « Plus nu qu'un ver », chuchotent les deux filles. Et elles se grisent de ce mot lisse et cru sorti de la terre. Le ver obscène dont la vie tient à la corruption même et à la mort. « Il est à vif ! » Voilà ce qu'elles racontent, honteuses émerveillées. Elles ne savent pas ce qu'il est, ni ce qu'elles demandent. D'où il revient, où il va, où il peut les mener.

… Certes leur aventure les allume et les allèche et les rend séduisantes, leurs tiraillements de jeunes femelles désœuvrées, trop imaginatives. Mais moi, le Boigny, je dis que l'Albinos les mènera au désastre. On ne compose pas avec la mort. L'Albinos est un cadavre en marche. Contagieux au possible. Ces délurées s'excitent sur un mort. Leur totem pue la décomposition. Il faut deux perverses complètement dépaysées, détraquées, pour inventer ce mythe, se repaître de ce fétiche funèbre.

Thérèse et Assioussou, c'est autre chose. Rien de puéril, de cérébral. Rien de masturbatoire. Du plantureux pleine peau ! Ces deux-là me rassurent. Ce couple a du sens, du socle, du sortilège. Leur voiture s'arrête entre la grande termitière et le fromager géant. Leur bacchanale va recommencer comme la ronde du soleil. Pas des fantômes. Mais des amants présents dans la splendeur du réel vivant.

Ils ont vu bouger quelque chose sur le flanc de la termitière. Ils s'approchent d'un gros arc-boutant de latérite sèche, une partie ancienne un peu décalée de la cathédrale centrale et qui semble aujourd'hui abandonnée. Et puis, à toute vitesse, ils ont vu la tête, la reptation, le gigotement. La bête a disparu illico. « C'est une mangouste ! s'exclame Assioussou. Elle a colonisé cette cheminée désaffectée. » Ils s'amusent à voir la mangouste resurgir d'un trou, se cacher, circuler, ressortir à l'autre bout. Une mangouste incroyablement leste et curieuse. Soudain immobile, concentrée, elle les regarde. Pointue. Surprise. Thérèse rit. Elle pousse du coude Assioussou et se trémousse. Elle jouit de voir la bête.

Ils rejoignent le grand fromager. Thérèse exécute son prélude de baisers et de caresses. Elle se veut nue, très vite.

Elle s'aime nue dans l'ombre de l'arbre, sa turbulence sous le vent plus frais. Elle exhibe sa toison fauve, ce feu qui subjugue toujours Assioussou. L'œil fixé sur l'effervescence rousse des boucles, leur épaisseur drue, folâtre. Elle se colle contre le torse du Guéré, le dévêt, suce ses aréoles noires. Mais tout de suite elle sent une petite résistance. Un recul. Quelque chose de noué, d'opaque… Ce n'est pas la douceur, le moelleux d'Assioussou. Elle ne reconnaît pas son sourire tendre de désir. Elle n'ose pas lui poser de questions. Elle attend, plus câline encore. Elle ralentit le rythme, réfrène un peu sa fringale. Elle espère qu'il s'agit d'un malaise passager, d'un petit rien. Mais elle voit le visage de son amant coupé de ce qu'il fait, comme fermé malgré ses efforts, sa bonne volonté, son sourire creux. Cela se gâte… Elle a un pressentiment plus grave. Alors, elle glisse doucement sa main vers le ventre d'Assioussou en effleurant sa bouche, en saisissant avec délicatesse les gros, les beaux bourrelets de ses lèvres luisantes. Elle lui fourre sa langue avec le maximum d'intensité gourmande. Thérèse est tout amour tandis que ses doigts voyagent avec langueur et science sur la verge de son amant. Habituellement, la caresse provoque un petit sourire gourmet. Il presse son sexe contre la paume avec une mimique de satisfaction presque précieuse, oui maniérée. Elle adore l'air maniéré d'Assioussou quand le plaisir remonte le long de son membre. Mais, cette fois, le visage tarde à s'animer. Et la fierté d'Assioussou dort. L'amant fait le mort. Elle lui dit des mots doux, des mots d'amour bêtes, des kyrielles. Mais lui lucide et vaincu s'exclame :

– J'ai perdu ma fierté.

– Tu n'as perdu rien du tout, proteste Thérèse dans un désir de sa tendresse. Ce n'est rien, ce n'est pas grave. On a tout notre temps.

– Ce n'est pas une question de temps.

Alors elle a peur. Assioussou l'aime moins, ne l'aime plus peut-être, s'est réveillé soudain de son amour. Une volte-face brutale : il n'y a plus d'amour. Assioussou est en proie à un nouvel amour. Un autre désir l'habite et le hante. Une obsession majeure, inédite. Une autre femme plus jeune, plus jolie, plus coquette.

– Tu m'aimes toujours, Assioussou, mon amour. Hein ?

– Mais oui... Mais oui !... Mais je ne peux pas, je ne peux plus. Je n'arrive pas à faire corps, à fusionner.

– Mais cela va revenir... laisse-toi aller... On s'en fiche. On s'aime. On est bien... On est tous les deux. La savane veille sur nous.

– Je ne peux plus me foutre de rien du tout.

Thérèse n'aime pas la tournure catégorique de la phrase, ce côté inéluctable dans la bouche de son amant.

– Mais pourquoi ? Qu'est-ce qu'il y a de différent ?

– Il y a que nous avons tué le Belge et l'autre...

Thérèse sursaute et comprend. Elle aurait dû s'en douter.

– Mais nous n'avons tué personne ! Tu le sais bien qu'ils sont venus se jeter sur nous, s'empaler sur notre colère. Nous l'avons dit et répété. Nous n'avons tué ni le Belge ni le pion ni personne. Ils sont tombés tout seuls, par méchanceté. Ils étaient veules et cupides. Ils nous ont provoqués jusqu'au bout. Et c'est venu comme ça, sans préméditation. Les circonstances. Alors Hector leur a foncé dessus.

– J'ai lu un article dans *Fraternité-Matin*. Ils parlaient de l'enterrement de l'autre... Il s'appelle Assalou. Soudain ce nom m'a bondi au visage. Le tué avait un nom. Puis j'ai lu l'article. Le mort avait une famille, des gosses. Et cela s'est mis à proliférer, à devenir réel. Ça m'a pris tout entier. J'étais habité par Assalou. Il ne me quitte plus. Je revois sa tête dans le journal. Assalou, Assioussou, c'est presque pareil. C'est un Guéré comme moi. Alors je suis hanté. Je suis bloqué. J'ai honte. Je suis rongé. Je ne peux plus retrouver ma fierté. Mon orgueil est mort.

– Il fallait refermer tout de suite le journal ! Les journaux ne disent jamais la vérité. Ils inventent des scénarios pour émouvoir les gens. Ils t'ont tourné la tête avec celle d'Assalou. Tu n'aurais pas dû lire.

– Mais j'ai lu. J'ai vu. Et c'est incrusté sous mon front, dans mon être. Assalou est partout. J'ai le remords d'Assalou.

Oh ! elle n'aime pas du tout le son du remords dans la bouche d'Assioussou. Comme il a dit ça... Cet énorme remords s'est couché sur son corps et lui mange le cœur. C'est une chose immense. Assioussou est tendre. C'est un tendre paroxystique. Dans le remords, il sera extrême. Il sera dévoré. Il faut couper court au processus. Il faut trouver un rempart, un antidote.

– Il n'y a pas de crime. Il n'y a pas de remords. Il faut exorciser ces fantômes, mon Assioussou, ces illusions !

Elle le supplie, l'adjure. Elle prend dans ses mains le visage de son amant. Les traits sont comme cloués par le sentiment de la faute. Elle voudrait par magie extirper l'obsession. Elle voudrait le délivrer de la bête du remords. Elle voudrait déloger cette chose noire et nouée. Et hop !... Assioussou sourirait de nouveau. Libre et bon. Et sa fierté resplendirait.

– Mon Assioussou, tu me perdrais, ce serait pire, n'est-ce pas ? Je mourrais, ce serait sans remède, n'est-ce pas ? Tu oublierais tout, même l'autre, même ton remords. Tu ne penserais plus qu'à ta perte, qu'à ta Thérèse morte. Alors... voilà. Songe que je peux mourir aujourd'hui, demain. Ne songe qu'à cela et dis-toi que le reste, si pénible soit-il, ce n'est rien par rapport à ce qui éclaterait dans ton cœur si Thérèse était morte.

Assioussou paraît déconcerté, c'est un bon point. Elle l'a un peu extrait de sa douleur.

– Mais tu ne vas pas mourir. Pourquoi mourrais-tu ?

– Je puis mourir, partir, comme tout le monde. Par accident, par peur, par folie. Rien n'est assuré jamais dans un amour.

Elle aurait presque envie de le rendre jaloux, de lui parler d'un autre pour le sortir du remords. Fou de jalousie, il redeviendrait vivant, violent, axé sur sa Thérèse, sur leur couple uniquement. Mais elle ne peut pas mentir. Il ne la croirait pas. Alors elle cède à sa tendresse. Elle l'embrasse sur les lèvres. Il lui dit :

– Je sais que tu ne peux pas cesser de m'aimer du jour au lendemain, comme cela. Je le sais.

– Tu as raison. De cela tu ne peux pas douter, Assioussou.

Il s'écarte soudain d'elle, son grand torse se rabat contre le sol. Assioussou terrassé, vrillé par sa hantise. Le grand fromager, la termitière, toute la réserve paradisiaque ne peuvent empêcher son naufrage. L'épave de son corps noir crucifié. Jamais elle ne l'a vu si beau, si anxieux. Inaccessible. Presque perdu. Ravi par le remords. Elle l'aime et le désire comme jamais elle ne l'a aimé ni désiré. Car elle découvre la douleur. Elle imagine qu'elle peut le perdre, qu'il peut glisser ainsi loin d'elle, son grand corps glissant oui comme une chose morte, tombant comme un cadavre dans le ravin du remords. Elle le voit tout en bas, loin, écartelé, figé sur un lit de pierres. Et la phrase incroyable jaillit de sa bouche comme un ordre furieux.

– Tu ne te remordras pas !

Assioussou est surpris par le verbe, la tournure étrange. C'est comme s'il voyait en dehors de lui, dans cette espèce de hérissement dentu du verbe, son propre remords qui se débat et mord. Il hésite. Il se secoue. Il se redresse. Mais il s'affale de nouveau.

– Hélas, je me remords.

Alors, tous deux se taisent. Elle s'est couchée le long d'Assioussou. Elle lui prend doucement la main. Et elle sent qu'un long calvaire peut commencer. L'histoire du remords d'Assioussou. Elle n'a pas de connaissance sur ce sujet. C'est un continent ignoré. Elle n'a pas d'armes. L'histoire peut s'envenimer, s'empoisonner. Assioussou est capable de s'enterrer dans son mal. D'être tout entier modelé, pétri dans le ciment du remords. Un autre Assioussou va croître et se développer. Parasité par l'enfer. Elle sent qu'il faut arrêter l'infection au plus vite. Sinon le temps fera gangrène. Un seul dessein la possède. Trouver le moyen de sortir le remords du corps d'Assioussou. Et déjà elle sait que cette sortie doit se faire rapidement, concrètement. Il faudra extraire le remords, oui, comme on arrache une dent, comme on enlève une tumeur. Il faudra trancher dans la chair à vif. Voilà ce qu'elle comprend. Le remords est entré comme une chose, comme un corps étranger. Il faudra qu'il sorte comme une chose. Thérèse n'a plus qu'à réfléchir au moyen. C'est un combat entre elle et cette chose cuisante, tentaculaire, enkystée sous la chair noire de son amant. Et dans son crâne se dresse le serment impérieux :

– De mes mains j'arracherai le remords.

Les présages s'accumulent. Les signes sombres. Assioussou ne bande plus. Le plus beau couple de la terre s'est éteint d'un coup. Eh bien, c'est la faute de l'Albinos ! Déjà le revenant répand ses miasmes délétères. Il a touché le soleil d'Assioussou. Cette mélancolie constitue un grave danger. J'ai vu le beau poil roux de Thérèse, sa grande toison de fête et de victoire refluer sans emploi. L'armoirie de l'amour même. Sans éclat. Au rebut. La vie se rencogne et se fane. A cause de lui. De sa puanteur. Et Sylvanus qui va continuer son enquête. Tout cela est contraire aux lois de l'Orient, du Levant, du bonheur. L'Albinos est créature du Nord, de l'humide. C'est un monstre lunaire. Capitaine Diallo, Diamant Diallo, comme tu aurais dévoré cet informe lémure si on te l'avait livré à temps ! Je voudrais le jeter vivant dans les eaux sacrées du lac et voir la farouche éclaboussure de ta voracité. Jets d'écume, tourbillons, spasmes et remous guerriers, queue qui bat et claque. Carnage, écailles convulsées. Gueule béante qui mord et qui plonge. Diallo, ta valse de grand tueur aurait vidé l'abcès. Ta foudre. Diallo, grand purificateur, grand mâle, grand roi, tu aurais avalé l'infâme. L'univers d'un coup aurait retrouvé ses contours clairs et son identité sans faille. Ma basilique douce et rose aurait écarquillé son œuf à l'aurore, lestée par mon petit poids akan, mon petit Bélier d'or incrusté dans sa chair. Mais ils ne veulent plus de ce monde-là. Ils ne désirent plus le royaume. Ils se sont mis à détester les noms précis, les essences nettes et solaires, les cornes du bélier érigées droites dans le soleil. Ils entendent l'appel des ombres, ils convoitent l'indécis, l'innommable. Adorateurs des marais et des brouillards. Sylvanus est le poète des marges, des terres sans frontière, de la pestilence et du marais. Tous des modernes, des morts en herbe. Ils aiment la mort. Ils ne sont plus bons qu'à ça. L'Albinos est l'idole de leur désastre.

Dans une grande colonne de poussière rouge, les éléphants destinés à Cecil sont partis du Botswana. En camion, ils ont traversé le nord de la Namibie. Ils sont arrivés devant la barre de l'océan violet où le capitaine Jakaridja les a embarqués sur un cargo. Un périple de quatre mille kilomètres à travers l'Atlantique. Cela va durer quatre semaines. C'est l'odyssée de Nabuchodonosor, d'Hermine, de Marcel et de Louis-Ferdinand, le père, la mère et les deux éléphanteaux. Toute la famille... Jakaridja est un mulâtre sec à moustaches. Autoritaire, il aime la mer, le large, les tempêtes pour dominer les hommes et maîtriser les éléments.

Là où l'on charge habituellement le fret et les containers, dans les profondeurs du cargo, une cage solide et vaste a été aménagée. Les éléphants y sont tenus captifs, les pieds enchaînés par des anneaux. Le capitaine redoute surtout Nabuchodonosor, un grand mâle ombrageux dont un vétérinaire surveille l'humeur. En cas d'excitation, il administrera au patriarche une dose de puissants sédatifs. La seringue lui sera décochée dans le derme, d'un coup de fusil précis. La grande femelle plus calme materne ses petits. C'est la première fois que le capitaine Jakaridja prend la mer avec une telle cargaison. Ça l'impressionne mais il le cache. Il n'arbore que sa fierté de conduire un quatuor de titans.

... Jakaridja vient s'assurer de ce que tout va bien en bas. La paille, l'eau, les soins, la propreté de la cage. Une petite lumière électrique éclaire les animaux dont les corps oscillent un peu sur la vague. Ils ont peur. Ils tressaillent. Les petits barrissent tout à coup. La grande femelle les touche avec sa trompe. Ils se collent contre elle. Le grand mâle à l'écart, bien entravé et comme agenouillé, pointe ses longues défenses claires sur le capitaine. Cette position repliée de la bête fait ressortir de façon extraordinaire la violence de ses sabres d'ivoire. Nabuchodonosor regarde le capitaine. Ses oreilles se déploient, battent. Le cargo roule et grince sur une houle légère qui inquiète le mâle. Le sol de la savane ne s'animait jamais ainsi. Le mâle tente de mieux équilibrer la masse de son corps qui ballotte dans les secousses. Les petits barrissent de plus belle. La grande femelle les cajole, les frotte avec sa tête. A son tour elle regarde le capitaine Jakaridja. Puis les éléphanteaux imitent leurs parents, toute la tribu scrute le capitaine. Les hauts crânes gris, rugueux, aux bosselures chauves, les trompes, les tronches énormes et telluriques prennent une allure fantastique dans le halo des lampes. Un doute effleure le capitaine. Les quatre bêtes butées, hostiles, braquent vers lui leurs appendices absurdes comme des serpents, des sondes aux orifices fureteurs et obscènes. Jakaridja se demande si c'est bien son boulot de trimballer sur l'océan ces mastodontes de préhistoire avec leur espèce de groin à rallonge et rampant. Des tonnes de chair, de muscles, de cuir, de colère potentielle. Toute cette famille soudée, saisie d'effroi. Là, enchaînés… et puis voilà qu'ils pondent soudain un tas de merde fumante, presque en même temps. Les quatre pachydermes chient. De trouille, de défi. Des cataractes de bouse fluide qui empestent soudain. Le capitaine interroge le vétérinaire :

– Sont-ils déjà malades ? Souffrent-ils déjà du mal de mer ?

Le vétérinaire préfère temporiser avant d'administrer un remède :

– Il faut qu'ils s'habituent au tangage et au roulis, aux bruits, aux moteurs. C'est l'émotion, le trac, c'est comme les hommes. Ils ont la diarrhée, c'est banal !

– Docteur, vous gardez vos comparaisons… Personnellement, j'ai appris à maîtriser mes émotions et je ne souffre pas du symptôme que vous évoquez !

Alors Marcel se met à vomir une sorte de soupe jaunasse, baveuse, intarissable.

– Qu'est-ce qui lui prend encore ? s'étonne Jakaridja.

– C'est le plus jeune et le plus nerveux des quatre, il est jaloux de son frère et réclame toujours les faveurs de sa mère. Il cherche à l'accaparer. Hier soir, après notre appareillage, ce fut un véritable drame. Hermine s'était rapprochée un peu de Louis-Ferdinand. Alors Marcel a commencé son cirque… Une bête trop spasmodique. Mais ça ira mieux ! Tout ira bien !

– Il faut que tout aille pour le mieux ! renchérit Jakaridja. Dans une heure on déjeune dans ma cabine, docteur. A treize heures pile.

Les pachydermes avaient vidé leurs tripes sans cesser de scruter le petit capitaine austère. Le vétérinaire entreprit de leur parler doucement, après les avoir appelés par leurs noms.

– Bientôt vous serez libres, lâchés dans la savane… Ce n'est qu'un mauvais moment à passer… Je fais connaissance avec eux, petit à petit. C'est surtout une question de confiance, d'amitié, de fidélité.

– De fermeté, d'autorité ! Hommes et bêtes sur ce point se ressemblent, déclare le capitaine.

– Avec les éléphants, il faut créer la confiance, une relation stable et douce, généreuse ! Ils sont sensibles aux qualités de cœur de leur maître.

– De cœur ? questionne Jakaridja. Méfiez-vous du cœur de ces colosses ! Ayez le dessus. Toujours ! Je n'y connais rien, certes, en matière d'éléphants. Mais à travers toute la nature, on retrouve toujours le même thème. Le dominant fait la loi. Dominez ! Dominez, docteur ! Je crois vraiment à la domination équitable mais sans faille. C'est son impeccable emprise qui rassure finalement aussi bien les hommes que les bêtes. Trouver son maître est la seule situation viable et claire, docteur… Nabuchodonosor est le chef de famille, mais dans la hiérarchie vous êtes devenu supérieur. Puis il y a moi, le capitaine Jakaridja, puis l'océan, puis le soleil, puis Dieu.

– C'est que… objecte le vétérinaire, chez les éléphants la question de la domination est un peu plus complexe. En fait, la femelle peut être considérée comme la dominante, le véritable chef du clan, c'est elle. Le mâle est solitaire. Il ne s'approche des femelles qu'au moment de la copulation. Ensuite la troupe est gouvernée par la grande femelle et ses sœurs. C'est plutôt le matriarcat qui fait loi chez les éléphants…

– C'est une situation un peu floue, un peu équivoque, je trouve… La grande femelle et ses sœurs… Ici, nous ne sommes plus dans la savane. Un autre ordre est instauré. Le nôtre. Les femelles ne possèdent plus l'autorité suprême. Le maître à bord, c'est moi, et vous devez vous imposer à cette grande femelle. Malgré tout, en tenant compte évidemment des traits propres à l'espèce. Mais pour naviguer en paix, j'ai besoin de savoir que certaines règles sont toujours en vigueur. Docteur ! Écoutez bien… La mer est un élément vaste et chaotique. Ses profondeurs sont mouvantes, immenses. La mer est infinie et dévorante. Ténébreuse au tréfonds. C'est un grouillant mystère. Il y a dans son principe quelque chose de matriciel oui, justement peut-être… C'est pourquoi le capitaine d'un navire doit lui tenir tête tout en la redoutant. Mon cher docteur, nous sommes en quelque sorte les enfants de la mer géante. Nous avons grandi, nous nous sommes affranchis de sa tutelle et nous nous faisons maintenant respecter d'elle. La mer ne peut plus nous commander, pas plus que votre grande éléphante. Sur la mer, c'est l'homme qui tient la barre. Partout, toujours. Il tient le cap, suit la course des astres et du soleil. C'est lui le mât, l'axe central dressé sur la confusion océanique. Nous sommes les maîtres des mers, docteur. Nous le sommes devenus à force de mesurer, de connaître, de parcourir les flots. Tel est l'orgueil du capitaine. Son honneur. Éléphants ou pas. Ce n'est pas une question de chargement. C'est la question de l'ordre même. L'ordre des choses, docteur, l'ordre du monde.

Le docteur se tait, un peu estomaqué par la tirade de Jakaridja qui en profite pour tourner les talons et remonter sur le pont. Là, il regarde cette mer dont il vient de parler si longuement. Elle s'épand, majestueuse, violacée, panachée d'écume sous des boulées de nuages sombres. Jakaridja aspire un grand effluve d'air salin qui expulse de ses poumons les miasmes de la cage.

« Finalement, je préfère de très loin les baleines aux éléphants, pense Jakaridja. Les cachalots, voire les requins ! Ils sont puissants et fluides comme l'élément où ils circulent. Ces éléphants sont lourds et pataudes, même sur la terre. Leur volume incongru n'arrive pas à faire corps avec le milieu. Ils chient. Ils chient énormément et c'est infect ! Qui a jamais vu chier les baleines ? Qui a jamais été importuné par leurs déjections ? »

Jakaridja sent gonfler dans sa poitrine une grande fierté amoureuse et nomade pour la mer. Le vaisseau tangue dans la vigueur du vent. Jakaridja jubile de plaisir. Les éléphants en bas vont finir par se tenir à carreau. Ils obéiront au couple de Jakaridja et de la mer. Et le docteur aussi. Le soleil perce la nuée. Il apparaît au zénith et rayonne, plaque sur la mer une cuirasse d'écailles d'or. Jakaridja regarde le soleil. Il lui semble être revêtu de la même armure précieuse que la mer. Le soleil est le père du capitaine Jakaridja. « Un capitaine est essentiellement un être solaire, pense Jakaridja. Le soleil se lève et se couche sur la mer. Il la domine de sa course céleste. Mon vaisseau court sur la mer comme le soleil. Je suis le fils du soleil. De qui est cette pensée ? » songe le capitaine. Comme il n'aime pas copier les idées d'autrui, il transforme la phrase et s'exclame en lui-même : « Je suis le frère du soleil ! »

Et son cœur s'illumine. Il lui faut la superbe de cette sentence radieuse pour exorciser l'ascendant des éléphants, de leur matriarcat obscur, de leurs masses épaisses, informes comme du magma grisâtre et refroidi d'où jaillissent soudain les deux défenses immaculées de Nabuchodonosor.

C'est l'habituelle escapade à l'aurore de Joan et de July. Encore une fois, Sylvanus fasciné les voit fuir. L'envol de leurs chevilles claires.

Boris s'est levé. Il fait quelques pas sur la terrasse. Sylvanus ouvre la fenêtre et chuchote :

– Tu as vu ce que j'ai vu… Hein ! Les cousines nous cachent un secret brûlant !

Boris dresse la tête vers Sylvanus et lui sourit.

– C'est vrai, elles ont un but, c'est couru.

– Quel but ? Quel but ? Tout est là… Moi, ça m'excite terriblement de les voir foncer dans la lumière du matin.

Sylvanus rejoint Boris sur la terrasse. Ils prennent tous les deux leur petit déjeuner. Akissi est partie avec Cecil un peu plus tôt.

– Où sont-ils allés ? demande Sylvanus.

– Faire des courses en ville. Ils ne reviendront pas avant midi.

– Cecil se doute de quelque chose, tu sais, murmure Sylvanus, votre petit jeu… Il a deviné.

– Tu dis cela comme si tu savais, mais c'est pour me tirer les vers du nez. En fait, tu n'as rien vu, tu n'as pas de preuves.

– Je sais tout. En amour, je capte tout. Un vrai sonar. Je suis bombardé d'ondes… Akissi et toi, vous déversez de vrais torrents magnétiques.

– Tu crois que Cecil souffre ?

– Il est à la torture. Mais c'est un taciturne. Rien ne paraît.

– Ça m'emmerde qu'il souffre. Il me semble que depuis quelques jours cela empire. Il est de plus en plus sombre. Assioussou fait la tête. Thérèse semble turlupinée. Ce n'est tout de même pas seulement à cause de moi.

– Il se passe des choses… C'est vrai, rassure-toi, autre chose que toi et Akissi. C'est depuis la mort du Belge et de son coéquipier. Cette histoire-là les a secoués… Toute la famille d'ailleurs est tracassée, les deux cousines, l'oncle… Il y a une nouvelle donne. Mais j'ignore laquelle. Akissi ne t'a rien confié là-dessus ?

– Non, elle évite de parler de Cecil. Ça la gêne. Elle sent que ça me gêne aussi. En fait, j'ai l'impression qu'elle ne pense actuellement qu'à notre amour. Elle ne voit que cela. C'est ce qui me séduit en elle, sa capacité d'entrer tout entière dans un amour, d'être possédée par lui.

– Un amour… C'est du désir, vous vous connaissez à peine.

– C'est un amour…

– Déjà !

– Déjà, tout l'amour est là.

– Ah ! Tu l'aimes !

– Elle me plaît totalement. Sa vivacité inouïe… C'est la vie par tous les bouts. Elle étincelle. Tu la connais. C'est le feu. De toutes parts, je suis surpris, allumé. Je ne pense plus qu'à elle, qu'à ça, moi aussi. Voilà ! Est-ce que tu crois que Cecil peut basculer dans quelque chose de lourd, de grave. Il paraît qu'elle l'a trompé souvent.

– Je ne sais pas… Je crois qu'il l'aime. J'en ai parlé avec Thérèse qui les connaît depuis longtemps. La stérilité d'Akissi a approfondi l'amour de Cecil, l'a rendu plus douloureux… Il souffre. Peut-être qu'il aime souffrir. Que c'est son lien à elle. Il souffre aussi de sa gaieté.

– Il va me zigouiller, un de ces jours, au coin du bois !

– C'est le risque, Boris ! Le risque ! s'exclame Sylvanus très provocant. C'est peut-être ce que tu cherches, toi aussi… Parce que, qu'est-ce que tu fais ici ?… Pourquoi es-tu resté ? A quoi tu roules ? On ne le sait pas toujours. Tu es le Français, l'intrus faufilé parmi nous. L'écrivain en vadrouille, en vacances. Mais derrière ça, qu'est-ce que tu vises, qu'est-ce que tu caches ? Tu es là, tu restes, tu es souple et charmant. Mais peut-on être aussi charmant ?

– Je suis en vacances… Tu as trouvé le mot. Suspendu… entre parenthèses. Je me laisse remplir par le présent. J'oublie le reste, pour le moment. Akissi, c'est tout. Je ne vois pas plus loin. Mais je vais te dire… Il n'y a pas que le charme… Je vais te dire… Eh bien, là, quand j'ai su qu'Akissi était partie faire des courses avec Cecil, comme ça, dans mon dos, sans prévenir, car elle ne m'a rien dit, j'ai ressenti une piqûre de jalousie.

– Déjà !

– Déjà ! Déjà ! Tout l'amour est là, je te l'ai dit.

– Ça va finir par un duel entre Cecil et toi. Je te préviens : Cecil est plus costaud que toi ! Je plaisante… J'ai rendez-vous chez Djé Djé pour mon enquête. Si tu veux, tu m'accompagnes et tu mates… Tu as bien un embryon de roman qui trotte dans ta tête… Alors, l'air de rien, tu t'alimentes, tu absorbes tout ce qui bouge. C'est comme ça qu'on s'y prend tous, n'est-ce pas ? Car avoue-le, ici, depuis le début, tu pompes ! Hein ? Si ! Si ! Tu pompes comme les abeilles… au fond de nos beaux calices noirs. Charmant mais voyeur. Gracieux mais vigilant ! Akissi, la bouffée d'amour, et puis ton regard scrute l'Afrique alentour… Je crois que même sans t'en rendre compte, tu mijotes une espèce de roman… en traître… dans notre dos ! Tu pilles ! Tu nous pirates !

– Je n'ai aucune idée de roman dans la tête. Je te le jure. Rien. Le néant. Je n'ai que l'obsession d'Akissi.

– Oh, mais ça va venir, le travail se fait dans les coulisses, tu le sais bien ! Le sujet vient tout doucement, ça monte, tu t'imprègnes lentement. Tu nous colonises sournoisement, suavement.

– Comme tu y vas ! Comme tu y vas !

– J'exagère ! J'aime l'exagération. Alors, tu me laisses exagérer. Allez, viens voir Djé Djé.

C'est juste, ce fou de Sylvanus, hélas, a mis dans le mille. Le Blanc, le Boris, est en train de nous parasiter. Discrète sangsue plantée au flanc du pays. Logée sous notre épaisse toison de sylve. Sa passion est un levier, un alibi aussi. Sous ce couvert d'amour, il se remplit de nous. Il nous vidange. Il se gorge de notre sang. C'est une éponge. Tandis que je pérore dans les nuages et que je prétends tout voir, tout régenter, c'est lui, hélas, le romancier enraciné dans le réel, le regard acéré. Ce salaud sirote tout mon Yamoussoukro. Il écrit dans mon dos, hélas, je le sens maintenant. Il s'incruste dans les interstices de mon récit. Il va tout déballer à sa façon, même Akissi, tout le piment et les détails privés, tordus. Cecil ou pas. Avide, le Blanc. Charmant mais vorace. D'ailleurs, il est déjà jaloux. Il veut posséder Akissi tout entière. La convoitise n'a pas de limites. Il voudra nous posséder tous.

... Mais je vois Joan et July en train de cueillir des fleurs le long du Kan. Un à un, des lys sauvages. Qu'est-ce qui leur prend ? Elles ne se sont jamais intéressées aux fleurs. Pas le genre ! Pas des mièvres ! Elles se glissent dans les taillis. Elles cherchent la tige. Elles la coupent entre leurs ongles jolis et hop ! Joan tend le lys d'or à July. Elles comparent leurs fleurs. Et puis les voilà qui se carapatent avec une gerbe flamboyante... Non, ce n'est pas possible, elles remontent le long de l'affluent du Kan, elles prennent la direction du chaos. Elles rejoignent la tanière de l'Autre. C'est bouffon, elles ne vont tout de même pas lui offrir un bouquet ! Elles sont toutes haletantes, tout excitées. Elles courent vers lui, c'est sûr ! Aux approches du grand tablier rocheux, elles ralentissent. Elles hésitent. On dirait qu'elles mesurent l'incongruité de leur geste. Elles vont plaquer les fleurs, faire volte-face in extremis et se sauver de honte. Elles ne tournent pas rond, ces deux filles ! Ils débloquent tous. C'est une épidémie de caprices. Elles se ravisent, s'entêtent dans leur dessein, escaladent la table de granit. Furtives, elles déposent les lys au bord de la cheminée. Pour lui... C'est tout ce qu'elles ont trouvé pour faire connaissance, esquisser un premier pas, nouer le lien, conter fleurette au vampire ! Elles couchent les lys solaires sur la pierre. Puis elles s'en vont, voleuses. L'Albinos va se méfier, changer immédiatement de planque. Le résultat est assuré. Il va croire à un piège. Quoique... quoique... Qui aurait l'idée saugrenue de l'appâter avec des fleurs ! Les flics ? ! Moi, je n'y aurais jamais pensé.

Deux heures plus tard, il revient de la pêche. Soudain, il voit la tache de loin, oui la couleur. De la forêt, par une échancrure de feuillages, le saisit cette flambée d'or sur le granit. Sidéré, l'Autre. Figé. Les deux filles embusquées n'ont rien vu encore. Elles attendent, les sottes. Elles désespèrent alors que, léger comme un faune, il s'est approché et regarde les fleurs. Elles n'ont rien entendu. Il s'accroupit, réfléchit. Il est sonné. Il se relève doucement, courbé comme un espion. Il s'assure bien qu'il s'agit de fleurs. Il n'en revient pas. Il va partir. Je le sens, je le sais. Il va fuir pour toujours. Il ne prendra pas le moindre risque, cet errant élevé dans la terreur. Il est tenté pourtant. Tenté. C'est le mot. Je sens la tentation maintenant. Car quelque chose lui fait signe. A lui. Et c'est peut-être la première fois. Ce signe lui est adressé et ça le fascine, oui le tente. Il veut comprendre et déchiffrer. S'il part, il ne comprendra rien, jamais. Il sera tourmenté sans merci par le mystère des fleurs. Il s'approche tout doucement. Des fleurs ont été déposées au seuil de sa tanière. Une coulée de pure couleur. C'est tout. Son œil s'englue dans la couleur. Cet or lui parle. Il faut qu'il s'approche encore. Il regarde autour de lui, s'arrête, attend, puis c'est plus fort que lui, il rampe à toute vitesse sur la bosse du roc, le voilà à genoux au-dessus des fleurs. Saisi, les bras écartés. Il scrute le décor. Rien de suspect. La forêt dense qui tremble. Les deux filles sont pétrifiées d'émoi. Il allonge la main. L'écorché touche les fleurs. Les doigts dans l'or des corolles si douces, si suaves. Il frissonne, ramasse le bouquet, hésite à rentrer dans sa planque. Soudain, il file dans la forêt avec les fleurs... Il est aussi timbré qu'elles ! Cet Albinos est sans doute un peu débile, un imbécile farouche.

– Et s'il ne revenait pas ? dit Joan. Il pourrait ne plus revenir.

– Non, il n'aurait pas pris le bouquet. Il reviendra en se cachant. Il va vouloir savoir. Alors, on appliquera notre grande idée. Il sera médusé. Il ne pourra plus jamais fuir.

Leur grande idée ! Leur grande idée ! Que vont-elles encore manigancer ? Elles sont imprévisibles. Après le coup des fleurs que peuvent-elles bien inventer pour méduser le blême ?

Ils sont arrivés chez Djé Djé. Ils tombent sur Thérèse en entrant. Elle se tait. Mais on sent qu'elle a été surprise en pleine conversation. Djé Djé feint l'insouciance et vaque à ses affaires.

– Je suis venu voir le char...

Mais ni Sylvanus ni Boris ne croient à cette explication. Car Thérèse semble toute retournée. Ce n'est plus la verte Thérèse d'Abokouamekro. Il y a en elle quelque chose de violent, de bouleversé. Tout un saccage intime doublé d'une folle détermination.

– J'ai vu la bagnole amphibie... Mon précieux char. Bientôt, je traverserai à son bord le lac Irigou ! Et on verra ce qu'on verra !

Elle va s'en aller sur ces mots, en hâte. Mais Sylvanus la rattrape par le bras. Plein de bonté. Très doux, il lui dit dans un murmure :

– Thérèse, Thérèse… je ne comprends pas tout, mais je suis avec toi. Je suis tout entier complice de toi. En tout je te bénis.

Elle va pleurer. Thérèse va s'effondrer. Son visage tremble. Elle se maîtrise et dit :

– Merci, mon Sylvanus. Merci, car j'ai besoin de toi, de savoir que tu m'aimes. J'ai besoin de ta force, de ta vie.

Et elle s'en va en tremblant. Sylvanus se garde d'interroger Djé Djé. Ce serait une indélicatesse.

– Djé Djé… Ada devrait être déjà là.

– Elle va venir… Elle arrive !

Sylvanus se retourne vers Boris :

– Ada va nous conduire auprès de la secte : « Croissez et Multipliez », pour mon enquête. Elle appartient à la communauté, elle est une petite protégée de Papa Nouveau.

Sylvanus a regardé vivement Ada dès que la porte s'est ouverte et qu'est apparu à contre-jour son fantôme découpé dans la flambée du dehors. On ne voyait pas son visage. On percevait uniquement son ombre tendre. Le trio est sorti dans la rue.

– C'est mon ami, Boris, un Français, encore un Français !

Ada sourit et marche d'un pas rapide. Sylvanus la coudoie, tournoie autour d'elle en avançant. La nuque fine et nue d'Ada se courbe sous son regard. Il y a un petit os lisse qui brille dans le soleil. La colonne vertébrale s'écoule, descend à partir de ce premier anneau d'Ada. Sous le tee-shirt, toute la chair dense, douce, attachée aux minces chaînons osseux. Sylvanus voudrait compter chaque vertèbre sur la peau. Tout voir. L'extase. La pente nue du dos cogner sur le ressort charnu du cul. Dévoiler, oui, toute la plage brune du dos, son beau triangle vierge et voir, baiser cette piste jusqu'à l'épanouissement fessu. Et continuer le voyage… dégringoler, la sillonner à l'infini jusqu'aux chevilles, cuisses et mollets tendus. Lécher la poussière de ses pieds. Elle se dégage un petit peu tant il furète de l'œil et flaire sous le tee-shirt. Elle lui lance :

– Tu ne me demandes même pas le nom de Papa Nouveau. Un saint, tu sais !

– Comment il s'appelle, ton prophète ?

– Patrice Soumahoro.

– Il bavarde facilement, ton Patrice ?

– C'est à toi de savoir t'y prendre. C'est une nature généreuse, normalement il te dira des choses.

Ils traversent le marché. Bariolures et boucan. Mioches agrippés au dos des mères, ballottés sur les boubous ou logés devant, tétant les seins sortis, déjà flétris, mamelons vergetés et tout gris. Quand Boris se crispe soudain… Sylvanus suit son regard et avise Cecil et Akissi devant un éventaire de fruits que protège une mosaïque de grands parapluies noirs. Le couple de dos ne les voit pas.

– Voilà tes époux… raille Sylvanus.

Akissi, en attendant qu'on lui serve les fruits, lève spontanément le bras vers l'épaule de Cecil. Elle glisse la main sur la nuque de son mari et lui caresse le cou.

– Regarde pas ça ! Regarde pas ça, Boris ! lance Sylvanus. Elle le câline un peu pour le rassurer. C'est dur pour lui, tu comprends… Allez, on se tire !

Mais Boris reste piqué au milieu de la foule. Il voit les longs doigts d'Akissi masser tendrement le cou de Cecil, descendre pour flatter le dos, l'enlacer. Cecil s'écarte d'un mouvement brusque.

– Tu vois ! Tu vois ! Ce n'est pas si évident… Allez, filons ! Il ne faut pas qu'ils nous aperçoivent.

Patrice Soumahoro est un type rond, souriant. Il accueille Ada et ses amis dans une maisonnette entourée d'un maigre jardin. Ada annonce qu'elle doit retourner au marché vendre l'eau du puits. Sylvanus proteste, cherche à la retenir. Mais Ada se sauve en riant.

– C'est une bonne petite fidèle de « Croissez et Multipliez ». Belle, jeune et forte. Très forte. Très bonne. Très généreuse. Une petite chrétienne vaillante et vive !

La voix monte dans le salon, le débit fourmillant de Patrice, ses redites, ses précisions, ses nuances :

– Ses parents sont de fidèles disciples. Pauvres et bons, et ils ont renoncé aux fétiches ! C'est le principal. Humbles et forts. Courageux. La mère fait des ménages. Elle trime. Ce qu'elle trime ! Le père pour le moment ne fait rien. Dieu aime la famille d'Ada. C'est une bien belle, bien bonne, bien forte petite famille de Yamoussoukro... Les chrétiens de « Croissez et Multipliez » comptent beaucoup de familles de cette qualité d'âme et de cœur... Je te connais, Sylvanus, tu es un écrivain scandaleux... En tant que croyant, fervent chrétien de « Croissez et Multipliez », je n'apprécie pas ton tintamarre et ton tintouin contre le Très-Haut. Même si tu t'en prends davantage à Houphouët qu'à sa basilique. Donc, Sylvanus, tu ne répands pas l'arôme de la sainteté mais davantage le remugle du bouc. Mais, moi, vois-tu, je ne t'en veux pas ! Nous, nous parions sur la bonté de la nature humaine. Car tu es bon au tréfonds. On découvre cela dans tes gros yeux. Tu as de gros yeux ronds et doux masqués sous tes ricanements et tes colères. Mais tu es voluptueux ! Très voluptueux ! La volupté a toujours été un débat central chez les chrétiens de « Croissez et Multipliez ». A la différence de certaines sectes, nous ne crachons pas sur la volupté. Nous ne méprisons pas la luxuriance des plaisirs. Nous honorons les savoureuses facettes de la vie truffée de tentations et de délices. Nous ne nous élevons pas vers Dieu et la Vierge sainte, la très bonne, très forte, très vaillante petite Madone de Yamoussoukro, en foulant aux pieds le buisson touffu des concupiscences. Nous bandons, Sylvanus, les chrétiens bandent ! Ils bandent ! C'est pourquoi, Sylvanus, je ne me sens pas si éloigné de toi, malgré ta réputation d'escogriffe, tes foucades, tes bravades et tes rodomontades. Donc, tu es l'ami de Djé Djé, c'est un brave qui dépanne toutes nos bagnoles sans distinction d'école ni d'Église, mais Ada m'a raconté que tu es d'abord allé consulter les mangeurs d'âme, les sorciers et leurs gris-gris, leurs arcanes, tout leur fatras de magie. Leurs sacrifices ! Leurs sacrifices archaïques et maniaques. « Croissez et Multipliez » a horreur de la prestidigitation, de la superstition, des abracadabras, des cauris, des coqs décapités, des boucs pissant le sang ! Dieu est simple ! Vaste et bon. Sa simplicité rayonne et n'a nul besoin de bataclan et de radotages ténébreux. Dieu est beauté. Azur. Grand azur. Dieu est amour et fécondité immense. Amour colossal. Amour titanesque. Amour cosmos. Amour galaxie. Amour Big Bang. Sans cesse il croît et multiplie, essaime de nouveaux mondes dans la matrice universelle. C'est un alevinage intarissable d'astres et de planètes. Dieu nous submerge de sa semence et de sa lumière. Sa transcendance est claire. Sa transcendance est parfumée comme une mangue. Dieu est la mangue du monde…

… Il faudra un jour que vous assistiez à une de nos cérémonies. Nous formons en glorifiant le Christ une grande ronde, au rythme des tambours et des koras, des balafons. Nous chantons en tournant. Nous chantons des hymnes d'amour. Gloria ! Gloria ! Nous nous tenons par la main. Magnificat ! Magnificat ! Nous portons des boubous blancs constellés d'étoiles bleues et des couronnes de fleurs. Hosanna ! Hosanna ! Nous dansons en hommage à Dieu, nous nous identifions à la rumba des astres, oui, au tam-tam du grand tout ! Notre danse est une bienheureuse gravitation, dilatation de l'être. Nous nous écarquillons et nous atteignons la céleste lumière au terme de ce branle expansif et radieux.

Sylvanus et Boris n'en croyaient pas leurs oreilles. Patrice les inondait de ses guirlandes de phrases. Il se palpait les cuisses en entamant ses couplets. Il se pelotait, il se pourléchait du bonheur de ruisseler d'images et de mots, il s'enivrait de son débit, entrait dans une sorte d'extase du verbe et de la chair, s'enchantait, s'illuminait soudain, tournoyait dans le salon, dressait ses bras vers Dieu :

– Dieu est un baobab en fleur, Sylvanus ! En fleur toute l'année !

Il se rassit soudain, toisa Sylvanus et lui demanda :

– Mon frère, tu veux savoir quoi au juste ?... Mais méfie-toi de ta curiosité, de ta soif de connaître. La seule lubricité coupable, c'est le péché de connaissance.

Sylvanus l'interrompit doucement :

– Papa Nouveau, je mène une recherche, une quête ardente.

– Tu es ardeur, tout ardeur, tout feu, tout foutre, on le voit dans tes boucles qui se tordent et se convulsent sur ton crâne comme des flammes. Tout à l'heure, j'ai lu dans ton regard ton désir d'Ada. Tes prunelles brûlaient, roulaient sur son corps, cherchaient l'apaisement, l'assouvissement dans la transparence de la marchande d'eau, dans sa limpidité. Certes, nous ne condamnons pas les outrances piaffantes du désir. Cependant, Sylvanus, tu n'es plus un gamin, Ada est une adolescente claire. La pureté de son puits convient-elle à ta soif de vieux bouc ?

Pour la seconde fois, Sylvanus interrompit Patrice Soumahoro :

– Je cherche un albinos.

– Un albinos ! Un albinos ! Nous aimons les albinos qui sont nos frères misérables et inachevés, dignes de toutes les compassions. Mais de quel albinos s'agit-il ? Dis-moi son nom...

– J'ignore son nom… C'est le grand Albinos de Yamoussoukro.

– Le grand ! Le grand ! Nul n'est grand hormis Dieu. Dieu est un fromager géant, époustouflant, dressé jusqu'au pullulement des lointains soleils. Mais ton albinos, je le vois faible et maigre.

– Grand par la taille ! précisa Sylvanus.

– « Croissez et Multipliez » ne compte pas d'albinos pour le moment. Mais la superstition qui partout les exclut nous est fondamentalement étrangère. Parle-moi un peu de cet albinos, que lui veux-tu ?

– Je veux le voir et le ramener un jour au sein du monde.

– Et ça t'a pris comme ça, comme vache qui pisse ? Justement un albinos.

– Oui… dès que j'ai entendu parler de lui… du lac des crocodiles sacrés, des sacrifices anciens.

– Ah, les sacrifices !… Quelle erreur, quel aveuglement, quel entêtement désuet, piteux et carnassier ! Je comprends pourquoi Djé Djé t'a d'abord envoyé chez les mangeurs d'âme. Il a cru que la sorcellerie pouvait avoir des vues sur l'Albinos comme jadis.

– Oui, mais ensuite Djé Djé a rectifié le tir et pensé que toi, de ton côté, tu pouvais avoir eu vent de quelque chose, d'un détail sur un albinos… le dernier albinos de Yamoussoukro.

– Je ne vois rien de précis pour le moment, Sylvanus… Tu me prends au débotté ! Je réfléchis, je cherche dans ma mémoire. Je ne peux pas nommer exactement ton fantôme. Même si, c'est vrai, la rumeur d'un grand albinos a couru dans la région. Certains l'ont vu. Mais je n'en sais pas plus.

– C'est que je mendie le moindre indice, même une miette !

– J'aime l'humilité du verbe « mendier ». Je suis touché par ta simplicité Sylvanus… Un albinos… Un albinos… Ce frère dépigmenté aurait survécu quelque part. Écoute !

Écoute ! Va chez les putes de l'Hôtel Président. Oui, va voir les putes. Ce sont de belles filles qu'il faut aimer aussi.

Sylvanus sursaute et ne peut réprimer un rire.

– Ne ris pas des putes. Songe à Marie-Madeleine, nous l'honorons autant que Marie. Songe à ses chatoyants cheveux, à ses noirs cheveux opulents et lascifs essuyant les pieds nus du Christ ! Marie-Madeleine fut plus près du Christ qu'aucun d'entre nous.

– Je ne méprise nulle pute, Papa. Aucune, mais le rapport avec le dépigmenté ?

– Un souvenir, puisque tu veux tout savoir. Un prophète peut confesser un secret à un poète. Nous sommes de même essence. Voilà… c'est le souvenir d'une jeune fille, jadis. Il y a de cela bien des années. Près de trente ans peut-être. J'étais au séminaire. Je voulais être prêtre. J'allais être ordonné. J'ai bifurqué au dernier moment. Une crise, les circonstances. Plus tard, je suis revenu à Dieu à ma façon. J'ai fondé « Croissez et Multipliez ». Alors, voilà, jadis, un jour, je suis allé prier dans une église, tout près d'un confessionnal. J'ai alors entendu une fille pleurer, oui, sangloter. Puis chuchoter dans une sorte d'effroi. Troublé, j'ai regardé le confessionnal. Soudain, j'ai vu les chevilles et les pieds de la pécheresse dépasser du rideau. Des chevilles fines, déliées, brunes et branchées sur de merveilleux pieds sensuels et délicats. Le rideau a bougé. L'amorce des mollets nus s'est dévoilée. Je n'ai pu résister, je me suis approché très doucement et j'ai surpris des propos étouffés. La fille avouait une naissance monstrueuse. Et j'ai cru entendre le mot fatal : « albinos »… oui, albinos. Avant que la fille ne quitte le confessionnal, je me suis écarté, agenouillé sur un prie-Dieu. J'ai vu la mère du monstre ! C'était une jeune géante d'une beauté éclatante et musclée. Une gloire ! C'est là, je crois, que j'ai renoncé à devenir un prêtre catholique, que j'ai cessé de confondre christianisme et chasteté. Devant la créature de Dieu, la fulguration de la magnificence. A voir la haute fille remonter l'allée de l'église, un galion d'or, Sylvanus, un flamboyant en fleur ! Dois-je l'avouer, des années plus tard, rendu à la vie profane, le pénis assailli par les pétulances printanières, je suis allé dans le quartier des prostituées. Et là, dans une sorte de dancing, j'ai aperçu une grande fille splendide qui racolait avec noblesse et grâce. Mais oui ! Un être humain reste toute sa vie éclairé par la miséricorde divine. Soudain, l'image de la confessée m'est revenue. J'ai couché avec cette fille. Après l'amour, je lui ai demandé si c'était elle qui avait révélé à un prêtre une naissance monstrueuse. Son visage s'est brutalement fermé. Je n'ai pas insisté. Cette femme avait alors vingt-cinq, vingt-six ans. Au confessionnal, elle en avait seize ou dix-sept. Aujourd'hui elle a la cinquantaine juste passée peut-être. Je ne sais pas si elle est restée prostituée. J'ignore ce qu'elle est devenue. Je ne suis pas allé la revoir. A cette époque, ma vie a bifurqué encore. J'ai voyagé, travaillé à l'étranger. Et c'est à mon retour que j'ai eu mes premières visions. La prophétie jaillissait de mes lèvres et j'ai fondé « Croissez et Multipliez ». Si tu vas à l'Hôtel Président, où travaillent les plus belles putes de Yamoussoukro, peut-être te donneront-elles des nouvelles de cette fille.

– Comment s'appelle-t-elle ?

– Elle avait un faux prénom, purement professionnel : Victoire ! Oh oui, son corps criait victoire ! Victoire de Dieu. Chair de Dieu. Fécondité infinie. Tout cela est bien loin. Mais c'est l'indice, une piste, Sylvanus. Ne méprise pas les putes. Ce sont nos sœurs. Elles méritent l'amour et notre compassion. Et celle-ci était si belle, si somptueuse, qu'elle témoignait d'une sorte d'élection. Oui, les voies de Dieu sont amoureuses. Cette femme était une élue lumineuse au cœur de son ténébreux négoce. Sylvanus, en me remémorant tout cela, il me semble que ton Albinos existe bien. Je le sens... Quelque part il vit. Voilà ! C'est la parole de Papa Nouveau.

Tout à coup, Patrice Soumahoro se figea, comme lardé par une révélation. Un tremblement naquit au bout de ses mains. D'une voix illuminée, il s'exclama :

– Je vois le corps du grand Albinos ! C'est exactement ma cinquantième vision. Sylvanus, voilà le chiffre. C'est un signe surnaturel.

La Jeep d'Assioussou était descendue dans la plaine de Katiola. Elle filait sur la piste rectiligne et rouge. Assioussou accompagné de Yoro, l'autre garde, promenait ses jumelles sur le troupeau des gazelles de Thompson qui broutaient éparpillées par petites colonies de toisons paisibles. Le soleil blanchissait tout un papillotement de ventres délicats. Cela formait une fresque douce et vierge au ras des herbes flétries de la saison aride. Plus loin, derrière un rideau d'acacias, Assioussou s'attendait à voir surgir les rhinocéros. Ceux-là, il ne fallait pas les lâcher d'une semelle. Les braconniers convoitaient leurs cornes en raison d'improbables vertus aphrodisiaques. Cecil et Tetiali passeraient à leur tour dans quelques heures. De quoi décourager un raid éventuel. Une ancienne termitière, aujourd'hui désertée, se bombait le long du chemin. Elle formait un tumulus géant, herbu, large de diamètre, ponctué de cratères, hérissé d'éboulis et de donjons éborgnés. C'est là que les deux hommes avaient coutume de s'arrêter un moment pour pisser, boire un coup et manger leur casse-croûte matinal. Assioussou descendit le premier se dégourdir les jambes. Il huma un long effluve d'air chaud, pensa à Thérèse, à son malheur, à son orgueil perdu. Il se rappelait l'autre termitière, celle de l'étreinte, celle du bonheur. Il avança vers le tertre qu'il voulait escalader. Tout là-haut, ses jumelles détecteraient la présence des rhinocéros. Et soudain la détonation éclata. Assioussou ne vit rien, ne sentit rien. Son crâne enregistra seulement la décharge sonore. Instinctivement il se coucha dans l'herbe. Une douleur fulgura dans sa jambe. Il regarda. Il vit sa cuisse en sang à la limite du short. Il dirigea son fusil vers le tertre. Rien ne bougeait. De la voiture, Yoro se mit à tirer en direction de la termitière. Mais il n'y eut nulle réplique. La voiture démarra à toute vitesse. Elle était planquée jusque-là de l'autre côté du tumulus, dans un renfoncement. Yoro hésita à se lancer seul à sa poursuite. Il ne voulait pas laisser Assioussou terrassé, exposé peut-être à d'autres tireurs. Il redoutait ce piège. Il démarra et amena la Jeep auprès de son chef, recroquevillé, paralysé par une douleur violente.

– Ils m'ont cassé la cuisse, les salauds !...

Avec mille précautions Yoro réussit à hisser Assioussou dans la voiture. De son émetteur radio il appela Cecil, mais personne ne répondit. De toute façon, il fallait rejoindre au plus vite la maison du patron. Yoro tira d'une mallette de secours une bande qu'il enroula autour de la cuisse cassée. La piste était relativement plane, mais au moindre cahot Assioussou grimaçait, tentait de protéger sa cuisse.

– Je ne comprends pas... Je ne comprends pas, bégayait-il. Ils n'ont tiré qu'un coup, un seul coup. Ils auraient dû me liquider. Combien étaient-ils dans la voiture ?

– Deux, répondit Yoro, deux types... dans une Jeep plus neuve et plus rapide que la nôtre.

– D'habitude, les braconniers sont moins bien équipés et plus nombreux. Je ne comprends pas... gémissait Assioussou en regardant la bande velpeau devenir rouge et visqueuse.

– C'est peut-être un avertissement... pour nous intimider, dit Yoro.

– Ou alors, les autres, ceux du trust, du complexe touristique, pour nous faire lâcher prise... Ils auraient pu me tuer...

Yoro tenta, une nouvelle fois, d'appeler Cecil. Mais il n'obtint pas de réponse.

Quand la Jeep quitta la plaine de Katiola pour gravir le versant des collines, la piste se mit à zigzaguer, à vadrouiller dans les ressauts et les accrocs. Assioussou serrait les dents, jonglait, tenant et soulevant sa cuisse dans ses grandes mains pour lui éviter les secousses. La sueur dégoulinait sur son visage. Yoro se crispait, le nez sur le volant.

La Jeep s'arrêta devant la demeure de Cecil. Yoro cria. Akissi et Cecil sortirent les premiers, suivis de Thérèse. Puis Sylvanus et Boris. On transporta le blessé dans une petite chambre au rez-de-chaussée.

Yoro haletait :

– J'ai tenté plusieurs fois de vous joindre... Personne ne répondait.

Cecil répondit :

– J'étais avec Akissi dans la maison, nous regardions les comptes. Ma radio était restée dehors dans la Jeep.

– Ils n'ont tiré qu'un coup, un seul coup pour nous défier.

– Calme-toi, ne parle pas, dit Cecil. Akissi vient de téléphoner à Yamoussoukro. L'ambulance sera là dans un peu plus d'une heure.

Thérèse murmura :

– Ce n'est que ta cuisse... J'ai bien regardé. Ils t'ont raté... Ce n'est qu'une balle au travers de la cuisse. Ça va vite s'arranger.

Thérèse s'inclinait vers son amant, pleine de stupeur et de tendresse. Elle lui épongeait le front avec un gant. Le sang traversait le pansement. Thérèse eut un geste furtif, elle recueillit sur son doigt une goutte de sang d'Assioussou, ferma un moment les yeux comme dans une prière. Puis elle parla à son amant :

– Tu souffres... C'est normal, parce que c'est le muscle, parce que t'es musclé, la balle a troué tout le muscle. Peut-être que l'os n'a pas été brisé. Je prie pour qu'ils n'aient pas cassé l'os.

Cecil s'adressa brusquement à Tetiali et à Yoro :

– Armez-vous ! Venez ! On va voir les rhinocéros ! On ne sait jamais, c'est peut-être une diversion.

– Soyez prudents ! Soyez prudents ! s'exclama Akissi d'un ton suppliant, j'avertis tout de suite la police.

– C'est ça ! Ne t'inquiète pas, on est prévenus ! Allez, on file !

– Les bracos n'agissent jamais ainsi, jamais, répétait Assioussou. Ils se trissent ou ils tuent. Pas de milieu... Je pense que ça doit être ces salauds du trust, pour nous faire peur, pour nous faire céder...

– Oui... Oui... C'est cela ! répondit Thérèse, ces fumiers du trust, mais calme-toi, tais-toi.

Un moment plus tard, Sylvanus vit Thérèse se redresser, hagarde, rigide, l'œil dans le vide. Sur son visage se peignait un mélange de détermination et de désespoir. Elle avait eu cette même expression chez Djé Djé. Mais cette fois, elle semblait encore plus secouée, ravagée. Elle se mit à trembler, à grelotter par rafales, toute sa chair en transe.

– Ah, c'est le choc... C'est le choc, Sylvanus, le contrecoup. J'ai eu trop peur quand j'ai entendu le cri de Yoro et que j'ai vu Assioussou renversé dans la Jeep. Son grand corps immobile, ça m'a glacée. J'ai cru crever.

L'ambulance arriva deux heures plus tard. Une Land-Rover bien équipée qui embarqua Assioussou et Thérèse. Les flics déboulèrent peu après et, sur les indications d'Akissi, prirent la direction de la plaine de Katiola, au cas où Cecil et ses hommes seraient tombés dans un traquenard.

Assioussou fut opéré en fin de matinée. Le chirurgien rassura Thérèse. Le fémur avait été touché mais bien au-dessus du genou. L'articulation était intacte. La fracture nette et facile à réparer.

– Dans un mois, il marche, il trotte ! Je vous le garantis.

Un peu rassurée, Thérèse attendait, seule dans une chambre, le réveil d'Assioussou. Son grand Guéré dormait, une aiguille de perfusion au bras.

Cecil, Tetiali et Yoro revinrent indemnes de la plaine de Katiola. Nul n'avait attenté à la vie des rhinocéros. Les flics égarés dans la savane arrivèrent une heure plus tard.

– Ce ne sont pas des braconniers, leur lança Cecil, je soupçonne les types du complexe touristique. Ils veulent nous faire déguerpir et installer leur hôtellerie et toute leur quincaille !

– Ce sont des soupçons graves, dit le lieutenant de police. L'affaire devient très compliquée et fait trop de sang. Le Belge, son collègue et maintenant Assioussou. Mais nous allons reprendre l'enquête. On n'écartera aucune piste.

Deux jours après, la fièvre d'Assioussou remonta malgré les antibiotiques et les anti-inflammatoires. Le chirurgien enleva le pansement et regarda la cicatrice.

– Il y a un gros hématome... bon ! Ça arrive... Il faut nettoyer ça.

Une infirmière vint presser les bords de la plaie. Thérèse voyait la belle cuisse d'Assioussou toute tuméfiée, balafrée, boursouflée de sang noir. Elle adorait la cuisse d'Assioussou, son quadriceps brun et braqué dans ses enjambées souples. Le trésor de sa cuisse. Énorme lingot de muscles. Tout barbelé maintenant, martyrisé, souillé. Elle se mit à pleurer en accusant le chirurgien de maladresse.

Huit jours après, Assioussou allait beaucoup mieux. Pendant toute cette période, il n'avait plus reparlé du Belge et d'Assalou, de leur mort et du remords. Thérèse recommençait à espérer. Tous deux évoquaient l'épopée du capitaine Jakaridja qui guidait sur la mer les quatre éléphants du Botswana.

– Il paraît que c'est un petit capitaine arrogant, plein de prestance, pète-sec… Il trimballe les colosses dans la gabegie des vagues ! Dis, Assioussou, quatre d'un coup ! Demain, ils avanceront sereins dans la plaine de Katiola. On m'a communiqué leurs noms : Nabuchodonosor, Hermine, Marcel et Louis-Ferdinand. Avec les autres, ça fera une manière de troupeau. Hector, notre grand mâle, Nabuchodonosor et toutes les femelles royales ! On verra leurs belles bedaines dorées dans les feux du couchant. Ils viendront boire le long du Kan et remonteront la piste du Grand Koudou.

– Dans dix ans, la plaine comptera peut-être une dizaine d'éléphants !

– Peut-être plus ! Et des guépards, une famille de lions, car les gazelles de Thompson sont en surnombre. La plaine sera toute mamelonnée, toute bariolée de bêtes !

Alors Thérèse se penchait sur Assioussou et lui baisait tendrement les lèvres. Les visites n'arrêtaient pas : Cecil et Akissi, Boris et Sylvanus… Ce dernier s'intéressait de plus en plus au trust qui voulait s'emparer de la réserve d'Abokouamekro.

– Si les soupçons se confirment qu'ils ont lâché des tueurs dans la savane pour vous impressionner, alors ça va barder ! Je mobilise toute la presse, les copains écrivains. On doit se réunir bientôt. Je mets l'affaire sur le tapis. Elle est exemplaire de tout ce qui se trafique ici !

Thérèse modérait Sylvanus :

– C'est impossible à prouver. Pas d'indices… Il se peut qu'il s'agisse de braconniers quand même !…

Sylvanus s'étonna de ce que Thérèse habituellement si combative désarmât si vite.

– Vous m'épatez, Thérèse ! Je ne vous reconnais plus.

– J'ai peur d'envenimer tout, d'entrer dans un cycle infernal. Mais je n'ai pas changé, Sylvanus. Je n'ai pas renoncé, rassurez-vous ! C'est le contraire ! Une brève fatigue, c'est tout. Et encore… une pause peut-être. Le temps de la réflexion.

Un autre jour, Joan et July entrèrent. Boris et Akissi étaient déjà au chevet d'Assioussou. Elles regardèrent leur couple. Ils n'arrivaient pas à cacher cette intimité qui émanait de leurs corps. Un désir que la retenue de leurs gestes réverbérait. Ils en étaient secrètement irisés. Et c'est dans ce halo sensuel qu'elles découvrirent la cuisse d'Assioussou. Sidérées par la splendeur de la cuisse blessée.

Elles virent sur la table de nuit, au fond d'une soucoupe, la balle que le chirurgien avait extraite et offerte à Assioussou. Elles furent fascinées par son fuseau meurtrier et concis. Assioussou suivit leur regard et leur dit :

– Cette salope m'a percé la cuisse ! Je vous la donne, si vous voulez, en souvenir du crime.

Les deux filles empochèrent la balle comme un fétiche. En partant, elles échangèrent avec Boris et Akissi un regard de bonheur coupable. Les amants se tenaient l'un contre l'autre, leur bouche s'entrouvrait. Dans la stupeur de leur désir, on voyait sous de petits caillots de salive briller la nacre des dents.

Dans la rue, Joan et July ne parlaient que de la cuisse blessée, cette grande épave sombre et brillante lacée de blancheur.

– A un moment donné, tu as vu ! Un rayon de soleil est venu baigner toute la cuisse. On ne l'avait jamais vue comme ça miroiter en gros plan. Ce fut le coup de grâce. J'avais envie de toucher ! dit Joan. De sentir la masse, le modelé, tous les faisceaux et les remous gonflés sous le pansement.

Elles regardèrent la balle qui avait troué au tréfonds l'énorme filon de muscles. Puis elles parlèrent de l'autre, du fantôme. On leur avait interdit de s'éloigner de la maison depuis l'attentat. Elles risquaient elles aussi de tomber sous les balles des tueurs. Leur Jeep était confisquée, surveillée par Akissi et Cecil. Les fleurs qu'elles avaient offertes à l'Albinos devaient être fanées depuis longtemps. Avait-il abandonné sa cachette ? Que pensait-il du bouquet ? Joan et July rongeaient leur frein. Mais elles partageaient un peu les craintes de Cecil et d'Akissi. Une menace pesait. La cuisse d'Assioussou attestait de cette violence. Le journal s'était passionné pour la cuisse. Un article et une photo dans *Ivoir/Soir*. Assioussou regardait le document avec une pointe d'orgueil. On était venu l'interviewer. Il avait dit ses soupçons.

Bientôt Assioussou déclara qu'il étouffait dans la chambre et qu'il voulait foutre le camp. Il suppliait Thérèse d'obtenir que les médecins le laissent partir. L'abcès n'était pas tout à fait résorbé. Mais c'était une question de jours. On l'installerait chez Cecil. Thérèse lui procurerait les derniers soins. Il n'y avait plus de risques.

Le chirurgien se laissa fléchir. On continuerait les antibiotiques pendant une dizaine de jours, par précaution. Cecil et Akissi accueillirent Assioussou dans la petite chambre du rez-de-chaussée. Et Thérèse, abandonnant son mari et la pizzeria, passa ses nuits et ses jours à son chevet. Un matin, Assioussou fut réveillé par un élancement de douleur. Thérèse souleva le pansement, un nouvel abcès était apparu pendant la nuit, limité mais tout gonflé de pus. Le reste de la cicatrice était sain. Le médecin mettrait deux heures à arriver. Thérèse voyait l'abcès, sa pointe mûre et violette. Elle regarda Assioussou. Elle resta ainsi en suspens quelques secondes. Elle renonça à appeler Cecil et Akissi… Alors Assioussou lui dit dans une grimace de souffrance :

– C'est la malédiction du Belge et d'Assalou. J'ai eu tort de les oublier. Maintenant, ils n'en finiront jamais plus de faire du pus dans mon corps.

– Tu dis n'importe quoi ! Tu te trompes. Tu as payé. Tu as payé très cher. On t'a tiré dessus. On t'a fiché une balle au travers de la cuisse, on t'a brisé le fémur. Tu as payé. Tu aurais pu mourir. C'est pourquoi tu as oublié les deux tarés pendant tous ces jours. Car tu as senti que tu avais payé. Tu le sais ça, tu as assez souffert…

Et Thérèse se dressa brusquement, impérieuse, intraitable :

– Je vais percer l'abcès.

Assioussou vit le visage de Thérèse, rigide et résolu comme la loi divine.

– Vas-y ! Vas-y ! Perce, Thérèse… Libère-moi de la merde, vas-y !

Thérèse nettoya ses mains avec un tampon imbibé d'alcool. Elle se pencha sur la cuisse, tendit ses deux pouces vers l'abcès. Elle appuya, pressa, l'abcès creva, le pus gicla… Assioussou, tout contracté, se tordit de douleur. Il voyait le visage de Thérèse dur et dardé sur sa cuisse. La souffrance d'Assioussou n'arrêtait pas Thérèse. Au contraire, elle continuait, elle pressait, elle poussait, elle traquait, soutirait tout ce qui restait du pus sous les franges molles et violacées de la chair à vif. Assioussou émit un cri furieux. D'instinct, il voulut écarter sa cuisse. Mais Thérèse de tout son poids, de toute sa colère, s'arc-bouta, enserra la cuisse de ses bras et appliqua le tampon avec acharnement. Un filet de pus s'écoula encore. Assioussou se tordait dans son lit, se cabrait. Alors Thérèse le saisit à la gorge et le contempla. Dans une sorte d'extase, elle lui dit :

– J'ai extirpé le remords !

Et lui la regarda, la regarda encore. Si belle, volontaire et souveraine. Son autre main avait lâché la cuisse et le tampon. Elle la levait devant elle. On eût dit qu'elle brandissait le remords, qu'elle le tenait comme une tête, une tête monstrueuse et tranchée.

– Je l'ai arraché jusqu'aux racines !

Et lui la contemplait toujours, tandis que la douleur refluait. Le visage de Thérèse jubilait, triomphant. Un éclair d'amour l'illumina tout entier. Alors, sans la quitter des yeux, Assioussou se redressa sur ses coudes et, d'une voix claire et péremptoire, il affirma d'un coup :

– Le remords est sorti de la cuisse d'Assioussou.

Deux jours plus tard, Assioussou marchait sur la véranda, flanqué de Thérèse. Il abandonna soudain son bras et avança en boitillant vers le lac Irigou dans l'envol des calaos. Elle regarda son grand Guéré libre. La conviction de sa victoire l'éclaboussa d'une grande joie.

Un matin, profitant de la gaieté revenue, Joan et July obtinrent la faveur de faire un petit tour en voiture.

– Un tout petit, c'est juré !

« Elles mentent les mignonnes, comme elles mentent ! se dit Sylvanus en les voyant filer. Elles se fichent de nous, de nos affaires. Elles sont dans leur monde bien à elles. Et ça brille et ça brûle. Ça les baigne. Et je n'arrive pas à deviner de quoi il retourne. »

– Mais Boris, où vont-elles ? Toi qui es amoureux, tu dois avoir des antennes.

Boris riait, haussait les épaules. Soudain il prit une expression plus grave.

– Joan devient très belle.

– Belle ! Belle ! Belle comme une antilope, renchérit Sylvanus. Son jean élancé me cloue ! La voltige de ses hanches rondes. Sous la frange du tee-shirt, soudain, j'ai vu son ventre nu. C'était tout tendre, Boris ! La fleur du ventre ! Je me demande ce qui la rend si belle. Et July se trémousse et crépite à ses trousses. Et ça trotte en duo. Il faut voir ça ! Et l'oncle et la tante qui n'y voient que du bleu ! Aveugles. Quand moi je vois. Je vois les deux voyouses. Je suis tout voyant d'elles ! Et Ada marche dans la rue. Ada vivante. On vit, Boris ! Assioussou ressuscite ! Les magnans dévorent tout ce qui passe. La vie fourmille ! Les éléphants barrissent sur le vaisseau du capitaine Jakaridja. Ils roulent sur la savane des vagues !

Sylvanus fixa sur Boris son regard tout enivré, complice :

– Hein ! Nous aimons, nous osons la métaphore, toi et moi ! C'est l'imagination même en liberté... Boris, je sens cette énergie partout de l'affabulation. C'est le courant de la création verte !

Il s'arrêta. Puis reprit :

– Mais surtout, surtout... Je pressens que les filles de l'Hôtel Président me réservent une surprise, un noyau de vérité maudite et ardente.

Boris aimait voir Sylvanus s'exalter ainsi, s'ébouriffer, pétarader à qui mieux mieux. Cette euphorie exerça sur lui une commotion violente, une convulsion de joie. Son désir d'Akissi en fut galvanisé. Il sentait qu'il participait d'une jouissance plus vaste qui englobait la réserve d'Abokouamekro, s'innervait de tous les rêves de Thérèse, des appétits et des colères de Sylvanus. Alors, il s'exclama :

– Joan et July vont baiser, Sylvanus ! Elles courent baiser.

– Baiser avec qui, c'est ça le hic !

– Avec un beau braconnier.

– Ah ! C'est bien une idée de romancier esthète ! Mais elles ne pourraient pas trahir leur oncle et leur tante en baisant avec un assassin d'éléphants et de rhinocéros. C'est complètement débandant.

– Alors, elles baisent... elles baisent avec l'Albinos. Voilà !

– Boris, s'il te plaît, ne déconne pas avec l'écorché ! L'attentat contre Assioussou a suspendu mon enquête. Mais je n'ai renoncé à rien. J'irai interroger les prostituées et je retrouverai le sublime fantôme. L'enthousiasme qui me vrille m'en convainc !

Akissi, furtive, s'approcha des deux hommes et chuchota :

– Elles baisent, elles baisent, les merveilleuses.

Et Boris sentit le corps d'Akissi coulé contre son échine. Elle lui écarta les jambes de son genou qu'elle frotta doucement à l'intérieur de sa cuisse. La bouche dans le cou de l'amant, elle soufflait sur les braises, chantonnait :

– Elles baisent, elles baisent. On devient complètement fous d'amour.

Boris allongea la main en arrière et saisit le genou nu d'Akissi qui dépassait du short. Il tenait sans le voir son beau caillou coriace et poli, puis ses doigts remontèrent vers l'échancrure. Il toucha l'aine épilée d'Akissi, la moiteur de son pli. Celle-ci se dégagea, car Sylvanus les regardait. Alors, elle lui dit dans une sorte d'urgence, de prière superstitieuse :

– Sylvanus, bénis-nous. Bénis notre amour… mais bénis-le tout entier, tout ce qui peut advenir, reçois-le… dis oui, dis-nous oui…

Les yeux d'Akissi brillèrent dans un assaut de larmes. Sylvanus fut ému.

– Ma petite… ma petite… C'est la vie ! La vie… Il ne faut pas pleurer ni culpabiliser. C'est toute la vie, le meilleur et le pire, c'est pourquoi vous êtes beaux tous les deux.

– Alors, Tonton, tu nous bénis !

Le vieux les prit tous les deux par les épaules, les unit, attendit, méditatif, puis prononça son épithalame :

– Moi, Sylvanus Adé, au nom de l'aigle qui surgit là-bas, au-dessus du lac Irigou, au nom de l'oiseau déployé, au nom de Joan et de July qui étrennent leurs désirs, au nom de l'Albinos solitaire et sacré, au nom du clitoris des grandes termitières et du sexe de la fourmilière, de tous les magnans guerriers, au nom des savanes rousses de Katiola, au nom du fleuve Kan et des monts Soïena, au nom de Thérèse et d'Assioussou, de leur passion, je bénis ta blessure, je bénis tous vos manques, toutes nos soifs, notre désir infini. Je dis oui à tout ce qui peut advenir. Oui. Tiens, je bénis même Boigny et son odieuse basilique ! J'en bénis toute la fresque et les infimes fioritures. Parce que c'est le monde. Toutes les facettes du monde. Parce qu'il faut pardonner. C'est-à-dire prodiguer.

Akissi était touchée au cœur par ce Cantique des cantiques impromptu et solennel. Sylvanus, c'était le Vieux. Le grand poète du pays. Émanait de lui tout l'ascendant de l'âge, d'une sagesse réconciliée avec les péchés et la violence de la vie. Le verbe de Sylvanus était plein de pouvoir, plein de force. Akissi s'en abreuvait comme d'un viatique. Alors, elle baisa les lèvres de Boris avec gravité et lui dit :

– Nous sommes unis, tout peut arriver. Il a dit oui.

Boris frémit. Il y avait dans les mots d'Akissi quelque chose qui lui faisait peur, un consentement qui le dépassait.

L'aigle pêcheur au camail immaculé survolait maintenant le lac Irigou. Il prolongea leur ravissement. L'oiseau piqua vers l'eau, agrippa les flancs argentés d'un poisson et s'envola comme alourdi, étreignant sa proie nue, vers les grands arbres de la rive. L'air devint immobile. La sueur recouvrit le corps de Boris. Dans une sorte d'envoûtement, Sylvanus murmura :

– Un jour, elles jouiront, elles jouiront le long de la grande rivière. Joan la première, Joan émergera de son jean. Elle sourira à son amant, elle s'avancera vers lui. Elle s'épanouira dans les bras de son amant nu. Joan nue, sa nudité entière, le rayonnement de ses mamelons nus. Le monde sera nu devant son pubis nu. Tout recommencera, la grande roue de l'amour. Et vous serez justifiés.

Joan et July avaient quitté la rivière Kan pour suivre l'affluent qui conduisait au chaos. Dans la poche de son jean, Joan sentait la balle d'Assioussou qu'elle avait recueillie dans un petit chiffon. Le projectile était calé contre son muscle fessier. Elles marchaient excitées, résolues. La longue privation qu'elles avaient subie leur donnait une acuité, une griserie. Aux abords de la table rocheuse, elles ralentirent et coulèrent entre les lianes et les pierres. La lumière frappait le théâtre de l'Albinos, cette scène ouverte dans la forêt. Elles attendirent, elles observèrent le rocher vide jusqu'à l'hypnose. Puis elles s'approchèrent d'un bond, gravirent l'escarpement, arrivèrent jusqu'au trou. Joan descendit à l'intérieur, suivie de July. Elles virent les cendres, les ustensiles frustes, toutes les traces vives. L'Albinos ne s'était pas enfui. Enfin, avec un tressaillement de surprise, elles aperçurent les reliques du bouquet rabougri, le squelette des lys d'or. Leur signature, là, au sein de la tanière. La preuve qu'elles comptaient déjà pour lui. Elles humèrent longuement l'odeur d'humidité, de suie, de cuir et de poisson qui flottait dans la cavité. Puis elles sortirent. Alors Joan et July échangèrent un regard de défi. Il leur fallait exécuter leur dessein… Elles s'allongèrent au pied de la table rocheuse, sur une surface plane. Elles s'offriraient ainsi, paisibles et désarmées, les bras légèrement écartés du corps, montrant à l'étranger qu'elles ne lui tendaient aucun piège, qu'elles voulaient simplement exhiber leur dénuement complice. D'abord, elles avaient pensé s'exposer complètement dévêtues. Dans leurs conversations nocturnes, l'idée leur semblait vertigineuse. Puis elles s'étaient ravisées, non qu'elles redoutassent de susciter chez l'autre une pulsion de viol. Elles sentaient que l'Albinos solitaire ne se jetterait pas sur elles. Elles devinaient qu'il serait inhibé, démuni devant l'offrande de leur beauté. C'était plutôt leur propre nudité qui les effrayait. Leur nudité sur la roche solaire, dans le silence vrillé de cris d'oiseaux. Elles auraient moins peur de lui que de la forêt tout entière, de l'inconnu fourmillant. Il allait revenir. Elles ne l'entendraient pas, tant il ferait corps avec la substance végétale coupée de minces sentiers. Il les verrait. Et elles n'en sauraient rien. Peut-être qu'elles pressentiraient sa vigilance. Elles voulaient qu'il les voie et qu'il comprenne leur amitié. Elles se demandaient si ce mot d'amitié pouvait avoir encore un sens pour lui. Elles n'avaient pas peur qu'il les frappe, qu'il leur jette des pierres. C'était une conviction en elles. Depuis qu'elles l'avaient vu ramasser les fleurs.

Le soleil s'était légèrement décalé et le surplomb rocheux répandait sur leurs corps une nappe d'ombre. Elles entendaient tout. Leur écoute atteignait à une intensité prodigieuse… les moindres rumeurs, les coulées de vent, l'attaque soudaine d'un gloussement, d'une criaillerie d'oiseau, les répits, les secrets mugissements. L'âme de la forêt les enveloppait, les pressait. C'était tout à coup un tel sentiment d'imminence qu'elles avaient envie de se lever et de fuir.

– On est complètement cinglées, chuchota Joan à July, qu'est-ce qu'on fait là ? On va nous sauter dessus, on va nous tuer.

– Tu me fais peur, tais-toi… tais-toi, répondit July.

L'angoisse se dissipait peu à peu. Joan et July sentaient que leur présence s'incrustait dans l'ensemble du paysage. Le contraste s'atténuait. Les molécules de l'air, le toucher de l'ombre, le mouvement des arbres et des branches, les battements de leurs cils, de leurs cœurs, les frémissements de leur peau se fondaient dans une même trame matérielle. Leur chair se calait contre la pierre et elle faisait partie du monde.

Peut-être qu'il était revenu, qu'elles ne l'avaient pas entendu, qu'un coup de vent avait masqué le frôlement de son pas… Une torpeur s'emparait des deux filles. Leur attente acérée faisait place à une passivité, une docilité quasi minérale. Elles s'abandonnaient, se perdaient, se diluaient dans une mort au monde. Une stupéfaction qui les vidait de leurs idées, de tout contenu. Le soleil s'était logé dans un créneau du surplomb et un rai violent dardait entre les deux corps, cuisait les épaules et les bras. Elles brûlaient. Elles se livraient à cette brûlure sans déplacer leurs membres. Elles se sacrifiaient sans savoir pourquoi.

Il était là maintenant. Il devait s'être posté dans les taillis. Lui, le Sans-Peau qui redoutait tant le soleil. Et il les regardait : « Il nous regarde. » Cette pensée montait, existait en elles, s'établissait sans violence, sans effroi. « Il nous regarde. L'Albinos nous voit. » Il ne pouvait pas ne pas les voir. Depuis longtemps il les voyait. Le soleil s'était retiré de l'entaille, l'ombre était revenue. Tout à coup, il y eut sa course fulgurante, cette irruption dans le théâtre des rochers. Elles tendirent le visage vers lui. A quelques mètres d'elles, il levait son bras armé d'un bâton et cognait une forme trapue qui se convulsait à ses pieds. La bête ne bougeait plus. Il la souleva par la queue. Joan et July reconnurent une grosse vipère du Gabon toute chamarrée de cuivre et d'or. La vipère à la main, l'Albinos hésita, attendit. Enfin, il avança vers elles. Elles restaient allongées, figées contre la pierre. De tout son haut, il les regardait. Elles sentirent un peu de honte en elles. Elles étaient des intruses. C'étaient elles les violeuses. Il laissa tomber la lourde livrée du serpent. Il les sondait. Elles le voyaient. Ses yeux pâles, presque bleuâtres, sa chemise fanée, ses bras et ses jambes grises. Il était maigre avec un visage plus rond. Son crâne était couvert d'un bonnet de boucles blanches. Ses sourcils étaient blancs. Ces perceptions s'inscrivaient d'elles-mêmes dans leur regard sans qu'elles aient à diriger sur l'homme une curiosité active.

Il articula sa question :

– Pourquoi ?

Elles se turent. Elles n'osaient pas parler. Elles n'avaient plus d'explications. Toutes les phrases leur semblaient jurer. Il les scrutait. Une expression douloureuse était modelée dans les traits de son visage. Une grimace profonde, presque douce.

– Pourquoi vous êtes là ?

Elles se taisaient toujours, se contentaient de le voir. A l'inverse de la stratégie qu'elles avaient décidée, elles ne souriaient même pas. Pourtant, elles s'étaient bien répété : « Lui sourire, lui sourire très doucement. Bien lui sourire. » Mais elles ne pouvaient pas sourire. Elles se sentaient coupables. Elles avaient envie de se retourner contre le rocher, de sangloter. Leurs visages, leurs yeux tremblaient. Il perçut leur émoi. Il ne comprenait pas. Elles détournèrent la tête, la joue contre la pierre. Qu'il les juge à sa guise ! Elles n'avaient pu agir autrement, cela avait été plus fort qu'elles. Joan et July étaient là sur le rocher. C'était absurde, c'était opaque. C'était tout. Qu'il décide de leur sort, qu'il les condamne, qu'il les chasse... Elles étaient prises en flagrant délit. Elles l'acceptaient. Elles acceptaient tout. Soudain, la dépouille de la vipère se recroquevilla dans une torsade lente, un spasme qui se relâcha. L'Albinos regarda le serpent et fit signe qu'il n'y avait plus rien à craindre.

– Elle est morte, ça n'est qu'un nerf...

Elles regardèrent le chatoiement de mort de la livrée. Elles noyaient leur regard dans l'éclat de ces écailles solaires. Ainsi lui-même avait contemplé la gerbe des lys.

Puis Joan se tourna vers lui :

– On voulait seulement être là... essayer.

– Personne ne doit être là.

Il dit cela avec un visage fermé, compact.

– On n'est pas comme les autres, déclara July, dans un sursaut de révolte.

Il tressaillit et les regarda encore. Perplexe. Que faisaient-elles, là, dans la forêt, qu'est-ce que cela signifiait ?

July reprit :

– On est toutes seules. On n'a rien dit à personne. On ne dira jamais rien. C'est dans notre nature. On aime cacher. On se taira toujours jusqu'à la mort.

Froidement il répondit :
– Je n'ai besoin de personne. On m'a oublié.
– Vous n'avez peut-être pas toujours été seul.
– Maintenant je suis parti. Je suis seul.
– On viendrait seulement vous dire bonjour… en secret. Ce serait entre vous et nous.
Il les regardait. Il ne comprenait toujours pas. Sa pensée se bloquait. C'était douloureux.
– Maintenant, je vais être obligé de quitter cet endroit.
– Ne faites pas ça. On préfère ne plus jamais revenir. On s'en ira. On disparaîtra. On ne reviendra plus jamais.
– Vous allez revenir. Je le sais. Vous êtes deux Blanches curieuses.
Il était devenu haineux tout à coup.
– Nous ne sommes rien, dit Joan. Rien.
Il regardait leurs cheveux, leurs visages. Ça n'avait plus de sens, c'était dangereux. Depuis un moment il sentait le danger, là, sur la table rocheuse exposée à la lumière. Plus rien ne le cachait. Les minutes s'accumulaient et la menace pesait sur lui, grandissait. Joan devina qu'il allait s'enfuir, elle lui dit doucement :
– Et pourtant vous n'avez pas peur de nous, vous êtes venu tuer la vipère. Vous avez fait cela un peu pour nous.
– Une vipère du Gabon n'attaque pas l'homme sauf si on lui marche dessus. C'est ce que je risquais de faire un jour ou l'autre. Alors, la morsure est mortelle.
– Vous ne l'auriez pas tuée pour nous sauver ?
Il fut démonté par la question. Personne n'avait jamais eu besoin de lui, d'être sauvé par lui. Du verbe il ne connaissait que l'idée de fuite : se sauver. Le retournement de sens le déboussolait. Il voyait bien qu'il s'agissait de deux jeunes filles inoffensives. Quelque chose de leur beauté montait vers lui. Il s'en protégeait. Tout son destin dressait un rempart devant ce qui risquait d'éclore. Mais il avait ramassé les fleurs. Elles lui avaient rappelé de lointaines couleurs.

Les deux filles lui souriaient maintenant. Avec gentillesse. Ça lui faisait peur. Il sentait les sourires s'enfoncer en lui. Ça lui faisait mal. Il n'avait pas de peau, de protection. Il était écorché par leurs sourires.

– Ne souriez pas.

Elles détournèrent de nouveau la tête. Elles lui obéissaient. Il sentit comme un plaisir caché. Il voyait leurs gorges nues, les battements de leurs veines bleues. Deux Blanches. Deux filles s'étaient incrustées dans son crâne. Elles le blessaient, elles rouvraient lentement sa douleur.

– Il ne fallait pas.

Elles se taisaient. Punies. De nouveau, elles avaient l'air d'être sur le point de pleurer. Il fut lacéré encore par ce trait de plaisir mystérieux. Deux Blanches… Leur peau si pâle, comme une absence de peau. Il vit qu'elles étaient fragiles et belles. Cela lui échappait, le submergeait.

Tout à coup, il y eut un tumulte d'ailes, une querelle d'oiseaux, leurs cris.

– Les vautours viennent de voler toute ma pêche !

Joan et July comprirent qu'il avait laissé les poissons derrière dans la forêt avant de bondir sur la vipère.

Alors il regarda les deux filles et leur lança :

– Allez-vous-en !

Elles lui obéirent. Elles se levèrent. Elles le regardèrent encore. Elles étaient sans orgueil. Elles partirent toutes les deux. Il les vit disparaître dans les taillis. Il prit la vipère et rentra dans son trou. Il attendit pendant des heures. Il voulait déménager. Mais, dans sa tête, il les voyait. Elles s'étaient installées. Elles lui souriaient. Puis elles avaient honte. Elles détournaient les yeux. Elles attendaient. Elles étaient passives. Elles étaient coupables. Elles étaient au bord des larmes. Revenait cette pointe de plaisir. Il se souvenait de son enfance, d'une femme, d'une reine immense qui le cachait, qui gardait le secret comme la forêt luxuriante. Elles lui avaient fait le même serment. Il dépouilla la vipère de sa tunique royale. Il la découpa, alluma le feu, la fit cuire et la mangea. La vipère lui parut douce et profonde. Il faisait bon comme dans la chambre splendide de l'enfance.

Joan et July fuyaient dans la forêt. Joan s'arrêta, se tourna vers July. Dans un flamboiement de conviction, elle lui dit :

– Il ne s'en ira pas ! Il a ramassé nos fleurs. Il a tué la vipère. Il s'est approché de nous. Il n'a rien d'inhumain. Il a des souvenirs d'homme. Je l'ai senti. Il parle un français plus que correct, c'est étrange… Il va rester. Alors, on reviendra petit à petit, lentement. On s'allongera au pied du roc. Il s'habituera. Il se laissera vaincre par notre passivité, par notre fantastique abandon. On sera belles comme la forêt, comme le fleuve, comme la vipère, comme le lys. On deviendra plus belles que les choses. Alors il aura plus besoin de nous que de l'eau.

Dans la chambre, Assioussou gisait nu. Thérèse entra, regarda. Assioussou dormait dans la pénombre. Thérèse se déshabilla doucement et se coucha auprès de son amant. Elle se dressa sur un coude pour mieux le contempler. La bouche s'entrouvrait et laissait échapper un souffle régulier. Thérèse avança ses narines et ses lèvres pour mieux sentir chaque bouffée. Cela faisait de petites touches d'air qui lui chatouillaient les joues. Thérèse allongea les doigts vers le torse d'Assioussou. Elle aurait voulu le caresser sans qu'il se réveille vraiment, sans le brusquer. Elle désirait s'embarquer avec lui dans la caresse du sommeil. Elle l'admirait, elle le trouvait beau, toute la fresque de ses muscles à l'abandon. Comme un trophée. Thérèse pensa : « Tu es mon Bel au Bois Dormant. » Elle lui chuchotait d'imperceptibles mots d'amour. Elle aurait voulu qu'il l'entende dans son inconscient, comme dans un rêve, et qu'il reçoive ainsi en profondeur les marques de sa ferveur.

Elle effleura les seins du bout des doigts et déposa un baiser sur l'épaule du Guéré. Sa main descendit vers le ventre. La verge d'Assioussou dormait. Captive et terrassée dans le cercueil du remords. Une grosse veine presque noire se tortillait en remontant la gaine avachie du sexe. Le gland était à demi décalotté. Thérèse tout doucement glissa les doigts sur le serpent de chair… Assioussou remua, sa cuisse se releva de côté. Il n'y avait plus de pansement sur la blessure cicatrisée. Seul subsistait un bourrelet noir comme la griffe d'un sceau. La poitrine d'Assioussou se souleva pour rendre un souffle plus bruyant, plus profond. Thérèse se sentit inondée par ce flot de vie. La pulpe de ses doigts touchait le membre, saisissait les plis du prépuce pour dégager doucement le volume entier du gland. L'organe ressemblait à une amande grise, presque fanée, plus humide et plus rose à la base, comme enflammée sur l'évasement de sa bordure extrême. Thérèse rampa sur le lit et dirigea ses lèvres vers le sexe. Elle lécha puis absorba le fruit. La verge dormait dans la bouche de Thérèse comme un bébé. Elle entreprit de la sucer avec sa langue d'amour… pour qu'elle s'anime, pour qu'elle revive, oui ressuscite dans son rythme et sa chaleur. Là, sous le muscle huilé, assidu de la langue… massée, modelée par les papilles, les sangsues de Thérèse. Elle sentit ce frémissement éclos au secret de la pâte. Cela germait, fourmillait, se dépliait. La bête sortait de sa langueur et se dénouait. Assioussou s'était-il réveillé ou bien faisait-il un rêve d'amour ? Son souffle était plus intense, plus rapide… Les lèvres de Thérèse s'arrondissaient maintenant autour du sexe grandi. Elle pouvait enserrer la tige dans l'anneau de ses doigts. Elle la tenait. C'était un long cylindre durci, gonflé. La joie montait dans le cœur de Thérèse. Tout le sang d'Assioussou dilatait sa colonne de plaisir. La plante vivante dardait dans la main, dans la bouche de Thérèse. Assioussou renaissait. Assioussou guéri, rendu à la vie. Le remords n'était plus qu'une vieille peau fripée, délaissée comme la mue d'un python.

La langue de Thérèse voyageait d'un bout à l'autre du membre brillant. Le temple d'Assioussou était debout. Assioussou marchait dans le soleil. Thérèse écarta sa bouche, opéra une lente volte-face qui ramena son visage vers celui de son amant. Les yeux étaient mi-clos comme dans une voluptueuse stupeur. Un sourire étirait les lèvres. Assioussou n'osait ouvrir complètement les yeux. Une part de son être planait encore dans le rêve et son vol d'amour. Thérèse prit le sexe dans sa main et s'accroupit lentement sur sa tête violette. Elle s'enfonça dessus. La poitrine d'Assioussou fut soulevée d'un halètement brusque comme si tout le train de son corps s'accrochait à une locomotive vivante qui se mettait en branle, entraînait dans sa course le cœur et la carcasse entière. Thérèse était ce moteur magicien. Elle montait, descendait le long de l'arbre. Elle s'épanouissait dans sa chevauchée. Il lui semblait qu'elle devenait les branches, tout le feuillage et les fruits de ce tronc érigé. Son ventre enfantait l'arbre qui revenait fleurir au fond d'elle-même. Une sensation de puissance, de prolifération, envahissait Thérèse et Assioussou. Leur amour foisonnait, c'était une grande forêt dont les bruissements et les foudres se propageaient partout.

Assioussou ouvrit les yeux. Il vit Thérèse radieuse. Le triomphe de sa gorge, de son torse bandé. Il vit sa toison rouge précipitée goulue sur la saillie de son sexe... Il murmura émerveillé :

– J'ai retrouvé ma fierté.

Et elle lui répondit :

– Toute ta fierté, oui, mon amour.

Et elle répétait la phrase comme un chant. Elle s'enchantait de ce refrain :

– Ta fierté chérie, ton bel arbre fier, tout ton orgueil d'or, mon amour.

Elle lui faisait cadeau de toutes ces louanges. Et la reconnaissance d'Assioussou rejaillissait sur Thérèse en élans plus puissants. Il s'exclamait de joie. Il exhalait tout son souffle, se délivrait de toutes les pesanteurs d'effroi. Sa poitrine vivifiée respirait largement. Il souriait, il jappait, il riait, et Thérèse lui rendait son rire en gerbes, en liesses de plaisir. Soudain ils se humaient et se dédiaient des petits rires écumeux et enfantins. Puis ils se prodiguaient sans frein de grands roucoulements, de grandes vagues d'amour. Ils sentaient cette houle, cette montagne de vie qu'ils éperonnaient. Ils se déversaient de tout leur long, torse à torse, dans des écroulements avides et carnassiers. Assioussou empoignait les mamelles de Thérèse qui se cabrait, se haussait puis se rabattait sur la bouche de son amant en avalanches de volupté. Et ils restaient ainsi accolés et hagards sans presque plus bouger. En une seule masse tremblante et sidérée de muscles, de moiteur. Comme un œuf géant tout bombé de sa force, conscient de sa beauté, de son éternité. Ils roulaient de côté et l'œuf craquait, s'ouvrait, les lâchait. Ils se déchaînaient, grognaient et s'attelaient l'un à l'autre dans un hérissement heureux, se jumelaient et refaisaient l'œuf et se contemplaient, se souriaient, se riaient sans plus finir… et se taisaient suspendus dans une vigilance surnaturelle. Ils écoutaient les cataractes de leur bonheur.

Main dans la main, côte à côte à présent, ils se reposaient. Mais les mêmes vagues allaient et refluaient doucement sur eux. La source ne s'en pouvait tarir. Ils respiraient dans les mailles de cette mer d'amour.

Boris s'avança dans le couloir. Il allait frapper à la porte d'Assioussou quand Akissi surgit et le retint. Elle dressa le doigt contre ses lèvres pour lui intimer le silence. Puis elle lui chuchota :

– Thérèse est là… depuis un long moment. Je les ai entendus en passant. Ils ont retrouvé le bonheur, Boris.

Elle lui prit la main. Ils s'en allèrent sur la pointe des pieds. Dans le salon, elle s'arrêta et serra son amant dans ses bras. Elle pressa doucement son ventre contre lui. Avec avidité, Boris s'empara de ses hanches. Elle recula un peu en lui souriant :

– Aujourd'hui j'ai besoin de toute ta tendresse, Boris…

Boris la regarda, désemparé. Alors elle lui saisit le visage entre ses mains et l'embrassa avec une ferveur inquiète.

Thérèse savait qu'elle avait eu raison de courir le plus haut risque. Elle repensait à son audace. Elle était allée voir Djé Djé. Elle lui avait demandé le nom d'un tireur d'élite et

Djé Djé lui avait donné l'adresse d'un maître chasseur senoufo. L'homme appartenait à une société secrète du Nord. Thérèse le rencontra et lui proposa son marché dément. Le chasseur l'écouta bouche bée. Elle voulait qu'il tire sur son amant sans le tuer !

– Oui, tu vises bien la cuisse. Tu lui loges une balle au centre de la cuisse, sans toucher le genou… voilà. Puis tu te tais à jamais.

Car Thérèse avait acquis la certitude qu'il fallait substituer à la souffrance abstraite, à la gangrène tentaculaire du remords, un mal fulgurant et palpable sur lequel on aurait prise. Le remords affluerait, se ramasserait dans la cuisse. Ainsi on pourrait l'attraper, l'extirper, le chasser à jamais. Thérèse voulait éradiquer le remords. Il n'y avait pas d'autre solution. Sinon Assioussou envahi, asphyxié, perdrait lentement la vie ou succomberait à quelque maladie brutale qui ne serait que l'expression de la hantise qui le rongeait. En outre, elle avait prévu que l'attentat serait imputé aux concurrents du trust. Se croyant attaqué à son tour par les comparses de ceux qu'il avait lui-même agressés, Assioussou se sentirait moins coupable.

… Le chasseur scrutait Thérèse avec une attention profonde. Il vit qu'aucune folie ne lui troublait l'esprit. Elle lui offrait une grosse somme contre sa promesse. Alors il lui dit :

– Mon fusil n'est pas un chien. Si je ne le respecte pas, il se retournera contre moi.

Thérèse lui répondit :

– Je veux que ton fusil ait le courage du lion. C'est cela que je veux. Pas de chien.

– Il faut que je consulte les cauris et les ancêtres dans le sanctuaire de chasse couvert de trophées. Puis je ferai un sacrifice. Si ce dernier est accepté, alors j'agirai.

Quelques jours plus tard, Thérèse retrouva le maître chasseur qui lui dit :

– Quand tu verras ton amant blessé, avant qu'on l'emmène, tu recueilleras en cachette une goutte de sang et tu l'offriras aux ancêtres et aux dieux.

– Je le ferai.

Sa résolution était magnifique. Le Senoufo en fut frappé. Alors il lui dit :

– D'une seule balle je percerai la cuisse du Guéré.

Le téléphone a sonné. Cecil décroche. Un type du trust au bout du fil. Un chef. Il s'indigne des soupçons que la police fait peser sur sa boîte depuis qu'un attentat a été commis contre un certain Assioussou. Alors qu'il a perdu deux hommes à Abokouamekro, dans des circonstances louches, on l'accuserait, lui, d'avoir magouillé ce crime, ce simulacre bouffon ! On aurait le culot de retourner contre lui les responsabilités. La manœuvre est trop grosse et elle restera vaine ! Désormais les contrats sont signés, les engagements paraphés. Envers et contre tous. La trêve a été due au deuil, à des pressions. Mais l'intermède est clos. Le transfert de direction aura lieu. Il est temps de sortir Abokouamekro du pittoresque et de l'artisanat. Le ministre voit grand. On lui a dessillé les yeux sur cette thébaïde imaginaire, cette gestion de western, ces fusillades et ces rodomontades. Le ministre est las du folklore !

– Le ministre ! Le ministre ! s'écrie Thérèse quand Cecil lui a tout répété. Il nous avait donné des garanties, le ministre ! Mais ils ont recommencé leur travail de sape, avec leur fric. Et ils ont grignoté le ministre comme des magnans !

Sylvanus téléphone aussitôt à Ahmadou K., à Bernard D. Il faut se mobiliser de nouveau, serrer les rangs. Quelques heures plus tard, Bernard D. rappelle. Il a pu parler au ministre. Rien n'est définitivement joué. Le trust a exagéré. Un autre projet, du côté du port de San Pedro, semble concurrencer celui d'Abokouamekro. Dans quinze jours aura lieu à l'Hôtel Président de Yamoussoukro un grand bal pour fêter l'anniversaire de la naissance du Père fondateur. Ce sera le Grand Bal du Bélier. Tel quel ! Le ministre les convie tous aux festivités. Au cours de la soirée, il leur ménagera un entretien dans un salon.

– Je n'ai pas de robe convenable depuis belle lurette ! lance Thérèse. Et leur bacchanale du Bélier est encore une façon de nous embobeliner !

Sylvanus réfute l'objection d'une voix ferme :

– Tu te trompes, Thérèse. Bernard D. m'a expliqué qu'on entre dans une période électorale. Il ne faut pas l'oublier. La réélection de Konan Bédié est en jeu. La succession définitive d'Houphouët-Boigny. Tous les clans se rameutent. Le Parti est divisé. Le nouveau code électoral va éliminer des candidats accusés d'être d'origine étrangère. Les étudiants s'agitent. Les Bétés et les Baoulés sont à couteaux tirés. En ville, la délinquance monte en flèche. Le ministre a besoin d'appuis. C'est le moment d'obtenir une faveur sans pour autant nous renier ni lui donner notre caution. Mais on peut manœuvrer et profiter de la crise, des escarmouches et des complots. Voilà ce que je crois. Il faudra assister à leur bal. Nos bataillons d'amour au complet, ma Thérèse ! Cecil, Akissi, toi, moi, Assioussou, Boris, Bernard, Ahmadou, Mariama, Tanella, Sokhna, Assamala, toute la smala ! Nippés, jolis, fringants, en force ! L'artillerie des artistes… Les mecs du trust n'ont qu'à bien se tenir. Le moment est venu de les circonvenir. Un bal ! J'aime la danse. J'aime la valse. Ça tourne, ça tourne… On va entraîner, abîmer le trust dans ce grand vertige !

Thérèse a retrouvé son sourire :

– Dis, Sylvanus, d'ici là, tu auras dégoté l'Albinos ! Et tu apparaîtras à minuit avec ta Cendrillon pour exécuter la première valse. La valse du fantôme… Ils en feront une tête, devant ton revenant immense.

– Ne te moque pas, Thérèse ! Imagine-toi que j'ai fait un saut à l'Hôtel Président. On m'a indiqué le nom d'une fille qui pourrait me renseigner sur une certaine Victoire dont m'a parlé Patrice Soumahoro, le prophète. Mon informatrice était absente pour huit jours. Dès son retour, j'irai la voir. Elle me révélera qui est cette Victoire, où elle vit. Je sens que c'est la bonne piste. Tu verras ! Tu verras ! Ne ris pas. Tu as tort. Je suis sûr qu'avec l'Albinos j'ai toujours mis le doigt dans le mille, en plein dans la cible. Au cœur.

La sonnerie du téléphone retentit. Cecil quitte la pièce. Il revient peu après encore plus angoissé.

– Ça continue ! Toutes les poisses ! Toutes ! Le Capitaine Jakaridja a eu une avarie de moteur. Il a dû gagner le port le plus proche. Son cargo mouille à Lomé. Des pièces manquent qu'il faut commander. Cela va le retarder de deux ou trois semaines ! Ça va traîner et n'en plus finir !

– Ce n'est pas la mer à boire, remarque Thérèse après un moment de réflexion. Le périple de Jakaridja est gigantesque. Il remonte toute la côte ouest. Normal que de temps en temps son navire ait besoin d'une trêve. Peut-être même que cela fera du bien aux éléphants. On a des informations sur eux ?

– Ils vont à peu près bien. Nabuchodonosor, le grand mâle, est nerveux. Mais cela se comprend ! Autrement, ils tiennent le coup. C'est le plus jeune, Marcel, qui a eu des problèmes respiratoires...

– J'espère qu'ils ne vont pas nous refiler un éléphant tuberculeux !

– Non ! C'est le voyage en mer, l'enfermement, le stress...

– Dis, Cecil, aux premières pluies, Nabuchodonosor et Hermine parmi les acacias en fleur de la plaine de Katiola ! Ça en jette ! Flanqués de leurs deux marmots à trompe ! Il y aura des combats de mâles. Nabuchodonosor affrontant Hector pour la possession des femelles. Un grand concert de défenses qui cognent !

Thérèse ravale soudain sa salive. Elle vient de gaffer. Cecil n'ignore rien des liens entre Akissi et Boris. Il ne faut pas lui donner de mauvaises idées, le pousser à en découdre avec son rival. Cecil s'est rembruni. Il s'esquive sans un mot.

Au bord du Kan, Joan et July attendaient à l'abri d'un taillis. De jour en jour les eaux s'amaigrissaient. On était au milieu de la saison sèche. La rivière attirait de plus en plus d'animaux assoiffés. Joan et July, armées d'un caméscope, les filmaient. Elles espéraient aussi qu'Assioussou reviendrait se baigner nu dans l'anse. Mais elles ne l'avaient pas revu. Pourtant Thérèse et lui avaient de nouveau fait l'amour au pied du fromager, non loin de la termitière. Mais Assioussou, depuis qu'on lui avait tiré dessus, gardait beaucoup de méfiance. Il n'osait plus se prodiguer sa grande caresse solitaire dans l'extase des eaux et du feuillage. Il avait besoin de la présence de Thérèse, de sa main, de sa bouche. Il avait perdu cette harmonie douce et sauvage avec le monde qui le faisait glousser quand sa verge se dressait.

Un tapage retentit, des criailleries, des bonds. Une troupe de babouins déboula au bord de la rivière. Les mâles, les mères et leurs petits cavalaient sur la plage, se menaçaient, faisaient des volte-face furieuses, vrillaient leur queue et se mordaient la nuque. Puis la chamaillerie se calma, chacun retrouva sa place dans la hiérarchie. Échelonnés sur le rivage, ils se penchèrent pour boire. De temps en temps, ils relevaient la tête, écoutaient. Sur le qui-vive. Joan et July filmaient le clan, les petits émaciés, tout de nerfs, agrippés à la toison des mères, les jeunes célibataires brimés, maintenus à l'écart, la pavane du grand mâle à crinière qui dominait son harem. Quand ils eurent fini de boire, un vieux babouin apparut sur la plage, dédaigné par les siens. Il marchait avec difficulté. Des blessures mal guéries parsemaient son poil. Il attendit que les autres s'éloignent pour venir se désaltérer à son tour. C'était un vieux mâle déchu qui avait été supplanté par un jeune célibataire plus vigoureux. Il ne lui restait qu'à mourir lentement en marge de la bande, exposé à de perpétuelles rebuffades. Il avait perdu sa puissance et son harem. Roi découronné, édenté, pelé, perclus, tout flapi, auquel la saison sèche infligeait un dernier supplice.

Le vieux babouin s'écarta de la rivière et s'assit sur le sable. Joan et July retinrent une exclamation. Elles venaient d'apercevoir ce saillant noir dont la pointe surgissait des buissons, s'allongeait véloce et ruisselante en direction du singe. Elles se turent, renoncèrent à avertir la bête. Rien ne devait entraver le cours de la nature. C'était l'ordre de Cecil. Quand le babouin se retourna déjà la vague fourmillante l'enveloppait. Il sauta, couina, trébucha, tenta de s'écarter. Mais le flux des magnans grossissait, répandu sur la plage, tout un treillis vermiculé, effervescent. Le babouin était pris au piège. A chaque bond, une grappe de magnans s'accrochait à ses pattes, à ses bras et remontait le long de ses poils. Le babouin gesticulait, boitillait, esquissait un petit trot de côté qui ne faisait que le plonger dans la horde plus grouillante et plus sombre. Sa toison écumait, un bouillonnement de bestioles l'habillait maintenant. Les fourmis lui criblaient les yeux, les narines, les oreilles. Ses prunelles n'étaient que de gros essaims avides et coruscants. Il réussit à se traîner vers l'eau. Il se redressa, chancela, fit quelques pas dans un remous. Il bascula. La légion des magnans lança un tentacule dans l'eau, une chaîne d'insectes serrés, soudés par les mandibules. La meute se ruait sur cette passerelle vivante et rattrapait le singe, l'assaillait de plus belle. On voyait la baudruche du babouin gigoter, se débattre, éclaboussée d'embruns, toute mouchetée d'escarbilles féroces. Il se mit à glapir, à tournoyer en écartant les bras. Puis il se cabra, offrit son torse vibrionnant, bascula, roula… Et l'armée des magnans accourait, lui grimpait dessus tandis qu'il soufflait, grondait, grognait, tout pantelant, gueule ouverte, les dents claquantes. Sa langue, sa gorge n'étaient plus qu'une tumeur de grumeaux.

Joan et July s'étaient arrêtées de filmer, glacées, tremblantes. La baie d'Assioussou, cette belle nappe de plaisir, s'était changée en théâtre de l'horreur. Brusquement, les feuillages s'ouvrirent. Elles le virent, lui, le Sans-Peau, l'exclu. Il brandissait une grosse pierre. Il traversa la plage, entra dans l'eau, contourna le pont de magnans et assena deux coups violents sur le crâne du babouin. Des spasmes convulsèrent la carcasse du pantin, toute sa fourrure de fourmis étalée maintenant, vautrée dans la mare. Des panaches pourpres se répandaient autour de la dépouille. L'Albinos revint sur le rivage. Joan et July se dressèrent. Il ne fut pas surpris de leur présence. Il les avait repérées dès le début. Ils restèrent face à face un moment. Puis il s'assit sur le sable, loin des magnans. Joan et July s'approchèrent et lui dirent :

– On ne pouvait pas intervenir, on n'était pas assez fortes, on nous a toujours dissuadées d'agir. Il fallait laisser faire la nature.

– Moi, je ne la laisse pas toujours faire. Sinon je serais déjà mort.

Il parlait toujours dans ce français correct qui les décontenançait. Il les regardait. Elles s'efforçaient de lui sourire.

– Merci de l'avoir achevé.

Les fourmis, là-bas, se livraient à une curée éperdue. Leur festin ouvrait dans le singe de larges entailles crues. Le sang rougissait, souillait le paradis d'Assioussou. On sentait une puanteur chaude d'entrailles. Les magnans fouillaient le ventre, bouffaient les tripes fumantes. Ils remplissaient le singe, dont la toison clapotait en proie à un trémoussement doux, obscène.

Joan et July s'étaient assises auprès de l'Albinos. Il dardait sur elles ses yeux bleuâtres et pâles et il leur dit :

– Je sais que vous allez me perdre.

Elles protestèrent de concert :

– Jamais ! Jamais ! C'est impossible.

– Si, c'est comme cela, sans le vouloir, petit à petit, ils l'apprendront. On me retrouvera. Je devrai fuir de nouveau.

– Mais vous n'avez peut-être pas de raisons de vous cacher. On ne sacrifie quand même plus les albinos !

– Ce n'est pas la seule raison... On n'a pas intérêt à savoir qui je suis, d'où je viens. On m'a fait sentir dans mon enfance que mon existence même était un scandale, constituait une menace...

– Mais pour qui ?

– J'ai toujours fui à cause d'un souvenir et d'un secret.

– Quel est votre nom ? demanda Joan.

– Je m'appelle Alpha.

– Comme le chanteur de reggae Alpha Blondy ! s'exclama July.

– Je ne le connais pas.

– Mais Alpha, ce n'est que votre prénom, insista Joan. Quel est votre nom ?...

– On ne m'a jamais révélé mon vrai nom. J'ai eu une nourrice qui m'a donné l'apparence de son nom : Zambé. Alpha Zambé. Mais avant de mourir elle m'a avoué que Zambé n'était pas mon nom et qu'il y avait un secret autour de ma naissance. Et, en effet, je me souviens d'une autre femme, d'un autre lieu que la maison de ma nourrice. J'étais très très petit. Je ne peux pas mettre de nom sur cette femme magnifique et sur ce lieu. Je ne peux pas en dire plus. Il vaut mieux ne plus m'interroger. Je ne vous ai parlé de cela que parce que vous aussi vous paraissez seules, un peu à part. Voilà, j'aime maintenant vous savoir ici. Vous regarder. Je vous contemplais en cachette. A mon tour je suis tombé dans la même tentation que vous. J'aime vous attendre et vous voir. Longuement. Mais vous ne m'avez pas donné vos noms.

– Moi, c'est Joan, et elle July.

– Et le nom ?
– Oh, il ne signifie rien pour vous !
– Oui, mais c'est votre nom.
– Clark. Nous, c'est Clark. Nous sommes cousines.
– Joan et July Clark. Maintenant, je sais.

Il était là devant elles, dans sa chemise flétrie, avec la nippe d'un vieux jean sur ses jambes grêles. On voyait sa peau terreuse et marbrée, maculée de loupes plus claires. Ses sourcils blancs. Ses paupières gonflées, bordées de rouge. C'était une grande chenille d'homme fragile. Elles savaient qu'Alpha les trouvait belles. Il avait l'air émerveillé. Très doux à présent. Passif. Tandis que les soubresauts du singe continuaient au loin dans la rivière… des remous, des éclairs de sang, des écorchures vives, des grouillis, des paquets de poils partant à la dérive. La colonne des ouvrières emportait des millions de miettes. Là-bas, dans la forêt, l'énorme reine et ses janissaires, d'autres soldats attendaient leur pâture. Toute l'armée arrêtée. Entre le Kan et le bivouac, c'était un va-et-vient euphorique, incessant. Le vieux mâle dépecé, morcelé, s'égrenait sur plus d'un kilomètre en minuscules colis de chair.

L'Albinos avait de belles lèvres ourlées, des pommettes nobles et saillantes, un ovale de prince. Elles le trouvaient presque surnaturel. Comme une apparition, un ange. Sa crinière immaculée les fascinait telle une aura. Il regardait Joan et son corps vigoureux, sa frimousse fine. July, sa mine de gosse coriace, gourmand, ses longues cuisses douces et creuses. Anormaux tous les trois, égarés, interloqués, sortis du lot, en dehors de la vie. Dans les coulisses du monde. Leur connivence absolument étrange. Parce qu'on le détestait lui, qu'on s'écartait de lui, qu'il dégoûtait, qu'il faisait peur, qu'il réveillait les vieilles rumeurs, les effrois ancestraux, qu'il semblait revenir de la Lune et de la mort, qu'il vous rendait coupable. C'était justement cela qui aimantait les deux filles, cet homme tabou, ce mâle informe et furtif. Et lui oubliait sa méfiance parce qu'elles étaient deux adolescentes en marge du destin commun, en sursis, suspendues, en rade, unies dans une arche coupée des adultes, régie par d'autres lois, d'autres instincts, déviées, oui, du cours des choses…

July s'approcha encore en rampant vers lui. Elle émit une petite giclée de rire inoffensif et juvénile. Il en reçut toute la fraîcheur sur sa peau d'écorché. Elle n'y tint plus, elle allongea doucement les doigts vers la main grise et la toucha. L'Albinos frémit, July retira sa main et la dirigea vers le visage, la joue, qu'elle effleura d'une caresse. Alors, il se mit à trembler. Un grelottement de l'être entier. Comme si cette main trop douce était insupportable, le ravageait dans sa chair plus qu'un fer brûlant, oui, l'éventrait, pareil au singe, au vieux babouin banni et dévoré.

– Ta main me brûle. C'est comme si j'allais perdre la raison, me disloquer, oui, éclater.

Voilà ce qu'elles entendirent. Cette caresse l'incendiait.

– Il ne faut pas nous craindre, Alpha.

– Je n'ai pas peur. Ce n'est pas ça. C'est autre chose. Je ne peux pas. C'est un tonnerre dans ma tête.

Et elles restaient là avec leurs mots, sans pouvoir rien tenter. Leur amour l'aurait saccagé, démembré. Elles le sentaient d'un coup. Il fallait procéder tout doucement. Sa peau n'avait plus été touchée depuis si longtemps. Il regardait leurs mains, leurs poignets fins, leurs bagues d'or, leurs doigts gracieux, leur épiderme lisse, uni. Et lui n'était qu'une grande guenille trouée, torpillée par la lumière. Un lambeau d'homme calciné. Et il se repaissait de leur vision, de leur corps neuf et dur, de leur plein, de leur soyeux, de leur épanouissement de peau, de gorge sous le tee-shirt. Il voyait ça, toute leur puissance vierge, deux boucliers qui réverbéraient le soleil, deux armures de bel airain vivace.

C'est lui qui finit par allonger sa main pour la poser sur la cheville de Joan. Il enserra l'anneau de chair et de tendons. C'était tout bandé, cela remontait, se gonflait sous le mollet. Quand il vit la loque de ses doigts blafards sur l'éclat de la peau, il les retira d'un coup, honteux. Alors, Joan ramassa cette main abandonnée dans le sable… Un bruit de moteur s'éleva sur la piste dans la forêt. Alpha leur lança un regard d'adieu et s'enfuit.

Assioussou et Yoro avaient repéré et suivi les magnans. Ils découvrirent les deux filles côte à côte sur le sable, désemparées mais rayonnantes. Sur l'eau, à l'écart de la curée, flottait une main de babouin presque intacte, rose à la paume, boucanée et poilue au verso. Assioussou crut que la boucherie émerveillait les filles et il en fut scandalisé.

– Ne restez pas là ! Ce n'est tout de même pas un spectacle ! Et si vous ne bougez pas, les magnans peuvent passer à l'attaque.

Elles le regardèrent, inertes et souriantes. Et il s'écria :

– C'est dégoûtant, il faut déguerpir !

Le soir, il raconta tout à Thérèse. Les deux filles ne tournaient pas rond, elles devenaient toquées ou perverses à force de traîner librement au milieu des bêtes carnassières. Elles avaient attrapé un pli de cruauté, une drôle d'apathie… L'après-midi, il les avait surprises médusées, oui béates, en train d'assister aux ripailles sanglantes des magnans. Thérèse trouva ce compte rendu bizarre mais renonça à élucider le mystère. Elle leva la main vers le visage sourcilleux et crispé de son amant. Gourmande, elle lui pinça la joue. Puis s'exclama, ogresse :

– Le magnan, c'est moi ! Un magnan colossal. Je vais te boulotter, mon Assioussou, te cannibaliser cru. Je n'en peux plus. Je me retiens depuis le début. Allez ! Amène-toi tout entier. Livre-toi, cède-moi des pans entiers, des vallées, des cascades, des torrents d'Assioussou tendre et nu. Je veux tes muscles, biceps et pectoraux, toute la guirlande, les provisions, la viande, ta bite, ton trou du cul… tes chairs, tes grandes chairs somptueuses. Rapplique ! Magnan je suis. Magnan d'amour. Je vais te mordre, oui, te brouter, te bouffer. Assioussou, j'ai faim, voilà ! Je ne blague pas ! Je ne déconne pas. Thérèse est sérieuse. Thérèse est famélique et furieuse. Je suis fauve. Je vais te planter toutes mes dents.

Et Thérèse se rua soudain sur la fesse d'Assioussou, belle et braquée, toute cirée de noirceur. Violemment, elle la mordit, de toutes ses forces, oui jusqu'au sang. Il hurla. Thérèse goinfre jouissait du bloc de chair opulente et musclée qu'elle serrait entre ses canines, aspirait dans sa bouche, la langue collée à cette grosse torsion de vie dont elle sondait la profondeur remuante, l'écarquillement crispé, la succulence énorme.

Assioussou généreux et martyr s'écria :

– Oui, bouffe-moi, bouffe-moi, ma Thérèse ! Sinon c'est moi qui vais le faire. Je vais t'avaler toute d'amour sans frein.

Thérèse grognait de plaisir sans lâcher la fesse noire, nue et tendue comme un phoque qu'elle lapait et suçait et mordait de plus belle. Alors elle sentit le sang, une goutte de sang d'Assioussou et elle en pleura de plaisir.

Alpha, Alpha… Je n'aime pas ça. Ce prénom m'a sauté dessus et m'a poignardé. Je suis un intuitif. Je l'ai senti tout de suite. Félix, voilà un prénom. Félix, du latin « heureux ». Félix Houphouët-Boigny. Bonheur. Là d'accord. L'Albinos leur a révélé : « Je m'appelle Alpha. » Et tout ce grand mystère sur son nom, ses chichis, ses manières. Le secret de sa naissance. Pour qui se prend-il ? Au plus profond de la forêt, il débite son français châtié. Il fait le doux, l'orphelin, le saint. Mais d'où sort-il ? Quel jeu cache-t-il ? Alpha, c'est un prénom de prophète. De faux prophète évidemment. Ils pullulent en Côte-d'Ivoire, ces apôtres prêcheurs qui condamnent les fétiches, embobelinent le peuple, font concurrence à ma basilique, fondent des sectes, des Églises extravagantes, ouvrent des brèches dans l'unité de nos croyances et de la nation même. Ils s'arrogent une naissance légendaire, prétendent accomplir des prodiges. Leur destin est paré d'un relief extraordinaire. Cet Alpha ne serait-il pas dans la solitude de la forêt en train de se livrer à quelque ascèse, initiation dont plus tard il se vantera pour éblouir la foule ? Mais c'est un Albinos, un monstre. Jamais il ne retournera cette tare en sa faveur. Quoique… le tabou même, le transgresseur, le sacrilège peuvent eux-mêmes devenir sacrés. Cela s'est vu. Monstre sacré ! Le tour est joué. Sa différence, voilà qu'il l'érige en pouvoir. L'horreur qu'il inspire contribue à son magnétisme, à son charisme noir. Alpha, c'est la lettre des commencements. Je me méfie de cette voyelle béante, occulte, de son aura… Cet Albinos affabule sur sa naissance. Y a-t-il un rapport avec cette Victoire que recherche Sylvanus ? Victoire ? Victoire ? Je ne connais personne qui porte un tel prénom. Patrice Soumahoro, l'illuminé, a raconté n'importe quoi, et l'autre s'est entiché de ce délire. Tout cela va retomber et se réduire à zéro. L'Albinos restera dans son trou. A moins que ces deux délurées ne réussissent à l'en extraire à force de le solliciter. Il va finir par les dépuceler. Ce sera le bouquet ! Enceintes d'un monstre, d'un spectre dont les parents ignorent le nom. Et ces deux garces le revendiqueront : « C'est Alpha ! C'est Alpha ! C'est notre seul amour ! » Le scandale éclate, se répercute. On déniche le géniteur magique, on l'exhibe en pleine lumière. Et la rumeur s'enfle, on en fait un mythe. Or, le seul mythe de Yamoussoukro, c'est Boigny, c'est moi ! Le grand bal qui aura lieu pour fêter l'anniversaire de ma naissance n'a pour but que de fortifier ma légende. Tout le pays se réunira sous ma coupe. Je les sonderai, je les ausculterai, je les épierai. J'exercerai sur eux toute ma puissance. Je sens partout des clans s'agiter, les partis se multiplier, les ethnies se dresser les unes contre les autres. Cette soif de mutinerie et de démocratie risque de désagréger le pays. Ce bal devrait le consolider sur son socle originel et solaire, le rétablir sur mes grandes cornes de bélier. La valse géante du Bélier résoudra toutes les parcelles éparses, rassemblera toutes les forces centrifuges et chaotiques. L'idolâtrie, c'est l'unité.

Hélas ! j'oscille, j'ai des pressentiments… La nuit dernière, le clair de lune s'est levé sur le lac des crocodiles. Capitaine Diallo est parti chasser. Rien que de normal. Tout à coup, le voilà qui se cabre, qui se tord, se retourne et montre son ventre à la lune. Renversé, Diallo ! Culbuté, comme empalé par le dard lunaire. J'ai cru qu'il devenait fou et qu'il allait mourir. Et il a remis ça plusieurs fois. C'est vrai que la saison du rut approche et le rend nerveux.

Mais de là à se retrouver cul par-dessus tête, à faire la danse du ventre sous la lune… Ce que j'ai le plus redouté, c'est la couleur de ce ventre offert, immaculé. Ce trémoussement blafard, Diallo tout blanchi de lune. Diallo spectral. Diallo albinos. L'horreur même. Le péché capital. Le monde à l'envers. C'est un cauchemar, je sais. Cette vision me larde et me hante.

Et puis, ce matin même, pour me distraire et pour rigoler un peu, je jette un coup d'œil à Senghor. Je le découvre malade, malingre, tout au bout de ses forces. Toussant, époumoné, suant. Puis avachi, hagard. D'habitude, la déconfiture de mon rival éternel a pour effet de me vitaminer. Mais là… soudain je sens monter en moi une vague de douleur, de pitié, de compassion ! Me voilà retourné comme Diallo. Je me mets à pleurnicher devant la décrépitude de Senghor. Cette faiblesse n'augure rien de bon. Je ne me reconnais plus !…

La seule vision qui tienne encore debout et me renfloue est celle de Thérèse et Assioussou. Thérèse, elle, ne lâche pas la fesse de son amant. Elle tient bon. Elle rugit, elle gémit, elle se gorge, elle jouit, ma grande lionne rousse ! Et son amant lui prodigue de bon cœur le trésor de sa chair voluptueuse. Leur amour est enfin sorti de sa crise. Il se carre de nouveau, comme le grand fromager. Le pays a besoin de ces arbres, de ces édifices inébranlables. Mon bal devra leur montrer l'axe, le chemin… et les satelliser autour d'une même ferveur. J'attends cela… sinon les faux prophètes apparaîtront et tous les magnans rappliqueront de partout. Mon royaume succombera au carnage comme le vieux babouin chancelant de la rivière Kan. Il s'écroulera loin de mon mythe, de mon grand récit de fondation. Le bal doit redire, répéter, célébrer l'épopée radieuse des commencements. Mes soldats de l'ombre mobilisés, soulevés contre l'envahisseur. Mes harangues contre le travail forcé. Partout l'ouragan semé de ma révolution. Côte-d'Ivoire, je t'ai regardée, étreinte, affranchie et nommée.

Car telle est notre vraie naissance. Elle est sans mystère celle-là, sans équivoque. Ce n'est pas un fantôme, c'est l'évidence vivifiante. C'est notre Histoire déployée. La seule vraie prophétie qui nous rassemble dans un chant total.

Akissi est allongée sur le lit de Boris. Il a passé la main sous la jupe de son amante et commence à la caresser. Elle sent la pression de son sexe. Il se dresse sur les genoux pour mieux défaire sa ceinture et se déboutonner. Alors, elle le retient avec gravité :

– Non… pas maintenant.

Boris adopte une mine implorante. Et elle lui dit :

– Il faut que je te parle, que je te dise tout.

Boris surpris se rassoit.

– Voilà, Boris, pour le moment je ne peux plus faire l'amour avec mon ventre. Je sens que c'est devenu impossible. Voilà, j'ai un enfant dedans.

Boris est stupéfait. Elle voit qu'aucun sourire spontané n'est venu s'épanouir sur son visage. Elle en est blessée.

– Mais ce n'est pas possible. Vous avez tout essayé, Cecil et toi. On savait que tu ne pouvais pas avoir d'enfant.

– Le médecin m'a confirmé le contraire. Je ne me suis pas méfiée tout de suite. J'ai souvent eu des arrêts de règles. Je suis enceinte de deux mois.

Elle hésite puis ajoute :

– C'est un enfant de toi… ou de Cecil. Je ne peux pas trancher avec une certitude absolue… Boris, tu le sais bien…

Boris ne sort pas de sa stupeur. Traqué, torturé :

– Ce doute, c'est terrible, Akissi.

– Depuis ces derniers mois, j'ai eu moins souvent des relations avec Cecil, c'est devenu rare…

– Mais c'est suffisant pour que l'incertitude m'obsède… Tu te rends compte ! On ne saura pas de qui est l'enfant. Ça va me rendre cinglé, moi ! Tu imagines, un enfant et ne pas être sûr. Il est venu sans qu'on sache, sans qu'on le veuille vraiment. Ça me bloque.

– Boris, je ne peux pas le perdre. Ne me le demande jamais. Moi, je n'exigerai rien de toi. Sinon que tu me laisses vivre cela, c'est tout.

– Je ne veux pas t'empêcher, Akissi, même si c'est douloureux pour moi.

– Parce que c'est douloureux…

Akissi mesure soudain à quel point Boris est incapable d'une volonté sur ce sujet. Incapable d'un vrai désir aussi bien que d'un refus buté. Elle ressent une déception profonde et soudain ce flot de haine. Il écrit, il se mire dans son écriture. Il la désire. Et puis c'est tout.

– Je vois que tu me détestes, tout à coup.

– Ce n'est pas ça ! On n'est pas au même diapason… Moi, cet enfant, c'est gigantesque. Je le sais depuis deux semaines. J'ai attendu. Je ne pouvais encore le dire à personne. Il fallait que je m'en persuade moi-même. Boris, ça change tout pour moi. Je le sens. Tout à l'heure, je ne pouvais pas faire l'amour. Ne te méprends pas. Je t'aime toujours. Je te désire toujours. Mais je ne peux plus avec mon ventre, avec l'enfant. C'est parce que c'est trop important. Cela m'accapare tout entière et me tient suspendue… Je sais que les autres femmes continuent de faire l'amour. Mais moi, tout à l'heure, j'ai su qu'il fallait attendre. Parce que cela me remplit, me dépasse. Je n'ai jamais connu ça, Boris. Tu n'as même pas deviné, à mes gestes, à mes regards. J'essayais de te le faire sentir.

– J'ai deviné quelque chose d'autre, de nouveau… Mais je ne savais pas quoi. Je pensais que c'était à propos de Cecil, de sa douleur… que tu souffrais à cause de lui.

– Je souffre aussi beaucoup à cause de lui. Tu imagines ? Ses doutes à lui aussi.

Boris s'exclama avec une ironie méchante :

– Mais tu vas lui avouer que tu as couché plus souvent avec moi qu'avec lui et que les chances sont de mon côté !

Akissi se retourne contre le lit. Elle ne regarde plus Boris.

– Non, je ne pourrai pas lui dire ça.

– Alors, tu vois ! Tu vois ! Jamais on ne saura. Et qui va l'élever l'enfant ?

– Moi, moi, de toute façon…

Akissi se met à pleurer :

– Je ne suis plus la même, Boris. Mais je sens que je suis moi-même. Et j'ai besoin que tu m'aimes, qu'on m'aime davantage, complètement. Encore plus.

– Même Cecil ?

Akissi reste perplexe. Soudain elle se lance, s'engouffre dans cette contradiction même qu'elle sent être sa vérité.

– Même lui. Je ne puis pas dissocier l'enfant de tout.

– Même si cet enfant est de moi, inconsciemment c'est à lui que tu l'adresses. Parce qu'il en a toujours désiré un. Je le sais ! C'est toi-même qui me l'as dit quand tu m'as révélé ta stérilité.

– Ce n'est pas si simple, Boris… Ne cherche pas à me coincer.

– Et tu vas lui dire ça comment ? Tu vas attendre jusqu'à quand ?

– Je ne vais pas attendre. Je vais lui dire ce soir.

– Dans votre lit.

– Il va souffrir, Boris. Il va trembler et souffrir plus que toi.

– Oui, je sais ! Je suis un accessoire. Je vais le devenir bien vite quand Cecil aura accepté, consenti.

Akissi se rebelle soudain :

– On arrête, Boris ! On arrête… Je ne veux pas souffrir à cause de vous. Voilà ! Pas actuellement. Pas depuis que je sais. Tu me fais regretter d'avoir dit la vérité. J'aurais dû partir, trouver un prétexte, rejoindre ma famille. Vivre les mois qui viennent au calme, dans la joie. Voilà ! Sans vous, votre amour-propre. L'enfant est lui-même. C'est lui !

– Oui, mais toi, tu sais qu'il est le tien.

– Je ne sais que cela. C'est la première chose que je sais vraiment. Tu devrais me le pardonner.

Boris se sent faiblir. Radouci, il murmure :

– Oui, je te comprends... Ce n'est pas la question. Mais c'est le doute... Mon doute malgré tout. Qui lui donnera son nom ? C'est le nom impossible à donner qui me tourmente. A moins de recourir à des tests génétiques.

Akissi laisse échapper un rire amer :

– La médecine tranchera ! La science choisira le père. Et l'autre restera sur le carreau. Cet enfant, Boris, j'aimerais qu'il ait mon nom. Voilà. J'ai bien un nom. Est-ce que je peux combler d'abord ce petit avec mon amour et mon nom ?

La voix d'Akissi se tend dans sa question, s'exaspère... Boris sent que l'enfant la nomme. Alors il lui dit :

– Même si le nom, c'est plus compliqué que cela et qu'on ne peut pas escamoter le père, je sais que tu peux beaucoup donner. Ça, je le sais maintenant.

Le lendemain, Boris l'attend dans le salon. Cecil est parti un peu plus tard que d'habitude faire sa tournée dans le parc. Elle entre. Ses traits sont tirés. Elle a de grands cernes violâtres sous les yeux.

– Je n'ai pas dormi, lui non plus.

– Tu lui as dit.

– Oui...

Il hésite mais c'est plus fort que lui :

– Et pour le père ?

Akissi détourne la tête et confesse :

– Je n'ai pas pu exclure qu'il pouvait être le père.

– Tu vois… Alors qu'est-ce qu'il a dit ?

– Il s'est tu. Il n'est pas comme toi. Quand il a mal, il se tait et il s'en va.

– Il va falloir que je lui parle, Akissi, ce n'est pas possible autrement. Et tu te rends compte, je suis chez lui, dans votre maison.

– Ce n'est pas notre maison. Elle appartient à l'État qui peut nous envoyer des invités. Tout le monde peut habiter ici. Sylvanus, Assioussou, Thérèse… J'ai peur que tu lui parles, que cela soit de trop… Embrasse-moi gentiment, Boris…

Cecil revint vers midi. Il vit Boris dehors devant la véranda. Sylvanus sentit la menace et déguerpit, entraînant Joan et July. Cecil bondit vers Boris :

– Je devrais les appeler tous et te gifler devant eux. Te gifler jusqu'à la mort.

Boris soutint le regard de Cecil :

– Je n'aurais jamais pu prévoir ça. C'est une souffrance pour moi aussi. Le doute…

Cecil le scruta, épia ses moindres traits avec une violence sourde, avide.

– Le doute ! Mais c'est entre Akissi et moi que cela se passe. Quoi que tu aies fait, c'est rien. Ça ne compte pas vraiment. Ou bien elle se séparerait de moi. Elle partirait avec toi. Elle n'est jamais partie. Et maintenant, elle partira encore moins. Ça, je le sais.

Boris blessé au vif se ressaisit :

– Moi non plus je ne partirai pas, à cause du doute… M'en aller sans savoir, c'est encore pire que de rester.

– De toute façon, tu ne le sauras jamais.

– Il y a des tests génétiques.

– Les tests, oui ! Je vois que tu ne souffres que de ce doute-là. C'est ta petite souffrance d'artiste égoïste. Moi, je souffre de partout, de tout. C'est toute ma vie qui souffre. Au moment du plus grand bonheur, il faut que cela me manque et m'échappe.

Troublé, Boris parla plus doucement :

– Elle n'est plus mon amante. Elle s'est changée en mère d'un coup.

Cecil regarda Boris longuement. Puis il entra dans la maison. Un moment plus tard, Sylvanus sortit. Il prit Boris par le bras et lui dit :

– Tu peux me raconter tout.

– Akissi attend un enfant.

– C'est la plus belle nouvelle du monde.

– Mais le père ?… Sylvanus, tu mesures…

– En Afrique, il peut y avoir plusieurs pères. Nous n'avons pas votre conception jalouse de la famille. L'enfant peut être élevé par son oncle maternel, les mères, les sœurs. Le couple, c'est tout petit, avec un Œdipe gros comme ça à la clé ! Une grande famille, c'est moins obsédant.

– Mais à qui il va dire Papa ! C'est capital de nommer le père !

– Ah, les grands mots ! En Afrique, on peut dire Papa, Tonton, à bien des hommes. L'appellation est généreuse. Écoute, le vrai père émergera peu à peu, spontanément. L'autre sera l'oncle… Laisse le temps. Attends. Il dénouera vos affres.

Sylvanus s'est pointé à l'Hôtel Président. Un palace géant dont la verticale de béton et de verre surplombait la cité cernée de forêt. Le hall était désert, double piscine, marbre et îlot central, grappes d'hibiscus. L'Hôtel Président doublait dans le registre du tourisme huppé la chimère mégalo de la basilique Notre-Dame de la Paix. « Même pétarade de luxe et de démesure », pensa Sylvanus. Mêmes tours toisant l'univers. Il attendit au bar... Son informatrice arriva, une prostituée accompagnée de sa collègue, celle qui connaissait la Victoire dont avait parlé le prophète Patrice Soumahoro. Sylvanus scrutait les deux filles, hautes et pulpeuses, jupes de stretch raccourcies jusqu'aux fesses, exhibant toute la longueur des cuisses, leur modelé nomade et miroitant. Elles se dressaient, se cambraient, immensément juchées sur des talons de vertige en regardant le vieil écrivain, le trublion fameux qu'elles avaient vu à la télévision. Leurs yeux écarquillés exprimaient le respect avec une étincelle d'amusement. Car Sylvanus avait une dégaine bohème, les boucles en vrac sur sa bouille ronde, ses grimaces, sa bouche goulue, le nasillement de sa voix facétieuse, ses zézaiements soudain, ses couinements aigus. Il fit le pitre pour amadouer les deux filles. Il allongeait la main vers leurs cuisses qu'il tapotait avec des mimiques paternelles, ne voulant pas être confondu avec les clients friqués, des parvenus de tous bords, les cadres du commerce et les apparatchiks du Parti qui descendaient à l'Hôtel Président et que les prostituées venaient rejoindre dans leur chambre, tard dans la nuit. Mais il ne pouvait guère contenir l'émoi fasciné que suscitait sur ses doigts racornis la vivacité de la chair, de ces grands filons mélodieux, musqués, dont les lignes cavalaient vers la frange du stretch où s'embusquait la fourche des poils... Leur poivre ! rêvait Sylvanus. Il émettait son petit rire familier et canaille. Et palpait derechef l'abondant trésor, tout ce délié des méplats, des courbes et des arborescences gonflées. Les filles gloussaient devant l'antique farfadet en boubou léger. Et lui, ébouriffé, cocasse, redoublait de gigotis, de petites claques mignonnes administrées aux cuisses. Il écoutait, savourait toutes les facettes sonores jaillies de ses mains. Elles étaient l'écho des galbes lisses et fermes, de leur brillance. Les grandes gerbes de chair chatoyaient, chantaient sous ses paumes émerveillées. Alors, il gémit :

– Je suis un vieux, très vieux poète recru... Votre beauté me tue ! Chaque détail, chaque grain, tous les faisceaux, tous les rameaux des muscles. Ça me martèle le cœur.

Elles dérobèrent leurs jambes avec douceur, les relâchèrent en une posture oblique où il put les contempler dans l'orbe lumineux qui tombait des vitres, calmes et royales, cuvant une lente alchimie d'or. L'œil noyé dans cette incandescence, Sylvanus bégayait, leur parlait, semblait leur dire adieu... Adieu, mes belles... Je voudrais mourir dans votre entaille ouverte, enterré dans vos pinces gourmandes. Avalé oui dans ce creuset de velours tendre et braqué ! Il s'arrêta soudain, puis chuchota :

– Il paraît que Victoire était une magnificence suprême. Papa Nouveau me l'a décrite comme une idole.

Alors la prostituée qui connaissait Victoire lui répondit :

– Elle a perdu ce nom... Elle a passé la cinquantaine maintenant. Mais elle tient à rester cachée... Je ne sais rien sur elle, sinon cet ancien prénom de Victoire qu'une amie de ma mère m'a révélé un jour.

– Ah ! Tu ne vas pas me faire ce coup-là ! se récria Sylvanus. Maintenant que j'ai mis la main dessus, tu ne vas pas m'infliger ce supplice !

D'un sourire câlin, elle lui fit comprendre qu'elle voulait sa récompense.

– Je ne suis pas riche ! Je suis poète. Je ne peux pas lutter avec vos clients bourrés aux as, ces pillards du pays ! Je puis, à la rigueur, vous écrire un poème, un hymne qui vous immortalisera ! Ne souriez pas… C'est couru ! Ça, je le peux. Mais vous voulez du fric. Je n'ai que de la menue monnaie. Un maigre billet peut-être, rien de plus.

Elles se regardèrent et consentirent :

– Alors donne toujours ce billet et écris-nous ton poème, Tonton… Écris-le-nous et signe-le de ta main.

– Ah ! je savais bien que j'avais affaire à des princesses ! Je vais vous concocter un cantique, une épopée, mes belles ! Juré ! Dans deux ou trois jours au plus tard, je vous apporte mon hymne porte-bonheur. Alors, Victoire ?

– Elle est chambrière ici même… Très discrète. Il ne faut pas la brusquer.

– Pendant que nous parlons, elle travaille ?

– Oui… dans les étages, tout là-haut, elle fait une ou deux chambres. Pendant la semaine, il n'y a presque pas de clients.

– Mais comment s'appelle-t-elle ?

– Masseni, voilà… son nom, c'est Masseni. Vers deux heures, elle va quitter son boulot pour rentrer chez elle. Le groom, là-bas, se tiendra à la porte de service derrière l'hôtel. Il te montrera Masseni par un signe de tête.

En attendant, Sylvanus prit l'ascenseur et gagna le restaurant panoramique au sommet de la tour. Deux hommes déjeunaient dans la grande salle circulaire, costumés, gourmets, s'écoutant parler, voix onctueuse. Sylvanus s'approcha des vitres, sonda la perspective. Yamoussoukro déployait son immense damier jusqu'au moutonnement des forêts, avec ses lacs quadrangulaires et symétriques, sa grande avenue centrale au nom de Mamie Adjoua, ses écoles, sa cathédrale. Il reconnut la forme du Bélier que Boigny avait voulu donner à la ville. Le corps, l'échine, les pattes, l'élancement des cornes… le râble puissant de la bête solaire. Il se chuchota à lui-même :

– Yamoussoukro, je vais te démêler, te déchiffrer jusqu'au trognon. Le Boigny sera tout déconfit. Sa démesure ratatinée…

La ville brasillait, disséminée en quartiers géométriques et distendus, rase, saupoudrée de chicots de bâtisses et de cocoteraies. La pelisse du bélier roussoyait à l'infini dans ses lanières de latérite. Les lacs lui faisaient un papillotement d'yeux. La mosquée minuscule et fignolée perçait un agrégat de casemates, un camaïeu de tôles ondulées qui juxtaposaient leurs éclats blanchis. La cathédrale ressemblait à un joujou posé à la tête de la ville, gâteau net et rond, coiffé de sa coupole comme d'une lumineuse crotte.

– Finalement, c'est tout petit… L'espace se dilate magnifiquement et digère les rogatons mégalos du tyran.

Sylvanus redescendit. Les deux filles avaient disparu. Il se balada autour de la piscine, flâna parmi les essences rares. Un grand silence planait sur les lieux. Sylvanus se demanda s'il aurait voulu être riche, banquier, commerçant ou député, amenant là, en week-end, sa maîtresse ou son épouse, pour chier dans le marbre, se baigner dans du carrare, paresser. Non ! Il s'emmerderait. Il préférait le quartier populaire de la mosquée, le charivari du marché où Ada vendait ses gobelets d'eau pure. Enfin, il alla se poster sur la route, non loin de la porte de service. Le groom averti par les filles était là. Bientôt une grande femme parut, en boubou turquoise. Le groom inclina la tête. Sylvanus s'élança :

– Je veux te parler… Je veux te parler. Je suis Sylvanus le poète. Tu me connais. Si ! Si ! Tu as dû me voir un jour ou l'autre dans le journal ou à la télé. On t'aura parlé de moi. Sylvanus, hein ? Tu me remets. Je vois que c'est fait. Alors, voilà, je voudrais qu'on s'arrête… là, à l'ombre du manguier, qu'on se repose un peu…

Masseni continuait d'avancer, méfiante…

– Tu n'as rien à craindre de moi. Tout le monde me connaît. J'ai des choses importantes à te dire. Très importantes, voilà, pour toi.

Masseni ralentit le pas, assaillie par la crainte. Que savait cet homme ? Que venait-il faire ici ?

– Viens, sous le manguier. Il le faut ! dit Sylvanus avec un mélange d'autorité et de douceur.

Il vit qu'elle était encore belle, presque sans rides. Dans l'épanouissement de l'âge. Un visage fin et noble. Le cou haut, l'échine droite. Altière. Les chevilles minces, les mollets longs, nerveux. Il décida d'inverser les rôles et, au lieu de la braquer tout de suite par des questions, il lui annonça qu'il avait des nouvelles pour elle… qu'il était le messager de quelqu'un.

– Je ne connais personne, déclara Masseni. Je n'attends aucune nouvelle.

Sylvanus risqua le tout pour le tout. Avec bienveillance, il répliqua :

– Tu mens un peu… et je te comprends. Mais il y a des nouvelles de quelqu'un que tu aimerais avoir, n'est-ce pas ?

Elle hésita, le scruta. Il avait misé juste. Albinos ou pas, il y avait bien quelqu'un qui avait compté dans sa vie et disparu.

Ils s'assirent sur une souche dans l'ombre du grand manguier vert et charnu. Non loin d'eux, un troupeau de biques broutait, surveillé par un gosse loqueteux. L'Hôtel Président érigeait son bloc éblouissant en plein soleil. Sylvanus exploita son avantage.

– J'ai des nouvelles d'un homme que tu connais…

– Parle toujours, dit Masseni qui ne manquait pas de finesse.

– Je ne peux pas tout déballer comme ça, il faut que tu

fasses un effort de ton côté. Je ne veux pas compromettre la personne en question.

– Tu m'entortilles ! lança Masseni. Tu as une réputation de rusé, de vieux bavard malin, Tonton !

– Je suis l'ami de Patrice Soumahoro, le prophète. C'est une référence, non ? C'est un homme de pouvoir. Sa vie est pavée de miracles et de prodiges. Eh bien, c'est ce Patrice Soumahoro qui te connaît, qui te respecte et qui t'aime.

– Ah ! C'est lui, l'homme ?...

– Non, mais il m'a parlé de toi et de cet homme, car il connaît tout Yamoussoukro, ses secrets, ses histoires profondes.

Sylvanus vit que Masseni ne bronchait plus. Elle se contractait sur ce mot de secret. Il décida de frapper fort pour ébranler cette femme, prendre le dessus et profiter de son désarroi.

– Tu t'appelais Victoire quand il t'a connue, vue pour la première fois dans une église où tu te confessais.

La révélation de ce prénom honteux la remplit d'émotion et de crainte. Elle dévia le coup :

– Je ne me souviens pas de cette église et de cette confession de ta Victoire, tu dois confondre.

– Patrice Soumahoro se destinait à la vie religieuse. Il a entendu les secrets de ta confession. Puis il t'a vue sortir du confessionnal. Il a été secoué par ta beauté. Totalement retourné par le désir et il a renoncé à devenir curé, à cause de toi, de ton apparition majestueuse.

– Ce sont des détails dont je n'ai pas le souvenir.

– Tu pleurais dans le confessionnal, tu pleurais sur ton grand malheur.

Sylvanus insista sur les pleurs d'une voix très douce.

– Tu étais une magnifique femme en pleurs, perdue dans la douleur.

Masseni se crispa et contint un tremblement soudain.

– Patrice Soumahoro t'a revue beaucoup plus tard, tu

t'appelais Victoire. C'était dans un dancing, il t'a connue. Vous avez eu un amour fugitif.

Masseni comprit que Sylvanus connaissait trop de choses pour qu'elle s'entête à nier tout d'un bloc. Et puis le prestige de Papa Nouveau, le témoin, l'impressionnait. Sylvanus le sentit et ajouta :

– Patrice Soumahoro sait ce qu'il dit, sa mémoire est un miroir exact. Il voit tout. Il sait tout. C'est un homme de force, de vérité, de grand amour.

Masseni se taisait. Le manguier gonflait son feuillage rond et vert. Sylvanus leva les yeux vers l'arbre.

– Regarde ! Regarde comme cet arbre est gonflé d'énergie et de fécondité. C'est la vie, Masseni. C'est l'arbre de vie, chargé de fruits magnifiques dès la pluie. Notre destinée devrait nous offrir la plénitude éclatante du manguier. Regarde… A quelques mètres de l'arbre pousse un jeune manguier. Un rejeton du géant. Mince et tenace dans le soleil. C'est la filiation. La descendance, Masseni, le seul chemin.

Masseni riposta :

– Parce que tu as des enfants, toi ?

Sylvanus ne pouvait pas mentir.

– Non, je n'ai pas de gosses. La poésie m'a entièrement dévoré. J'ai semé mes poèmes et mes romans partout. Ce sont mes seuls manguiers. Mais toi, Masseni, toi une femme généreuse, tu as bien quelque part un petit manguier ?

Masseni hésita et nia.

– Ce n'est pas possible, tu triches.

– Je suis stérile, dit Masseni.

Sylvanus eut peur. Masseni disait peut-être vrai. Et s'il s'était trompé sur toute la ligne ? Il n'avait fondé son enquête que sur des confidences anciennes et bien floues de ce Papa Nouveau lyrique et affabulateur. Alors il se cabra, refusant de s'avouer vaincu. Cette idée de stérilité le désolait tout à coup. Il en était secrètement morfondu.

– Si tu mens en te déclarant stérile, Masseni, tu tues ton enfant. Tu le nies, tu le renies, tu le détruis à jamais. Et une mère ne peut pas commettre un tel crime d'oubli.

Sylvanus avait atteint sa cible. Le visage de Masseni marqua un désarroi. Elle se tut longuement, bloquée.

– Tu ne peux pas tuer ton petit manguier, n'est-ce pas ?

– Que sais-tu ? s'exclama-t-elle soudain.

Sylvanus sentit le piège. Il ne savait à peu près rien. Après tout, cette femme était peut-être la mère de quelque bâtard, fruit de la prostitution, qu'elle aurait abandonné faute de pouvoir lui assurer une éducation décente. Patrice Soumahoro aurait surpris l'aveu et cru entendre une allusion à un albinos. Sylvanus n'osait pas encore prononcer ce nom tabou.

– Je suis le poète Sylvanus, l'ami du prophète Soumahoro. Tous deux, nous possédons une même puissance de devin. Tu n'es pas tombée sur n'importe qui, Masseni. Mais tu as de la chance, car notre autorité te protège. Notre renommée. Ton enfant est vivant. Voilà. Il serait temps pour toi de le revoir, de voir et d'aimer ta vie.

– Quel enfant ?

– L'enfant que tu sais, que tu aimes, que tu as perdu, que tu n'as pas pu garder. Je veux que la reconnaissance vienne de toi… La révélation doit sortir de ta bouche afin que tu renoues toi-même et volontairement avec toute ta vie.

Mais Sylvanus craignait encore de faire fausse route. Il y avait un enfant dans l'affaire, c'était sûr. Mais pas forcément le bon. Comment lui faire lâcher le mirifique morceau ? Et si l'Albinos était mort depuis longtemps, à quel jeu monstrueux n'aurait-il pas cédé ?

– Masseni, tu ne peux rien redouter de l'alliance entre un poète et un prophète. Arrive un temps où il faut dire sa vie, toute sa vie. Pour se libérer et s'aimer enfin et pour mourir un jour de mort sereine. Je sais, je sens que ce moment de la grande parole est venu pour toi. Là, sous le manguier bruissant, bourré d'oiseaux. On ne peut pas mentir sous l'arbre de vie. On tuerait ses fruits et tous ses oiseaux. Masseni, raconte-moi l'histoire du petit manguier… de ton fruit incroyable.

Tout à coup, Masseni réprima un sanglot. Sylvanus l'enlaça, la pressa doucement contre lui.

– Je suis un vieux manguier encore plein de vie et d'amour, parle ! Parle, Masseni, délivre-toi, que tes mots affluent et ruissellent sur moi. Qu'ils multiplient leurs fruits dans mon feuillage. C'est par bonté que je te parle de ton fruit effrayant et beau.

Masseni ne manifestait aucune surprise devant les superlatifs étranges dont Sylvanus parait l'enfant supposé. Alors il fut rempli d'espoir et d'enthousiasme.

– J'aime ton enfant, Masseni ! Je l'ai aimé dès que j'ai entendu parler de lui. De sa légende terrible. Elle s'est emparée de moi. Elle m'a possédé. Je n'ai eu de cesse de te trouver et de te rendre à lui. C'est parce qu'il a surpris ton secret dans le confessionnal et qu'il t'a vue que Patrice Soumahoro a rompu avec l'Église des colons et qu'il est devenu le prophète Papa Nouveau…

– J'ai peur… chuchota Masseni. J'ai toujours eu très peur, pour lui plus que pour moi. On a tous si souvent eu peur dans cette ville, dans ses rumeurs de mort. Donne-moi du temps. Toute cette histoire me paralyse… Il faut que j'émerge petit à petit.

– Non, tu vas reculer, tout va retomber dans l'ombre. Et cet enfant sera perdu.

– Mais je dois rentrer. Je suis en retard. Je fais un autre ménage dans une villa. Les maîtres sont exigeants. Ils me remplaceront par une plus jeune. Donne-moi un peu de temps. Je te jure que je ne vais pas me taire définitivement. Laisse-moi prendre confiance en toi. C'est trop d'un coup comme ça, ça va trop vite. Il faut que je me prépare.

Sylvanus sentit qu'il devait lui laisser ce sursis dont elle avait besoin.

– Mais je veux ton adresse.

– J'habite depuis vingt ans derrière la gare, à gauche de la route. Tu demandes Masseni... Les commerçants t'indiqueront ma maison.

Quand Sylvanus fut de retour dans le parc, ses amis s'aperçurent tous de son trouble. Il prit Boris à part et lui dit :

– Boris, j'ai un gros souci de conscience. Je suis pris au piège.

– Parle... Parle, dit Boris, tu n'es pas le seul. Nous sommes tous ici aux abois. Akissi, moi, Cecil, et maintenant toi pour couronner le tout.

– C'est encore à cause d'un enfant, avoua Sylvanus.

– Tu m'as fait la leçon sur Akissi et le père du petit, tu avais pourtant l'air de dominer la question.

– Eh bien, voilà... Je me suis peut-être trop mouillé dans cette histoire d'albinos. J'ai retrouvé Masseni, cette femme dont a parlé Patrice Soumahoro. Je me suis mis dans la tête qu'elle pouvait bien être la mère de l'Albinos. Je lui ai parlé d'un enfant qu'elle avait perdu. J'ai senti au bout d'un moment qu'en effet elle avait abandonné un enfant. Pour obtenir des aveux plus précis, je lui ai affirmé que son enfant était vivant ! Voilà... C'est vrai que j'en ai l'intuition profonde, envahissante. Mais je n'ai nulle preuve, nulle piste ! Elle va tout me dire. J'ai gagné sa confiance, mais moi je suis encore incapable de lui faire rencontrer son enfant. Je n'ai même pas la certitude qu'il s'agisse de l'Albinos. Elle va se sentir monstrueusement trompée.

– Non, Sylvanus... Tu l'auras tout de même libérée de son histoire et tu peux espérer remonter la piste grâce aux détails qu'elle va te donner.

La voiture de Thérèse et Assioussou déboula devant la maison. Le couple revenait d'une tournée dans la plaine de Katiola.

– Il ne faudrait pas que les pluies tardent trop. Le niveau de la rivière Kan baisse de jour en jour. Et les gazelles n'ont plus d'herbe. Tu en fais une tête, Sylvanus !

Sylvanus expliqua ses affres à Thérèse. Et Thérèse se rallia à l'avis de Boris :

– Quand elle aura vidé son sac, elle ira mieux, elle sera en paix. Et si l'enfant n'est pas l'Albinos, tu l'aideras quand même à le retrouver. Il suffit d'y croire. De le vouloir. Moi, j'ai la volonté, c'est pourquoi je vais au bal du Bélier. Pour les éblouir et les convaincre tous, ceux d'Abidjan. Ils vont me voir et m'entendre. Moi et vous. On vient de traverser toute la réserve, Assioussou et moi. C'est trop beau ! On a failli en crever d'allégresse. Le soleil bouillonnait. On fonçait dans l'herbe rouge. Abokouamekro, c'est notre chair, notre enfant énorme à nous. Personne n'y touchera. La savane reverdira et les quatre éléphants débarqueront sains et saufs, le petit d'Akissi idem et le fils de Masseni. Sylvanus, tu te baladeras avec l'Albinos autour du lac Irigou. Tel quel ! Je crois au Père Noël. Si ! Si ! La semaine des quatre jeudis, la voici ! Il faut décréter notre rêve avec une force aveugle, comme des fous furieux.

Thérèse savait ce dont elle parlait depuis qu'elle avait payé le prix pour chasser le remords de la cuisse d'Assioussou. On la voyait, la cuisse de son amant. Bien nue, ressuscitée, resplendissante. A peine une raideur subsistait dans son grand poissonnement musculeux. C'était un épais tortillon de cicatrice noire autour d'une crevasse plus tendre et plus rose, lissée comme la cire d'un sceau. La victoire de Thérèse était tatouée dans la chair de son amant, comme dans le pli, la saignée même d'Abokouamekro.

Le capitaine Jakaridja en proue, torse nu, jouit du fouet des embruns de l'aurore. C'est un rituel lustral. La cérémonie dure tout le temps de la naissance du soleil. Le globe s'expulse doucement de l'horizon de mer. Jakaridja érigé, sec, le salue avec ravissement. Une gangue flamboyante le recouvre peu à peu de la tête aux pieds. « Je me lève avec le soleil. Je suis le Levant Jakaridja », se dit le capitaine. Dans sa vision hallucinée, son cargo se transforme en éléphant de sacre qui marche sur les flots. La bête caparaçonnée lance sa trompe d'or comme un rayon solaire qui prend le ciel dans son lasso. L'océan matinal gonfle le capitaine Jakaridja, petit et mégalo. Alors, il méprise les villes, leurs habitants, leur négoce, leurs hiérarchies burlesques. Il dialogue avec la mer, le torse bombé, soudé au disque solaire. Il le tutoie. Il n'est plus un homme mais une parcelle du grand univers matériel. Hybride de feu et de force pélagienne. Il se sent l'incarnation d'un poème cosmique. Jakaridja est fou. Il se répète secrètement : « Je suis le dit du grand tout… le frère du soleil et de la mer. Le fruit d'un immense duo. Mon navire guide et conduit la horde des vagues. Je suis le cavalier et la cravache des courants primordiaux. » Jakaridja inhale si profondément de grandes goulées de vent que les artères de son cerveau crépitent, saoulées d'oxygène, et font culminer son sentiment de toute-puissance. Il lévite, grisé par la gloire de l'aurore. Il s'en faut de peu qu'il ne descende carrément sur le dos de la mer, dans le sillage rougeoyant de l'astre. Jakaridja, au tréfonds de lui-même, est sûr de pouvoir marcher vers l'horizon, le torse hérissé de rayons et le visage radieux. Il cache ce secret comme le noyau de sa croyance vitale. Il en rit.

Bientôt un barrissement formidable le rappelle à la réalité. Il reconnaît le timbre de Nabuchodonosor. Il descend vers la cage. Le vétérinaire est déjà là.

– Que se passe-t-il, docteur ? Que se passe-t-il ?

– Nabuchodonosor est en rut ! Un rut énorme. Ce sont toutes ses forces brutales qui se sont ruées d'un coup !

– Vous auriez quand même pu prévoir !

– C'est notre avarie et notre longue escale à Lomé qui a tout décalé ! Il aurait dû normalement être en rut dans le parc d'Abokouamekro.

Nabuchodonosor, les pieds entravés par des anneaux de fer, gronde, tend sa trompe, la tord. Il tente de soulever la masse de son corps furieux. Mais retombe à genoux. Hermine, la grande éléphante, et les deux éléphanteaux Marcel et Louis-Ferdinand se tiennent à carreau à l'autre bout de la cage. Le membre de Nabuchodonosor jaillit entre ses cuisses de colosse. Le capitaine Jakaridja voit son premier éléphant bander. Et ça le dégrise d'un coup. Il en oublie sa parenté avec l'aurore et le soleil. C'est une barre énorme et longue, un appendice de dinosaure. Ce n'est pas de la vie. C'est un piston opaque, un bras de catapulte. Nabuchodonosor tout entier semble se contorsionner, vissé, comme empalé à ce monolithe dardé. Il essaie encore de se dresser, bascule de côté, s'écroule sur le ventre, tel un temple dont la colonne maîtresse dépasse monstrueusement.

– Mais administrez-lui une piqûre sans tarder ! s'écrie Jakaridja au comble de l'effroi.

– J'ai essayé déjà deux fois. Le produit n'agit plus. Je me suis fait refiler un médicament périmé. On m'a escroqué.

– Mais nous n'allons pas supporter ce boucan et cette chose, ce bélier, pendant le reste du voyage. C'est d'une insupportable trivialité, docteur ! Faites quelque chose. Vous savez parler aux éléphants. Vous m'avez fait tout un discours là-dessus : la douceur était préférable à la force, on devait bien se faire reconnaître et aimer des bêtes. Alors tout devenait facile. Parlez-lui donc maintenant ! Appliquez votre thèse sentimentale ! Vous voyez bien que votre boniment s'effondre au premier rut.

– Sans les produits, je ne puis rien faire. Il ne débandera pas.

– Je vous dispense de vos expressions, docteur... Ce que je veux, c'est des actes. Moi, je gouverne le navire. Je le mène à bon port le long de la côte africaine, à travers les tempêtes, je tiens la route, coûte que coûte, sans faillir. Mais vous devez juguler les pulsions de cette bête.

– Je ne jugule plus ! Je ne peux plus juguler.

– Vous déclarez forfait !

– Je suis impuissant face à ce braquemart !

– De grâce, de grâce, docteur, épargnez-moi les truculences de votre vocabulaire ! Point d'images ! Mais calmez la bête.

Au même moment, Marcel est saisi de barrissements bizarres et saccadés. Une sorte de râle spasmé lui ramone les flancs.

– Qu'est-ce qui lui prend à celui-là ? Qu'est-ce qui...

– Il fait sa crise.

– Quelle crise ?

– D'asthme.

– Les éléphants auraient de l'asthme, c'est nouveau ! C'est pittoresque !

- Une forme d'asthme. Ça le prend dans les moments cruciaux. Le spectacle de son géniteur déployé a de quoi le traumatiser.

– Ne faites pas de la psychologie contemporaine, docteur ! Faites l'économie de ce feuilleton ! Vous pouvez lui foutre sa dose à celui-là ! Tous vos médicaments ne sont pas pourris ?

– Je n'ai plus de calmants, je vous l'ai dit !

– Mais donnez-lui un produit contre l'asthme !

– C'est un calmant qu'il faut… un antispasmodique. Car le trouble est nerveux.

– Je n'accepterai jamais de n'avoir aucune prise sur ce déchaînement d'animalité. Vous me gâchez ma course, docteur. Vous ternissez mon épopée.

– Il y aurait bien une solution.

– Laquelle ? Laquelle ?

– Mais elle présente un risque.

– Au fait ! Au fait ! Ne tortillez pas !

– Je ne tortille pas, capitaine. Je mesure… c'est tout. On pourrait tenter de désentraver les deux pattes avant du mâle et les deux pattes arrière de la femelle.

– Voilà d'étranges mathématiques, docteur ! Et à quoi servirait cette opération ?

– Elle favoriserait le rapprochement des deux bêtes et permettrait une saillie libératrice.

Jakaridja se figea de stupeur :

– Une saillie libératrice ?

– Nabuchodonosor serait ainsi soulagé de sa gigantesque tension. Seulement, dans la nature, le coït des animaux est précédé d'une série de rituels et de parades impossibles dans ce vaisseau, entre partenaires enchaînés. Hermine risque de repousser Nabuchodonosor.

– Votre coït est inconcevable ! Ça, sur mon navire ? C'est une hypothèse absurde, incontrôlable. Et qui désentravera les deux pattes avant du mâle et les deux pattes arrière de la femelle ? Vous, docteur ? Vous allez vous faufiler l'air de rien sous la trompe de Nabuchodonosor. Il n'y a plus de somnifères ! Nous sommes fichus !

– Alors il va bander jour et nuit et barrir comme un fauve.

– Ne pourriez-vous pas fabriquer une sorte de… une variété de boute-en-train ?

– Un simulacre de sexe d'éléphante qui illusionnerait le

mâle ? Mais, capitaine, je n'ai pas ce génie de théâtre, ni le matériel adéquat pour réaliser un postiche dont Nabuchodonosor flairerait l'imposture.

– Alors, désentravez le couple. Trouvez le moyen de les désentraver sans casser le cargo !

– La femelle est plus douce. On pourrait la libérer la première. Tenter le coup. Avec un peu de chance, elle rejoindra le mâle. Et lui, même entravé, pourrait arriver à ramper, à se cramponner, à se coller…

– Passez-moi les péripéties ! Désentravez la femelle !

– Mais ce n'est pas une petite affaire non plus.

– Donnez-lui à bouffer tout ce qu'elle veut, toute la paille, qu'elle se régale. Détournez l'attention de la bête quand vous ouvrez ses fers.

– Et si l'éléphante me renverse et me tue ? Vous n'aurez plus de vétérinaire. Votre navire sera livré aux colosses.

– Je fais appel à votre art, à votre fameuse science du contact affectif et de la parole ! Pour le mâle, je mesure l'obstacle. Mais avec Hermine, vous devriez arriver à vos fins.

Le vétérinaire ordonne à un matelot d'aller chercher le maximum de paille. Hermine est gourmande. Elle enfourne la pâture. Le vétérinaire lui parle avec une grande douceur en répétant son nom.

– Attendez qu'elle soit gavée, conseille Jakaridja, attendez qu'elle s'assoupisse.

Au bout d'une demi-heure, Hermine donne des signes de satiété et de sommeil. Elle bascule sur le côté, couché de tout son long. Jakaridja fait signe au docteur d'en profiter.

– Soyez courageux, chacun sa responsabilité. Le jour où mon navire sera en péril et où je pourrai le sauver par mon sacrifice, je n'hésiterai pas une seconde.

Le docteur tout fléchi s'approche d'Hermine. L'éléphante somnole, repue, inerte. Le docteur se couche lui aussi et allonge les deux mains. Il déverrouille lestement les anneaux avant. Il revient vers le capitaine en se dressant de tout son haut, très fier.

– Hermine est libre.

– C'est bien, docteur.

– Maintenant, il faut l'inciter à rejoindre l'autre…

– Attendons qu'elle se réveille et que la gourmandise la reprenne. Nous mettrons du fourrage sous la trompe de Nabuchodonosor. Elle finira par s'approcher pour partager le festin. Et alors, on peut espérer un coït.

Le capitaine et le vétérinaire ont attendu plus de deux heures. Le matelot rapporte deux bottes de paille qu'il place à côté de Nabuchodonosor. Hermine ne bouge pas.

– Elle se croit toujours entravée ! déclare le vétérinaire.

– Faites-la bouger, bousculez-la un peu. Qu'elle prenne conscience de sa liberté !

– Hermine… Hermine…

Le vétérinaire appelle l'éléphante, lui montre la paille. Elle remue les pattes avant et petit à petit se rend compte qu'elle peut les déplacer librement. Elle se redresse sur les genoux et d'un coup se met debout. Nabuchodonosor redouble d'agitation et de barrissements devant le trésor de la femelle déliée. Le vétérinaire fait signe au capitaine de reculer. Ils se tassent tous deux contre la porte de sortie. L'éléphante hésite, titube, s'ébroue… barrit et rejoint ses petits qu'elle cajole de la trompe.

– C'est d'abord une bonne mère ! souffle le vétérinaire.

– L'épouse doit passer avant la mère ! s'exclame le capitaine.

Apaisé, Marcel n'est plus en proie à ses halètements morbides. Nabuchodonosor gronde et appelle la femelle. Hermine s'est retournée vers lui. Elle le regarde de loin. Sans s'approcher. Immobile et vigilante. Elle balance lentement ses oreilles.

– Qu'est-ce qu'elle attend ? Elle le nargue ou quoi ?

– La situation est trop extraordinaire. Il n'y a pas d'espace pour les parades. Elle ne reçoit pas les stimulations adéquates.

– Mais la paille ?…

– Il faut attendre qu'elle ait de nouveau faim.

Le capitaine remonte dans sa cabine, donne des ordres, vérifie ses appareils. Il redescend un peu plus tard.

– Elle va bouffer, oui ou non ?

– Ça vient... Ça vient... Elle dirige sa trompe vers la nourriture. Elle devrait approcher.

Et tout à coup Hermine avance vers Nabuchodonosor. Sa trompe s'étire vers le mâle qu'elle renifle. Ce dernier, au supplice, se retourne, essaie de s'agenouiller, s'affaisse, coincé par les anneaux. Son membre rebondit de côté, immense et terrassé.

– Si elle n'y met pas du sien, il n'y arrivera jamais, se désole Jakaridja.

Hermine d'instinct a tourné son train vers Nabuchodonosor qui, dans un effort prodigieux, tente de se lever.

– Théoriquement, les fers l'empêchent d'avancer mais pas de se dresser. C'est techniquement possible, à condition d'ajuster le mouvement.

Nabuchodonosor lance sa trompe vers la croupe de l'éléphante. Ses soubresauts de convoitise et de colère lui arrachent des barrissements violents. Il tremble, il souffle, agite sa tête en tous sens, ses oreilles claquent, son grand corps gris et balourd se hisse, dérape et roule, recommence. Ses flancs rugueux se ballonnent, se spasment et font des embardées poussives...

Soudain les deux piliers de ses pattes se contractent et se soulèvent d'un coup, puis retombent.

– Il a réussi à les lever ! Il a compris. Il va le refaire. Il va le refaire...

Nabuchodonosor lance ses pattes, les rabat. A chaque élan, son membre dégagé se braque en direction de la femelle.

– Il faudrait qu'elle recule un tout petit peu vers lui ! lance le vétérinaire d'un ton suppliant.

– Cette femelle n'obéit pas au mâle ! Elle le fait exprès, enrage Jakaridja.

Hermine, comme si elle avait entendu le capitaine, a reculé d'un coup. A demi accroupie, elle offre le train à Nabuchodonosor qui s'élance de toute sa puissance, cabre les deux pattes enchaînées et réussit à les arrimer devant lui sur l'échine flétrie. Au même moment, son bélier s'engouffre dans le sexe de la femelle. Les reins du mâle oscillent contre la croupe, gigotent comme un rocher morne et bossu. Les oreilles déployées battent en cadence. La trompe courbe son arceau jusqu'au crâne d'Hermine. Nabuchodonosor exhale un souffle, une sorte d'appel rauque qui monte des falaises de ses flancs fripés. Leur tégument se creuse, leurs longs plis tremblent.

– Ce coït est héroïque et colossal, murmure le vétérinaire, transi d'émotion.

– Cette pariade de pachydermes est une bouffonnerie. On dirait des espèces de montagnes informes, deux éboulements lubriques.

Alors Marcel éructe des barrissements époumonés. Il paraît suffoquer, étouffer à la vue du spectacle écrasant de ses géniteurs accouplés malgré les fers.

– Cet idiot va déranger sa mère ! s'indigne Jakaridja. Elle n'a plus qu'à décamper pour venir le calmer ! Le père va en crever.

Mais Nabuchodonosor vient de libérer tout. Il remue une dernière fois la meule de ses reins grisâtres et dégage un obélisque grandiose encore raide et gluant. Puis il se cabre de nouveau, accroche ses pattes sur la croupe. Son engin bute contre la femelle, glisse de côté, se redresse, se cramponne, s'étire couronné de son ogive violacée, tente une intromission puis se relâche et dévie vers le sol. Le mâle, alors, recule et se calme.

– C'est fait… bon débarras ! conclut Jakaridja. Laissez la femelle désentravée, au cas où ça le reprendrait.

Jakaridja remonte sur le pont. Bouleversé. Il ne veut pas se l'avouer. Il se sent, oui, comme ravalé, rapetissé. Nain, tout à coup. Machinalement, il porte la main à son entrejambe. Puis se ravise. Il revoit les incroyables épousailles des brutes. Surtout l'instrument du mâle. Toute cette matière dense, distendue, transportée vers la femelle béante. Jakaridja pense aux baleines. Au moins, elles se cachent, elles, dans les grands fonds. Leurs noces doivent composer un ballet musical et majestueux. Les deux éléphants étaient cyclopéens, grotesques. Jakaridja n'arrive pas à chasser l'image de cette difformité gloutonne, de cette collision des deux masses obèses et sordides.

« Ça ne ressemblait à rien de vivant ! se dit Jakaridja. Les chevaux sont beaux et fascinants quand ils le font. Mais ces éléphants sont effroyables. C'est de ne pouvoir définir leur union que je souffre. C'est son caractère innommable qui me hante. »

Jakaridja voit le soleil tomber sur l'horizon ensanglanté. Une grande hémorragie de vapeurs rouges. Un chaos. Deux nuages énormes paraissent se chevaucher dans le cratère du ciel incendié. « Je vois partout l'accouplement immonde », s'inquiète le capitaine.

Au retour de ses longs voyages, il rencontre la même femme dans un port. L'affaire est exécutée sans fioritures ni délais. Jakaridja revoit chaque séquence de l'action comme un ralenti de cinéma. Le capitaine déculotté. Il déteste cette gymnastique. Vulgaire, mesquine. Il a honte de ce magma hâtif, de ce trémoussement saugrenu. Il n'écoute plus que le bruit de son cargo, de ses moteurs véloces. Le vent cingle la crête des vagues. Demain, le soleil sortira des flots. Son globe pur et lavé de toutes les souillures. Grand œil lucide, étincelant. Le capitaine pourra nommer l'horizon, l'océan et le ciel bien partagés sous l'arc d'un bel azur clair. Alors, l'évidence renaîtra dans son cœur. Il toisera la flamboyance de l'astre. Et il se répétera cette sentence indubitable et centrale : « Je suis le frère du soleil. Je suis le Levant Jakaridja. »

Les voilà avec lui, dans la tanière, au sein du beau granit bombé. Le jour arrivait par le goulet de la cheminée. Mais elles lui avaient apporté une lampe torche avec des recharges. Il était ému par le cadeau. Elles avaient pensé à lui, à la lumière. La grosse lampe rouge était posée sur un rebord du roc. Réglée pour ne pas blesser les yeux de l'Albinos, elle rayonnait doucement dans l'anfractuosité, révélait des plis, des sinuosités, des gorges. La grotte était plus vaste que Joan et July ne l'avaient imaginée quand elles avaient violé la première fois le sanctuaire. Ils se taisaient. Mais ce silence ne pesait pas. L'Albinos était assis en tailleur, le torse légèrement fléchi. Les deux filles à demi couchées, appuyées sur les avant-bras. Joan sortit un pied de ses santiags. Son orteil nu remuait un amas de cendres encore chaudes. De temps en temps, une escarbille plus dorée la brûlait. Elle retirait le pied en riant. Elles avaient apporté des papayes et des mangues. Alpha les savourait avec elles. Il voyait leurs bouches trempées de jus. Elles fourraient les trognons humides dans la cendre. Cela crépitait, écumait, zézayait et dégageait une odeur de fruit roussi. Alors, elles s'allongèrent complètement, la nuque renversée dans leurs mains repliées en arrière. Le faisceau de la lampe passait au-dessus de leur tête et laissait leur corps dans un halo plus secret. Puis elles parlèrent très doucement, d'abord d'Assioussou, de sa cuisse blessée, d'Akissi, de Thérèse, de Sylvanus. Sans méfiance. Sans prudence. Leur parole vaguait librement. Il leur savait gré de ne pas contrôler leur discours. Et elles l'invitèrent à parler à son tour, à revenir sur son enfance, sa nourrice Mamie Zambé et cette autre femme somptueuse qu'il avait évoquée…

– On ne m'a jamais dit qui elle était.

– Même Mamie Zambé ?

– Non… c'était la dame. J'étais tout petit. Une fourgonnette venait me chercher, j'étais caché à l'arrière. Je ne voyais pas le décor extérieur. Puis je me retrouvais dans une chambre magnifique.

– Mais comment appeliez-vous la dame ?

– Mamie Reine. C'est tout. Je l'appelais Mamie Reine. Elle trouvait ça bien.

– Et cela a duré longtemps ?

– Un jour, je n'ai plus revu Mamie Reine. La fourgonnette n'est plus venue me chercher. Mamie Zambé, plus tard, est tombée malade. Avant de mourir, elle m'a placé chez un grand guérisseur. Cela a duré pendant de longues années. Je l'aidais dans son travail. Mon protecteur est mort à son tour et je suis parti dans la forêt. J'ai travaillé avec des bûcherons dans des campements itinérants. Ils connaissaient le guérisseur qui m'avait élevé et ils me respectaient à cause de lui. Mais j'ai dû changer de campement et de compagnons de travail. Et là, au bout de quelques mois, un type m'a fait sentir que j'étais différent. Il a convaincu les autres que je leur portais malheur. J'ai définitivement disparu dans la forêt.

– Et cela fait combien de temps ?

– Peut-être un an…

– Sans jamais voir personne.

– Si ! Au début, j'avais un ami parmi les bûcherons. Je le rencontrais de temps en temps. Il venait me voir dans mes planques. Puis il est allé travailler ailleurs, beaucoup plus loin.

– Et ce guérisseur, il a dû être très important…

– Ce fut mon père. Il était puissant et me protégeait. Regardez… un jour il m'a taillé ces dents…

Alpha ouvrit la bouche. Elles s'approchèrent et elles virent ce détail qui leur avait complètement échappé. En effet, les incisives étaient discrètement limées, sculptées.

– Pourquoi a-t-il fait cela ?

– C'est un signe, comme un tatouage.

– Cela veut dire quoi ?

– Je n'ose pas le dire. Je ne le sais pas trop bien d'ailleurs. C'est lié aussi à ma scarification.

– Où ça, on n'a pas vu…

Alpha, en souriant, tira alors le bout de sa langue et elles virent une marque, comme un sceau minuscule, tout à la pointe de la langue.

– Cela signifie certainement quelque chose ?

Il se taisait, un peu gêné, intimidé.

– Le guérisseur vous aimait… n'est-ce pas ?

– Oui, beaucoup. Il était bon.

– S'il vous a fait ces empreintes, c'est certainement pour votre bien.

– Oui… Il me disait que c'était un signe de pouvoir… un pouvoir de prophétie. Voilà. A cause de ma naissance secrète et de Mamie Reine. Les dents sont sculptées comme des rayons de soleil.

– Elles sont très belles, éclatantes.

– Mais je suis un prophète sans prophétie, un vagabond…

– Nous n'avons pas ce sentiment ! protesta Joan. Au contraire.

– Je suis un albinos, je suis tout de même laid. Je le sais, j'ai fini par l'accepter.

– On vous trouve bien, nous, déclara July avec une simplicité qui surprit Alpha. On n'est pas si cinglées que ça ! Vous savez, les foules adorent Salif Keita, le chanteur malien qui est albinos comme vous…

– Oui, j'ai entendu parler de lui.

– Un prophète lui aussi !

Alpha se mit à rire. July profita de ce rire pour lui prendre la main. Soudain la même angoisse que la première fois l'assaillit. Mais elle lui dit :

– J'ai besoin de votre main. Tout doucement là, sous la mienne… comme ça.

Il sentait en lui ce malaise qui lui montait à la tête, lui barrait le crâne. Cette impossibilité. Mais il ferma les yeux, attendit, il pensa à Mamie Zambé, à Mamie Reine et il laissa sa main.

Joan et July s'étaient couchées de chaque côté d'Alpha, allongé lui aussi. Ils se taisaient. Maintenant, chacune des filles tenait dans la sienne une main d'Alpha. Le faisceau de la lampe s'épandait au-dessus de leur tête comme une secrète gloire. Elles sentaient que la peur diminuait dans le cœur d'Alpha. Leurs mains caressaient les paumes, les doigts, les creux, les coussinets dodus. Et lui fermait les yeux. Elles attendirent encore longtemps. Puis July posa la main sur le torse d'Alpha offert dans sa chemise ouverte. Elle coucha la main sur la poitrine bien à plat comme le ventre d'un animal tiède. Alpha se contracta un peu, la gorge serrée. July resta ainsi sans bouger. Détendue, souriante. Elle murmurait :

– On est bien, Alpha.

Alors des larmes sortirent lentement des yeux bleuâtres de l'Albinos, tout un flot bientôt intarissable qu'elles laissaient couler puis essuyaient doucement avec leurs doigts.

– C'est bon, Alpha, cela fait du bien…

Et Alpha pleurait. Ses larmes le baignaient. Alors elles caressèrent ses joues, son cou et de nouveau sa poitrine longue et maigre, toute tavelée de loupes claires et desquamée. Et lui, le Sans-Peau, recevait la pluie fraîche des mains, leur mousson d'amour. Les larmes s'arrachaient avec de courts sanglots. Il hoquetait mais sentait le baume de ces membranes douces répandues sur lui. Il voulait qu'elles recouvrent la totalité de son corps.

Alpha maintenant ne pleurait plus. Il fermait les yeux avec un sourire d'extase qui laissait voir les fines entailles de ses dents nacrées. Il se coulait, s'étendait, se déployait sous le couvert d'un feuillage de mains. Il se nichait, s'adoucissait, s'offrait. Il s'abandonnait sous la tente des mains adolescentes et neuves. Alors il écarta les bras de chaque côté, comme un crucifié. Il gémit de plaisir. Joan et July se dénudèrent. Elles l'enveloppèrent de leurs corps. Leurs cuisses sur les cuisses de l'Albinos. Leurs seins sur les seins de l'Albinos. Leurs ventres, leurs flancs sur son ventre, sur ses flancs. Et toutes ses plaies se refermaient. Toutes ses blessures saignantes s'apaisaient. Les jeunes filles habillaient l'écorché de leur peau. Il sentait la douceur, l'épaisseur vivante de leur chair sur tout son corps. Leurs pulsations, leur odeur nourricière. Leur chaleur. Il soupirait de bien-être. Il haletait. Et elles pressaient doucement tout leur velours, tout leur sang, toute la tendresse de leurs mamelons pour mieux le recouvrir, le mouler plus intimement, tapisser tous ses manques, pour l'oindre, pour le guérir. Il ne bougeait pas, il écoutait, s'émerveillait, s'épanouissait, logé au cœur d'une hutte de chair, dans son ombre tiède et profonde, comme cousu dans un gant de bonheur.

Vers le soir, Sylvanus a déboulé dans le quartier de la gare. C'est une pagaille de cars, de taxis-brousse et de camions dans un dédale d'échoppes, de garages bricolés, de boutiques accotées, d'éventaires ambulants et de carrioles en vrac. Les marchands rameutent les boubous vers leurs tas d'ignames et de manioc. Les tubercules grossiers alternent avec des amoncellements de tomates, de fruits dodus. Un relent de gasoil mêlé à des nuages de poussière agresse les narines. Mais ce boucan excite Sylvanus. Les ferraillements, les criailleries, les serpentements de la foule, les grappes bariolées de cohue, le chahut des mouchoirs de tête, les zigzags des mioches, les ricochets des vélos, le raffut des mobylettes déglinguées le submergent et l'enivrent. C'est partout la revanche de la vie anarchique et populeuse sur les plans d'Houphouët. Il avait voulu ériger une capitale solaire. Une Brasilia plantée de buildings de verre et de palais de marbre mais, autour de la mosquée et de la gare, contre leurs souches vivaces, un pullulement de termitière était né, tramant ses arborescences et ses fouillis, essaimant ses baraques et ses lacis. L'Afrique avait repris le dessus, dense, volubile et grouillante, faisant la nique au désert de la cathédrale, à la somptuosité de l'Hôtel Président. Sylvanus s'enfonçait dans les rues. Le bel asphalte des avenues idéales et rectilignes tracées par les architectes d'Houphouët faisait place à des squames de goudron suintant, à la caillasse, à des bandes de latérite rouge, tel un regain de sang. Des beuglements jaillissaient. Un tressautement d'échines maigres de zébus et de chèvres affolées s'étranglait entre les bagnoles. Soudain, des types sapés, fringants, la cigarette au bec, traversaient le magma à grandes enjambées fanfaronnes, happés par leurs trafics. Des prostituées puériles, nippées de cuir, arboraient cuisses et mamelons, appuyées contre les murets et les pylônes électriques.

Sylvanus galopait, parlait tout seul et s'adressait à tout le monde. Sa jactance voltigeait d'un brouhaha à l'autre. Il tourniquait, s'arrêtait, s'élançait parmi les groupes. Il s'esclaffait, la bouche béante, l'œil ébloui. Les vrilles du vieillard gai faisaient pouffer les petites putains et les matrones. Il demanda où habitait Masseni. Une gaillarde enroulait ses bourrelets qui gigotaient sous un boubou bambara bleu vif. Elle agrippait sa marmaille d'un côté et ses légumes de l'autre en montrant à Sylvanus une juxtaposition d'immeubles décrépits à un étage. Masseni se trouvait à la dernière porte. Il frappa et la femme lui ouvrit. Ils s'installèrent sur une banquette qui faisait face à un poste de télé. Masseni semblait intimidée, rétive. Sylvanus craignit une volte-face. Mais il sentait en lui cette euphorie comme un alcool bachique qui renversait tous les obstacles. Tout écarquillé de jubilation, il regardait Masseni. Il la humait, la parcourait. Il sillonnait son corps majestueux. Elle était belle. Elle avait dû, dans sa jeunesse, être la plus belle fille de Yamoussoukro quand elle s'appelait Victoire et que son apparition dans l'église sonnait Patrice Soumahoro, l'arrachait à la prêtrise et allait faire de lui Papa Nouveau, le fondateur de « Croissez et Multipliez ». Elle était la cause secrète de cette conversion et de ce déferlement de prophéties. Maintenant, Sylvanus se savait possédé de cette même sorcellerie solaire qui le précipitait dans l'écriture. Alors, il parla sans s'arrêter. Il assaillit Masseni d'un envoûtement de parlerie. Il lui dépeignit les grandes scènes de sa vie, les plus avides, les plus lyriques, celles où il atteignit l'unisson avec le monde, avec l'amour, avec la mort. Il lui dit les femmes, les romans, les voyages, les paysages, les croisades, les rébellions, toutes ses échauffourées. Il l'entraîna dans le grand bavardage passionné de sa destinée. Il multiplia les détails, les facettes, les coloris et les contrastes, les allégresses et les embûches. Les événements s'épanouissaient, caracolaient comme dans la palabre d'un griot. Et, ce faisant, il l'intégrait à l'épopée, il lui faisait sentir qu'elle participait de ce mystère, de cette palpitation, de ces prodiges. Puisqu'elle vivait elle aussi, avait connu la joie et la blessure, toutes les surprises, les illuminations et les dégoûts. Elle ne pouvait pas faire exception, s'abstraire, malgré les désastres et les désillusions. Il l'emportait dans la même aventure géante de Yamoussoukro. Elle en était l'un des motifs secrets. Elle était un fil d'or dans l'immense tapisserie. On ne pourrait la démêler de l'histoire. C'était ce récit qui revivait en lui, qu'il célébrait dans ses méandres. Alors, elle ne pouvait se taire, être pingre, se terrer dans un silence avare, puisque tout s'ouvrait, se ramifiait, se révélait au grand jour. Dans le village du Vieux, dans le sillage du Bélier fondateur, sa rêverie tyrannique, son affabulation gloutonne… Ils étaient tous pris là-dedans depuis bientôt un siècle et plus de bouleversements, de colonisation, d'indépendance dévoyée ; cela remontait jusqu'à la reine Pokou, le sacrifice de l'enfant primordial. Puisque le temps s'enracinait dans un cri : « Baouli ! Baouli ! – L'enfant est mort. »

Masseni entendit ce glas de l'enfant. Son visage se crispa, tout remué. Alors Sylvanus, penché vers elle, lui déclara :

– Masseni, je sais, je sais d'un savoir infaillible que ton fils est vivant. Tout de suite, je le sais. Cette évidence éclate en moi.

De nouveau il avait perdu toute prudence. Il affirmait l'existence de l'enfant sans pouvoir en administrer la moindre preuve. Mais c'était plus fort que lui. Il lui suffisait de vouloir l'Albinos pour qu'il soit. Il confondait vie et fiction. Dans l'émotion de Masseni il puisait la preuve qui lui manquait. C'est ce visage secoué et comme creusé de mémoire qui fortifiait sa croyance. La gravité de Masseni, la profondeur de ses traits rendus au souvenir avouaient l'enfant dans un mélange d'effroi et de désir. Elle s'exclama soudain :

– Mais tu ne sais pas aujourd'hui où il est !

– Je vais le savoir si tu me dis tout. Alors les éléments que je possède pourront se recouper et nous conduire à lui. Je le retrouverai. Je le jure. Tout sera éclairci. Déjà je sais tout. Je l'ai toujours su.

– Sais-tu pourquoi j'ai dû me taire, le donner, l'abandonner à une femme magnifique ? J'avais confiance en elle. Elle a pris tous les risques !

Sylvanus sentit l'accélération de son pouls. Il touchait au cœur du mystère, il n'hésita pas :

– Je le sais. Je sais tout, Masseni. Mais je veux que tu me le dises, toi. C'est ton récit que je veux. Parle… Parle, Masseni, délivre-toi.

– C'est très lourd, cela réveille toutes mes peurs de jeune fille.

– Cette femme, Masseni, dis-moi son nom. En la nommant, tu paies ta dette. Tu lui rends tout son amour.

– Elle est morte.

– Son nom… Masseni, c'est toi qui doit le proférer pour être à la source de la vérité, pour la dire et la reconnaître de bout en bout. Je ne suis que l'accoucheur, Masseni. Je ne suis là que pour aimer ta vie, toute ta vie, et la raconter dans la ferveur.

– J'ai peur, Sylvanus. Ce nom est trop fort pour moi et pour toi. Il nous dépasse.

– Rien ne dépasse la parole d'un poète et la puissance d'un prophète. Papa Nouveau et moi, nous sommes à la hauteur de tous les noms. Je te dis cela sans orgueil. Parce que les noms vivent et s'incarnent en nous. Ils ne fleurissent et ne perdurent que par nous. Toutes leurs saisons tiennent dans nos bouches. Mais c'est toi, cette fois, qui va prononcer le nom pour commencer vraiment ta destinée. Parle… Je te protège. De toute ma protection. Patrice Soumahoro est à côté de moi ainsi que les plus grands écrivains du pays : Ahmadou K., Bernard T., Tanella, tous soudés, nous t'enveloppons d'une forteresse éclatante.

– Elle se nomme Mamie. Mamie Adjoua.

Sylvanus cacha sa stupeur. Il n'en attendait pas tant. Il scruta Masseni avec ardeur.

– C'est toi qui l'a nommée.

Il se tut, attendit et reprit lentement :

– C'est donc elle qui a recueilli l'enfant, dans le palais même où se situait le lac des sacrifices.

Il eut peur. Masseni allait peut-être s'étonner de l'allusion au sacrifice, si son fils n'avait aucun rapport avec l'Albinos.

– Oui, elle a fait ça.

Sylvanus fut inondé de joie. C'était ça. On y était. Dedans. Au sein. A la source de l'histoire, il y avait une jeune fille très belle, un lac vorace, une reine et un enfant maudit.

– Elle l'a fait, Sylvanus, elle l'a fait. Houphouët n'aurait jamais voulu que l'enfant survécût. Il était catholique mais restait lié aux anciennes croyances. Rien ne devait diminuer ses chances aux élections et sa capacité de garder le pouvoir. Il n'aurait pas voulu de la malchance de l'enfant albinos. Mais Mamie Adjoua, qui était sa sœur chérie, l'a pris, l'a caché. Quand j'ai accouché, on a menti. On a dit à Houphouët que l'enfant était mort. « Baouli ! Baouli ! » Tout recommençait. Il l'a cru. Et c'est ainsi qu'Alpha a vécu.

Sylvanus sursauta. Maintenant, il connaissait le prénom. Et le mot « albinos » venait d'être prononcé.

– A quel moment as-tu perdu tout contact avec lui ?

– Dès le début. Je devais disparaître, ne jamais courir le risque de trahir le secret. Boigny s'était épris d'une autre fille. Bientôt, il ne m'a plus retenue. J'étais très jeune. Je n'avais pas l'instinct d'une mère. J'avais fait partie du corps des légionnaires de la Vierge. C'est là que Boigny m'avait repérée, choisie. Je n'étais préparée à rien. Je lui ai cédé. Mais il ne m'a pas forcée. J'étais éblouie par sa puissance et sa volonté. Je n'ai pas été emprisonnée comme on raconte que le fut Bintou, une de ses dernières passions. Je ne me serais pas suicidée, comme on dit qu'elle l'a fait. Certains pensent même que Boigny l'a assassinée. J'étais fière de lui donner tout ce plaisir même si je le ressentais moins que lui. J'étais émerveillée de lire dans ses yeux l'incroyable joie qu'il prenait avec moi. Mon plaisir, c'était ça aussi. De le voir assoiffé de moi. C'était inimaginable pour moi. Alors, son prestige était immense. Sa légende. C'était le père fondateur. C'était le roi.

– Tu n'as jamais eu de nouvelles…

– Jamais.

– Tu n'as jamais revu Mamie Adjoua.

– Jamais… je pense qu'elle n'a pas pu garder l'enfant longtemps. Dès qu'il a grandi, elle a dû le confier à une nourrice ou le faire sortir du pays. Je crois qu'elle m'aimait beaucoup. Mais j'ignore la raison de sa décision. Elle s'est emparée de l'enfant. Quand on lui a dit qu'il s'agissait d'un petit albinos, elle a eu un regard étrange et profond. Je ne peux pas expliquer. Une passion soudaine. C'était le fils d'Houphouët. C'était un enfant effrayant.

– Justement… Tout en elle aurait dû la porter au bannissement.

– Sylvanus… Bien des années plus tard, j'ai parlé à un sorcier qui m'a expliqué que les albinos ne sont pas tant maudits que détenteurs d'un pouvoir. Si les albinos ont été sacrifiés, c'est parce qu'ils rendaient les sacrifices efficaces. Le sorcier, loin d'insister sur la honte attachée aux albinos, a souligné leur puissance.

Sylvanus apprenait un caractère qu'il avait sous-estimé, chez l'Albinos, cette idée de force qui l'emportait sur celle d'exclusion, de victime émissaire et de malédiction. Il comprit que ce n'était pas la seule compassion qui l'avait poussé vers ce paria mais l'attraction exercée par sa puissance poétique. Mamie Adjoua avait dû sentir la même chose. La sœur bien-aimée du Bélier avait été surprise et fascinée par l'interdit même, son énergie. L'enfant était l'envers étrange d'Houphouët-Boigny. Comme son double surnaturel et tabou. Alors, elle l'avait gardé par un détour de l'imaginaire et de l'amour dont Sylvanus entrevoyait le secret. Au fond, l'Albinos devenait ainsi le fils interdit de Mamie Adjoua et de son frère souverain. Une incroyable engeance. Une légende plus torride que toutes celles qu'avait engendrées l'histoire du Père fondateur. Plus prophétique encore. Dans la souricière du Palais, au bord du lac sacré, la sœur nourrit l'enfant fabuleux. Elle l'allaita ! se dit Sylvanus. Elle l'a allaité ! Jadis, tandis qu'Houphouët enfermait dans les caves ses prisonniers, qu'il en faisait exécuter certains avant d'accorder à d'autres le spectacle de sa clémence, Mamie Adjoua Lui donnait le lait. Dans une logique de rachat et de compensation connue d'elle seule. L'intuitive Adjoua régnait au cœur du Palais. Elle tenait le fils, le Tout Autre. Elle couvait la toute-puissance de son étrangeté. Quand Boigny construisait les tombeaux d'or de sa famille, elle cachait le berceau du Sans-Peau. Un Baoulé blanc comme l'aube.

Sylvanus est maboule. Le délire l'assiège. Il démantèle l'histoire et le monde. Je ne me suis jamais assez méfié du mariole. Mais Masseni, Masseni ! Serait-ce elle ? Ma Légionnaire de la Vierge. Ma jeune guerrière crue. J'ai dénudé ses fesses géantes et neuves. Masseni lui ressemble. L'allure encore et la superbe, son teint de cuivre. La taille et le roulis de reine. Elle portait une tache de peau sombre sous le nombril. Quand je la pris, les ailes de son nez se couvrirent de sueur. Elle me lâcha soudain tout son parfum de chair. La nacre de ses dents brillait entre ses lèvres tremblantes. Mais l'enfant ! D'où sort ce monstre qu'ils me flanquent d'un coup. Je me souviens de Masseni enceinte, de la nouvelle de l'enfant mort. Affaire classée. Je m'amourache d'une autre fille, une Togolaise, une intellectuelle. Et le mioche macabre ressuscite au sein de Mamie Adjoua ! Quelle imposture ! Quelle affabulation criminelle. Comment Masseni peut-elle inventer ça ? C'est l'autre, le Sylvanus, qui lui a tout suggéré. Petit à petit, il l'a hypnotisée, il a entortillé sa pensée, il lui a insufflé ce feuilleton. Et Masseni le croit, elle répète tout haut les chimères du diable. C'est lui qui a mijoté, imaginé tout cela. Il y travaille depuis des mois. Je le savais. Je le sentais. J'entendais la gestation, la germination de ses contes. Sa bavasserie proliférait, intoxiquait tout son monde. Un mythomane. Ensorcelé. Halluciné. Il a refilé le virus à ma grande Légionnaire. Et elle adhère, se convainc de cette histoire. Ainsi elle dénie la mort de son fils et la misère de son destin. L'enfant renaît. Il prend corps et lui monte à la tête. Mais Mamie Adjoua ! Impossible. Ma sœur sacrée. C'est là que le bât blesse, qu'ils en font trop. Un bâtard de plus, pourquoi pas ? J'assume un gosse pondu par le pubis de ma Légionnaire. Fabriqué dans la forge de sa jeunesse. J'assume une progéniture luxuriante. Mais un albinos ! Mes gènes excluent cette tare, cette descendance larvaire. Il n'y a jamais eu d'albinos dans ma famille. Jamais. Nulle part. Depuis les origines. Point d'indétermination. Ce n'est pas notre genre. Par ma mère, une tribu de chefs akoués. Notre généalogie l'atteste. Mon père, soldat de Samori, le héros, le rebelle, le conquérant. Mon géniteur est un pur produit de la grande saga. Tel quel ! Nul coup fourré, une seule coulée de maîtres et de gloire. De l'or d'un bout à l'autre. L'or des Akans. Nous descendons du Siège d'Or. Prospérité, fécondité, richesse. Des plantations partout. Rien que de l'épopée. Aucun ratage. Mais des miracles à gogo. Je suis l'élu de tous les prodiges. Moi, nommé Dia, le génie de l'eau, puis surnommé Houphouët, l'ordure, pour contrebalancer, pour prévenir, séduire les maléfices. Le Tout Autre n'a pu se loger dans un édifice si concerté. Cet asticot. Pas la place. Pas le moindre interstice pour ce termite blanchâtre. Ma légende est un bloc. Du marbre. Du carrare. Pas de moisi. Pas de noise. Génie de l'eau et Bélier solaire. Ma substance est saturée. Je suis complet. Crocodile et Cathédrale. Moi le Total. Le régal du genre humain.

Mais quelque chose se passe à Abokouamekro. Un branle-bas de légions. Les magnans ont viré d'un coup. A angle droit. Je vois ce coude noir tracé dans la savane sèche. Une équerre vaste et martiale. Elle tombe à pic, cette armée cannibale. Elle assouvit ma pulsion de massacre. Foncez mes fourmis légionnaires, mes hordes de guerrières. Dévorez tout, mes belles. Vengez-moi ! Ah ! si vous pouviez seulement bouffer Sylvanus. Le charcuter, le grignoter. Triturer ce tordu. Torchez l'ordure et ses oracles.

… Sur plusieurs kilomètres dans la plaine de Katiola, elles marchent. Elles s'approchent du grand fromager et de la termitière. Dix tonnes de terre se soulèvent en pinacles. La cathédrale rouge excite les bataillons féroces. Cette guerre existe depuis cent millions d'années. Et les magnans triomphent à chaque assaut…

Pour le moment, la grande termitière ignore encore le péril. Sous la carapace de ce royaume industrieux règne une température stable. Les cheminées intérieures assurent l'aération et l'humidité. A chaque sortie, les termites rebouchent la porte par où ils sont passés. Les soldats guettent sous la fine pellicule recouvrant les trous. Aveugles, ils tendent leurs grosses têtes allongées comme des rostres de langoustes. Leurs mandibules énormes assurent la défense de la citadelle. L'habitacle est large, sillonné de galeries. Il abrite un grenier rempli de sciure de bois. Cette nourriture abonde. Des colonies de champignons poussent sur les excréments des insectes. Ils permettent la décomposition du bois et son assimilation par les termites. Tout s'organise autour du saint des saints. La chambre royale où la reine pond ses trente mille œufs par jour. Sa tête émerge d'un couvain blanchâtre et obèse comme une courge de douze centimètres. Le roi, pas plus gros qu'une guêpe, attend auprès de l'impotente souveraine. Des soldats montent la garde. A l'avant, une meute d'ouvrières lèchent, brossent et caressent la pondeuse paralytique et recueillent sans relâche à l'arrière l'intarissable rivière d'œufs. C'est un carrousel orchestré, sans faille, autour de la mère monstrueuse. La termitière est la basilique rouge coiffant cette matrice immobile et sacrée.

La marée des magnans déferle au pied de la termitière et de ses contreforts cannelés. Aussitôt, les termites soldats donnent l'alerte en cognant de la tête contre les galeries. Les ouvrières tentent de fuir dans le réseau de galeries profondes. Certaines emportent les larves et les nymphes. Les autres s'attroupent autour de la reine. Les soldats convergent vers les bouchons des brèches, toutes mandibules dardées. On dirait des myriades de rhinocéros miniatures. Les fourmis légionnaires trouent les minces couvercles. Leur horde se rue à grands remous de rage. Les mâchoires puissantes coupent d'un coup sec les têtes des sentinelles ennemies. D'autres termites accourent, agitent leurs mandibules en vain et subissent la décapitation. Les magnans s'engouffrent dans les cheminées du royaume, grand nid saisi de panique. Les voûtes et les parois de l'habitacle ne sont plus qu'une ébullition d'insectes. Ils filent en tous sens par centaines de milliers, s'acculent dans les impasses, leurs grappes s'agglutinent et se chevauchent dans des défilés trop étroits. Les soldats magnans dévorent les ouvrières, leurs amas de larves et de nymphes. Le festin meurtrier bat son plein à travers les souterrains dédales tout embrouillés de prédateurs et de victimes. Dans la cellule royale, la garde essaie de soulever la reine, de l'emporter loin du carnage. Mais les magnans déboulent dans le tabernacle. Un torrent tombe sur l'énorme couvain. Les soldats termites meurent les uns après les autres. La saucisse blanchâtre de la reine est tracassée, déchiquetée, tourneboulée, percée par des essaims de magnans voraces. Le roi est avalé. La reine a la tête tranchée. Puis bouffée. Tous ses œufs engloutis. Les fourmis poursuivent la meute des fuyards dans tous les recoins de la forteresse. Celle-ci n'est plus qu'une débâcle effrénée. Ses grandes artères charrient un chaos de pillards et de proies.

Au pied du grand fromager, à cinquante mètres de la termitière, Thérèse et Assioussou dorment enlacés après l'amour. Ils n'ont rien vu du raid et du massacre. Ils se réveillent, s'embrassent de nouveau et contemplent alentour du tronc le disque de la savane rousse. Une cité agonise auprès d'eux. Aucun bruit. Les donjons de la termitière élancent leur magma solide dans l'azur calme comme si de rien n'était. Un lourd remous de magnans s'éjecte d'une galerie. Cette lave vivante traque d'ultimes termites réfugiés dans un vieil habitacle crénelé, désaffecté depuis longtemps. Soudain, un vieux mamba noir se dresse en sifflant. Il avait établi son refuge dans un cratère. Les magnans entourent la crosse luisante du serpent. Il crache son venin, se débat, essaie de fuir. Mais la galerie vomit un trop-plein de fourmis surexcitées qui submergent les anneaux, recouvrent la queue, grimpent le long du cou... Bientôt le mamba n'est plus qu'un fouet pustulant et spasmé. Il se tord, il zigzague, il tressaute, il rampe, dragon tout caparaçonné de scories. Les fourmis lui entrent dans la gueule et lui torchent les yeux, le dard, les crocs.

Les magnans ont remporté une victoire totale. Gavés, ils repartent. Leur pullulement s'allonge dans la plaine de Katiola tandis que Thérèse et Assioussou se sont levés sous le couvert de l'arbre. La grande termitière est morte. La chambre royale n'est plus qu'une crèche glacée. Quelques milliers de termites ont réussi à s'échapper, à survivre. Ils recommenceront ici ou plus loin leur travail têtu, accumulant la terre, la mâchant, la maçonnant, l'élevant peu à peu en piliers, arcs-boutants, ouvrant des cheminées d'aération, creusant des galeries neuves, créant d'autres greniers, d'autres caves, d'autres circuits. Une larve sera reine. Une nouvelle cellule royale sera édifiée. Et tout recommencera, se repeuplera de soldats, de nourrices et d'ouvrières en attendant la prochaine razzia des ennemies héréditaires. Fourmilière contre termitière. Deux cités, deux civilisations. Deux multitudes rigoureusement groupées, codifiées autour de leur reine, de leur machine pondeuse. Fourmis noires contre termites pâles.

… Moi, Houphouët, je ne suis pas du côté des termites. Le Bélier n'a pas d'affinités avec ces bestioles blanchâtres, blafardes, embrigadées, serviles, gorgées de sciure. Des insectes albinos. Le bas de gamme ! Mes sœurs et mes alliées sont les fourmis carnivores et guerrières. Leur épopée dans la savane. Leur grande cavale nomade. Elles parcourent mon territoire, elles le célèbrent dans leur vagabondage criminel. Elles le nettoient de ses charognes et de ses déchets. J'aime leur délinquance noire, leur signature immense, paraphée sur le ventre de la terre. De la même race que mes crocodiles sacrés, elles sont le déploiement de ma menace. Elles proclament ma terreur dans le soleil. Demain, elles tueront encore. Moi-même, je ne saurais prévoir qui elles réussiront à surprendre, à encercler dans leurs bracelets de mort. Cet aléa me fascine. Je salue l'aventure immense de la voracité. J'ai érigé la basilique de la Vierge et de la Paix à la tête de mon village grandiose. Je vénère la mère et la Madone sainte… La plus pure des femmes règne sur Yamoussoukro. J'adore son fétiche intact. Mais l'équilibre nécessite un contrepoids de guerre, de viol, de barbarie païenne. La vierge m'émeut. On me voit agenouillé devant elle et devant Dieu sur les vitraux mêmes de la cathédrale. Moi le soumis. Moi le fils. Moi le timide. Je suis l'apôtre auréolé. La mauviette émerveillée. Je suis l'agneau. Je bêle. J'ai baisé la main du pape. Je lui ai ouvert la Nouvelle Rome des Tropiques. Mais j'idolâtre aussi la sarabande des magnans. Leurs milliers de mâchoires s'ouvrent comme ma gueule omnipotente. Leur fourmillement est celui de mon sang. Ils sont le serpentement de mon sperme. Madone et Magnan. C'est moi, mon formidable balancement de Verge et de Vierge. Je dresse la croix au-dessus de Yamoussoukro. Je suis les deux faces du sacrifice. Je suis le Christ, je suis le clou. La couronne et le crachat. La Vierge et le Venin... Sylvanus perdra. Il n'est qu'un fétu de ma multiplicité. Un détail bavard de mon éloquence toute-puissante. L'espoir me gonfle de nouveau. Les magnans ont administré mon verdict et montré la voie de mon Verbe. Je suis la fourmi formidable. Les termites sont mon garde-manger. Oui, je mangerai mes ennemis dans mon récit même. Mon estomac est un gouffre. Je suis l'Ogre, l'Orage, l'Oméga. Je dirige toutes les fables, toutes les voix. Celle de Boris, celle de Sylvanus. Et ma grande alchimie les chie en arabesques sur le monde. Houphouët, l'excrément, oui, la merde qui chante, la boue de la Genèse, c'est moi. Le primordial chaos. Mais le Bélier cosmique se cabre du sein même de l'ordure féconde. D'une corne, j'empale Sylvanus, de l'autre l'Albinos. Et je traverse la totalité de Yamoussoukro en brandissant ces deux cadavres sur mes sabres solaires... Et qui chevauche ma toison ardente ? Masseni nue ! La Légionnaire. Ses seize ans éternels. Son pubis s'ébouriffe et se mêle à mon poil hérissé. Je sens la sueur de son sexe béant sur mon échine braquée. Sa croupe tendre se muscle et oscille au rythme de mes pas triomphants.

Le bal peut commencer dans la valse de ce beau cul d'amante. Le grand bal du Bélier, de mon anniversaire. Même si j'ai triché sur les dates. Je ne suis pas né en 1905 mais six ans plus tôt, en 1899 ! Oui, j'enjambe les siècles. Je chevauche les âges. Je me suis rajeuni. Car je me sentais jeune. Ma jeunesse infinie fleurit sur Yamoussoukro. Chaque jour, j'écarte les cuisses de Masseni éternelle. Chaque soir, son odeur se révèle dans la danse de l'étreinte…

… Ils sont tous là. Je les embrasse. Je les tiens. Les députés, les ministres, les commerçants, les chefs, les affairistes, les conseillers français et les consuls tous azimuts. Tout un bariolage de clans, d'intérêts, d'ethnies. Yamoussoukro est bien la capitale du pays. L'Hôtel Président rutile. Les spots changent la piscine en une joaillerie de facettes et de reflets. C'est gai. C'est luxueux. Mes cornes d'abondance s'enflent sous les chemisiers, les courts caracos, les boubous et les chasubles de soie. Il y a des femmes bétés, baoulés, des Malinkés, des Agnis, des Dans, des Senoufos, des Ghanéennes, des Togolaises, des Peuls géantes au teint clair. Des filles de la forêt et des filles du Sahel. Il y a de hautes Sénégalaises, des Nigériennes. Des nobles, des descendantes d'esclaves, des bourgeoises, des métisses et foison de Blanches. Et dans cette houle, des escouades de mâles en alerte. Leur œil crépite dans le créneau des corsages et sur la protubérance des fesses. Caciques et suppôts, zélotes. Tyranneaux, toute la gamme des sbires, des mercenaires montés en grade. Les roitelets, les courtisans, les mafieux, les ambitieux tout en dents. Je sens la lourde fermentation des brigues. Les jeunes loups costumés de cashmere frémissent, escortant un chatoiement d'épouses. Les mignonnes tremblent d'émoi, poussent leurs nichons pointus dans les méandres de la foule. Elles s'espionnent et se convoitent. Les mecs sourient à se mordre. La jalousie fulmine.

Tous s'engouffrent dans la mêlée. Leur fringale est immense. Prêts à voler, à piller. Tous corruptibles. Un quatuor de dandys meurtriers ouvre un attroupement de filles. Une frénésie hante leurs regards écarquillés. Ils brillent. Ils brûlent. C'est une flambée d'hommes voluptueux, assoiffés de pouvoir. Je les hume. Je les sonde. Les élégantes ont des dessous friqués. Textures diaphanes, culottes et carquois pubiens. Jarretelles fines, buées de dentelle sur la flèche noire des sexes. De lents courants parfumés circulent, s'amalgament et se moirent. Les épaules nues ondulent. Les échines se creusent, brunes, blondes, fauves, incandescentes ou pâlies. Très blanches. Toutes les nuances des argiles sensuelles, des ocres souples, les rayonnements vivants, cuivrés, la profondeur du bronze dans le bombé des mamelons. Les reins se cambrent dans leur glaise musclée. Il y a des nerveuses, des majestueuses, des turbulentes, des effarées, des suaves, des câlines et des croquantes. Des lionnes farouches et des paludéennes aux grands yeux caves et camés. Mais des brigades de petites coriaces musquées à canines tranchantes…

Une fine mangouste aux pupilles aiguës semble sur le point de saigner la grande épouse calme et mamelue du directeur des Services secrets. Une jeune hyène ricane dans un grouillement d'hommes. C'est la concubine d'un général décrépit et disgracié. Ces fesses de belle antilope blonde et altière, sanglées dans un fourreau, sont pétries chaque nuit par son mari, un consul myope et français. L'imam cérémonieux de Yamoussoukro salue Salimata, immense mannequin peul aux yeux auréolés de fard bleu. Elle est la vedette des défilés de mode d'Abidjan à l'Hôtel Ivoire. La jeune femme moulée dans un voile léger s'incline vers l'imam plus petit qui darde soudain son œil perçant sur les grappes de chair brune ployées dans la transparence du tissu. La grande girafe dépoitraillée qui rêvasse, bouche bée, en panne contre la hanche de l'évêque de Bouaké, est sa nièce restée en enfance. Cette étudiante en droit, au long torse de garçonne et au regard lucide, a dénoncé les manipulations d'un mangeur d'âme que ses victimes prétendaient versé dans les arcanes de la danse nocturne des sorciers. Une grosse dame se carre, enveloppée d'un murmure d'aménité : on l'a baptisée Tantie Unesco. Elle n'a pas son pareil pour solliciter les institutions internationales et rassembler aides et subsides en faveur des quartiers les plus pauvres…

Les chevelures des belles s'enflent comme des meules ou flottent plus libres, les tresses gigotent. Des crins lisses et goudron collent à l'ovale des crânes. Des tignasses hérissées de huronnes. Des casques. Un simple bonnet de boucles ou un petit crépu rastaquouère. Tout l'éventail des toisons, tous les volumes. Leurs nuques, tous leurs duvets, intimes pompons d'Afrique. Les poils dans leur étui de soie. Je devine des caillots de sueur coincés dans les entre-fessons. Du sillon de deux seins gonflés sourd une mince rosée. Elles roulent. Elles tanguent. Elles caravanent. Si serrées parfois contre les buffets qu'on ne voit plus que leurs têtes. Les corps s'incrustent, plaqués les uns contre les autres, les torses se haussent et s'amincissent. Les mains se dégagent, élèvent les coupes de champagne au-dessus du flot. On se frotte, on rit, on se tortille, faufile, on se cramponne, on s'escamote. Les ventres satinés ont l'air de s'excuser. Deux culs bien ronds se cognent, quatre mamelles s'écrasent groin contre groin. Bien carminées, les lèvres sont proches à se frôler dans l'épanouissement de leurs fronces gourmandes. Partout ce miroitement de grande prostituée éparse et mouchetée de mecs arborant des mines de brigands racés. Le pirate perce sous le banquier. L'escroc lorgne. Le trafiquant travesti en notable toise ses clients. Les prunelles étincellent, harponnent l'odorante proie sous les froufrous, les fringues, toutes ces anguilles de filles, leur foisonnement dodu. Une pulsion de viol nomadise partout et diffuse ses braises dans le ruissellement, le papillotement des silhouettes offertes.

Je sens haleter cette grande foule animale, maquillée sous ses rituels, ses falbalas précieux. Bijoux, bracelets. Beautés baguées. Tous les ors d'un butin pillé. Femmes à rimmel, à mascara. Un bourgeonnement de bouches peintes. Femmes miennes. Grandes filles totems. Immaculées et mulâtresses. Ébène. Femelles d'amour. Vous mes princesses et mes putains exquises ! Je vous encense. Je vous palpe. Je vous aime. Félines... Moi le fervent. Peaux noires, pulpes. Fumet de vos plis. Tous vos pelages, vos laines. Tous vos frissons. Plages du désir. Palais des vulves. Oui, tous vos fruits et vos fentes chéries.

Mais, tout à coup, sous le grand lustre de l'entrée surgissent Thérèse et Assioussou. La rousse et l'ardent Guéré. Thérèse flamboie dans une robe verte. L'échancrure large délie sa gorge claire constellée de grains de beauté. Assioussou porte un costume sombre et moulant. Sa jambe trahit encore un léger boitement. La foule a perçu ce défaut dans la démarche et son élan raidi. Elle se souvient de l'article paru dans la presse, de l'attentat perpétré contre l'homme de Thérèse. Des ragots, des rumeurs circulaient depuis longtemps autour des amants. Mais lorsqu'on voit le couple, sa légende grandit d'un coup et s'épanouit là dans le rire heureux de Thérèse, son défi fastueux. Comme une jeune mariée, elle prend la main d'Assioussou, la serre tendrement, et lui s'incline vers son visage avec une élégante ferveur. Tout le monde a vu la torsion du cou musculeux d'Assioussou dans le col de sa chemise de soie, son regard dirigé sur celui de Thérèse. Tout le rayon de la prunelle embrasse à présent la splendeur des seins. Sylvanus dans un boubou blanc arrive par-derrière, s'incruste entre les amants qu'il prend par le cou. On dirait un vieil androgyne tendre et bachique. Chacun reconnaît l'écrivain subversif et facétieux. Ses manifestations d'amitié renforcent l'aura de Thérèse et d'Assioussou. Le poète les protège, les enveloppe de son verbe chaud. Joan et July, jupes de stretch courtes, trémoussent leurs tétons dans des bustiers de tulle.

L'apparition des cousines suscite un chuchotement de questions. Elles vivent donc, elles aussi, là-bas, à Abokouamekro. Ils sont tous sortis de leur fief. Libres et beaux. Tous déboulent du royaume. On connaît leur querelle têtue contre la société qui veut faire main basse sur la réserve. Il y a eu des morts, des guets-apens, des fusillades. Ils marchent vêtus de cette violence transmuée par les fards, le mascara, le khôl. La cruauté de leur combat se déguise dans le luxe des tissus brodés. Ils sont parés pour un rituel d'amour et de guerre. Déjà les blasons de leur victoire resplendissent.

Akissi et Cecil accompagnent Joan et July. Akissi en robe noire, collier d'or. Cecil brusque et sombre. C'est lui le chef, l'enragé d'Abokouamekro. Il ne cédera jamais. On sent sa colère rentrée, les éclairs de sa bougonnerie. Et l'autre, le Boris, le Français, que fait-il parmi eux ? Il est l'ami de Sylvanus, et plus… Les regards rôdent. On subodore des tensions, des intrigues là-bas au sein des luxuriances. Boris, nerveux, baisse le visage, détourne les yeux.

Mais Ahmadou K., le géant, au bras de son épouse blonde, rattrape Boris, lui sourit et lui rend ainsi une sorte de légitimité. Lui, le plus célèbre romancier du pays. Moins de gestes, moins de jactance que Sylvanus. Plus lent, presque timide. Étudiant, jadis, il a été arrêté, humilié par l'armée française, envoyé en Indochine. Il s'est rebellé. Il a écrit des chefs-d'œuvre dans la langue de Rabelais. Aujourd'hui, ce lion septuagénaire porte la Légion d'honneur pour avoir fécondé le français de rythmes malinkés, de ses fables d'Afrique et de son ironie. Assamala et Mariama lui font un éventail de boubous bleutés. Flanquée de Bernard D., Sokhna exhibe la double saillie de son débardeur. Longue, lisse, l'intrépide s'écarte de Mariama, sa mère, et de Bernard D. Elle s'affranchit, elle part dans la foule telle une chasseresse novice. Sa beauté réverbère tous les feux du désir allumé par l'essor de son torse, de ses cuisses cavalières. Un rire fluide sort de ses lèvres. Presque un gloussement d'extase dans l'essaim des prunelles mâles, leur tourbillon avide.

Une nouvelle secousse s'empare des invités quand Patrice Soumahoro jaillit d'un pas ample et rapide. Papa Nouveau vêtu d'un long boubou bleu nuit constellé d'étoiles. Il tient par la main Ada en robe blanche. D'autres femmes lui font un déploiement d'ailes et de parfums. Il se dresse, énorme et guilleret dans le pigeonnement de l'assemblée, et d'une voix chantonnante il répète son refrain de prophétie : « Croissez et multipliez... mes mignons, par myriades, par légions, aimez-vous, aimons-nous en ce jour du Bélier, gambadons et roucoulons dans sa toison innombrable. Chaque crin d'or est un rai de soleil du Père fondateur ! » Et d'un assaut de son ventre allègre, il plonge tel un vaisseau dans les profonds remous, l'océanique balancement des sexes. « Papa Nouveau ! Papa Nouveau ! » Il rameute un sillage d'exclamations étouffées, de saluts étonnés ou dévots et navigue sur des vagues d'amour. Bientôt on le perd de vue. Il s'est fourré au plus tendre de la foule femelle, niché dans son calice béant.

Un silence solennel est tombé, suivi d'un brouhaha excité. Le président Konan Bédié fait son entrée. Petit, trapu, costaud, dans un cortège de ministres et de flics. Les flashes crépitent. Une caméra court après lui. Un quart d'heure plus tard, c'est le tour d'Alassane Ouattara, son rival, que le nouveau code électoral vient de rendre inéligible. Alors, on reparle de la lutte pour le pouvoir, des duels carabinés, des escarmouches, des clans, des peurs. Un nouveau slogan fait fureur : l'Ivoirité ! Il y a eu le Développement, mais désormais c'est un vocable honni qui pue l'importation et le modèle français. A bas le Développement ! Une imposture, une escroquerie, un miroir aux alouettes, oui, un piège à cons ! L'Ivoirité, voilà. C'est éclatant. Il suffit de prononcer « Ivoirité » : comme ça miroite et resplendit ! Tout s'arrange, tout s'éclaire. Tout est réglé. Mais Alassane Ouattara et ses partisans ne l'entendent pas de cette oreille. Cette ivoirité magicienne les exclut sous prétexte qu'ils ne sont pas ivoiriens de souche. C'est une tricherie énorme du pouvoir en place. Ahmadou K., Tanella, Sylvanus haussent les épaules à ces incantations d'un jour, ces formules miraculeuses censées refaire l'unanimité autour d'un nouveau leurre, d'un nationalisme truqué.

Ils sont tous là maintenant. Mon Hôtel Président déborde. Saturé d'invités de gala dans l'écrin de mes marbres, sous la mitraille des lustres de cristal. Leur fourmillement bouge et scintille, s'enroule, s'irise, s'ébroue, s'épanche en flux, vrilles, se pelotonne soudain puis se disloque pour créer d'autres agglutinements, d'autres galaxies de femmes. Une poussière d'astres et de phosphorescences, nombrils de nébuleuses ardentes, cuisses de comètes nues, étoiles filantes et fusées de filles. Mais je les vois aussi sous un autre angle, en plus petit, en microcosme... magnans mutins et termites coquets. Lucioles précieuses et scarabées gainés. Harem d'insectes à élytres, à trompes, à dards, à mandibules. Splendeurs de papillons vermillonnés. Partout des araignées aux longs cils tissent leurs toiles, prêtes à cracher leur venin envoûtant, de belles abeilles butineuses, guêpes d'or zébrées de noir, punaises fardées d'un vert électrique. Les carapaces rutilent comme autant de bijoux meurtriers... Mon hôtel ressemble à ces filets qu'on tend à la cime des forêts, dans cette canopée aux dais fleuris où viennent se piéger tant d'effervescences ailées, pailletées, piquantes, vibrionnantes, toute la cohue coruscante des arbres et des jungles... Oui, miettes humaines, moustiques et mouches pondeuses. Je baratte à ma guise dans cette masse. Je touille. Ils trinquent, ils s'émoustillent, attaquent des pyramides d'amuse-gueules, s'esclaffent... Oui, tout petits et voraces dans ma serre tropicale, sous mes grandes baies de verre.

A l'extérieur, contenus par des cordons de police, des curieux se sont amassés, des mendiants, toute la piétaille des baraquements de fortune et des campements, des vagabonds, mioches et adolescents, filles des rues et d'autres moins misérables seulement avides d'apercevoir le Président, Papa Nouveau, Tantie Unesco, l'imam ou Salimata, le superbe mannequin peul. De loin, ne leur parvient qu'une vision de ruche illuminée comme un inaccessible cocon d'or dont ils sont le déchet, la couronne dépenaillée.

Les musiciens de l'orchestre, vêtus de smokings blancs, se sont installés sur une estrade. Le Président ouvre le bal en tenant son épouse par la taille. A leur tour, les ministres s'élancent pour une valse lente. Akissi entraîne Cecil. Elle lève les yeux vers son mari. Il la regarde sans sourire. Elle se serre contre lui. Il sent le ventre vivant de son épouse. La musique les balance plus doucement. Leur couple croise celui de Boris et de Joan. La jeune fille dans les bras du Français a le visage légèrement rosi. Des danseurs les emportent, d'autres les bousculent un peu. Les mamelons de Joan offerts sous le tulle se pressent contre le torse de Boris. Elle rougit et soudain il lui sourit en gardant contre lui la verdeur de cette gorge pointue. Patrice Soumahoro happe July dans la ronde de son boubou lyrique. Papa Nouveau se déhanche et régale la jeune fille de ses couplets enrubannés. Elle pouffe. Elle jette un clin d'œil à Sylvanus béat et muet, guidant Ada en robe blanche. Sylvanus vogue chez les anges. Tout droit, Bernard D. danse avec Mariama, légère. Le ministre de la Culture et Tantie Unesco oscillent en bavardant. Salimata, le mannequin, embusque par à-coups les torpilles de ses seins sous le nez du directeur des Services secrets. Un étudiant des Grandes Écoles, beau et cambré, plie tendrement la taille d'Assamala, la poétesse. Sokhna, à chaque pas, reçoit entre ses cuisses celles de son cavalier, à cadences frémissantes et musclées.

Ils se mirent dans l'écarquillement de mon regard souverain. Toute leur limaille tournoyante forme un grand disque, c'est mon œil. Il est criblé de leurs couples dansants comme un papillotement de prunelles plus petites. La rosace entière se rétracte et se dilate. On dirait qu'un vivant vitrail de ma Cathédrale s'est détaché, est venu coucher son fleurissement sous la voûte de l'Hôtel Président, sous sa paupière géante. Cette verroterie de Jugement dernier flamboie, constellée d'émaux, de motifs topaze et rubis. Elle conjugue Enfer et Paradis, élus et damnés, apôtres et saints, tout un miroitement d'ouailles. Mais quels sont les dieux de cette valse d'apocalypse ?

Je le sais quand la danse d'Assioussou et de Thérèse creuse et élargit l'aura de son cercle… que les couples s'arrêtent l'un après l'autre pour les contempler. De l'horlogerie aux engrenures multiples bientôt une seule ronde subsiste, le noyau d'or. Le duo de Thérèse et d'Assioussou. Je suis heureux, car je les aime. Leur valse est largesse. Elle est semaille d'une généreuse cadence. Elle est moisson de gestes amples. La robe de Thérèse étale son grand végétal vert. La cuisse encore rigide d'Assioussou est l'axe, le tronc de cette giration. Joan et July repensent au faisceau des muscles crispés autour du pansement. La danse achève de cicatriser cette blessure d'amour. Elle est le baiser de Thérèse, elle souffle sur le foyer de la brûlure.

Dansez, oui, dansez à leur barbe. Toi et lui. Dansez sur mes cornes solaires, tournez sur mon hélice cosmique, gravitez sur mon giron. Tiens ! C'est juré, je vous donne Abokouamekro. Je renonce, oui, au trust et au tourisme industriel. Car il me semble que dans les plis de ta robe émeraude, Thérèse, se logent toutes les facettes de ma terre… oui, fleuves et fromagers, les acajous, le Kan, sa cascade, le gué de l'Ourebi, savane et piste du Grand Koudou, les eaux du lac Irigou. Tes fesses sont un roulis de termitière rousse et bossuée. Et tes nichons se bombent comme les monts Soïena. Ton sexe est la saison des pluies et ton pubis un soleil hérissé. Je te sacre africaine parmi nous. Issue de notre excessif désir. Notre sol, c'est le tien. Les bras noirs d'Assioussou t'enlacent et ses cuisses te chevauchent. Te voilà tout intriquée, tout enlianée à nous.

Le rythme change. Moins valse, plus africain, secoué,

martelé comme un tam-tam festif. Alors Thérèse s'est métamorphosée. Elle gigote, elle tournique, elle trépigne sous le nez du grand Assioussou calme. Thérèse offre son ventre, l'arbore, le pavane : son ventre l'auréole et la balade autour de son amant. Elle jouit du pivotement de ses bourrelets joyeux. C'est chaque partie de sa chair qui frétille et tortille de concert. Ses seins, ses cuisses, ses mollets et tous ses coussinets guillerets. Ses bouts, ses grains, ses aisselles dorées, ses sillons, ses vallées et l'épaisseur de sa forêt pubienne. Toutes ses tribus dansent, chavirent dans la danse. Elle vrille, tourbille comme si son nombril se soudait à celui d'Assioussou dont les muscles s'arquent et s'incurvent. Hybrides, ils se déhanchent et frappent le sol du pied. Le grand serpent du pays tord ses anneaux sous leurs talons sorciers. La livrée du python déroule ses opulents bracelets au gré de leur noce siamoise. Et l'on voit toujours les mêmes écailles de lacs, d'îles, de rivières et de brousse sauter dans les jaspures du monstre.

Thérèse lâche la bride et libère toutes ses chairs. Elle les fait courir et galoper sur la piste illuminée. C'est une ronde de belles juments pommelées que le rythme cravache avec amour. Assioussou enfourche et éperonne leurs flancs nus. Dans un spasme de bonheur, Thérèse lance un grand pet sonore. Assioussou l'entend, pousse un grand rire de gorge et lui répond. Les voilà qui s'affolent. Leur spirale se resserre et s'étreint. C'est comme si le torse noir d'Assioussou s'emmanchait sur les hanches de Thérèse ou comme si les mamelons de l'amante se vissaient au ventre d'Assioussou. L'endiablement de la cavalcade les inverse, les combine comme des centaures radieux.

La chevelure rousse de Thérèse s'est dénouée. C'est une averse de flammes sur les épaules, sur les reins d'Assioussou. Le géant tourne dans la gravitation de la crinière... Ils frappent encore et encore le sol du talon. Leur claquement se répercute dans les cœurs comme un signal d'allégresse.

Et puis voilà qu'ils marchent côte à côte, flanc à flanc, de front. Ils marchent en cognant le sol de leurs sabots. La chevelure de Thérèse est la torche qui les éclaire.

Dans ce baroud de bal, je jouis, oui je jouis de tout mon long, de tout mon large, de haut en bas, par les poils, par les naseaux. Ma queue jouit, mes bourses, mes bois, mon bidon bienheureux, de l'anus à la pointe du pénis, je jouis. Il me semble que ma cage thoracique est la Cathédrale même, coiffée de mes cornes lancéolées. Moi aussi, je suis le centaure, le grand pan sautillant et spasmé. Imbriquant mon portail de basilique chrétienne et ma couronne de Bélier. Je suis Diallo tout chenillé de squames portant le crucifix comme un arbre d'or. Je suis l'étreinte cosmique de Thérèse et Assioussou. Je suis la descendance d'Akissi. Moi, mon Verbe. Moi tout égosillé de fables. Le grand bal de mon moi rebondit sur mes métamorphoses. Je jouis. Je jouis partout et tout le temps. Et dans l'emportement de l'extase, je n'exclus plus personne. Ma jouissance me parcourt dans tous les sens. Et lui, l'Albinos, le Blême, le Tout Autre, ce fils affabulé, ce rebut de chimère, je l'incorpore à ma sarabande. Je ne puis rien laisser. J'aime tout. Je prends tout. Je suis fou. Lui, le fantôme, c'est moi qui l'enfante. Que Masseni revienne, et toi Kady, ma première femme, et toi Bintou, l'ultime, la prisonnière. Je vous libère. Je vous raconte à profusion. Je suis l'arbre du sacrifice, je suis l'église. Même la mosquée, c'est moi. Qu'on se le dise. Il faut croire le bouillonnant Boigny. Mon boubou immense se peuple de mon récit de liesse.

… Bon, l'aube est venue quand même. Et la paix. Le ministre de la Culture avant de partir a tenu sa promesse. Il a entraîné dans son grand salon Thérèse, Assioussou, Akissi et Cecil, Sylvanus et les écrivains du pays. Et leur a dit : « Je vous donne Abokouamekro. Mon collègue du Tourisme y consent. » Mais Thérèse n'a pu cacher sa méfiance. On les embobelinait depuis des mois. Les versions alternaient, les assurances, les démentis. Le trust renonçait puis revenait à la charge. Assioussou, Cecil, Sylvanus, Ahmadou K., tout le monde renchérissait. Le ministre ne s'est pas démonté. Au fond de son fauteuil, les jambes bien étalées, il les regardait avec amitié. Il leur souriait. L'aurore perçait les baies, rougeoyait sur les marbres et les lambris. Le ministre leur dit : « Je vous jure que je vous donne Abokouamekro ce jour d'anniversaire de la naissance du Bélier. C'est mon cadeau de bal. C'est dit, c'est fait. Nous sommes attelés à un tout autre projet, du côté de San Pedro, entre le littoral et la forêt primaire, un grand complexe touristique, un port. J'ai associé le trust à cette opération d'envergure. Ils ne reviendront plus vous narguer. Vos éléphants pourront paître tranquillement et le poète chanter l'Éden d'Abokouamekro. »

La tête du ministre bascula contre le dossier du fauteuil. Son regard se lovait dans le berceau du jour. Il continua : « Et les éléphanteaux naîtront, tous vos hippopotames croîtront et multiplieront. Et vos rhinocéros. Dans un pullulement de magnans, de termites, de pélicans et de pythons. Les lions du renouveau mangeront vos gazelles candides. Recommencera l'ère du grand consentement. Sous l'œil de nos ancêtres, vos filles se déshabilleront, visitées par les pénis de nos fils. Je vois des épousailles sans fin. »

Sylvanus bouche bée, battu sur son propre terrain, ne quittait pas des yeux le ministre qui poursuivait son rêve… « Ce seront des câlins d'antilopes et de crocodiles sous les flamboyants, oui les flamboyants originels. Je sais de quoi je parle. Vous ne pouvez pas comprendre. Car les temps sont revenus de leurs corolles rouges et charnues. Il pleuvra des épopées. La Cathédrale retentira d'hymnes et de tambours tribaux. Les Légions de la Vierge refleuriront. Toutes nos amantes reviendront dans leurs boubous cramoisis. On ne perdra plus rien. On pleurera de joie. On vivra dans le ruissellement des généalogies. Oui, vos femmes accoucheront et vos enfants luxuriants et tous les calaos s'envoleront… » Le ministre fermait les yeux… « Et l'aigle pêcheur à la fin des temps… c'est-à-dire jamais… nous emportera dans l'ampleur de ses ailes… A la cime des monts Soïena il nous donnera à tous la becquée dans son nid de nuages… nous les oisillons… nous les petits oiseaux… » Le ministre dormait.

– Cette fois, c'est gagné ! La réserve est à vous ! s'exclame Sylvanus.

Ils sont attablés vers le soir sous le tulipier du Gabon et dégustent leur jus de papaye glacé.

– J'ose le croire, lui répond Thérèse. Qu'en penses-tu, Assioussou ? Après cette longue nuit, j'émerge. C'est peut-être la fatigue mais j'ai peur que les doutes ne me reprennent.

– Non, Thérèse, c'est sûr. Les voilà absorbés par leur projet de San Pedro. C'est une opération énorme qui les avalera tous pour longtemps.

– Vous êtes des ploucs perdus dans la brousse ! Vous ne les intéressez plus, provoque Sylvanus. Il leur faut la mer, les bateaux de plaisance, les boîtes de nuit, les plages, le large, les cocotiers, la cocaïne, les strings, l'ambre solaire et de temps en temps une virée organisée dans la forêt primaire toute proche. Alors, votre bled plein de bestioles…

Thérèse hausse les épaules en prenant ses amis à témoin. Bernard D., Mariama sourient. Ils sont tous restés passer la journée à Abokouamekro. Comme à l'accoutumée, ils devraient profiter de cette réunion pour débattre de littérature, procéder à des lectures à haute voix. Mais Sylvanus propose de jouer aux proverbes baoulés. C'est une technique qu'ils ont inventée. Il s'agit de créer des proverbes à partir du modèle connu. Toute licence étant laissée aux joueurs, il n'est pas interdit de glisser de vrais proverbes au milieu des plus farfelus. Sylvanus se lance :

– Thérèse et Assioussou sont les deux hémisphères d'une même calebasse !…

– Le proverbe existe, tu n'as fait que l'appliquer à nos amis, déclare Ahmadou K., difficile à duper en la matière.

– Les fesses de Thérèse sont les deux…

Sylvanus se tait, puis s'esclaffe.

Ils réfléchissent en buvant.

– C'est la panne, on est rouillés !

– J'en ai un !

Bernard D. vient de trouver :

– La convoitise du crocodile ne fait pas de bruit.

– Pas mal ! Sans plus… ironise Sylvanus. A mon tour : La honte est un singe rouge qui vous mord le cœur.

Tout le monde applaudit, car cela sonne baoulé. Mariama ménage une pause avant de les régaler de sa belle voix mélodieuse :

– Le cri de l'ourebi à l'aurore est le remords des tueurs.

– Splendide ! s'écrie Sylvanus en l'enlaçant. Peu baoulé mais poétique.

Un fou rire le saisit et il lâche :

– Plutôt manger la merde du zébu que devenir esclave.

Bernard D. renchérit :

– Mieux vaut voir le cul de la hyène que le ventre d'une femme stérile.

– Oh, c'est un proverbe baoulé pur jus, celui-là ! Pas du toc, reconnaît Ahmadou K., admiratif.

Boris songe qu'on aurait pu commettre une gaffe si Akissi, frappée de stérilité depuis des années, n'avait pas attendu justement un petit. Sylvanus lui coule un regard entendu. L'idée de l'enfant hante les esprits. Le conflit sur la paternité… Heureusement, Assamala qui ruminait jusqu'ici livre une trouvaille rare :

– Tant que le crocodile avale le prépuce de l'enfant circoncis, l'ordre règne.

Bernard D. et Ahmadou K. la complimentent :

– Très fort celui-là. Holà ! Que de culture ! Assamala, ce

prépuce bouffé par les crocos rappelle nos plus vieux mythes.

Boris s'enhardit :

– Mieux vaut imiter le léopard en attaquant l'ennemi dans le dos plutôt que d'être dévoré par lui.

– Tricheur ! s'écrie Bernard D. C'est un authentique proverbe baoulé. C'est même du Boigny très politique. (Il enchaîne :) Il faut enfouir le bout de la trompe de l'éléphant tué sous la terre comme le sexe des femmes dans les profondeurs du boubou ! Et d'un ! Et en voici un second : Un homme sans concubines est un bélier sans cornes !

Assioussou poursuit :

– La fourmi magnan ne mange jamais tous ses termites à la fois.

– Pourquoi ? demande Sokhna.

– Ma mignonne, si le magnan les bouffait tous, ils ne pourraient plus se reproduire et réalimenter le garde-manger des fourmis.

– Tu crois vraiment que les magnans savent cela et le font exprès.

– C'est l'instinct ! C'est l'instinct, ma belle ! (Et il ajoute en la regardant avec malice :) Beau comme le collier crissant sur les fesses de la concubine pubère.

Ils poussent des « oh ! » énamourés.

– Assioussou, t'es le plus sensuel d'entre nous ! lui murmure Thérèse. Tu m'affoles !

Alors les proverbes fusent de toutes parts :

– C'est avec sa parole aimable que le mille-pattes traverse la colonne de fourmis magnans.

– La cime ne retient pas indéfiniment le coco sec !

– Le couteau de l'exciseur est moins effilé que la ruse d'Houphouët ! Tac !

– Léger est le pilon de la paysanne quand son homme a trouvé du boulot dans la ville.

– Si tu creuses le trou du grillon avec un pilon, tu le bouches !

– Verse un peu de bave de crocodile dans le verre de ton adversaire juré.

– Les amygdales du phacochère gonflent dans la colère.

– Un beau derrière rend toujours le destin moins amer.

– Lasses sont les couilles du Bélier vendu aux Français.

Quand leur fièvre est passée, ils s'abandonnent dans leurs fauteuils. Alors, Boris glisse un papier à Sylvanus qui le lit : « L'Albinos sera toujours l'amant de deux cousines immaculées. »

– Ne recommence pas à te moquer ! bougonne Sylvanus.

Mais le coup est porté. Quand toute la bande divague, plus tard, le long du Kan, et franchit le gué dans le charivari de la cascade, il songe à la formule. Alors Joan et July surgissent des fourrés. On ne les avait pas entendues approcher. Leur visage garde la trace d'un saisissement délicieux.

« C'est vrai, elles sont tout à fait insolites ! pense Sylvanus. Trop libres pour être honnêtes. »

La nuit, dans sa chambre, l'idée l'obsède… Non, c'est impossible ! Elles l'auraient dégoté et gardé rien que pour elles ! L'Albinos expliquerait leurs escapades, conciliabules, excitations… Et leur métamorphose. Cette maturité nouvelle de leur chair. Pendant le bal, elles semblaient éclairées d'un feu intérieur, oui, d'une audacieuse ferveur. D'un défi. Boris qui dansait avec Joan avait peut-être senti la marque d'une différence. Elles ont toujours caché quelque chose, l'essentiel, le mystère d'une révélation radicale… Complices, voilà ! C'est cette complicité qui éclate dans l'esprit de Sylvanus. Il va frapper à la porte de Boris. Celui-ci, surpris dans son sommeil, rabroue un peu son ami. Sylvanus passe outre, s'assoit au bord du lit :

– Tu ne croyais pas si bien faire en plaisantant sur elles ! Eh bien, tu m'as fiché en tête une obsession. Si elles avaient mis le grappin sur lui, sur l'exilé !

– Je ne me moquais pas du tout ! Je pense que c'est possible, Sylvanus. L'autre jour, tu évoquais l'Albinos. Joan et

July étaient présentes. Elles se sont regardées, toutes lisses. Hermétiques, impavides. Leurs beaux regards se croisent, c'est tout.

– Moi, je n'ai jamais vu ce croisement !

– Pourtant, c'est toi qui les espionnais quand chaque matin elles se carapataient vers le fleuve !

– Mais je n'aurais jamais imaginé qu'elles allaient à la rencontre d'Alpha.

– Alpha ! Alpha ! s'étonne Boris.

– Oui, Alpha… C'est Masseni qui m'a révélé le nom.

– Sylvanus, tu pourrais prononcer le prénom devant les cousines. Moi, je les guetterai en douce. Tu sors Alpha comme ça, l'air de rien…

– L'air de rien ! L'air de rien. Il faut un prétexte ! Attends… Par exemple, je pourrais aviser Akissi et lui dire : « Voilà, Akissi si ton fils est un garçon, ce serait beau de l'appeler Alpha. » Et hop ! Toi tu lorgnes les minettes. Elles vont battre un peu des cils si Alpha est le prénom de leur copain de contrebande.

– Je ne suis pas superstitieux, Sylvanus, mais cet enfant, c'est sans doute le mien. Alors le mêler à cette ruse ?… Bon… Est-ce bien délicat ?

– Akissi ne veut pas l'appeler Alpha, je suppose ?… Bon, alors je prononce « Alpha », « Alpha », c'est tout. Deux fois. Cela dure une seconde et toi, tu les scrutes !

– D'accord…

Le lendemain, au petit déjeuner, Sylvanus est plein d'innocence, de gentillesse tendre. Il tartine même le pain des cousines.

– Vous voulez de la confiture, mes gazelles ?

Les filles arborent de beaux sourires candides et matinaux. Mais Sylvanus sent comme une joie béante au tréfonds de leur chair. Une attente, une impatience d'amantes !

Akissi s'est approchée de la table. Sylvanus, paisible, contemple son ventre et dit :

– Akissi, tu sais, si c'est un garçon, j'ai trouve un prénom mystérieux et splendide. Alpha ! Alpha !

Boris, assis de côté, a fixé des yeux Joan et July. Elles ont frémi, oui ! La même secousse a fait vibrer leurs visages. Le regard s'est replié, plus noir, s'est immobilisé un instant. Puis elles se sont regardées avec un sourire froid. C'était signé. Paraphé. La main dans le sac. Un moment plus tard, quand elles ont quitté la table, Sylvanus interroge Boris :

– Alors ? Alors ?

– Elles ont accusé le coup. J'ai vu un ricochet dans leurs yeux. Pas de doute... Alpha les a fait luire en un éclair, puis reculer, s'assombrir dans un créneau glacé.

– Ah, bordel ! Ce serait lui, ce seraient elles ! Dis, la merveille ! Le trio ! Trop transparentes, oui, beaucoup trop claires... Les belles menteuses. Leur chair a mûri, elle s'est ensorcelée à ce feu de l'ange ! Elles le couvent ! Elles sont toquées de l'Étrange, c'est leur totem immaculé.

Un raffut de moteur retentit. Une bagnole monstrueuse débarque devant la maison. Tous les calaos décampent en criant. C'est Djé Djé au volant du char de Thérèse. Huit roues géantes assemblées deux par deux. Les pare-chocs flamboient, cuivrés, briqués, lancéolés en proue. Le toit est un cockpit pointu et argenté comme un casque de uhlan. L'arrière dessine une sorte de poupe gravée des initiales de Thérèse Augustini en lettres géantes et dorées. Le carrosse est amphibie. C'est le ressort secret, tout le prestige de l'invention de Djé Djé. Thérèse traversera les plaines, les lacs, les fleuves d'un seul mouvement épique. Elle apparaît soudain et découvre ébahie l'engin pharamineux.

– Il a enfin terminé ton piédestal et ta stèle, lui déclare Sylvanus.

– Mon trône, mon pote ! Mon trône !

A l'intérieur du véhicule s'érige le fauteuil de velours amarante dont le dossier cintré est orné d'un liséré clouté.

– C'est un fauteuil de lupanar... souffle Sylvanus à Boris. Je le sais. Il me l'a dit. Il a troqué l'objet dans la remise d'un ancien bordel d'Abidjan.

Puis Sylvanus se tourne vers Djé Djé et lui chuchote dans l'oreille :

– Dis, Djé Djé, tu es bien sûr que ça roule et que ça flotte, tu ne vas pas nous trucider Thérèse !

Djé Djé blessé au plus vif lui jette un regard brûlant.

– Non ! Non ! Je déconnais, je déconnais un peu, c'est tout ! Tout le monde sait que tu es un as de la réparation, que tu idolâtres la mécanique. Plus le problème est compliqué, plus ça t'excite. Rien ne te résiste. Je t'ai vu faire, flairer, tripoter tes outils de délice. Je sais que tu révises régulièrement la bagnole de Papa Nouveau. Tu es le mécanicien des prophètes !

– Tu comprends, Sylvanus, même si tu rigoles, tu me fais mal, cette voiture est mon chef-d'œuvre. J'y travaille depuis des années. J'ai dû résoudre de grosses difficultés techniques, réussir des acrobaties. C'est le char de Thérèse !

– La reine méritait ton char solaire, Djé Djé !

Thérèse grimpe dans la voiture. Djé Djé s'installe à côté d'elle et Assioussou les rejoint à l'avant. Elle actionne le démarreur, fait pétarader le moteur. Une vraie turbine de bateau à vapeur. Djé Djé lui détaille le tableau de bord, les boutons et les manœuvres.

– Quand tu arrives devant un plan d'eau, tu appuies sur ce levier. Les roues se haussent. Des pare-chocs latéraux se déploient comme des flotteurs. Tu gardes une vitesse stable. Pas plus...

Thérèse démarre, accélère un peu. Son char s'ébranle dans le soleil. Une belle fumée bleue s'échappe par un tuyau dressé tout droit à l'arrière. C'est un panache de navire remontant le Mississippi. Thérèse passe sous le tulipier, tourne autour de la maison, revient, longe la rive du lac, dévale un talus, remonte. Son vaisseau roule et tangue doucement sur une flopée d'amortisseurs.

– Alors, si on se lançait, Djé Djé ?

– On se lance !

Sylvanus, Boris, Akissi, Cecil sentent leur cœur se pincer quand ils voient la fastueuse carlingue piquer vers le lac. Les hippopotames se trissent, saisis de panique. Milady et Charlie plongent de concert. Leurs naseaux ressortent beaucoup plus loin. Les deux masses sont tournées vers le monstre dont l'étrave ouvre les eaux. Toute la bagnole oscille. Le tuyau lâche une fumée sombre. Un joli bruit s'amorce, un tuf ! tuf ! régulier. Et le char vogue, oui, tricote son train guilleret sur le lac Irigou. Bientôt il coupe une large nappe de laitues d'eau et de jacinthes violettes. Sur leurs hautes pattes fines marchent des jacanas épars, plongeant partout l'aiguille de leur bec. Le navire traverse lentement cette prairie fleurie. Cela fait un bruit de cisailles fraîches. C'est à la fois moelleux et délicat. Dans une odeur chaude.

– Ce qu'on est bien ! susurre Thérèse.

Sur la rive, tout le monde s'agite, hurle, applaudit. La machine de Djé Djé quitte les guirlandes de jacinthes.

– Maintenant, Djé Djé, c'est comme si je volais, c'est comme si je dansais sur mon lac, comme un poisson, comme une grande grèbe à aigrette au cours d'une parade nuptiale !

La huppe de Thérèse, c'est la cime de l'habitacle que le soleil fait miroiter comme la croix de la basilique Notre-Dame de la Paix. Les cormorans s'envolent, vont se poser sur l'île. Les arbres sont criblés de leurs grosses pendeloques noires. Au centre de l'île, on aperçoit un faisceau de goitres, tout un enchevêtrement de jabots, de becs immenses pareils à des herses. Dans leur grand nid auréolé de couleurs blondes ou roussâtres, des pélicans jacassent et se déhanchent.

Les hippopotames s'enfuient dès que le galion s'approche. Ils beuglent. Tout un barouf ! Mais la curiosité finit par l'emporter. Les deux zeppelins parallèles dardent leurs mufles vers Thérèse, leur mère méconnaissable chevauchant son majuscule dragon.

– C'est notre voyage de noces ! Nos noces de Venise ! s'exclame l'amante, enlaçant Assioussou par-dessus Djé Djé. C'est un baptême !

Alors ils abordent sur l'autre rive, émergent avec agilité. A peine si le moteur, dans une ruade, émet un chuintement, un grincement plus rauque. Ils peuvent filer vers la plaine de Katiola, sous l'azur torride.

– On domine tout, mon Assioussou ! On est juchés. Nos sièges sont bien plus hauts que dans une voiture normale. La savane vraiment est à nous !

Ils se trimballent en chaise à moteur, sur une litière de reine, tout au long de leur grand royaume.

Les éléphants les regardent passer sans effroi. Hector et ses femelles, dans un grand balancement d'oreilles, saluent le geste de Thérèse. On voit les défenses immaculées du mâle qui se relèvent.

– Ils sont moins trouillards que les hippopotames, tu vois. Ils ont reconnu mon odeur portée par le vent. Le parfum de leur Thérèse !

Le char, à un moment, longe les légions noires des magnans. Il en remonte le cours. Thérèse scrute le mince flux tissé, actif dans l'herbe aride.

– Même elles, on ne les redoute plus. On les accompagne, on les nargue, on les dépasse. C'est de l'écume. Djé Djé, comment te remercier ? C'est somptueux. C'est un vrai carrosse de Capoue !

Djé Djé éberlué par ce Capoue inconnu rit, rit dans des larmes d'allégresse. Il a réussi. Il a accompli sa prouesse. Son mélange de tank et de gondole. La chevelure de Thérèse flotte dans le vent rouge, l'harmattan la gonfle par à-coups, lui imprime de longs remous d'or. Les gazelles de Thompson, les phacochères, les éléphants toujours, Hector qui a massacré le Belge et Assalou, tous les chacals, tous les babouins, les tisserins, tous les oiseaux accompagnent de leur regard la course solaire de la grande Thérèse éblouie et fière. Elle conduit d'une main et son autre, libre et nue, tachetée de rousseur, va caresser la cuisse d'Assioussou par-dessus Djé Djé. Alors, celui-ci lui fait signe d'arrêter la voiture. Ils descendent au cœur de la savane immense, marchent çà et là. Pas un souffle, pas un bruit. L'éternité du ciel dans une mer de soleil. Maintenant que Thérèse est initiée, Djé Djé laisse sa place à Assioussou. Le couple, flancs soudés, s'étreint dans le grand fauteuil rouge, flâne à travers le paradis de Katiola. On voit des acacias très fins, presque diaphanes tandis qu'au loin dominent le grand fromager de l'amour et l'incarnat des hautes termitières.

Thérèse se penche vers l'oreille d'Assioussou :

– On fera l'amour dedans, sur ce fauteuil… Car c'est ainsi qu'on pend la crémaillère, nous, mon chéri !

Assioussou échauffé lui répond :

– On le fera même en roulant, à vitesse de croisière. Un pied sur l'accélérateur et l'autre en liberté. Tu seras bien assise sur moi, bien plantée. Ce sera le char des amants.

La voiture divague à l'infini dans le lacis des pistes. Des gazelles jaillissent et s'évaporent comme une volée de braises. Les acacias se noient dans un tremblement lumineux. Plus tard, la ligne des monts Soïena se détache. L'arabesque de leurs sommets limpides. Thérèse se laisse aller dans les bras d'Assioussou, contre le velours du fauteuil, et c'est comme si leur char voyageait seul et serein, sans brides, avec un bruit léger de goélette.

– On pourrait presque s'endormir, n'est-ce pas, Assioussou ?… Le char nous emmènerait de lui-même à destination, là-bas, n'est-ce pas ? Tout là-bas, au pied des montagnes bienheureuses, en montgolfière…

Le vent d'abord. Son souffle. Son élan sur la mer hérissée. Son clairon belliqueux. Sa rage. Le capitaine Jakaridja ne craint pas les tempêtes. Il les appelle. Il les écrase contre son torse. Ce sont des étreintes à sa taille. Mais les éléphants compliquent un peu ces épousailles grandioses. Il donne des ordres pour renforcer les entraves. La grisaille diluée dans le ciel tout à coup se condense et noircit. De premiers éclairs tranchent la nuée, s'éclipsent dans le déchaînement des vagues. Et cela éclate de partout. Le tonnerre lance des foudres comme des vrilles, des chignoles électriques. Entre la mer et le ciel bas, c'est une fresque fleurie. Des phosphorescences s'ouvrent comme des corolles immenses. Explosent. Suivies d'autres salves, d'autres calices larges et blêmes. Des tourbillons s'emparent de la masse des nuages qui jettent des tentacules, des bras hirsutes et tout noirs dans la mer. Et d'énormes pluies se déploient, des trombes, des torrents. Là-dessus, la nuit tombe d'un coup. Le cargo roule dans les creux, se redresse, tangue, s'agite, voltige et plonge, disparaît de nouveau dans une faille profonde. On entend des heurts, des piétinements sourds. Dans la cabine de pilotage, le capitaine flanqué de son second surveille ses instruments. Radar, sonar, écran. Il y a un navire à bâbord. Le capitaine veut échanger un message. Mais la radio renâcle. Il essaiera de nouveau tout à l'heure.

Jakaridja se sent minuscule et tout-puissant. C'est comme

s'il gouvernait l'énorme meule noire de l'océan démonté. Tout contredit son pouvoir. Mais c'est en lui un feu concentré et lucide. Jakaridja n'a pas peur. Il traverse le tohu-bohu. Il suffit de le vouloir, de ne pas en démordre. De foncer au cœur du chaos. La pensée du capitaine trace la route, coûte que coûte. Et c'est une grande allée lumineuse, oui, un chemin d'aurores et d'éclairs que seul Jakaridja voit.

Alors un vacarme formidable le renverse. Le capitaine est à genoux. Un ébranlement brutal le roule au fond de l'habitacle.

« C'est une collision ! pense Jakaridja à toute vitesse. Les radars ont été brouillés... » Il essaie de se redresser. Estourbi, son second se cramponne à l'autre bout de la cabine. Le cargo présente une inclinaison dangereuse. La tempête le bascule de l'autre côté, le ballotte en tous sens. Il s'abîme. Puis il est projeté d'un coup au sommet d'une lame. Tout parcouru de grincements, de craquements. On entend les masses des éléphants s'écraser contre les parois métalliques de leur cage. Ils lancent des barrissements de folie. Il y a un chuintement, un grondement tumultueux. « C'est une voie d'eau gigantesque... Nous avons été éventrés, nous coulons. » Jakaridja tente de s'agripper, de se relever, de rejoindre son poste de pilotage pour donner des ordres aux matelots. Le second s'efforce de s'approcher en titubant. Mais une secousse les précipite au sol tous les deux. Les moteurs ont cessé de tourner. Jakaridja sait que la mer a envahi le compartiment des machines. La carcasse du bateau se disloque. Le capitaine Jakaridja mesure le désastre. C'est fini... Il s'étale à même le plancher, les bras écartés. Il ne peut plus combattre. L'océan violent l'a désarmé. Il va descendre dans son sein. Il n'a pas peur. Lui, le capitaine Jakaridja. La cataracte des eaux se rue dans la coque. Le navire plonge. La poupe en l'air, l'étrave vers le bas. Le capitaine Jakaridja sourit à son destin. Il a retrouvé le feu de sa ferveur. Voilà son gouvernail ultime. Il le tient. C'est une barre de soleil. Au moment où les paquets de mer s'engouffrent dans la cabine, l'extase baigne le cœur du capitaine. Alors, il se répète : « Je suis le frère du soleil, je suis le couchant Jakaridja. »

Le cargo s'est ouvert sur un lit de corail. Brisé, béant. La catastrophe s'est produite à quelques kilomètres de la côte. La mer n'est pas profonde et bientôt les requins surgissent. Des vibrations violentes, des odeurs les attirent… Un requin bleu, puis deux, trois, toute une meute. Ils convergent vers l'épave, tournent autour, s'éloignent, reviennent. Calmes, silencieux, furtifs. Ils sentent ce musc formidable. Ils voient les masses des quatre éléphants noyés. Soudain, un grand mâle de six mètres fonce, gueule ouverte, et mord la trompe de Marcel qu'il tranche d'un coup dans un panache de sang. Alors c'est le signal. Tous les requins se ruent sur l'éléphanteau, puis sur Louis-Ferdinand, Nabuchodonosor, Hermine… Des dizaines de squales rameutés de partout par les tourbillons de sang, les tumultes, les vagues de relents. Ils secouent la tête de droite à gauche, en arrachant des bouchées de huit, dix kilos. Ils s'écartent, avalent leur prise, reviennent dans une valse carnivore, excités, enivrés par l'incroyable pâture, son immensité… Des requins plus petits attendent sans oser s'approcher. Lestement, ils chapardent les bouts abandonnés, les magnifiques reliefs de la curée. Ils sont une trentaine, maintenant, saisis de frénésie, à trancher, à piocher, à piller les montagnes de viande fraîche. Les queues battent en bouquets tandis que la gerbe des mufles s'active et laboure. Trois requins se querellent à l'assaut du phallus de Nabuchodonosor qui voltige, sectionné soudain, deux morceaux sautent d'une mâchoire à l'autre, engloutis par les deux mâles dominants… Les carcasses des éléphants sont hérissées de requins voraces. Au fond de la mer s'épanouit cette rosace de squales aux mille torsions, aux convulsions féroces. De gros festons harponnent la proie, d'autres s'agglutinent dans un bourgeonnement de gueules, une effervescence de fleurons cannibales. La rosace se déforme sans cesse, se défait, se repeuple de ferronneries musclées. Nabuchodonosor s'écartèle, équarri en blocs sanguinolents. Louis-Ferdinand et Marcel ne sont plus que des monceaux de chair crue.

Seule Hermine, privée de sa tête, de ses pattes, de sa croupe, offre encore une montagne centrale volumineuse. Les requins adultes ralentissent leur sarabande. Ils sont gavés. Un jeune mâle peut maintenant attaquer à son tour. Il lance sa torpille dans le ventre de l'éléphante. Il crève le tégument. Il creuse dans l'épaisse falaise odorante. Il sort, galvanisé, il tournoie à toute vitesse et se loge de nouveau, telle une banderille avide, dans la caverne qu'il a ouverte. Il s'enfonce dans la masse charnue. Il se cabre, il rue. Il se tortille, gigote. Il élargit le trou. Le requin est saoul. Il tournique dans sa grotte, sous les stalactites de viande, les bosselures, les pitons flageolants. C'est un royaume rouge. La magnificence d'un intarissable festin. Le requin gorgé frémit, tout pâmé dans son antre. Saturé de délices, il ne plonge plus ses dents, mais s'apaise, fourré là, comme un fœtus aveugle. De courts tressaillements le traversent, des frissons lascifs. Il entrouvre sa gueule, la referme… Il cuve son ivresse, enveloppé de replis, d'ourlets, de viscosités, de fumets. Le petit requin irrigué de courants reste cousu à son nid paradisiaque. Il s'abîme dans son extase. On dirait qu'il s'endort, noyé à son tour dans le ventre dévoré d'Hermine.

La nouvelle du naufrage a assommé Cecil et le couple Assioussou-Thérèse. Jakaridja est mort. Son équipage. Le cargo perdu en mer. Les quatre éléphants engloutis.

– Qu'est-ce qu'on a fait ? Qu'est-ce qu'on a fait ? gémit Thérèse.

Elle regarde Assioussou, elle lit dans ses yeux un regain de remords. Il se tait. Mais elle connaît la tentation de sa pensée : « C'est la malédiction du Belge et d'Assalou qui se poursuit. »

Elle hurle :

– Non !

Et Assioussou se ressaisit et lui répond en écho :

– Non.

La malédiction est levée, effacée. Il a failli la payer de sa vie. C'est le sort. Voilà tout. Les tempêtes, la mer et ses incertitudes. Il ne peut s'empêcher de murmurer dans sa détresse :

– Nos éléphants… Notre troupeau…

Cecil rectifie :

– Il faut penser aux hommes, au capitaine Jakaridja, à son équipage !

– A leurs familles… ajoute Thérèse. Les éléphants ne sont que des bêtes, des bêtes…

Ils cherchent à se convaincre. Des animaux. C'est tout. Splendides mais secondaires quand il y a eu mort humaine. Ils ne peuvent égoïstement pleurer leur troupeau. Ils possèdent maintenant sans conteste la direction de la réserve. Ils ont gagné cette assurance nouvelle, définitive. Ils sont à l'abri derrière ce rempart. La perte qu'ils viennent de subir, aussi terrible qu'elle soit, ne remet pas en question cet acquis. Ils sont les maîtres d'Abokouamekro. D'autres périls viendront. D'autres désastres. Sécheresses, inondations, épidémies. Mais cela se passera sur leur sol, leur territoire solide, inaliénable. Voilà, ils peuvent maintenant soutenir tous les malheurs et affronter le deuil de leur chimère : Nabuchodonosor, Hermine, Marcel et Louis-Ferdinand s'échelonnant dans la savane de Katiola. On les aurait vus boire au bord du Kan. On les aurait entendus barrir au cours des promenades dans le char de Thérèse. Le mâle et la femelle auraient tourné leur tête en direction du véhicule. Nabuchodonosor aurait peut-être chargé. La charge de Nabuchodonosor, sa parade de colère. Le grand éléphant, trompe lancée, oreilles déployées. Et eux dans le char, à bonne distance encore, sachant que l'éléphant bluffe, va s'arrêter à temps. Cecil, Thérèse et Assioussou jubilant, jouissant. « Ah, dis, qu'il est violent ! Qu'il est mastoc ! Il ne se marre pas, le géant ! » Tandis qu'Hermine protège ses petits de son flanc abrupt, que les éléphanteaux refluent vers elle, se frottent contre leur mère. Avec Hector et les autres femelles dans les lointains. Savoir cela. Posséder cela. Se le dire chaque matin. Ils sont là. Prononcer les noms, les chanter. Leurs beaux éléphants les hantent. Morts dans la mer. C'est incroyable. Bouffés par les requins. Imaginer le carnage… toute cette chair dépecée. Le carnaval des squales. Leur joie. Cette beauté-là aussi. Si on aime les éléphants, il faut aimer les requins. Accepter toute la loi, toute la roue vivante, toutes les péripéties et les coups du destin, toutes les broderies… La charge meurtrière d'Hector, la curée des requins, tout. L'imprévisible. Comme si la réserve étendait à l'univers entier ses aléas et ses vicissitudes. Mer et savane fondues dans la même épopée. Métamorphoses, destruction et renaissances.

Akissi est sortie. Ils l'ont vue. Elle connaît la nouvelle, elle aussi. Ils savent qu'elle est moins bouleversée qu'eux. Tournée comme au-dedans d'elle-même. Son ventre grossit tout doucement. Elle le touche. Il est plus bombé et plus lisse. Ses hanches, ses cuisses sont plus grasses. Elle s'arrondit autour du bébé à venir. Elle s'épanouit pour lui. Elle marche en compagnie de Sylvanus, au bord du lac Irigou. Sylvanus se penche vers elle, la câline, passe sa main autour de sa taille. Il respire sa bonne odeur de mère. Il la sent tout entière contre lui. Vivante, vigilante, rayonnante. Le vieil homme se serre contre Akissi si belle. Sa chair dorée, tendue. Cette bonté qui sourd d'elle, cette générosité. Son pas lent, fastueux. Cette conviction tranquille qui émane par vagues et ruisselle de son corps.

Cecil la regarde, et Assioussou, Boris, Thérèse. Elle avance. Haute et cambrée, cuivrée. Beau navire. Beau capitaine d'un océan de vie. Elle ramène les mains lentement vers son ventre qu'elle caresse. Elle contemple l'île au milieu du lac. Elle a envie de l'île, du grand fromager, des termitières, du fleuve. Elle désire que le monde l'entoure, l'enveloppe, la prolonge et la nourrisse. Elle pointe le ventre sous le soleil en direction de la savane de Katiola. Elle sourit. Elle se retourne. Elle les voit tous les quatre dont les regards convergent sur elle. Joan et July revenues de leurs courses restent suspendues de surprise. Saisies par cette révélation. Jamais elles n'avaient pensé à cela. Senti cela. Akissi dans la lumière se détachant contre le disque éblouissant des eaux. Akissi auréolée, bombée. Son ventre absorbant tout. Akissi abreuvée. Et tous s'approchent lentement d'elle. Cecil et Boris subjugués, Thérèse et Assioussou, les deux cousines. Le lac flamboie. Et le ventre offre sa belle proue de chair. Akissi fait un pas vers eux. Son ventre oscille, épanché de bonheur.

Sylvanus va régulièrement voir Masseni dans sa maison. Il lui apporte des fruits ou un poulet qu'il a achetés au marché. Aujourd'hui c'est du poisson. En arrivant il s'exclame :

– C'est tout frais !

Elle sourit. Il s'assied. Elle fait cuire le capitaine aux ouïes bien roses et propose avec un sourire mutin :

– On boit un petit apéritif !

Il se sent complice. Cet apéritif amorce tout leur plaisir et les relie comme un prélude. Ils mangent. Ils se regardent. Sylvanus la fait rire. Même en racontant l'histoire des éléphants perdus. Il invente des scénarios. Il varie les versions :

– En fait, c'est un coup du capitaine Jakaridja. Un délinquant des mers. Un corsaire. Il a fait croire que son cargo coulait. Il a cessé d'envoyer des messages et il s'est carapacté avec son trésor, les quatre éléphants. Il les a vendus à un zoo… Si ! Si ! Et il s'est retiré dans un pays lointain avec plusieurs femmes. Le pacha Jakaridja.

Puis ils parlent d'Alpha. Sylvanus a dit qu'il était sur une piste, que l'affaire évoluait tout doucement. Mais qu'il ne fallait rien précipiter, éviter d'éveiller les soupçons. Sinon Alpha fuirait, on ne le reverrait plus. Et Masseni redoute aussi cette fuite. Mais elle a peur des retrouvailles. Car elle l'a abandonné. Trop jeune pour résister à l'ascendant exercé par Mamie Adjoua. Elle craignait une vengeance d'Houphouët, qu'il réclame l'enfant, un fils, un bâtard… qu'il veuille le voir, tout gonflé de son orgueil de géniteur. Et soudain, il découvre la vérité, le petit albinos, la malédiction, la honte. Il défoule sa colère.

Sylvanus la rassure. Plus de témoins. Plus de vengeance. Mais ils peuvent attendre encore. Il faut qu'elle s'habitue à l'idée de retrouver son fils. Rien n'est fait. Même s'il sait depuis toujours qu'il ramènera l'exilé à sa mère, à la ville, à Yamoussoukro, qu'il mettra fin au préjugé, au bannissement, à la peur.

Il dessert la table. Il dit à Masseni de rester assise. Sous ses fanfaronnades, elle apprécie sa vraie gentillesse. Il s'approche derrière sa chaise. Il la prend dans ses bras. Ses mains descendent vers les seins. Il respire plus fort. Il palpe les lourds mamelons. Il les couvre de louanges. Il les sort du soutien-gorge et les regarde. Bruns et gonflés, médaillés d'une pulpe presque noire. Il revient devant elle. Sa bouche plonge dans le pli de la gorge, lèche un rai de sueur parfumée. Ses lèvres s'ouvrent, mordillent, baisent les rondeurs. Il entraîne Masseni vers la chambre. Il déshabille la Grande Légionnaire des origines dont le corps a conservé puissance et fermeté, un élancement de cambrure nouée solidement au ressort des reins, à l'opulence des fesses tendues. Sylvanus serre la géante. Il sent l'armature de ses forces et l'énergie de ses courants. Toute sa chaleur, son épaisseur, sa profondeur de femme. Son ventre là, rond et charnu. Son nombril dans son trou d'odeurs. Il la hume, se recule, la contemple puis la couche sur le lit, s'engouffre entre ses seins. Il étreint ses flancs, passe la main sous son échine arquée. Il enroule bras et cuisses autour de l'arbre de chair et se vautre dans son volume tendre. Il halète, il pousse des petits cris. Il durcit, s'enracine dans la douceur du sexe. Toute cette soie béante. Il gémit de plus belle. Et de sa bouche affluent des kyrielles d'adoration. Il s'arrête. Suspendu dans sa joie. Bien fourré dans le ventre de son amante. Il ne bouge plus. Le vieux bouc frémit, parcouru d'ondes, tout irrigué de volupté. Masseni voit son visage rajeuni, l'extase de sa frimousse bouclée. Elle lui caresse le dos, les fesses, presse son ventre contre lui. Elle se creuse puis s'offre en massant le membre dans son fourreau. Elle va et danse. Doucement. Sûrement. Avec suavité. Mélodieuse. Il se balance au rythme de sa belle ramure. Elle s'accole, elle l'incruste, le manœuvre dans un mouvement fluide et le baigne au sein de sa vivacité. Elle se crispe langoureusement, retombe, repart et se noue et se fend et se livre éperdument. Elle gémit à son tour, couine et pleure comme lui de bonheur. Sans brusquerie, ils ondulent dans la même vague. Confondus jusqu'au cri, le naufrage torride qui les unit.

Boris est jaloux. Akissi refuse toujours les étreintes et les baisers. Elle prétend qu'elle ne couche plus avec son mari, qu'elle ne peut plus, qu'elle ne veut plus de ce dilemme pour le moment. Rien ne doit nuire au développement harmonieux de l'enfant. Aucune crise. Aucun remords. Mais le soir, il sait qu'elle est montée avec l'autre, qu'ils sont allongés dans le même lit. Il fait chaud. Elle repousse les draps. Cecil la voit, la désire. Enhardi par l'exil de Boris. Cecil buté, timide. Elle sent qu'il la regarde, qu'il n'ose pas la toucher. Elle-même n'arrive pas à trouver le sommeil. Elle a pitié de Cecil qui rumine à longueur de jour la perte des quatre éléphants. Il n'a pas son pareil pour se retirer dans un coin, ressasser, raviver ses plaies, buriner son profil amer. Ses tournées avec Tetiali à travers la réserve ressemblent si souvent à des fuites, à des accès de rage, quand il demande à son second d'accélérer, de foncer tout droit dans les cahots, de rouler pendant des heures, sans trêve, en plein soleil, jusqu'à l'abrutissement. Et là, dans le lit, il ne connaît nul apaisement. Alors, elle avance la main, la pose sur sa poitrine qui se soulève d'un soupir. Elle descend, prend le sexe, le caresse… Boris peut varier le scénario à l'infini. Son imagination n'est jamais à court. Parfois, c'est au milieu de la nuit, Cecil est réveillé soudain par un cri de bête. Il se lève, entrouvre la fenêtre, regarde. Il pense à une bande de hyènes qui pourrait rôder autour de la maison. Puis éclate un raffut brutal. Des phacochères ?… Il revient dans le lit. Akissi dort complètement nue. Dans le halo de la lampe de chevet, il voit son cou, sa nuque, le triangle délicat du dos, le beau bloc de la croupe scindé en deux ballons fessus, l'arrière des cuisses et des mollets, les chevilles fines. Il ne peut contenir une caresse. Il se penche, il baise le sillon des fesses. Elle murmure dans son sommeil. Il palpe les renflements dodus. Par en dessous, il sent le sexe, son parfum nocturne. Elle rêve. Elle est mouillée. Sous ses doigts, les lèvres bâillent, noyées. Il bande, il se couche sur l'échine musclée et la prend tandis qu'elle arque tendrement les reins… Le lendemain, ils ne parlent jamais de l'étreinte. Ils sont censés ne plus faire l'amour. Mais leur connivence est rendue plus secrète, plus aiguë par son caractère impromptu. Ils ne sauraient prédire quand cela se passera. Plusieurs nuits s'écoulent sans rien. Et puis, un clair de lune baigne les draps blancs. Akissi luisante et sombre découpe ses galbes, ses volumes déliés. Son arôme remplit les narines de son mari. Elle bouge, se retourne. Et ce sont ses aisselles, ses cheveux qui lâchent des odeurs brusques. Cecil bande dans le musc d'Akissi. Une soudaine agitation la saisit, elle bascule vers lui. Dans ses mains, il prend les grappes des seins. Elle grogne. Ses courbes cassées, ses cuisses… Puis tout son corps écartelé à la dérive sur le radeau du lit. Il vient sur elle. Elle se tait. Il la sent immensément vigilante, à l'écoute de ses gestes précis. Elle reste éparse dans les draps, à l'abandon… Elle flotte, et lui appuyé sur les avant-bras n'exerce aucune pression de son torse, de son poids, en se glissant dans la fente qui le reçoit.

Boris se dépeint mille autres scènes inopinées, scabreuses. Il déteste Akissi. Il déteste Cecil, sa bougonnerie et son mutisme qui finalement se retournent en sa faveur. Une stratégie de beau ténébreux harcelé, traqué… Une nuit, Boris n'en peut plus. Il bout de désir, de frustration et descend sur la terrasse. Il sursaute quand il aperçoit Joan allongée dans un transat. Seule, en court pyjama moulant. Il se souvient du bal, de ses seins, de leurs bouts qui se frottaient contre lui pendant la danse. Elle avait rougi. Il s'assoit sur une chaise, en face d'elle.

– Où est July ? demande-t-il pour dire quelque chose.

– Elle roupille.

– Et vous ?

– Je n'y arrive pas. Je ne sais pas. Je suis énervée.

– Moi aussi, tendu.

Elle se tait. Ce tendu l'impressionne. Il se lève, fait le tour de la terrasse, revient, s'accroupit à côté d'elle… sournois, séducteur tout doucement.

– Il faut vous décontracter, ne plus penser à rien, vous laisser absorber par le sommeil.

Il prend sa main.

– Desserrez cette main… vos doigts… lâchez tout…

Ce « lâchez tout » a une résonance un peu obscène. Joan crispe ses doigts dans ceux de Boris.

– Lâchez… Lâchez…

Il remet ça.

– Lâchez, vous devez devenir toute molle, toute fluide… du sable… vous glisserez ainsi dans le sommeil.

Entre la culotte et la veste du pyjama, il voit une bande de chair blanche et nue. Joan, sa peau. C'est plus fort que lui. Il pose sa main et dit :

– C'est joli… c'est tout doux.

Elle ne répond pas. Elle le laisse faire. Il est mignon, malicieux. Il reste ainsi la paume étalée sur son ventre. Puis elle sent le mouvement des doigts, leur autonomie vagabonde. Sa bouche s'est approchée de son cou. Il se met à lui lécher le lobe de l'oreille, puis la nuque. Elle sent les ourlets gonflés, les nervures gourmandes, la pointe de sa langue nue tandis que les doigts de Boris glissent plus bas, passent sous l'élastique. Elle le laisse. Elle se livre. C'est la nuit. Sans repères. Sans heure… Il traverse le petit crépitement des poils. Il se fraie un sentier d'odeurs. Il effleure. A peine s'il pelote les petites lèvres. Il englobe le pubis entier sous sa paume puis la presse légèrement. Puis desserre, presse de nouveau et allonge son doigt le plus délicat, écarte les nymphes, mouille son lobe dans le creuset, frôle le clitoris, l'enduit et le lisse, le moire, le durcit et le tisse d'un filet de fines caresses.

– Je les ai entendues ! Je viens de les entendre ! s'exclame Sylvanus.

– Qu'est-ce que tu as entendu ? lui demande Boris.

– July et Joan, sous un acacia au bord du lac Irigou. J'étais couché dans l'herbe derrière un tertre. Elles ne m'ont pas vu en s'installant. J'ai tout écouté. Joan a raconté que tu l'avais touchée. Voilà mon cher ! Je sais tout.

– Qu'est-ce qu'elle disait d'autre ? Précise !

– Petit curieux, tu veux savoir comment elle jugeait tes façons ?

– Allez… dis ! Répète ses mots.

– Elle a dit que c'était très bien mais c'est alors que j'ai eu un choc terrible. July a demandé : « C'était plus chouette qu'avec Alpha ? » Voilà, dans ma tête, le prénom a éclaté. Le tonnerre. L'Albinos, c'est elles ! C'est sûr. Elles l'ont retrouvé. Tu avais raison. Elles nous possèdent depuis le début.

– Alors, elles ont couché avec lui ?

– Joan a dit que c'était différent. Qu'est-ce que tu en déduis ? Je ne sais jusqu'où elle est allée…

– Et July ?

– July a précisé qu'elle préférait, elle, ne pas tout mélanger pour le moment. Elle découvrait Alpha, rien que lui, tout doucement. Joan a ajouté que tu lui plaisais aussi ! Alors July s'est moquée gentiment : « L'Albinos le jour et Boris la nuit. » Elles se sont esclaffées. Des gamines. Délurées, mais des adolescentes encore. Elles pouffaient. Je ne les voyais pas. Elles ont murmuré des phrases à voix basse en étouffant des rires perlés. Dans l'herbe… des risées…

– Tu n'as pas pu comprendre ?

– Rien… Rien pendant un bout de temps. Elles chuchotaient et n'en finissaient pas de se marrer. J'ai saisi des bribes…

– Lesquelles ?

– « Lâchez tout ! Lâchez tout. » J'ai entendu ça, voilà.

– Ça, c'est moi ! C'est moi…

– Puis Joan a rajouté : « C'est lui qui a tout lâché. » Et elles ont ri de plus belle. Dis, Boris ! L'amour pullule, l'amour déferle ! Sais-tu que je suis devenu l'amant de Masseni ? C'est immense. C'est un ensoleillement. Tout le monde ressuscite ! C'est la vie qui fulgure, tout en fruits, tout en jus, tout en pubis !

Ça y est, Sylvanus s'emporte dans un vertige lyrique. Boris sourit. Il pense à Joan. A sa belle main agile. Ils se taisaient l'autre nuit, dominés par la grande maison immobile tandis que les appels des bêtes éclataient tout à coup, déchiraient les ténèbres. Des hystéries soudaines. Des secousses, des chamailleries de hyènes et de singes. Des abois, des ululements, des jacassements… L'odeur du lac Irigou qui refluait vers eux… un peu croupie. Elle a joui la première en le serrant très fort dans sa main. Puis elle a relâché, a attendu. De petites décharges la traversaient dont il sentait l'écho sur sa verge. Et elle s'est tournée avidement vers lui, le visage abreuvé de plaisir, comme inondée d'un sable, d'une paresse lumineuse. A pleine bouche, elle l'a embrassé, lui enfonçant une langue goulue pendant qu'elle le manœuvrait lentement, suavement. A son tour il a joui. Et elle a dit, exquise et secrète : « J'aime beaucoup l'odeur. »

Maintenant j'oublie les hommes, leurs chassés-croisés, leurs vaudevilles, leurs vices minuscules. Car Diallo nage dans les ténèbres. Il chasse. Mon seul double. Mon frère vorace. Il parcourt de long en large son territoire. Le lac sacralisé par sa présence et son emprise sans merci. Sur l'île, certaines femelles ont déjà creusé un trou dans le sable. Elles pondent quarante à soixante œufs par jour. Elles sont patientes, presque paisibles. Diallo attaque le premier jeune mâle qui ose couper sa course. Il le saisit à la gorge, le retourne, le plonge, l'étripe dans une étreinte folle. Le jeune mâle s'enfuit tout lacéré, déchiqueté, sanguinolent. Qu'il s'estime heureux de ne pas avoir été tué d'un coup. Et Diallo poursuit son chemin. Il crie. Il mugit, il scrute, se propulse par à-coups, ses flancs vibrent, crachent des nuages d'écume. Sa queue claque, ses mâchoires claquent. Un monstrueux désir le soulève. Il tourne autour des femelles du harem. Il les sent. Il les veut. Il les surveille. Il les garde pour lui seul. Dans les chambres du palais, ma sœur Mamie Faitai ouvre sa fenêtre. Elle entend le souffle, le chuintement, le raffut du chef. Elle voit les secousses, les vagues. Elle sait que Diallo est en rut. Diallo le tyran. Diallo diamant. Depuis toujours. Le pharaon d'écailles. Sa démesure et sa belle démence. Elle écoute, elle attend. C'est une nuit de pleine lune. Le lac luit, gluant, blanc comme du lait. Épais, mouvant. Diallo dedans. Toutes les femelles s'énervent dans le remugle du mâle omnipotent. Les œufs s'écarquillent sous le sable. Dans la couche supérieure, la plus chaude, les œufs des futurs mâles. Dans la couche plus profonde, plus froide, ceux des femelles… La nuit est un œuf énorme et pâle. Lourd. Comme le dôme de Notre-Dame de la Paix… sous le dais plus vaste des étoiles. La vie. Bâtie comme un temple autour du centre, du lac, de la couvée. Avec Diallo, le chasseur sexué. Il serpente. Il file. Il darde, affronte de nouveaux mâles. Égorge. Se repaît du sang. Et souffle, rameute les jeunes femelles nubiles. L'une d'elles tressaille, longue, effilée sur les eaux. Il se jette sur elle et l'immobilise avec ses mâchoires. Il la sent. Musculeuse. Ses flancs gras. Elle est toute braquée et pesante. Puis molle. Soumise. Il la chevauche… Leurs écailles coriaces glissent et grincent. Ils s'imbriquent. Ils forment un double crocodile au relief tortueux, cabossé. Quatre mâchoires, quatre yeux. Une seule masse bombée. Un colosse hermaphrodite et grumeleux qui mugit. Diallo entrelace sa queue à celle de la femelle. Il la pénètre. Dans la coulée de lune. Il tient le cou dans ses mâchoires. Il serre. Il mord. Il se fourre au tréfonds. La longue queue de la femelle rampe et se tord contre la sienne. Son sperme jaillit en longs spasmes… Il recule, lâche le cou. La femelle bascule de côté, exhibe son ventre doux et jaune que le sexe de Diallo frappe en retombant. Il sent toute l'odeur du lac femelle, de sa vase profonde, de ses poissons, de ses crapauds, des plantes putrescentes. Mais le relent du harem alerté submerge tout. L'onde parcourue de frissons, de sursauts, d'ébullitions secrètes, de nages furtives. Elles sont là. Elles savent. Elles le connaissent. Elles sont reliées à lui, comme ramifiées. Les mâles aussi. Ils sont cinq cents à savoir. A grouiller dans la même science noire et sourde. La femelle fécondée glisse tout doucement vers la rive. Lasse. Lui reste dans la richesse des eaux. Il avale un gros amas gélatineux d'œufs, de têtards et de petits crapauds. Sa gueule se couche sur une liasse de jacinthes sauvages. Son souffle s'apaise. Il ne dort pas. Il ne dormira pas de la nuit. Il veille. Il attend la nouvelle flambée qui va le précipiter sur une autre femelle. Il cuve sa convoitise. Prêt à mordre le cou de sa reine. Dans le lac des sacrifices, des œufs, des concubines, des tournois de mâles, des charivaris carnivores… C'est mon œil qui regarde, qui voit tout. Ma prunelle centrale ouverte dans le cercle des eaux. Je suis Diallo dans mon armure de lune, couronné de galaxies.

Aujourd'hui, Sylvanus a envie de leur parler, c'est irrésistible. De tout leur dire, de partager. De lever le secret, de s'épancher. C'est une pulsion qui l'envahit soudain. Se livrer dans la joie, emporter tout dans l'élan de son exubérance, dans une sorte de pardon lyrique. Elles sont dans leur chambre. La porte est ouverte. Joan et July écoutent de la musique. Salif Keita… le chanteur albinos. C'est le moment de rompre le silence. De débouler, de les submerger. D'un bond, il entre. Elles lui sourient. Il s'assoit sur le lit à côté d'elles. Puis se couche carrément de tout son long, à l'aise, croise les mains sur sa poitrine. Le visage concentré :

– Les filles, je suis amoureux !

– D'Ada, on sait…

– Non… j'aime, j'aime pour de vrai. J'aime profondément.

– Vous aimez qui ? demande Joan.

– Masseni.

– Mais qui est-ce ?

– C'est Masseni, une femme splendide, tout un passé, une longue histoire…

Elles ne se méfient pas du tout. Elles s'attendent à un nouveau conte où Sylvanus mêlerait à sa guise vérité et affabulation.

– Racontez-nous l'histoire de Masseni, Sylvanus !

Alors, il décide de frapper, de faire mouche, de méduser les deux jeunes filles.

– J'ai découvert que Masseni était la mère de l'Albinos.

Elles se taisent. Elles prennent le coup de plein fouet. La foudre. Elles ne cherchent même pas à maquiller leur stupeur. Soudain le front de July s'est couvert de sueur. Joan a très chaud. Sylvanus sent leur odeur de peur. Joan croise ses longues cuisses puis les déplie, très modelées, très nues. July reste jambes écartées, coite. Le cataclysme les a cognées. Knock-out.

– J'ai remonté la piste. J'ai retrouvé la mère. Une femme magnifique. L'Albinos est le fils du Bélier.

Elles ne comprennent pas tout de suite. Fils du Bélier ? Interloquées. Quel Bélier ?

– Alpha est le bâtard d'Houphouët-Boigny.

Il sait le prénom. Il les sent catastrophées par cette révélation. La fin du secret. Il sait peut-être tout, depuis le début. Il s'est joué d'elles. Mais elles se taisent encore. Un silence colossal. Pas de parade possible. Pas de riposte. L'abîme. Alors, il triche.

– Oui, je sais tout. Petit à petit, j'ai deviné, j'ai su, j'ai compris. Et je vous ai adorées.

Joan tente de résister :

– Sylvanus, expliquez-vous... Vous avez su quoi ?

– Alpha... que vous l'aviez découvert, que vous l'aviez rencontré, que vous aviez accompli la mission que je m'étais donnée. De mon côté, j'ai cherché, j'ai agi. Masseni m'est enfin apparue. Tout se reliait. Vous, le fils, moi, la mère.

Il étend son bras vers l'épaule de July.

– Il ne faut rien redouter. Il n'y a plus de danger. Tout peut être dit, raconté, assumé à présent. Il faut le sortir de son trou, de sa malédiction.

Joan et July le fixent des yeux. Elles ne cachent plus leurs sentiments, leur désarroi.

– Sylvanus, il faut le protéger... Il a peur, peur de tout.

Peur des autres, peur du monde. Le monde est sa peur.

Sylvanus se redresse, s'agenouille sur le lit, le cul calé sur ses talons.

– Eh bien, nous, nous ne devons pas avoir peur ! Nous n'avons pas peur. Nous sommes là désormais et la peur s'en va. Boigny est mort. Masseni est vivante. Il faut le ramener au monde. Vous et moi, tous, nos amis les écrivains. En force. Déployés.

– Vous allez l'écraser.

– Non, ça se fera doucement d'abord, par l'intermédiaire de Masseni. Je veux l'amener dans la maison de sa mère.

Elles sont tout à coup privées de leur rêve. C'est comme si tout s'était ouvert, avait été violé par la lumière. Il n'y avait plus d'endroit où se cacher. Plus de couvert. Plus de tanière. Plus de fleuve. Plus de granit enfoui dans la forêt. Plus de mystère, plus d'émoi. Plus d'enfance. Plus de passion. Plus de caresses. L'espace était d'un coup vidé, dénué de sens. Masseni était une mère immense. Elles ne pouvaient l'approcher par la pensée, impossible de l'apprivoiser. Masseni occupait tout l'espace.

– Tout doucement, les filles, vous avez raison... Vous lui parlerez de moi, puis d'elle... Il ne peut plus vivre ainsi. Masseni est une femme belle et douce.

– Pourquoi l'a-t-elle abandonné ?

– Elle était très jeune. Houphouët était le père. Des menaces pesaient sur elle. C'était au commencement. Une autre Histoire, un autre temps. Elle était aussi jeune, aussi jolie que vous. Elle devait aimer le secret, comme vous. Elle était prise dans un secret passionné. Elle vous ressemble.

Sylvanus s'exalta soudain :

– Mes chéries ! Mes grandes chéries... Il faut le ramener, le réunir à nous. Il ne quittera plus le monde. Yamoussoukro sera lavée de ses péchés. Tout sera plus neuf, plus joyeux. Votre désir l'a trouvé, votre ardeur. Votre joie l'a sauvé.

Boris frappe à la porte et entre :

– Je ne vous dérange pas ?

Sylvanus rit :

– Deux mecs, deux filles… l'ambiance que j'aime.

– Joan, vous venez faire une balade avec moi sur le lac Irigou ? Tetiali nous prête sa barque.

– Une promenade en barque ! Boris, tu deviens de plus en plus romantique.

Boris se pince la bouche entre le pouce et l'index pour intimer à Sylvanus de la mettre en veilleuse…

Joan s'est levée d'un mouvement leste. Droite à côté de Boris. Beau couple. Soudain leur énergie les carre dans l'espace et les soude d'un bloc. Ils éclaboussent, gorgés de force. Sylvanus ne peut s'empêcher de penser à lui-même et à Masseni. La prestance du blanc-bec lui fait défaut. Il sent un coup de vieux qui le matraque. Un instant, sa croyance lyrique en l'univers s'est éclipsée. Un doute… Combien de temps tiendra-t-il avec Masseni ? Joan et Boris, presque durs, presque cruels.

Ils sautent dans la barque. Sylvanus les regarde par la fenêtre. Un bond presque animal ponctué d'un rire canin. Ils ont des crocs d'allégresse. Boris fait démarrer le moteur. Ils filent en direction de l'île. Mais le soleil tout à coup les surprend, les assomme. Boris et Joan échangent un regard de stupéfaction. La sueur déferle sur le torse de Boris, dans le cou de Joan. Une massue de soleil. Pas un souffle. Même le lac ne lâche pas la moindre miette de fraîcheur.

– C'est dingue ! dit Boris.

– On est au paroxysme ! Les pluies vont éclater d'un jour à l'autre.

– On pourrait presque se trouver mal !

– Si vous vous évanouissez, Boris, je sais comment faire !

– Non, mais je ne déconne pas… On est peut-être très imprudents de sortir en plein midi, comme ça… Combien il fait ? !

– Quarante, facile… Moi aussi je me sens estourbie.
Ils ruissellent à l'unisson.
– Sur l'île on trouvera de l'ombre, murmure Boris.
– Une ombre propice…
Elle a des répliques pointues et de jolis sous-entendus. Ça le réjouit. Sa phrase lui revient : « On est au paroxysme. » Il aime l'excès, l'extrême. Il désire ce déchirement, ce grand orage primordial. Joan là-dedans. Bousculée, culbutée. Puis le craquement des pluies. Le charivari du Kan. Les mares qui se remplissent. Tout se met à bouger, à crépiter, à s'enfler, à sortir de ses digues, à divaguer sans garde-fou. Le chaos. Joan moins coriace, moins close mais remuée, roulée, béante, toute sa chair harponnée par les éclairs, par les torrents.
Ils brûlent sur l'eau. Plaqués contre un disque de feu. Ils passent devant le nid des pélicans. Leur relent fauve les assaille. Le lourd fumet des chiures dans le magma, des plumes, des duvets, des couvées.
– Ce qu'ils puent ! s'exclame Joan. J'aime assez !
– Les odeurs…
– Oui, surtout les pernicieuses…
Elle l'attise depuis le début. Elle résiste mieux à la chaleur. Elle en profite. Hardie. Ils débarquent dans l'île. Il lui prend la main. Ils suivent un petit sentier sec et roux piqueté de buissons. Et là, devant eux, dans une zone dégarnie, à même le sol, la terre brunâtre : ce paquet. Cet enroulement. Ces boudins sinueux.
Joan souffle estomaquée :
– C'est le grand python de Thérèse.
Alors ils se taisent, émerveillés. Ils restent là longtemps à regarder la bête dormante. Cet amas monstrueux.
– Je sens son odeur… chuchote Joan, suspendue, les narines dilatées… Vous la sentez…
– Oui… Ça m'arrive par à-coups.
– Cette île est bourrée d'odeurs vicieuses.
Alors lui n'y tient plus et lui lance :

– Viens… Je veux te sentir…
– Avec la chaleur, la sueur, Boris ?
– Plus tu sentiras, meilleur ce sera.

A son tour, elle se sait soudain débordée. Il l'a prise au mot. Il l'a prise de vitesse. Il est avide. Expérimenté. Il a eu pour amante la friande Akissi… L'autre nuit sur la terrasse, sans doute, sa main a su chercher Boris, le prendre, le caresser. Ce n'était pas difficile. Mais là, un certain affolement la saisit. C'est trop rapide. Elle n'aurait pas dû le provoquer, fanfaronner. Il est prêt. Elle sait. Elle le voit. Durcir. Le visage durci. Métamorphosé par son désir violent. Il n'y a plus de place pour rien d'autre. Pas un accroc. Tout entier, il a envie d'elle. C'est elle l'objet de cette envie totale. Elle n'est plus vraiment sûre. Elle a très chaud dans l'île. Plus chaud que lui maintenant. Sa dureté emporte tout. Elle terrasse le monde. Le python mangeur, c'est lui. Il l'entraîne, cherche l'abri, l'ombre idéale. Il va plus vite, de plus en plus vite. Et elle ne fait que le suivre. Et quand il se déshabille, elle a toujours le même retard, la même distance. Alors, elle plaque sa main contre sa poitrine :

– Attends ! Attends…

Surpris, il s'arrête, la regarde… Il découvre sa jeunesse et sa peur. Alors, il a ce geste très beau, très doux. Il tend la main vers sa joue. Et la main s'incurve sur l'arrondi de son visage. Émue, elle ferme les yeux… les rouvre et lui dit :

– Je voudrais d'abord qu'on se respire, qu'on se respire longuement.

Il lui sourit, plein de consentement. Elle ajoute :

– Qu'on se respire partout.

Alors, il sait, il sent que leur bonheur commence dans l'île d'odeurs. Tout doucement il se penche. Et c'est l'odeur du cou qui naît la première. Ses yeux par-dessus l'épaule dévalent le long de l'échine jusqu'à la croupe serrée dans la toile du short. Il lui souffle dans l'oreille :

– J'ai envie de l'odeur pincée entre tes fesses…

Alors, elle lui sourit, sournoise, et dit :
– Moi, d'abord.
Et elle soulève le bras de Boris et fourre son fin visage sous l'aisselle.

Nuit d'or. Nuit torride. Nuit d'Adjoua. Bijou de nuit. Grande nuit de Masseni. Nuit d'odeurs. Diallo a levé son mufle au-dessus du lac. Il est criblé d'écailles d'or. Alors, le roi glisse vers la rive. Il se hisse. Sa queue sort lentement du lac. Diallo s'ébranle. Il marche vers le palais. C'est un déclic cosmique. Diallo va. Totem d'étoiles. Il sent la poussée de cette force. C'est la détente du firmament. C'est le moment d'une unique et dernière migration. Diallo est sorti du lac. Toutes les lumières du palais brillent dans la nuit. C'est le premier diamant du voyage. Il traverse le jardin et atteint le perron. Il gravit les marches. Sur la vaste terrasse, soudain les gardes l'aperçoivent. Énorme, la gueule dressée… Un mugissement de terreur sort de leurs bouches.

– Capitaine Diallo… Capitaine Diallo !

Le crocodile sacré s'avance. Et les gardes tremblants lui cèdent le passage, ouvrent les portes. Diallo parcourt tout le hall, les salons d'apparat. De l'autre côté, on le laisse sortir.

Diallo se dirige vers la ville. Et c'est comme s'il portait sur son échine les lustres du palais, leurs pendeloques de feu. Yamoussoukro dort. Il est tard dans la nuit. Parfois une voiture, une mobylette passent sans voir Diallo. Il traverse des pelouses, des places, des esplanades. Il marche sous le collier des galaxies et il arrive au grand axe central, l'avenue Mamie Adjoua… C'est la gigantesque artère, la colonne vertébrale du Bélier. De chaque côté s'étendent les quatre grands lacs avec leurs pentes herbeuses, leurs rives désertées. Diallo se coule dans la route de la sœur chérie. A gauche, apparaît bientôt la petite mosquée blanche et fignolée, ceinturée de bâtisses et de rues. Là-bas, au fond, à droite, se dilate cet œuf immense et bleuté, dans l'incandescence des spots. Le dôme de Notre-Dame de la Paix.

Diallo progresse, plein de force. Le crocodile centenaire n'a accumulé tant d'énergies que pour entreprendre sa course dans l'ardente nuit d'Adjoua. C'est le boulevard de la reine. La capitale est son écrin, sa couronne et son tombeau... Diallo s'immobilise un moment. Le vent lui porte le parfum des lacs. Il occupe exactement le centre de Yamoussoukro. Rivé au cœur du Bélier déployé. A l'intersection du frère et de la sœur. Il émet un cri sourd. Il souffle. Il gronde. Il lève la tête, la secoue comme pour manger le ciel. Son dos, le long de toutes ses crêtes, porte des citadelles et des murailles d'étoiles... Pendant plusieurs nuits il a perdu toute sa semence dans ses noces avec les femelles. Il a combattu les jeunes mâles. Puis il s'est reposé deux jours. Sans savoir. Sans deviner. Alors, la pulsion a déferlé sur lui, l'attraction subite exercée par la cité. Ce village du Vieux qu'il lui fallait connaître. Diallo est sorti des eaux. Diallo aimanté. Il a émergé d'un présent étiré sur cent années. Il a bondi. Il s'est libéré de la gangue. Alors, le temps a commencé. La nuit de ce temps nu et neuf, frémissant comme un ventre. L'odeur d'entrailles de la ville chaude le remplit. Il s'élance de nouveau. Il rampe. Sa carapace ondule, brille. Son armure d'escarboucles. L'avenue Mamie Adjoua est un fleuve vivant. Diallo entraîne et tire l'arche du temps. Il gouverne la ville par tous ses liens, par tous ses harnais secrets, par toutes les ressources de son sang. C'est comme si Yamoussoukro était sortie, enfin née grâce à lui. Comme si la ville fantôme, ce songe de cité, avait pris soudain corps et s'était incarnée dans le corps de Diallo parcourant la Sœur et l'œuvre du Père fondateur. C'est une Trinité, un triangle ensorcelé.

Il arrive dans la cocoteraie. L'immense terre-plein se bombe. Au sommet, au centre des choses, règne la basilique du Bélier. Notre-Dame de la Paix. La Grande Cathédrale femelle. Notre Sœur… Mamie, Mamie Adjoua, Notre Mère Masseni. Diallo regarde le temple d'or. Ses portiques, ses colonnes échelonnées en deux arcs symétriques, son fronton. Son bulbe colossal. L'œuf du monde… Le voilà devant les grilles, à côté de la guérite des sentinelles. Et c'est la même exclamation de stupeur et de vénération devant l'idole en marche. Le même effroi, la même soumission.

– Capitaine Diallo ! Capitaine Diallo…

On lui ouvre. Le crocodile est entré dans l'enceinte sacrée. Il parcourt l'esplanade. Il gravit les marches. Il domine la ville. Le portail est fermé. Il attend. Il appelle. Un garde apparaît. Diallo gronde et mugit. Le garde s'exécute. Il ouvre la Cathédrale sainte… Diallo remonte l'allée centrale. Il n'a cessé de parcourir la même avenue immense. Il sent l'odeur des bancs de kolibé violet. Les autels et les vitraux restent éclairés toute la nuit. Diallo tressaille, constellé de halos. Il s'est glissé dans l'œuf, dans sa coquille géante. Le monde l'enveloppe de ses écailles de marbre.

Il voit le baldaquin. Le simulacre du Bernin. Ses colonnes torsadées, ses fleurons et son dais. Diallo avance, s'installe sous le chapiteau d'or. Son grand corps s'immobilise, apaisé, enfin ancré à la tête de la basilique. Il fait face. Il veille. Diallo diamant. Il a rejoint le sommet du monde. Lui, la bête du chaos et le joyau des eaux primordiales, il resplendit sous le soleil de la sœur et sous les cornes du bélier d'or.

A l'aurore, les prêtres et les gardes ont osé s'approcher. Dans un rai de lumière, ils voient Diallo comme harnaché par le grand baldaquin. Dans une aura, le crocodile porte les quatre colonnes de marbre. L'énorme gueule d'or les regarde, entrouverte et béate, sous la tiare des flambeaux.

Ils s'enfuient. Un flot de pèlerins qui débarque sur l'esplanade entend leurs cris.

– Diallo ! Capitaine Diallo est au cœur de la cathédrale !

La nouvelle se répand dans toute la ville ! Diallo siège dans la basilique de la Sainte Vierge. L'idée que Dieu a déserté la Cathédrale renaît, s'impose avec une nouvelle force. Sylvanus avait lancé le premier cette rumeur. Une monstrueuse preuve vient d'en être donnée. On a prévenu Mamie Faitai. Elle a la haute main sur le lac sacré et sur le palais. Elle seule représente la volonté de Boigny. Elle donne des ordres. Les hommes du lac sacré, Niagamé et Cissé Lewa, piègent Diallo dans un filet, l'endorment d'un coup de seringue anesthésiante décochée par un fusil puissant. Et la foule amassée voit Diallo sortir de la cathédrale, immobile, porté comme une statue par six gardes du lac sacré…

L'image a un effet terrible… Le signe… Cela s'incruste et prolifère. Cette hantise étrangle Yamoussoukro. On ne peut plus tenir. Bientôt deux visions se combinent, celle de Diallo drapé d'or et de pourpre siégeant comme un pape sous le grand baldaquin et celle où il sort de la cathédrale sainte, idole balancée sur les épaules des sentinelles.

Je ne comprends pas. Je suis assommé. Diallo. Mon fidèle Diallo. Diallo le vieux. Diallo du lac. Me faire ça. Partir, transgresser. Traverser la ville et venir se coucher sous le grand baldaquin. C'est le monde à l'envers. Toute l'horlogerie du monde s'est détraquée. Mon grand vaisseau à la dérive. Mélange horrible. Le crocodile et la Cathédrale ne se conjuguaient qu'en moi, deux strates de mon histoire, de ma mémoire, maîtrisées par moi seul. Je conciliais les extrêmes. J'assurais le balancement et l'unité profondes. Mais Diallo est sorti des eaux. Il a navigué dans la ville. Il s'est répandu partout. Sa bestialité est venue se vautrer dans les bras de la Vierge. C'est incompréhensible. Cela ne pouvait pas avoir lieu. Cela ne se peut pas. C'est impossible. C'est une hallucination collective.

Et maintenant ils vont tuer Diallo. Pour rétablir l'ordre et partager de nouveau les règnes. Tuer le Vieux. Mamie Faitai l'a décidé sous la pression de l'opinion. Sacrifier le monstre. Effacer sa profanation.

Niagamé est chargé de l'action. La télévision filme. Niagamé lève son fusil, épaule. Il tire. Il tire de nouveau. Il tire encore. Diallo le géant se cabre, tressaute et se tord et se cabre encore sous les rafales. Gueule ouverte. Diallo troué, transpercé, tout diamanté de sang. Le roi bascule, offre son ventre jaune. Diallo retourné, Diallo massacré. Diallo sacrifié… Mon lac tué. Mon œil crevé.

Et j'entends le ricanement de Sylvanus triomphant :

– Trop tard ! C'est trop tard. Ils peuvent toujours courir. La vision de Diallo sous le grand baldaquin est rivée à jamais dans les mémoires. La basilique de la Paix sera désormais baptisée en secret : la cathédrale du Croco !

La cathédrale du Croco ! Salaud ! Salaud ! Salaud d'écrivain. Salaud d'artiste. Tout est sa faute. Toujours leur faute. C'est lui qui par son pouvoir maléfique, par ses monstrueuses affabulations, toute l'aimantation de ses mots a poussé Diallo. Oui, il a insufflé son verbe subversif dans le crâne de la bête. Il l'a manœuvrée. Il l'a conduite au sein de la Cathédrale. Dès le début, quand j'ai vu Sylvanus entrer dans la basilique, j'ai eu ce pressentiment de la transgression. Quand il a proclamé le déguerpissement de Dieu. Sa prose préparait son crime. Et puis, oui, je l'ai entendu, il a ajouté :

– L'Albinos est vengé !

Voilà. Diallo contre l'Albinos. Assurer l'intronisation du Sans-Peau, voilà leur plan.

… Voir ça. Les voir. Elle et lui. Ma Légionnaire et l'Informe. Masseni et l'Albinos. Mère et fils. Est-ce possible ? Ils ont réussi à le sortir de l'ombre, à l'extraire de la forêt. Ils l'ont amené en pleine lumière, conduit au cœur de Yamoussoukro. Assister à cela. A leur surprise, à ces timidités, ces stupeurs, ces reculades, ces baisers, ces larmes, ces élans. Sylvanus pleurnichant. Le visage tuméfié, poché d'émotion. L'abominable scène. Rien ne me sera épargné. Masseni étreignant tendrement le monstre. Le Tout Autre tapi dans les bras de mon amante. A ma place. Il ne peut pas être mon fils. C'est impossible. Comment Masseni a-t-elle pu me tromper, coucher avec un autre ? Est-ce croyable ? M'enlacer et me trahir. Si jeune, si belle, si fervente, si farouche, et concocter dans mon dos l'écorché. Non. Alors… ce serait lui ! Elle ose lui dire le nom du père. L'aveu gigantesque. Et lui reste saisi, muet.

Un spectre serait né de mon sperme… Ce fils tout pâle. Je ne peux pas ! Tout mon sang le refuse. Et Diallo n'est même plus là pour le dévorer.

Ils se reconnaissent de mieux en mieux. Ils échangent des regards profonds. Masseni lui révèle le nom de Mamie Adjoua. Sylvanus s'attendrit et piaffe et jappe. Il mène la sarabande. L'odieux fripon. Le bouc ! Et les voilà qui parlent de Salif Keita, le chanteur albinos. Il séjourne à Abidjan, de passage à l'Hôtel Ivoire. Le journal a révélé la nouvelle. Alors, Sylvanus a une idée. Il téléphone à ses amis écrivains, au ministère. Il faut que Salif Keita vienne chanter à Yamoussoukro. « Pour gommer l'horreur ! » Voilà ce que cet hypocrite de Sylvanus vient d'inventer. Sa phrase. Effacer le scandale de Diallo, son obscène virée dans la ville. Deux albinos d'un coup ! Un raz de marée de larves. Il chantera la mort du grand crocodile sacrificateur. La fin de mes temps légendaires. Voilà. C'est bien leur plan. Ils l'accompliront jusqu'au bout. A la barbe de ma basilique. De ce qu'il en reste...

Mais tout à coup la chaleur est trop forte. Le ciel se charge d'une tension formidable. Tout devient gris, aveugle. Un grand éclair traverse Yamoussoukro de part en part. Dieu, foudroie-nous ! Foudroie-les tous ! Oui efface ! Calcine ! Finis-en une fois pour toutes. Épargne-moi les étapes de ma déchéance. Pas de crépuscule. La nuit d'un coup ! Je désire toute la nuit. Le silence. L'oubli. L'anéantissement.

Et cela tonne, s'ébranle, résonne, ricoche, secoue et baratte ma capitale. Le nuage crève, lâche sa cataracte. Vas-y ! Pilonne. Inonde. Submerge-nous ! Lave tout. Noie l'Albinos. Tue ! Tue ! Torpille, écrabouille tout.

La pluie s'arrête d'un coup. Une mitraille d'éclairs. La zizanie partout. La bacchanale phosphorique illumine Yamoussoukro. Un impact perce le globe coiffé de la Croix élevé sur la lanterne, à quatre mètres au-dessus du dôme. Moi seul voit la blessure dans la planète d'or. L'averse recommence, en écroulement large. Et la tornade monte dans le boucan, elle gonfle son poitrail noir, darde sur la banlieue et sur deux campements bricolés en bordure de la ville. Elle soulève les toits de tôle ondulée, décapite les baraques, arrache les poutres, renverse les piliers. Elle souffle masures et taudis. Le torrent soudain de latérite et de gravats empoigne six personnes, les roule et les noie.

Akissi écoute le ramdam. Le lac Irigou tétanisé. Soudain soulevé d'un flot de jacinthes et de laitues d'eau. On n'entend plus les calaos dans le tulipier du Gabon. Motus. La peur ferme les becs. Tetiali, Cecil, Assioussou, Yoro, tout le monde s'est planqué dans la maison. L'avalanche continue, remplit les oreilles, le crâne. Le ciel s'effondre par pans, murailles. Il n'y a plus de frontière entre le haut et le bas. Un seul chaos criblé. Enfin, le fleuve s'abreuve. La gueule grande ouverte, il boit. Comme appuyé sur ses nageoires de palétuviers. C'est une immense tétée dans les rivières, dans les savanes, partout. Akissi imagine ainsi l'événement. C'est comme si elle-même, déjà, allaitait son enfant. Le sein sorti, généreusement dardé, giclant son lait. Toute cette soif de la terre enfin assouvie. Il y a l'enfant au centre, au cœur du lac et du ventre. Il y a ce placenta de jacinthes et de sang nourricier. Puis l'intarissable fleuve. Le cercle complet des savanes et des troupeaux. Et cela fait une succession de couches, de profondeurs vivantes, remuantes, qui enveloppent l'enfant niché. Autour de lui, l'univers entier se sédimente et s'unifie : herbes, arbres, toisons, gazelles, éléphants. Masses de latérite, de végétaux, de chair. La vaste termitière accumule et presse ses épaisseurs de magma autour de la cellule royale. Akissi règne au sommet de l'édifice. Elle est la tête de cette montagne du monde. Il n'y a plus de soleil dans cet océan de pluie. Le soleil, c'est l'œil d'Akissi. Le rayonnement de son être. Thérèse, Assioussou, Cecil, Boris, Sylvanus, tous sentent cette puissance qui ramène à soi l'éparpillement des choses. Thérèse sans enfants en est frustrée. Thérèse qui n'a jamais connu le manque. Et qui, là, au sein de la profusion, dans la luxuriance des averses, connaît une angoisse soudaine. Un vide. Comme si tout ce trop-plein n'était que le prolongement, le déploiement du ventre d'Akissi. Car on ne voit que le ventre. Là. Dans la maison cernée. Sous ce toit où toute la tribu s'est rassemblée, il pointe. Il se bombe. Il arrime l'arche du Déluge. C'est un mont Ararat où toutes les bêtes et le meilleur des hommes s'est réfugié. Thérèse a cessé d'être le centre. Sylvanus se tait. Sans enfants, lui aussi. Le centre de gravité s'est déplacé. L'axe d'Akissi satellise la maisonnée du monde. Seules Joan et July échappent à cette aimantation. Elles voudraient savoir où est Alpha. Est-il retourné provisoirement dans sa tanière ? Alors, au fond de la terre, dans son boyau, il entend le vacarme de la résurrection. Ce grand branle des éléments déchaînés pour féconder le sol tari. Ou bien est-il revenu définitivement chez sa mère Masseni ? Alors, auprès d'elle et peut-être dans ses bras, il assiste au tohu-bohu. Il voit les toitures valser, les égouts déborder, les remous se ruer dans le dédale des rues. Mais tous les deux, soudés au centre des choses, ne redoutent plus rien. Les murs peuvent trembler, les poutres grincer, les tôles ondulées s'envoler. Ils sont le centre inentamable. Rien ne peut atteindre leur souche radicale. Ainsi se tiennent Akissi et Masseni aux deux pôles de l'ellipse de Yamoussoukro, de son immense nef.

L'orage colossal renvoie chacun à soi, à sa mémoire, à son âme, à cet espace intime dont il éprouve la résistance, l'autonomie, le vide ou le plein. Le monde a scellé son unité dans un bouillonnement aquatique. Mais chaque pensée offre une voûte plus ou moins solide au cœur de la confusion. Le grand foyer, c'est Akissi. Feu de joie dans la nuit.

L'accalmie ramène la dispersion, l'échelonnement des êtres et des objets dans l'aire qui, de nouveau, s'ouvre et se différencie. On bouge. On se décentre. Chacun reprend son site, son cheminement.

Le lendemain, un premier bilan tombe à la radio. L'inondation a tué plusieurs personnes. Elle a dévasté un faubourg et deux campements. Trois cents victimes sont sans abri. Sylvanus voit les trois cents. D'un coup ! Son aile se déploie et il met les trois cents dessous. C'est ainsi que les certitudes naissent. Le sens d'une mission ardente. Il était seul tout à l'heure dans l'orage. Maintenant il est trois cents. Ça lui est venu comme un éclair. L'illumination du nombre. Son ventre est maintenant plus gros que celui d'Akissi. C'est sa revanche. Il annonce :

– Il faut sauver ces trois cents-là, s'activer pour leur trouver sans traîner un logis.

Tout de suite, Thérèse lui emboîte le pas :

– On ne peut pas les laisser sans toit.

Akissi sourit, oscille…

Thérèse avise le char de Djé Djé. C'est le moment de tester ses vraies capacités. Sylvanus la suit. Puis Boris, Assioussou. Il faut rejoindre la ville, porter secours aux sinistrés.

La bagnole amphibie détone et pétarade, se cabre dans la boue, coupe un torrent. Craque et se balance. Roule et vogue. Nage, se dandine, crapahute dans une ornière. Pique et remonte. Il n'y a plus de chemin, de piste.

– La face du monde a changé ! lance Thérèse, inspirée, guerrière.

Elle appuie sur le champignon, change de vitesse, vire à gauche, redresse, lâche du lest, retient, libère, cavale à fond la caisse, elle éperonne le coursier de Djé Djé. Elle sent la bête. C'est un moteur pour elle. Au diapason de ses foucades, de ses chamades. A la taille de ses transes. Elle est heureuse. La joie lui vient. La grande joie d'Assioussou, du fromager, des commencements de l'amour. Alors, elle chante. Dans la gigue et le fracas des roues, des gardeboue, les syncopes et les vrilles d'une chorégraphie des orages.

– Je la sens… Je la sens mon amour… Entre mes genoux, mes cuisses, je possède la sarabande.

Tel est le couplet qu'elle entonne. Tout le monde rit, reprend en chœur.

– Je la sens, je l'ai bien en main. Elle rue et s'envole sous mon talon. Je fais onduler croupe et proue à ma guise. Ma monture crache des étincelles… comme elle hennit de plaisir !

Ils tombent soudain dans un trou. Perdent les pédales. Valdinguent au pied d'un remblai de fange et de branches coupées. Thérèse décide de ne pas se laisser traverser par le doute. Elle toise ses compagnons. Ils sont au fond d'un entonnoir gluant. Avec le couvercle noir du ciel par-dessus. Elle appuie sur un levier, lève la bagnole par saccades, donne les gaz, attaque le versant. Le char se détache d'un bloc, fuse, escalade, fait une pirouette et redégringole sur le plancher comme un scarabée mort.

Thérèse susurre avec désinvolture :

– Très bien, ma gazelle, très bien, mon ange, mais on repart ! A présent, on bande et on jouit !

Et hop ! Elle répète la manœuvre avec plus de souplesse et d'autorité, un emportement virtuose. Et au moment où la voiture veut faire sa volte-face de ballerine boudeuse, Thérèse, mamelons braqués, crie :

– Non !

Elle refuse. Tous, ils refusent. Tous cabrés de concert, alignés sur les mamelons de Thérèse. Tous la tête en avant. Tous les reins propulsés. Thérèse ouvre les vannes de la machine. Elle lui fait livrer toutes ses réserves dans un rugissement.

– J'ai sorti l'hélice !

A peine ont-ils entendu la sentence surréaliste que la ferraille géniale décolle et avale le versant en trois cahots, trois bonds. Une odeur de cramé envahit l'habitacle.

– C'est rien, c'est la suée après l'orgasme !

Thérèse lâche la bride, attend…

– Reprends ton souffle, ma cousine !

C'est reparti, ça caracole sur des bancs de latérite qui divaguent entre les paquets de lianes, les palmes des bananiers, l'écorce des rôniers, les éboulis et les crevasses.

Là-dedans, ils tressautent comme des bouteilles, cliquettent et bringuebalent. Le swing les chasse d'un bord à l'autre, les acoquine soudain, les empile et d'une gifle les sépare. C'est la noce de la bagnole de Djé Djé, l'accordéon les saoule et les chaloupe. Thérèse s'exclame :

– Je suis le Jakaridja des brousses mais j'ignore le naufrage !

Ils applaudissent. Nouvel accroc. Brèche puis barre de débris. Ils butent. Leurs corps partent en avant. Ils mordent l'obstacle, l'enlèvent. Ils retombent sur leurs coccyx moulus.

Ils arrivent enfin au sein du premier campement. Huttes démantelées, poignée de paillotes au vent. Une ribambelle d'hommes juchés sur un monticule au milieu d'une mare de gravats. Sylvanus embarque deux blessés légers. On se serre. On promet de ramener les secours au plus vite. Deuxième campement. Même chahut. Cette fois, les naufragés sont sagement alignés tout le long d'un remblai. On emmène un colosse à la jambe cassée. On se tasse. Sylvanus s'assoit sur les genoux de Boris. Le rescapé, torse nu, luisant de pluie, cannelé de muscles, hagard.

C'est le faubourg cul par-dessus tête. Le décor se désarticule, dévale et s'engloutit dans l'effervescence d'un torrent qui, plus loin, s'élargit et noie les bicoques. Sur les toits de tôle ondulée, festonnant les murs, disséminés sur les décombres, en grappe sur des îlots, à califourchon sur les branches d'un jacaranda : les trois cents effarés regardent le char de Djé Djé. Thérèse dans son fauteuil rouge. Est-ce la fin des temps ? Cette chevelure rousse entourée d'acolytes surexcités et de damnés morfondus, qu'est-ce ? Quel prodige ? Alors Sylvanus descend. Il les harangue. Puis, au bout d'un moment où il sent sa tirade s'essouffler, ses promesses sans fondement, l'idée l'envahit. Plus vaste, plus déployée que le compas des pluies. Il conduira les sans-logis à l'Hôtel Président ! De peur de les effaroucher, il se garde de le leur annoncer. Il se contente de les rameuter sur des passerelles et des barques de fortune, tandis que Thérèse accomplit des va-et-vient incessants entre les mares dans son ambulance amphibie.

… Voilà ! C'est la suite, la logique. Il a trouvé ça. Drainer les gueux à l'Hôtel Président. Chez moi… Ce n'est pas le pire, car j'ai toujours prétendu protéger le peuple. Mais la péripétie se superpose au reste, à Diallo vautré sous le baldaquin, au Tout Autre, à l'Albinos bercé par Masseni. La pente nous précipite. Sylvanus nous pousse. C'est sans limites. Il accélère. Nul répit. Déjà il a joint ses comparses d'Abidjan. Il les ligue. Et puis il obtient le soutien des étudiants des Grandes Écoles de Yamoussoukro. De l'évêque de Bouaké, c'est le bouquet ! Même de l'imam. De Mamie Unesco. Il fait le plein. Il s'adresse à Salif Keita qui décide de venir sur-le-champ. C'est une émeute. Un putsch de poètes. Pouac !

Le président Konan Bédié hésite. Les clans s'agitent. Toutes les oppositions se rallient. On lui conseille d'attendre… Les trublions vont se diviser… d'eux-mêmes…

Et la cohorte dépenaillée des trois cents entre sans résistance dans l'Hôtel Président. Sous les lustres. Sur les tapis. Dans le hall de marbre. Les ascenseurs fastueux. Leur cohue dans mon carrare ! Leurs guenilles. Mais ce n'est pas le pire. Ce qui me nargue le plus, l'enfer, c'est leur leader : Sylvanus, ce virus échevelé, propagé partout. Voilà ce qui me meurtrit. Thérèse et Assioussou auraient adouci ma douleur. Je leur aurais volontiers cédé l'hôtel un moment. J'ai toujours eu le génie de la reculade tactique, de la parade conciliatrice. J'aurais pris les devants. J'aurais appelé le peuple à venir profiter du havre de l'Hôtel Président. Sous mon épaule. Sous mon aile. Mais voir Sylvanus animer ce chambardement ! Le voir courir dans les couloirs, voltiger sur mes moquettes. Il fait peur à mes soubrettes. Hélas, non ! Elles jubilent. Les liftiers s'esclaffent. Tout le monde se rebelle et se réjouit. Les cuisiniers ont quitté leurs fourneaux pour regarder le peuple passer.

Dans mon hôtel, dans mon corps. Mes luxueuses entrailles. Les trois cents sont emportés par groupes dans les ascenseurs. Certains reculent, craignent l'envol, le rapt. Sylvanus les convainc, les entraîne, les tire par le bras. Leur fait violence. Oui ! Il les force à décoller. Ils débarquent tout là-haut dans mon restaurant panoramique circulaire. Les trois cents regardent Yamoussoukro. Scrutent, reconnaissent, montrent du doigt les lacs qui débordent, s'exclament, s'ébahissent. Hier, ils étaient dans la bouillasse, dans la mouise jusqu'au cou. Aujourd'hui, les voilà qui culminent. A ma cime, à ma tête. Cinq étoiles ! Ils font le tour de la salle. Les gosses, les mères, les cousins, les tontons, les ancêtres, les ventres volumineux, les échines fortes ou lestes, les grands maigres aux mollets noirs et nus, les fillettes à tresses tout épatées, la morve au nez, trimballant leurs petits frères au derrière tout nu. Tous les boubous déplumés, chiffonnés, maculés, jacassant, gigotant, s'égosillant, moutonnant, s'émoustillant d'un bord à l'autre de la baie immense. C'est la chienlit. Il avait raison le Vieux, le Papa. La chienlit ! Je voudrais être à la place de Konan Bédié pour prononcer la phrase historique : « Il faut arrêter la chienlit. » Le pouvoir est fait pour extirper le merdier. Sylvanus nous plonge dans la merde. C'est son génie profond. La merde, sa régression et sa fringale sans frein. Nous faire tous tomber dans la fosse à merde. Son bonheur. Sa liesse, son carnaval fécal. Tous au chaos ! Allons-y gaiement. Cavalcadons ! Charivari ! Et ce caca soulève l'enthousiasme. Les écrivains, Ahmadou K., Bernard D., Mariama, Tanella et Salif Keita, Patrice Soumahoro, tous appuient l'avènement du grand merdier. Vive le caca ! Vive le caca ! Voilà le slogan de la canaille. L'Ivoirité est détrônée. Tout le monde s'en fout. Mais la kermesse du caca crée l'union. En veux-tu en voilà ! On se bâfre. Tous des cochons, cacophonie. On grogne. Chienlit tous on chie ! C'est ça le chic. Ravaler ma capitale au niveau du cloaque. Faire de Yamoussoukro un gros caca. Ma cathédrale : une madone anale. Ils crient tous dans mon crâne. Je les entends, un seul écho jusqu'à la catastrophe finale : « Caca ! caca ! »

Alors un mot nouveau éclate dans la tête de Sylvanus. Un sortilège énorme. Hier, il s'est exclamé : « L'Hôtel Président ! » C'était déjà beaucoup. Mais il va plus haut, plus fort. Maintenant, il s'écrie :

– Manifestation ! Il faut faire une manifestation ! Une grande manifestation !

C'est une traînée de poudre. Les étudiants adorent. Les partis querelleurs. Les mutins de tous bords. Les négateurs. La date est fixée. Sylvanus, Salif Keita, Mamie Unesco, Ahmadou K., Bernard D. conduisant le défilé. Défiler ! Ils ne pensent qu'à ça ! Leur reviennent des images et des chimères de l'histoire des peuples. Eh bien, moi aussi, j'ai défilé, manifesté, dirigé de haute main la révolte contre le colonisateur ! Et c'était autrement plus périlleux et révolutionnaire. L'épopée, c'est moi ! Ils n'en sont qu'un rebut pitoyable. Ils régurgitent à contretemps la ritournelle que je leur ai enseignée. Au tout début. Dans le grand temps fondateur et sacré. Leur défilé sera de l'histoire petite et profane, au vagin usé, fripé. Elle n'accouche plus que d'une vindicte d'avortons.

Ils ont enterré les morts, les six noyés. Ils ont proclamé qu'ils ne les oublieraient jamais ! Puis se sont rassemblés autour de l'Hôtel Président. Leur marche a démarré. La Grande Marche. Laissez-moi rire. Quand je me souviens de 1949, de la marche des femmes d'Abidjan à Grand-Bassam. Elles s'insurgeaient contre l'emprisonnement de mes leaders par les Français. Alors, le grand vent de l'Histoire soufflait. Violent. Irréversible. Le vrai fouet de l'émeute collective. Le soulèvement d'une nation naissante incarnée par son Père fondateur. Comme ils oublient ! Ils dénaturent et disgracient nos plus grandes heures. Leur marche, c'est du guignol. J'ai honte.

En tête, Sylvanus, main dans la main avec Mamie Unesco et Salif Keita. Un étranger ! Bras dessus bras dessous, juste à côté, je les vois, Elle et Lui. Presque timides. L'Informe et ma Légionnaire. Alpha et Masseni. C'est la grande marche des albinos. Un cortège de revenants. L'allégro des sans-peau. Ils sont accompagnés de deux ou trois chefs traditionnels manipulés, d'opposants hétéroclites, de partisans au rancart, de communistes comme Laurent Gbagbo. Le joli monde ! Thérèse et Assioussou rigolent comme à la noce. Toute la kyrielle des copains lyriques : Ahmadou, Tanella, Assamala. Patrice Soumahoro dilaté dans son boubou de secte. Tous les étudiants braillent et suivent, encadrant les trois cents qui se taisent, n'y comprennent goutte ! Entraînés, embrigadés par des intellectuels pervers. Le flot grossit. Les curieux se mêlent à cette gambade obscène, des vagabonds, des oisifs, des délinquants, des bandes. Ils trottent, les faux prêtres, les escrocs, les prostituées, les dissidents de toutes les causes, les cliques, les trafiquants, les unijambistes, les hydrocéphales, les sorciers, les mangeurs d'âme. Il y a même ce chasseur senoufo au service de Thérèse qui a logé une balle dans la cuisse d'Assioussou. Et je ne les avais pas encore vues : Joan et July, aux anges, grandes gamines en jeans, effroyablement moulées, rouges d'excitation. Ada resplendissante. Quelle décadence ! Ils s'engagent dans le boulevard central. Ils inondent l'avenue Mamie Adjoua de leur hideuse épidémie. Ils vérolent ma capitale. Tout à coup : des klaxons, une bagnole étincelante surgit, se fraie un passage. La foule acclame Salimata, le grand mannequin peul dont la silhouette géante s'incruste dans la troupe. En jeans libertaires, elle aussi, gonflés sur son derrière, percés d'accrocs lubriques. Un cul de catapulte. La fronde du Jugement dernier.

C'est le comble du clinquant. Un rendez-vous de cover-girls et de marxistes antédiluviens. Je crois même entrevoir des travestis, toute la retape des boîtes de nuit d'Abidjan. Des nains peut-être, des sosies, des siamois, des femmes à barbe, des schizophrènes et des serial killers.

Le soir même, un message de Konan Bédié est lu à la télé. Il libère des fonds spéciaux. Il ordonne la construction immédiate de préfabriqués en attendant une solution définitive qui sera prise en accord avec les victimes. Il capitule sous la pression. Au lieu de prendre une initiative inédite, mirobolante. Le pouvoir me manque. La beauté de mes édits dans la tourmente. Je retournais le cours des choses. Pendant quarante ans, j'ai régné à coups d'intuitions grandioses.

On annonce pour le lendemain le concert de Salif Keita, destiné à fêter la victoire du peuple ! Ils osent tout. Plus personne ne s'intéressera le mois prochain aux trois cents misérables enlisés dans un programme inabouti de relogement d'urgence. L'argent sera détourné. Les intellectuels replongeront dans leurs cabales et leurs paperasses. Je connais la musique. Leurs réjouissances sont celles de leur aveuglement.

Le soir, Salif Keita rencontre Alpha… Deux d'un coup ! Le duo des blêmes. Salif Keita, bonnet de chanvre orné de deux cornes de gazelle, boubou blanc semé de motifs marron. Il regarde longuement le fils de Masseni. Il écoute son histoire. Tout à coup, il allonge le bras, la main. Il a une espèce de caresse bienfaisante sur la joue d'Alpha. Il parle… Salif Keita parle de son enfance. Son père et sa mère reculant effrayés devant cette engeance inexplicable. Ce fils blanchâtre qui vient de naître. Ils le rejettent, l'abandonnent aussitôt. Salif raconte son calvaire, son errance. Sa plaie. Voilà ce qu'il répète : « Ma plaie. » Il a cru mourir. Ne jamais vivre jusque-là… On hait les albinos. On les méprise. On les persécute. On les jette dans les forêts. On les tue… Il insiste. Il n'en finit pas de dire son malheur, sa solitude et sa peur. « J'ai toujours eu peur. J'ai toujours été égaré. » Lui, le mal aimé. Le mendiant de l'amour. Un seul nom : l'Albinos, le sobriquet, le stigmate de tous les supplices. Sans prénom. Sans autre identité que sa couleur innommable. Et l'Autre l'écoute, se reconnaît.

Voilà une affaire d'albinos. C'est leur affaire. Tout le monde a son tracas, sa croix, se sent exclu. Ils sont un peu plus exclus que les autres. A qui la faute ? Nos traditions, nos mythes les condamnent. Qu'y puis-je ?

Le concert a lieu le lendemain sur les pelouses au sein de la grande cocoteraie. A trois cents mètres de ma basilique. Estrade et sono arrivés par camions d'Abidjan. Salif chante. Le Keita. Il se prend pour l'archange du Bien. Il chante devant une foule énorme et tous les étudiants de Yamoussoukro. C'est un Africain qui chante étrangement. Nos rythmes. Notre voix. Mais changée, réverbérée. C'est de chez nous et non… D'ici et d'ailleurs. Et de lui. C'est du Mali. Je me souviens de mes séjours chez l'écrivain Hampate Bâ, le grand sage. Je m'initiais. J'écoutais ses légendes, ses récits, ses conseils. Salif vient de là. C'est une voix de nostalgie peut-être, de perte, avec un désir de paradis. Comme nous tous. Pas de quoi faire une star du monde. Mais ça repart en litanie. Masseni l'écoute. Belle. Ma Masseni de la mémoire. Ça s'enfonce, ça remue. C'est lancinant peut-être. L'écho de… une résonance… Je ne sais pas. Peu importe. Son chant ne changera pas le monde. Il ne nous rendra pas meilleurs.

– Je vois le poids.

– Qu'est-ce qu'il voit ? chuchote Sylvanus dans l'oreille de Boris.

Patrice Soumahoro répète :

– Je vois le poids d'or.

– Il y a de l'or maintenant ! s'étonne Sylvanus à voix basse.

Masseni et Alpha écoutent eux aussi la sentence qui sort du visage illuminé du prophète :

– C'est vraiment ma dernière prophétie ! s'exclame Patrice Soumahoro avec solennité. C'est le poids d'or que je vois. Là-bas.

– Le poids, le poids… murmure Sylvanus.

– Un poids akan. Un poids pour peser l'or. Je le vois. Là.

– Où ? Où ?… demande Sylvanus.

– Dans la muraille de la basilique, incrusté dans son tégument de latérite et de béton. C'est un poids en forme de bélier… Je vois, je lis la devinette qu'il est censé illustrer.

– Une devinette ! Un proverbe baoulé ! se réjouit Sylvanus qui commence à s'y retrouver. Quel est le mot de l'énigme ? demande très doucement Sylvanus.

– Mes cornes de bélier portent la mère du monde !

– Le bélier ? balbutie Sylvanus. C'est bien celui auquel je pense ?

– Oui, confirme Patrice, c'est lui-même.

– Et cette mère énorme c'est ?

– La Vierge, la Vierge… La Mère…

Alpha écoute la phrase. Elle s'établit soudain au cœur de son être. Elle s'incruste. Elle l'enlace. « Les cornes du bélier portent la mère du monde. » Il ne peut plus échapper à la phrase qui devient la devinette de son destin.

Le lendemain, il hésite, il tournicote, il confesse à Sylvanus et à Patrice Soumahoro son désir de visiter la basilique du Bélier. Une espèce de gêne, de honte, entortille sa demande. Sylvanus résiste à un réflexe immédiat, celui de se moquer de la cathédrale, de sa carcasse somptueuse et désaffectée. Le désert d'Houphouët et de sa démesure creuse. Mais Alpha est là, amadoué par un appât mystérieux.

Patrice Soumahoro connaît le gardien en chef de l'entrée. C'est un disciple de « Croissez et Multipliez ». Par son entremise, il propose à Alpha une visite individuelle et secrète, en dehors des horaires autorisés.

C'est le soir. Tard. Au bord de la nuit. Le ciel d'orage s'est ouvert. Une éclaircie comme une opale.

Le garde a circonvenu ses camarades. Patrice, Sylvanus et Alpha passent dans la cathédrale. Sylvanus évite de plaisanter. Il laisse l'Albinos voyager à l'intérieur de l'arche. Mais c'est lorsque le garde révèle une porte qui conduit à un labyrinthe de passerelles et d'escaliers entre les parois internes et externes de la basilique qu'Alpha tressaille, aimanté, pris dans la substance même de sa chimère. Une basilique plus intime double la cathédrale spectaculaire. Deux peaux d'aluminium enveloppent cet interstice immense et caché où le garde les conduit. Ils grimpent. Ils escaladent. Ils progressent dans des galeries aériennes, sur des sentiers de vertige, le long d'arachnéennes coursives entre la coupole en staff bleu turquoise épanouie dans le ciel et le parement intérieur. L'Albinos frémit, hume ces membranes vierges de Notre-Dame. Se souvient-il de sa tanière, de ses goulets enfouis ?… Soudain, Sylvanus a peur. Le vide file sous ses yeux. Il recule. Il s'arrête contre la structure d'acier et préfère attendre que les autres aient fini leur périple. Il voit l'Albinos, le prophète et le garde disparaître dans l'incurvation de la coupole, minuscules et collés contre cette paroi géante au bord de l'abîme. Il attend… Cela dure plus longtemps qu'il ne pensait. Où sont-ils ? Ce fou de Patrice… où les a-t-il convaincus d'aller se fourrer et se perdre ?

Puis ils réapparaissent, d'abord le garde, suivi de Papa Nouveau. Il scrute davantage. Il cherche dans le fouillis métallique. L'Albinos ? Où est Alpha ? Bon Dieu où est-il ?… Il doit attendre qu'ils s'approchent lentement, deux insectes dans l'étroit dédale tissé sur un gouffre.

– Patrice, mais où est Alpha ?

– Il a voulu passer une nuit, une seule nuit, tout là-haut.

– Mais c'est de la folie ! Où donc a-t-il voulu…

– Tout là-haut… Nous sommes arrivés au pied de la grande lanterne. Moi, je me suis arrêté là. Mais le garde et Alpha ont gravi l'escalier intérieur. Ils sont arrivés sous le globe et la croix qui coiffent l'édifice. La foudre avait ouvert la sphère. Une fracture exiguë mais suffisante pour qu'Alpha si mince puisse se glisser dedans… Et c'est là qu'il a demandé de passer la nuit.

– Mais il va mourir étouffé !

– Non, répond le garde, la cellule de la boule fait deux mètres de diamètre et l'air entre dans le trou fait par la foudre.

– Une nuit ?

– Oui… Il ne voulait plus redescendre. Il nous a suppliés de lui accorder la nuit.

– Et vous l'avez laissé là-haut. Vous êtes revenus sans lui. Mais que vais-je raconter à Masseni ?

– La vérité, déclare Soumahoro. La vérité sur ce souhait passionné.

Maintenant la nuit enveloppe la basilique. Nuit claire dans la rémission de l'orage. Il s'est couché, s'est incurvé selon l'inclinaison de la paroi. L'accroc forme un croissant aux deux pointes effilées. Au sommet de l'angle supérieur, il voit le ciel piqueté d'astres. Il regarde. Il contemple l'infini dans la fuite de la lézarde. Il savoure le silence de cette nuit lumineuse. Il absorbe la coulée de l'air. Il boit à cette source fraîche. Dans la pointe inférieure du croissant, sous lui, il voit l'énorme courbure bleutée de la coupole. Il gît dans sa coquille entre les deux sphères du ciel et du dôme. Entre un ventre bombé de planète et l'arc des étoiles. Et c'est un long sortilège. Émergé enfin de la forêt, du terrier, il se sent envolé, exalté mais fixé, sis dans l'œuf qui se gonfle comme d'une gorge de colombe. Il veille. Enfin il est bercé dans la nuit où glisse une pâle échelle d'étoiles. Ses yeux descendent tout en bas, vers ses pieds, et il retrouve dans la fente le miroitement métallique de la coupole, cette peau de dinosaure énorme, lisse et gonflée... proche. Sa monstrueuse phosphorescence. Il se replie encore et se niche. Tout à l'écoute, au pavois du monde. Aimanté, axé, centré dans l'infini. Et comme tissé, il oscille dans son ballon. Il flotte. Il plane dans une vigilance intime, éclatante. Petite lune nyctalope nouée à son Himalaya. C'est comme s'il reconnaissait l'univers et voyait le grand tout en son sein. Il s'abandonne à son bonheur immaculé. Et il entend la phrase du poids d'or, dans son balancement, tout son épanchement. Il peut se répéter ce qu'il sait maintenant, cette phrase intarissable : « Je suis sur le corps de ma mère, sous les cornes et la croix du Bélier d'or. »

Il a dit ça, le maudit :

« Je suis sur le corps de ma mère, sous les cornes et la croix du Bélier d'or. »

Le Bélier d'or, c'est moi, et Masseni la mère respire encore... Il a dit ça l'Étrange.

Et voilà qu'Akissi revient d'Abidjan où elle a passé une échographie. Sur l'écran, elle les a vus. Elle et lui. Des jumeaux. Un garçon et une fille. Sylvanus sourit en douce. Il jette un regard à Cecil et à Boris. Akissi sort et marche au bord du lac. Son ventre est un carrosse d'or. Joan et July la suivent des yeux. Thérèse qui ressent encore ce vide presque douloureux et voudrait tout à coup qu'Assioussou soit revenu de sa tournée d'inspection dans la brousse. Akissi parle à ses jumeaux. Elle leur décrit et leur dévoile la beauté du monde. Elle leur annonce la bonne nouvelle. Un jour, oui, ils verront les savanes de Katiola et les crêtes des monts Soïena.

Assioussou conduit la Jeep et rit quand la bagnole coupe une mare et soulève une grande gerbe d'eau vive. A perte de vue, la savane reverdit. Il y a eu une rafale de pluie. Le ciel tout noir. Puis la courbure d'une bande mince et turquoise s'est élargie. La splendeur de l'univers semblait ressusciter là-bas. Comme dans un porche infini vers lequel la Jeep filait. La lumière grossissait. Son rayonnement accourait, dardait vers la voiture. Assioussou, émerveillé, entendit ce claquement doré. Comme si le soleil accéléré l'empalait. Une grande aile noire lui tomba dessus. Il vit son torse criblé de sang et bascula. La voiture zigzagua et s'arrêta d'elle-même. Ils apparurent au sommet de la crête. Trois braconniers armés de fusils. Ils s'approchèrent. Assioussou affalé de côté ne bougeait plus. De son short saillait la grande cuisse noire et nue marquée du sceau de Thérèse.

Akissi remontait lentement la rive du lac Irigou, balançant ses jumeaux royaux. Et Thérèse attendait. Jalouse. Oui, jalouse. Le vide se creusait, plus poignant…

Elle vit Yoro. Puis Cecil. Tous les deux qui parlaient, complotaient là-bas tandis qu'Akissi lui tournait le dos, s'éloignait en direction du grand ciel turquoise… Elle les voyait. Elle les regardait. Elle détourna la tête. Elle attendit. L'odeur du lac et de la boue remuée lui remplit les narines. Elle eut peur. Elle ne fut plus que cette peur, cette boue dans le ciel nu. Cecil et Yoro s'approchèrent. Elle les voyait. Ils étaient laids. Ils ne savaient même plus marcher. Ils vacillaient comme des traîtres. La grande vague d'effroi l'avalait. Elle vit les yeux de Cecil. Son regard lent, éteint. Puis sa bouche. Puis son geste d'abominable douceur. Puis son hésitation. Il attendait qu'elle le lui demande, qu'elle prononce le mot. Alors vaincu il aurait incliné la tête en disant un oui étouffé. Mais Thérèse se taisait tout écarquillée d'horreur. Et c'est lui qui prononça la mort.

On amena le corps du géant. Thérèse le regarda tout entier. Hagards, ses yeux voyageaient sur le corps d'Assioussou. Sur sa présence immobile, immense. Elle tomba à genoux et lui baisa la bouche.

Quand ils parlèrent de l'ensevelir, elle refusa dans son cœur. Elle se souvint qu'un jour il lui avait dit : « Si je mourais, je voudrais qu'on livre mon corps au fleuve, au grand Kan. » Elle se tut. Elle attendit. Elle les supplia de la laisser veiller seule son amant. Ils refusèrent. Alors elle les regarda avec une haine si terrible qu'ils lui cédèrent.

La nuit, elle se méfia d'eux. Elle devina exactement jusqu'à quel moment ils continueraient d'attendre, d'écouter. Elle crut entendre le glissement d'un pas dans l'escalier. Ils étaient venus voir. Alors elle émit un soupir. Elle les berça de sa ruse d'amante. Elle sut quand ils avaient sombré dans le sommeil. Alors, elle alla chercher Yoro. Elle lui expliqua le vœu d'Assioussou. Elle lui demanda de faire démarrer très doucement la Jeep et de l'éloigner d'abord de la maison. Ce qu'elle redoutait arriva. Elle les entendit. Cecil, elle était sûre qu'il s'agissait de lui. Elle devina son ombre dans l'escalier. Elle s'était assise dans un fauteuil. Affalée, comme endormie. Cecil douta d'avoir entendu un bruit. Elle attendit longuement. Yoro revint. Ils soulevèrent le corps, l'emmenèrent. Maintenant la voiture était garée hors de portée des oreilles. Elle démarra. Ils gagnèrent le fleuve. Thérèse demanda alors à Yoro de les laisser, elle et lui, le reste de la nuit. A l'aube elle livrerait le corps à la cascade. Mais elle désirait rester encore quelques heures couchée contre lui. Un doute effleura Yoro. Mais Thérèse impérieuse exigea qu'il les laisse, qu'il fasse cela pour elle et pour lui. Elle le pria. Elle sut le convaincre. Et Yoro s'en alla. Le jour n'était pas encore levé quand elle embrassa une dernière fois son amant et le précipita dans le fleuve.

Elle ne ressentait plus rien. Elle n'avait plus de larmes. Son âme était vide. Tout l'univers absent. Elle se leva et partit droit dans la forêt au lieu de revenir vers la maison. Tout à coup, elle vit la mort d'Assioussou. Assioussou mort en elle. Autour d'elle, l'univers était mort. Elle buta sur une racine, bascula, sa tête cogna contre la souche de l'arbre. Elle perdit le sens… A peine une première pâleur perçait…

Il y eut ce lobe sombre, ce tentacule saillant, ce frétillement, ce grouillement. Toutes les colonnes affluèrent. Les hordes de guerrières allègres. Leur masse, leur volume voraces. Un milliard de fourmis. Et Thérèse évanouie sombra dans le fleuve, abandonna son corps à leur curée ardente. Les magnans dépecèrent, trouèrent sa belle chair. Par grappes, par crinières, elles y ouvrirent des galeries de fièvre, des cavernes, des circuits. Son corps ne fut bientôt plus que le sexe de la fourmilière, dans un pullulement d'extase.

Et puis les fourmis repartirent, comme rafraîchies, ragaillardies dans une effervescente ruée. Chaque corpuscule était une parcelle de Thérèse. Elles rejoignirent le Kan. Et là, dans l'anse du fleuve, au bord de la petite plage, elles aperçurent le cadavre que la cataracte avait déposé. Assioussou était couché sur le sable vierge. Toutes les fourmis étaient des morceaux d'amante. Elles se jetèrent sur Assioussou. Et ce fut un brasier noir. Quand la colonne repartit, elle ne formait plus qu'une seule flamme. L'aurore changea ce flux en une infinie chevelure d'or qui jaillit de la forêt. Thérèse et Assioussou étincelaient dans la gloire du matin. Les amants traversaient la plaine de Katiola et couraient vers les monts Soïena.

Et moi je les aime et je les vois. Ils voyagent dans mon regard. Je ne sais plus que penser. Je sens. J'écoute. Je raconte l'histoire de Thérèse et Assioussou. J'ai absorbé tous les songes. Je raconte même l'histoire de Sylvanus. Dans le soleil de Thérèse et Assioussou, mon déploiement est sans fin. Les amants sont la source de mon éveil intarissable. Sylvanus peut toujours flairer ma cathédrale. Qu'il la fasse démonter, qu'est-ce que cela changera ? J'existe. J'ai existé. Mon Verbe me prolonge. Les hantera la légende de mon grand village. Ils sont dans ma mémoire. Ils ne peuvent plus m'éradiquer. Qu'on enlève mes colonnes doriques et ioniques, qu'importe ! Qu'on me dépouille de ma croix, de mes cornes, de mon casque, de mon dôme, des crins de ma toison, de mes sabots, de mes vitraux, de mes parvis… je jouirai de chaque étape du sacrifice… Avec tous mes cailloux de marbre, ils peuvent reconstruire ma cité. Ils y logeront les trois cents, les exilés, les maudits, les albinos et les poètes. J'accueille toutes les métamorphoses. Car ma matière demeure. Or, marbre et latérite sauvage. Je suis le sol. Je suis leur commencement. J'accepte les avatars et les bouleversements. Je consens à toutes les péripéties. Leur épopée me transforme et me porte en avant. J'épouse la course de Thérèse et Assioussou. Son fourmillement magnifique.

… Dans des gorges étroites, leur flot se resserre, toutes les scories grouillent tel un alphabet innombrable. Des lettres, oui, des milliards de lettres pointues, vivaces, semant leurs signaux pour que tout le puzzle suive, l'énorme vocabulaire d'insectes. La phrase immense des magnans. Un bruissement de langue qui déferle dans les vallées, franchit les rivières et submerge les collines. Et chaque maillon, chaque lettre accrochés aux autres frétillent, furètent, sécrètent un murmure, un chuchotement qui parcourt toutes les articulations, toute la trame du Verbe en marche, ravivé et unifié. Des mots bougent dans la rumeur, deux noms modelés à l'infini, dénoués, recomposés sans cesse, véloces, se dépassent, miroitent, se rattrapent pour mieux ressasser partout leurs deux vocables miraculeux : Thérèse et Assioussou… Les amants frémissent, gémissent, roucoulent, racontent leur amour, le soufflent à travers un pullulement de molécules, le reformulent dans tous les sens, l'étirent sur des kilomètres, le métamorphosent… Toi ma Thérèse, toi mon amour… Ta cuisse… J'ai armé le tireur embusqué… Ta toison rouge. Toi, ta fierté, ton ardeur et ton frai. Et leur parole court, dévie, revient, s'éparpille, chatoie, sautille, se propage le long des rivages, dans les couloirs des forêts. Puis se rassemble, grossit en un remous énorme, déborde… Toutes les parcelles de leurs corps clignotent, se frottent, copulent en un essaim dont jaillissent des milliers, des millions de phrases renouvelées, de serments, d'aveux… hymnes et refrains, versets : c'est moi Thérèse. Je suis là. Je suis tout près. Je tressaille. Je te parle. Je te touche. Je me rue vers toi. Un million de Thérèse. Je circule en toi. C'est moi Assioussou qui te traverse toujours et chante au fond de toi et sors de ta bouche, de ton sexe, de ton bel anus rond et ruisselle et me mêle aux foudres de ton amour. Un million d'Assioussou. C'est moi qui te dévore, c'est moi qui te répands. C'est moi qui te reprends, te parcours, t'ingère, te digère, t'excrète et te roule et rumine, te sème et ressuscite et te démultiplie dans un engendrement sans frein. Notre jubilation, notre jouissance, notre adoration fourmillante. Ma braise, ma Thérèse… Mon or, mon Assioussou sans bornes.

Oui, je les entends. Je les rêve. Je les cuve dans mon cerveau. Ils viennent. Ils montent. Ils prolifèrent. Oui, je fourmille d'idées, d'histoires. Pulvérisé en milliards d'yeux et de mots. Chaque étincelle de ma chair est un couple d'amants. Un Noir et son amante rousse. J'inverse. Je permute et je démultiplie. Je ne fais qu'attiser mon flamboiement.

Et lui… Lui… le Sans-Peau, je l'ai réchauffé, je l'ai porté dans mon sein. Même lui. Surtout lui. De qui serait-il donc né, sinon du creuset de mon sexe ? De mon désir tentaculaire. Je l'ai couvert, habillé de mes phrases. Je l'ai regardé pousser, grandir. Horrifié, fasciné. Qu'importe si j'ai d'abord refusé. Il ne m'appartient pas de me déprendre d'une part de la réalité. Puisque je suis dedans. Embarqué dans son mouvement. Attelé. Piaffant. Caracolant. Qu'un Nègre rose règne sur Yamoussoukro ! Dans la cité reconstruite avec les pierres du sanctuaire. Pourquoi pas ? La négation m'est impossible. Je l'ai toujours su en secret. Je suis toutes les voix. Je ne suis que la prolifération d'un oui. Moi le Magnan. Moi le Magnificat. Qu'il vienne, le morfondu, le blême… Je l'ai pondu dans le ventre de Masseni. J'assume mon plaisir originel. Je le vois au sommet de ma basilique. Bercé dans la nuit claire. Alpha sur sa barque d'étoiles… Salif chante. D'Afrique et d'ailleurs. Toute la fusion et la fêlure de l'or. Et quand ils m'auront démembré, débâti, dans le chaos de mon corps et de mes marbres couchés, Alpha au creux d'une pierre apercevra le poids. Comme dans le tabernacle de mes os, la devinette d'or lui apparaîtra. L'enfant de Masseni lira : « Mes cornes de bélier portent la mère du monde. » Et il sera porté. Sur cette phrase mon fils s'embarquera. Car j'ai nommé tous mes fantômes. Ils se sont incarnés dans la lumière du matin. Dans la course des amants. Sous une bannière de cheveux d'or.

DU MÊME AUTEUR

La Toison
Gallimard, 1972

La Lisière
Gallimard, 1973
et « Folio », n° 2124

L'Abîme
Gallimard, 1974

Les Flamboyants
Prix Goncourt
Seuil, 1976
et « Points », n° P 195

La Diane rousse
Seuil, 1978
et « Points Roman », n° R 331

Le Dernier Viking
Seuil, 1980
et « Points Roman », n° R 58

Bertrand Louedin
Bibliothèque des arts, 1980

L'Ombre de la bête
Balland, 1981

Les Forteresses noires
Seuil, 1982
et « Points Roman », n° R 122

La Caverne céleste
Seuil, 1984
et « Points Roman », n° R 246

Le Paradis des orages
Seuil, 1986
et « Points », n° P 24

L'Atelier du peintre
Seuil, 1988
et « Points », n° P 420

L'Orgie, la Neige
Seuil, 1990
et « Points », n° P 421

Colère
Seuil, 1992
et « Points Roman », n° R 615

Egon Schiele
Éditions Flohic, 1992

L'Arbre-Piège
Seuil, 1993, « Petit Point », n° PPT 57

Les Anges et les Faucons
Seuil, 1994
et « Points », n° P 203

Richard Texier
La Différence, 1995

Le Secret de la pierre noire
Nathan, 1995

Le Lien
Seuil, 1996
et « Points », n° P 338

L'Ardent Désir
Éditions Flohic, 1996

RÉALISATION : PAO ÉDITIONS DU SEUIL
IMPRESSION : S.N. FIRMIN-DIDOT AU MESNIL-SUR-L'ESTRÉE
DÉPÔT LÉGAL : AVRIL 1999. N° 37226 (46406)